R & L

Michelle de Kretser

Die Rosenzüchterin von Montsignac

Roman

Aus dem Englischen
von Andrea Voss

Rütten & Loening
Berlin

Die Originalausgabe unter dem Titel
The Rose Grower
erschien 1999 bei Chatto & Windus, London.

ISBN 3-352-00569-9

1. Auflage 2001

Einbandgestaltung Henkel/Lemme
Lektorat Maren Wetcke
Druck und Binden
Ebner Ulm
Printed in Germany

www.aufbau-taschenbuch.de

Wenig Veränderung, wenig Veränderung
Napoleon Bonaparte
angesichts der Toten auf einem Schlachtfeld

1789

An einem sonnigen Sommernachmittag des Jahres 1789 sahen die Erntehelfer auf den Feldern rund um Montsignac, einem Dorf in der Gascogne, wie ein Mann vom wolkenlosen Himmel hinabfiel.

Der Heißluftballon war lautlos über die bewaldete Anhöhe ins Tal geschwebt. Die Arbeiter richteten sich nacheinander auf und schützten die Augen mit den Händen, so grell leuchtete die purpurrote und blaue Seide im Sonnenlicht. Das Ding stand oben am Himmel, prachtvoll und bedrohlich, wie ein Zeichen des Herrn – oder des Teufels.

Plötzlich zerriß ein ohrenbetäubender Knall die Stille, Flammen loderten auf, und ein Mann stürzte zur Erde hinab.

Es war der vierzehnte Juli.

Die Welt stand im Begriff, sich zu verändern.

Stephen schlug die Augen auf und verliebte sich auf der Stelle.

Es erschien ihm nur richtig und natürlich, daß es auf diese Weise geschehen sollte. Denn wie viele seiner Zeitgenossen glaubte er an den *coup de foudre*, an jenen Blitzschlag, der Mann und Frau sofort erkennen läßt, wie sie zueinander stehen. »Ein Engel«, seufzte er, und es war ihm egal, ob ihn jemand hören konnte.

Sofort verschwand sie wieder aus seinem Gesichtsfeld, und er hörte, wie sich jemand energisch kratzte.

Auf Kissen gestützt, lag er auf einem purpurroten Sofa, in dessen Holzrahmen Muschelmuster geschnitzt waren. Im schräg einfallenden Licht tanzten Staubkörnchen, und es duftete nach Rosen. Er betrachtete die altmodischen Deckenbalken, die man vor langer Zeit mit roten und blauen Blumen bemalt hatte und die untapezierten Wände. Wie immer richtete er sein Augenmerk vornehmlich auf die Bilder. Das große Gemälde gegenüber dem Sofa zeigte ein junges Mädchen mit einem Obstkorb, und die übrigen waren auch nicht viel besser. Er hatte geglaubt, in Frankreich bekäme man etwas anderes zu sehen.

Ein betagter Diener, lang und dünn wie ein Nagel, nahm eine Karaffe von einem Silbertablett und schenkte ihm etwas ein. Er nahm einen Schluck – war es Brandy? Jedenfalls zog es ihm die Kehle zusammen. Sein Blick suchte die Frau.

Sie saß mit gesenktem Kopf am Fenster und nähte an einem kleinen Kleidungsstück. Indessen erschien ein etwa zehnjähriges Kind mit ernster Miene und dunklen, schweren Locken und baute sich vor ihm auf.

»Sind Sie schwer verletzt?« fragte es. »Falls Sie überleben, werden Sie dann mit mir eine Ballonfahrt machen?«

»Jemand, der unter den Folgen eines Unfalls leidet, ist

deiner Konversation wohl kaum gewachsen, Mathilde.« Als Stephen sich umdrehte, sah er einen stämmigen Mann mit senfgelber Weste vor dem Kamin stehen. »Ich denke, unser Besucher wird sich schneller erholen, wenn du ihn von deiner Gegenwart befreist. Und Brutus kannst du gleich mitnehmen.«

Das Kind zeigte sich unbeeindruckt. Es fuhr fort, Stephen erwartungsvoll und neugierig zu betrachten. »Ich liebe Kinder«, sagte dieser mit einem Lächeln. »Sie sind so ... *unschuldig* und nehmen doch ihre Umwelt so hellsichtig wahr.«

»Oh je, noch so ein Rousseau-Anhänger«, meinte das Kind, keinen Hehl aus seiner Enttäuschung machend. »So bin ich doch gar nicht.«

Während sie sprach, regte sich etwas auf der anderen Seite des Zimmers. Stephen sah eine gedrungene schwarze Gestalt mit eingedrückter Schnauze und einem gewaltigen Unterkiefer, welcher von einer Reihe scharfer Zähne geziert wurde. Schnell und lautlos trat das Wesen heran und schob seine kalte Schnauze in Stephens Schritt. Stephens Finger umklammerten so krampfhaft sein Glas, daß die Knöchel sich weiß verfärbten.

Eine hochgewachsene junge Frau, die er bislang noch nicht bemerkt hatte, rief: »Brutus!«

Das Tier zog seine Schnauze wenige Zentimeter zurück und nieste kalte Tröpfchen. Die bernsteinfarbenen Augen betrachteten den Eindringling mit unverwandtem Blick, aus dem sich unschwer erkennen ließ, daß es sich über diesen keine hohe Meinung gebildet hatte.

»Es ist schon gut«, meinte das Kind freundlich. »Inzwischen beißt er nicht mehr allzu oft. Früher war es viel schlimmer mit ihm.«

»Ich hoffe, diese Auskunft beruhigt Sie.« Der stämmige Mann trat heran und zwang den Hund, der sich heftig sträubte, das Feld zu räumen. Stephen begegnete dem scharfen Blick eines braunen Augenpaares, das eine riesenhafte Hakennase flankierte und von wuchernden grauen Brauen umrahmt war. »Jean-Baptiste de Saint-Pierre.« Der Mann reichte ihm die Hand. »Willkommen auf Montsignac.«

»Stephen Fletcher.« Er versuchte aufzustehen, aber der andere gebot ihm Einhalt, indem er ihm mit einer Handbewegung bedeutete, sich auf seinem Kissenlager zurückzulehnen. Sowohl die braunen als auch die gelben Augen fuhren gelassen fort, ihn zu betrachten.

Schließlich fragte Saint-Pierre: »Sind Sie Engländer?«

»Ich bin Amerikaner«, entgegnete Stephen.

»Tatsächlich? Dann kennen Sie sich bestimmt mit Truthähnen aus.«

Stephen hatte soeben entschieden, daß das Wort »Truthahn« auf Französisch etwas vollkommen anderes bedeuten mußte als auf Englisch, als sein Gastgeber hinzufügte: »Aber Sie beherrschen unsere Sprache ganz hervorragend.«

Er faßte diese Bemerkung als Frage auf und entgegnete: »Ich fürchte, Sie schmeicheln mir. Allerdings stammt meine Mutter aus Frankreich, und wir haben seit dem Tod meines Vaters bei ihrer Familie gelebt.«

Diese Erklärung schien Saint-Pierre zufriedenzustellen. »Nun, Monsieur Fletcher«, meinte er, »Ihr unerwartetes Eintreffen in unserer Mitte scheint ja keine bleibenden Schäden bei Ihnen verursacht zu haben.«

Stephen hatte bereits lange genug im Ausland gelebt, um zu merken, wenn man sich auf seine Kosten ein wenig lustig machte. In der Alten Welt mußte man, um in Gesprächen den Spagat zwischen den Worten und dem Sinn, der sich hinter ihnen verbarg, einigermaßen erfolgreich vollziehen zu können, gedanklich recht beweglich sein. Allerdings war er jetzt nicht darauf vorbereitet gewesen.

»Nein. Das heißt ... ich meine ...« Er bewegte versuchshalber sein Bein und bereute es sofort. »Mein Knöchel ...« Nachdem er noch einmal am Brandy genippt hatte, fragte er: »Was ist passiert?«

»Dazu gibt es unterschiedliche Aussagen. Aus dem vorliegenden Beweismaterial folgere ich, daß Sie aus einem brennenden Heißluftballon gesprungen sind. Zum Glück sind Sie auf einem meiner Heuhaufen gelandet. Sie wurden von Dorfbewohnern in mein Haus getragen. Wir haben bereits einen Arzt bestellt, aber das nächste Dorf liegt einige Kilometer von hier.«

Eine der beiden jungen Frauen – nicht der Engel, sondern die hochgewachsene – meldete sich zu Wort. »Vater, wenn der Herr seinen Fußknöchel verstaucht hat, wird er bald anschwellen. Er sollte seinen Stiefel ausziehen.«

Der Diener trat herbei und machte sich an den Schnürsenkeln zu schaffen. Dabei bemerkte er, ohne jemanden bestimmtes anzuschauen: »Überhaupt kein Verstand.«

»Gestatten Sie mir, Monsieur Fletcher«, meinte Saint-Pierre, »Ihnen meine Töchter vorzustellen. Mathilde kennen Sie ja bereits. Dies ist Sophie«, sie nickte ihm schüchtern zu, »und das ist Claire, meine Älteste.«

Der Engel begegnete lächelnd seinem Blick. Doch kein Engel, dachte Stephen bei sich, sondern die Jungfrau Maria höchstpersönlich. Sogar das blaue Gewand stimmt (der enge Schnitt allerdings nicht so ganz).

»Madame la Marquise de Montferrant«, fügte Saint-Pierre murmelnd hinzu. Er hatte den Kopf ein wenig zur Seite geneigt und betrachtete das Szenario mit distanzierter Miene.

Mit einer unwillkürlichen Handbewegung stieß Stephen die Karaffe um, welche klirrend am Boden zerbrach. Der Hund stürzte herbei und versenkte die Zähne in seinem Schienbein.

Als Saint-Pierre vierundzwanzig Jahre alt war, erschien Rousseaus *Gesellschaftsvertrag*. Der Philosoph galt als radikaler und widersprüchlicher Charakter. Saint-Pierre fand das Buch mit seinen naiven, wenn auch leidenschaftlich vorgetragenen Thesen eher enttäuschend. Voltaires zynischer Geist war mehr nach seinem Geschmack. Er hatte die anonym veröffentlichte Schweizer Ausgabe von 1760 erstanden und seither auf seinem Nachttisch liegen.

Als jedoch die Zeit die aufreizende Wirkung der sentimentalen Ergüsse und der rhetorischen Exzesse gelindert hatte, stellte Saint-Pierre fest, daß sich Rousseaus Argumente in seinem Inneren eingenistet hatten wie die Perle in der Auster. Der Mann aus Genf plädierte für soziale Gerechtigkeit, predigte die grundlegende Reinheit der Natur und maß fundierten Inhalten eine größere Bedeutung zu als extravagantem Stil. Saint-Pierre war begeistert, was nicht allzu sehr verwundern mag, bedenkt man, daß wir Menschen von Grund auf denkfaul und selbstbezogen sind und unweigerlich jene philosophischen Betrachtungsweisen bevorzugen, die unseren eigenen Neigungen und Bedürfnissen am ehesten entsprechen. Saint-Pierre war trotz seines Scharfsinns keine Ausnahme.

Er war ein Sprößling einer jener südfranzösischen Familien, die einen rechtlichen (nicht etwa militärischen) Adelstitel trugen und folglich zur sogenannten *noblesse de robe* zählten. Obwohl er in den schützenden Kokon des privilegierten Adels hineingeboren wurde, lehrte ihn das Leben bald, wie zerbrechlich ein solches Gehäuse sein kann. Die Sorgen der Familie Saint-Pierre begannen, als Jean-Baptistes Vater im Alter von zweiundzwanzig Jahren seiner Heimatstadt Toulouse den Rücken kehrte und sich in die glitzernde Hauptstadt begab. Kein Wunder eigentlich: Er war jung, ehrgeizig, reich und anerkanntermaßen ein kluger Kopf. Er war der Provinz entwachsen und legte sie nun ab wie einen alten, schäbigen Anzug.

Er verfügte über gesellschaftliche Beziehungen zu höfischen Kreisen sowie über rechtskräftige Verbindungen zu Vertretern des Hohen Gerichts. Über diese Wege gelang es ihm, sich eine eher unbedeutende Aufgabe (Hüter des Königlichen Sowieso) am Hofe Louis XV. zu Versailles und darüber hinaus eine Stelle am Revisionsgericht in Paris zu sichern. Im Jahr darauf heiratete er die Tochter des Gerichtspräsidenten. Sein Lebensweg entrollte sich vor ihm wie eine Stoffbahn aus gesponnenem Gold.

Und dann erkannte er zweierlei Dinge: zum ersten, daß er Gefallen am Glücksspiel fand und darin, wie er selbst glaubte, ein glückliches Händchen besaß, und zum zweiten, daß er hoffnungslos und aus tiefstem Herzen in eine andere Frau verliebt war. Des Nachts pflegte er sich am Spieltisch einzufinden mit einem Sack voller Gold in jeder Hand. Wenn aber der neue Tag hereinbrach, schritt er pfeifend mit leeren Händen von dannen. Er verlebte immer mehr Zeit in Versailles, denn dort lebte die Schöne mit dem kastanienfarbenen Haar, die sein Herz wie einen zitternden Singvogel in ihren kleinen rundlichen Händen gefangen hielt. War das Glück ihm gerade hold, kaufte er ihr Smaragde, die sie mehr liebte als alles andere auf der Welt.

Sein Sohn assoziierte Paris mit Geräuschen (das Weinen und Husten seiner Mutter sowie zornig erhobene Stimmen) und Versailles mit Gerüchen (der Vater bewohnte eine winzige, stickige Suite oberhalb der königlichen Abtritte). Jean-Baptistes eigentliches Leben fand im Sommer statt. Er verlebte die Sommermonate regelmäßig bei den Eltern seines Vaters auf dem Landgut bei Montsignac in der Gascogne. Die langen unbeschwerten Tage verbrachte der Junge damit, allein in den Wäldern und entlang den blumengesäumten Feldwegen zu spielen. Dort gab es Hunde, Wiesen, Weinberge, den Gesang der Vögel und die grüne Weite des Flusses. Er war der Liebling seiner Großmutter und des Großvaters ganzer Stolz. Hier gab es keine Mutter mit rotgeweinten Augen, die in ihr Taschentuch hineinschluchzte, keinen Vater, der mit hochrotem Kopf brüllte, es müsse geschehen, das Land müsse verkauft werden, und es sei sowieso alles nur eine Übergangslösung. Ebenso wenig gab es hier die Knaben mit den harten Gesichtern, die ihn verhöhnten und mit spitzen Schnäbeln auf ihm herumhackten, weil sein Vater weder ein richtiger Höfling noch ein hochrangiger Offizier war (wie ihre Väter), sondern nur ein Emporkömmling, ein Richter aus der Provinz, der zudem hochverschuldet war (was auf ihre Väter wohlgemerkt nicht minder zutraf, aber bei einem richtigen Höfling oder einem hochrangigen Offizier war das natürlich etwas anderes).

Jean-Baptistes Mutter hustete sich in ein frühes Grab. Tränen der Reue vergießend, drückte der Vater seinen Sohn ans Herz. Als dieser ihm bei der Umarmung über die Schulter blickte, beobachtete er, wie die Hand des Vaters eine Kette aus roten und grünen Steinen vom Frisiertisch der Toten nahm und in der Tasche verschwinden ließ.

Es kursierte zu jener Zeit das leise Gerücht, daß ein gewisser Richter in seinem Urteil käuflich sei. Bestechlichkeit war eigentlich mehr oder weniger an der Tagesordnung: die Schande lag darin, erwischt zu werden. Der Gerichtspräsident befand es schließlich für unumgänglich, seinen Schwiegersohn seiner juristischen Pflichten zu entbinden, um diesem die Möglichkeit zu geben, sich voll und ganz den höfischen Aufgaben zu widmen. Selbstverständlich wurde dieser Entscheidung nicht widersprochen.

Die zehn Jahre, die nun folgten, waren für den Jungen nicht leicht. Paris erlebte er als unvergleichlich traurige und öde Stadt. Da ihm, wie vielen Kindern, die einsam aufwachsen, das Lernen zur zweiten Natur geworden war und seine Disziplin durch seinen messerscharfen Verstand untermauert wurde (immerhin hatte er diesen vom Vater geerbt), widmete er sich fleißig seiner schulischen Ausbildung und verließ sobald wie nur möglich die Metropole, um in Toulouse Jura zu studieren.

Im selben Jahr, in dem Jean-Baptiste sich zum ersten Mal mit Rousseau auseinandersetzte, verstarb sein Vater. Die Dame mit den kastanienfarbenen Haaren, nunmehr seit achtzehn Monaten verwitwet, hatte sich entschlossen, einen entfernten, wohlhabenden Verwandten zu heiraten und sich somit endgültig von ihrem ehemaligen Liebhaber abgewandt. Man erzählte sich, der alte Saint-Pierre sei an den Folgen eines gebrochenen Herzen gestorben, einsam und allein in seiner übelriechenden kleinen Kammer im eiskalten Palast.

Der Sohn nahm das Geld seiner Mutter zu Hilfe, um den Schaden bestmöglich wiedergutzumachen. Der Schuldenberg verschlang im Nu sein Erbe und wuchs dennoch stetig weiter an; täglich wurden neue Schuldscheine, mit den Initialen des Vaters signiert, eingereicht. Jean-Baptiste zahlte bereitwillig, bestrebt, den moralischen Bankrott seiner Kindheit rückgängig zu machen. Er verstand sich als *honnête homme*, als einen aufrechten Menschen. Bereits in jungen Jahren hatte er beschlossen, sein Leben nicht als unterwürfiger Höfling, untreuer Ehemann oder als Richter, der Bestechungsgelder annahm und die Toten bestahl, zu führen. Leichten Herzens trennte er sich von den Gütern, die mit Hypotheken belastet waren. Montsignac war schließlich nach wie vor in den Händen des Großvaters. Keiner konnte es ihm streitig machen, und es war der einzige Teil seines Erbes, der ihm etwas bedeutete.

Er machte es zur Gewohnheit, sich schlicht, sogar ein wenig schäbig zu kleiden – ein Aufzug, den man in Versailles niemals geduldet hätte –; und er war sogar ein wenig stolz darauf, nicht tanzen zu können.

Als brillanter Jurastudent war ihm wie von selbst ein Parlamentssitz in Toulouse zugefallen. Saint-Pierre versuchte sich einzureden, er habe die Position mit Fleiß verdient, obgleich er nur zu gut wußte, daß bei seiner Berufung zum Hohen Gericht seine Herkunft eine ebenso entscheidende Rolle gespielt hatte wie seine Qualifikation, hatte doch der Großvater zugunsten des Enkels seinen Sitz abgegeben. Jean-Baptiste aber hielt es für entscheidend, daß er seine Aufgaben ernst nahm, stets ein unparteiisches Urteil sprach, die Interessen des gemeinen Volkes vertrat und Privilegien nur äußerst sparsam gewährte.

So werden wir Menschen von jenen Einflüssen bestimmt, denen wir uns eigentlich entziehen wollen.

Möglicherweise hat man nun einen falschen Eindruck von Saint-Pierre gewonnen. Man sollte ihn nicht für einen Tugendbold halten, denn er war ein Mensch, der gern lachte und den meisten Dingen etwas humoristisches abzugewinnen verstand. Überdies neigte er zu leicht bösartigen Anspielungen. Auch den Gaumenfreuden war er als wahres Kind der Gascogne keineswegs abhold. Saint-Pierre versuchte, trotz seiner Vorliebe für Armagnac und Bordeaux, »nüchtern« zu bleiben, wie man es eben von einem Richter erwartet, betrachtete aber Essen als harmlose Quelle der Lebensfreude. Er lutschte an den winzigen Knochen gerösteter Goldammern und leckte sich die Lippen, wenn er *cassoulets* aus der schmackhaften Toulouser Wurst verzehrte. Er verschlang *pâtés*, *soufflés*, Omelettes, Zitronentörtchen, Austern aus Marennes, Amseln aus Korsika, mit Pistazien gefüllte Schweinefüßchen, *filet mignon* mit Trüffeln und jene kleinen Ziegenkäse-Bällchen, die in Holzasche gewälzt werden. Seine besondere Vorliebe galt *foie gras,* zubereitet aus der Leber des Rebhuhns. Er gestattete sich die eine oder andere ausgefallene gastronomische Eigenwilligkeit, indem er beispielsweise den Standpunkt vertrat, man dürfe die Waldschnepfe keinesfalls ausweiden, sondern müsse sie kopfüber abhängen, bis sich die Innereien lösten und zum Schnabel heraustraten.

Groß war er schon immer gewesen – nun wurde er dick. Auch darauf war er stolz, in Versailles pflegte man auf seine Figur zu achten.

Saint-Pierre heiratete ein Mädchen aus einer durchaus angesehenen, aber keineswegs reichen oder einflußreichen Familie. Niemand konnte ihm nachsagen, er habe aus Habgier, Snobismus oder gesellschaftlichem Ehrgeiz gehandelt. Es kam sowieso niemand auf die Idee, nach Motiven zu suchen, die über das offensichtliche hinausgingen, denn die achtzehnjährige Marguerite war so schön, daß man sich allerorten nach ihr umsah. Neben der üblichen Mitgift, bestehend aus Tafelbesteck, Wäsche und Möbeln, brachte sie ein ganzes Gefolge enttäuschter Junggesellen mit in die Ehe, die jammervoll um sie herumlungerten, sie mit Blicken verzehrten und Saint-Pierre versicherten, er sei ein »verdammter Glückspilz«.

Die junge Frau, die jedes Herz in Toulouse hätte brechen können, liebte aber nur ihren Mann, der sie immer zum Lachen bringen konnte. Und der junge Mann, dem im Traum immer wieder die weinende Mutter begegnete, so daß er mit tränennassem Gesicht aufwachte, war ebenfalls sehr verliebt in seine Frau. Liebesehen, die nicht aus Pflichtgefühl oder materiellen Erwägungen eingegangen wurden, waren zu jener Zeit gerade modern, und das Ehepaar Saint-Pierre mit seinen beiden niedlichen kleinen Töchtern galt als Inbegriff des häuslichen Glücks.

Natürlich gab es auch traurige Zeiten. Der gemeinsame Sohn lebte nur drei Tage, Marguerites Schwester wurde von den Pocken dahingerafft, und immer war da die Sorge ums Geld. Das Amt des Richters war zwar prestigeträchtig, aber nicht besonders lukrativ. Es wurde von den Richtern erwartet, das bescheidene Einkommen durch das (theoretisch vorhandene) Privatvermögen zu ergänzen, in der Praxis aber wurde es durch Bestechungsgelder aufgebessert. Saint-Pierre versuchte, aus der Not eine Tugend zu machen, aber immerhin mußte man gewisse gesellschaftliche Erwartungen erfüllen. Wie Rousseau hätte er beklagen können, daß er zwar sparsam lebe, sich seine Mittel aber ungeachtet dessen stetig erschöpften: die Töchter brauchten, die Ehefrau mußte, seine Position erforderte …

Sie verlebten jeden Sommer in Montsignac; das große Haus stand seit dem Tod des Großvaters leer. Marguerite saß oft auf der Terrasse und zeichnete, arbeitete im Garten und lernte nach und nach das Dorf und seine Bewohner kennen. Die zarte Claire, Liebling ihres Vaters, klammerte sich an Mutters Schürzenzipfel, und es war Sophie, die Saint-Pierre auf seinen Spaziergängen über Land begleitete. Sie beeilte sich, mit ihm Schritt zu halten, merkte sich die Namen der Pflanzen und Vögel, füllte ihre Taschen mit Blättern und Beeren. Oft fand sich darin auch das Nest eines Spatzen oder ein bizarr geformter Kieselstein. Wenn sie von diesen Ausflügen heimkehrten, rannte ihnen Claire entgegen, um den Vater freudig in Empfang zu nehmen. Er ergriff ihre Hände und wirbelte sie im Kreis herum, während sie begeistert kreischte, küßte sie und hob sie auf seine Schultern. Indessen stand Sophie ein wenig abseits und zupfte verlegen an ihrem staubigen Rocksaum.

Nach weniger als zwölf Ehejahren setzte bei Marguerite der Husten ein. Saint-Pierre erkannte sofort die Symptome. Wie einst seine Mutter, so wandte sich nun auch Marguerite ab, wenn er sie küssen wollte.

So gab es in seinem Leben nun auch in dieser Hinsicht eine Parallele zu dem seines Vaters.

Er nahm umgehend eine Hypothek auf, um die Ärzte zu bezahlen, die er aus Montpellier, Paris, Edinburgh, Wien und Padua kommen ließ. Je nachdem, welche Kur sie zuversichtlich verschrieben, trank Marguerite eine Tasse Ochsenblut oder ließ sich zitternd Blutegel anlegen, während er am Bett stand und die Vorgänge überwachte. Er stapelte Bettdecken auf ihren kleinen, weißen Körper, damit sie die Krankheit ausschwitzte und erstickte unter den Stofflagen gleichsam ihre Einwände. Obwohl sie weinte und hustete und nicht reisen wollte, bestand er darauf, daß sie sich im Winter in Begleitung ihrer Mutter nach Italien begab.

Während Marguerites Abwesenheit verstarb Saint-Pierres Großmutter mütterlicherseits in Paris. Insgeheim hatte er schon längst damit gerechnet, und wenn er sich dabei auch schuldig fühlte, glaubte er fest daran, sie zu beerben. Zwar hatte er nur wenig Kontakt zu ihr gehabt, da ihn sein Weg nie nach Paris führte und sie wiederum die Stadt nur selten verließ, aber immerhin war er ihr einziger Enkel. Zur Hochzeit hatte sie ihm ein außergewöhnlich häßliches aber zweifellos wertvolles Sèvres-Service geschenkt, und sie hatte noch nie seinen Namenstag vergessen.

Es stellte sich jedoch heraus, daß ihm die alte Dame lediglich die juristischen Fachbücher ihres Mannes hinterlassen hatte. Ihr Schwiegersohn schrieb Saint-Pierre aus Paris einen knapp gehaltenen Brief, in dem er ihn über diesen Umstand informierte und wissen wollte, wie er über die Bände zu verfügen gedenke. Saint-Pierre bat ihn darum, die Bücher zu verkaufen. Er konnte sich ohne weiteres vorstellen, wie verächtlich man dieses unverhohlene Eingeständnis der Bedürftigkeit zur Kenntnis nehmen würde, aber die Meinung der Verwandtschaft bedeutete ihm nicht viel. Wichtig war einzig und allein, zu verhindern, daß Montsignac den Schuldnern zufiel. Als er in seiner Bibliothek saß, hinter dem Schreibtisch, auf dem sich die Schuldscheine wie Herbstlaub häuften, wußte er, was er zu tun hatte.

Als Marguerite aus Italien zurückkehrte, war bereits alles entschieden und veranlaßt worden. Der Mietvertrag für die kostspielige Stadtresidenz war zum Frühjahr gekündigt; das Mobiliar sollte versteigert werden. Die Saint-Pierres würden fortan in Montsignac leben, denn die saubere Landluft war Marguerites Lungen weitaus zuträglicher als die verschmutzte, stinkende Luft in der Stadt.

Erschöpft von den Strapazen der langen Reise, ruhte Saint-Pierres Frau auf dem Sofa und versuchte, die neue Situation zu begreifen. »Wovon sollen wir leben?« fragte sie. »Was werden Sie tun? Ihre Arbeit ...«

»Das ist alles geregelt«, beruhigte er sie. »Gegen Ende der Saison gibt es einen freien Sitz beim hiesigen Berufungsgericht. Ich werde ihn einnehmen.« Ihm war anzumerken, daß er ein wenig stolz auf diesen Einfall war.

Vom Parlament in Toulouse zum Berufungsgericht von Castelnau! »Sie hätten Gerichtspräsident werden können!« flüsterte sie bestürzt.

Er setzte sich zu ihr und nahm ihre Hand. »Wir haben keine andere Wahl, meine Liebe«, sagte er sanft. »Außerdem haben wir uns immer wohlgefühlt auf Montsignac. Das wissen Sie doch.«

Im Sommer ist das ja auch etwas anderes, dachte sie bei sich.

Stephens Cousin war dabei gewesen, als die Brüder Montgolfier im Jahr 1783 ihren ersten Heißluftballon über Versailles in den Himmel steigen ließen. »Er war mit einem Muster aus Bourbonenlilien auf leuchtend blauem Grund bemalt«, erzählte Stephen. »Im Korb befanden sich ein Schaf, ein Hahn und eine Ente. Der Ballon blieb acht Minuten oben. Mein Cousin Charles beschloß damals auf der Stelle, sich der Ballonfahrt zu widmen.«

»Was ist mit dem Schaf und dem Federvieh passiert?« fragte Mathilde.

»Soviel ich weiß, haben sie die Sache unbeschadet überstanden, aber sie waren bestimmt verwirrt. Es war vermutlich kein sehr schönes Erlebnis. Das Feuer, das die heiße Luft für den Auftrieb lieferte, wurde mit Stroh, Wolle, alten Schuhen und fauligem Fleisch genährt. Charles meint, es habe unbeschreiblich übel gerochen. Wie muß es dann erst für die Passagiere gewesen sein!«

»Ich hoffe, man hat sie anschließend nicht geschlachtet.«

»Über ihr späteres Schicksal wird Stillschweigen bewahrt.«

»Es war aber rücksichtslos von Ihnen, den Ballon Ihres Cousins zu ruinieren. Vielleicht bekomme ich nie wieder Gelegenheit, den Himmel zu erobern.«

Stephen betrachtete die Teile des Wracks, die auf dem Hof lagen. »Sobald ich nach Bordeaux zurückkehre, lasse ich einen neuen anfertigen. Außerdem könnte ich dir zeigen, wie man ein Modell baut. Dazu benötigt man nichts weiter als eine Ochsenblase und etwas Fischleim.«

»Haben Sie das in einer illustrierten Zeitschrift gelesen?«

»Was ist denn überhaupt geschehen?« erkundigte sich Sophie, die im Hof umherstreifte und die Wrackteile dann und wann mit der Spitze ihres Schuhs umdrehte, mal einen verkohlten Holzreif, mal einen Metallbügel, an dem noch ein Stück Korb baumelte. Sein Haar, dachte sie, hat die Farbe von blassem Gold. Nicht etwa gelb – sie hatte es sich genau angesehen – sondern viel heller, wie Metall, auf dem sich das Sonnenlicht spiegelt. Er war größer als sie; was selten vorkam. Die Farbe seiner Augen war blaugrün. Eine solche Farbe hat wahrscheinlich das Meer, dachte sie. Wie jedermann wußte, waren Amerikaner phantasievoll und von untadeligem Charakter. Sie liebten die Freiheit, und es war für sie selbstverständlich, weite Reisen zu unternehmen. Sie mußte sich beherrschen, ihn nicht fortwährend anzustarren.

Stephens geborgtes Hemd duftete, wie alles in diesem Haushalt, nach Rosen, und es war ihm einige Nummern zu groß. Auf seinen Gehstock gestützt, schlug er mit den Armen, um die frische Brise zu spüren und die Schwestern zum Lächeln zu bringen. »Ich war gerade dabei zu landen. Ich war schon seit Stunden unterwegs, und die Flußwiesen sahen so verlockend aus. Ich betätigte also die Seile, um das Ventil zu öffnen und Luft abzulassen, als es plötzlich eine Explosion gab. Ich muß aus dem Korb gesprungen sein. Und als ich aufwachte, lag ich auf Ihrem Sofa.«

»Wären Sie nur einen halben Meter weiter aufgekommen, hätten Sie in Ihrem eigenen Blut gelegen«, bemerkte Mathilde, nicht ohne Bedauern.

»Ist die Landung immer das Schwerste?«

Er gestand, daß es sein erster Alleinflug gewesen sei und fragte sich indessen, warum Sophie immer zu Boden oder über seine Schulter schaute, wenn sie mit ihm sprach. »Aber ich habe mich genau an Charles' Anweisungen gehalten. Ich bin zweimal mit ihm unterwegs gewesen, und ich dachte, es kann kein erhebenderes Gefühl geben, als allein durch die Lüfte zu schweben, die Natur von oben zu betrachten, ohne durch sinnloses Gerede abgelenkt zu werden. Es ist göttlich.« Er schloß die Augen und gestattete sich einen Augenblick lang, im Geiste über einer Welt zu schweben, die einzig und allein für dieses Vergnügen erschaffen war.

»Aber Sie sagten doch, es riecht so scheußlich.«

Er schlug die Augen auf. »Nein, nein, das ist doch – das

heißt, es war – das allerneueste Modell, ein Ballon voll brennbarer Luft. Absolut sauber und wissenschaftlich fundiert.«

»Die Dorfbevölkerung wollte Sie totschlagen«, verriet Mathilde und nahm seine Hand. »Man hielt Sie für ein Geschöpf des Teufels.«

»Ein Glück, daß die Gerste nicht Feuer gefangen hat«, sagte Sophie. »Sonst hätte man Sie wohl tatsächlich umgebracht. Die letzten Ernten waren schlecht, und die Leute im Dorf setzen alle Hoffnung auf diese.«

Er bemerkte, daß sie die Angewohnheit hatte, auf einem Fuß zu stehen und den anderen um den Knöchel des ersten zu legen. Er fand sie reizvoll und aufregend fremdartig, wie alle Französinnen, denen er bis jetzt begegnet war. Allerdings war sie bei weitem nicht so hübsch wie ihre Schwestern.

»Einige der mutigeren Männer kamen heute früh vorbei, um zu erfahren, ob Sie sich in Luft aufgelöst oder Ihre Gestalt verändert haben oder ob Sie uns vielleicht in den Höllenschlund gezerrt haben, dem Sie entsprungen sind«, erklärte Mathilde. Sie tanzte um ihn herum, zuerst in die eine Richtung, dann in die andere.

»Ich wünschte, ich hätte meinen Skizzenblock retten können.« Er legte den Kopf in den Nacken und schaute blinzelnd in den Himmel. »Grenzenlose Möglichkeiten. Das ist es, was ich versucht habe zu malen.«

Obwohl er mit dem Rücken zum Haus stand, erkannte er die leichten Schritte auf dem Kies. Er gab vor, sich mit seiner Pfeife zu beschäftigen, einer Neuanschaffung, deren Technik er noch nicht so recht beherrschte, die ihm aber dennoch, wie er meinte, eine gewisse Würde verlieh. Um diesen neuen Lebensabschnitt zu markieren, diente sie überdies als wirkungsvolles Requisit.

»In Wirklichkeit ist er kein Ballonfahrer, sondern Künstler«, erklärte Mathilde dem Neuankömmling. »Also kann man Brutus keinen Vorwurf daraus machen, daß er ihm mißtraut.«

»Ich weiß nicht, wie Sie es aushalten, diesen abscheulichen Hund auch nur aus der Ferne zu sehen.« Claire trat lächelnd an ihn heran. »Sie sind sehr tapfer.«

»Er hat mich nicht wirklich verletzt«, entgegnete Stephen

beherzt. Dabei zog er energisch an seiner Pfeife und ließ die voluminösen Hemdsärmel im Wind flattern.

»Er wollte Sie ja auch nicht verletzen, sondern nur wissen lassen, daß er Sie durchschaut hat.«

»Hast du heute schon deine Aufgaben gemacht, Mathilde?« fragte Sophie.

»Ballonfahren ist ein wissenschaftliches Thema. Du willst doch sicher, daß ich eine zeitgemäße Bildung empfange?«

»Sind Sie wirklich Künstler?« erkundigte sich Claire. Sie trug ein gelbes Baumwollkleid mit blauer Schärpe, dazu Ohrringe und eine Halskette mit blauen Steinen.

»Ab September habe ich ein Atelier in Paris«, erwiderte er. »Dann bin ich einer.«

In der Auffahrt erschien ein Kindermädchen. Sie trug einen Säugling, der unruhig schlief und viel weinte. Sie war mit ihm im Dorf gewesen, um ihm die ländlichen Sehenswürdigkeiten zu zeigen: Rotkehlchen, die in einer Hecke umherflatterten, ein rosa blühendes Haferfeld und einen ungewöhnlich gutaussehenden jungen Mann, mit dem man natürlich ein paar Worte wechseln mußte – und auf dem Rückweg war das Kind endlich eingeschlafen.

Claire rief sie herbei. »Meinen Sohn Olivier haben Sie noch nicht gesehen, nicht wahr, Monsieur Fletcher? Ist er nicht ein wonniges Kind?«

»Bitte nennen Sie mich doch Stephen.«

Er sah ihr zu, wie sie sich liebevoll über das Kind beugte. Ihr Kleid hatte die Farbe des Sonnenlichts. Stephen sah vor seinem geistigen Auge Felder, Dächer, Weinberge, Blätter, Wasser und Kirchtürme aus Perspektiven, die er sich noch nie zuvor hatte vorstellen können.

Ein Schmetterling mit orangen Flügeln flatterte vorbei. Brutus schnappte zu und verschlang ihn.

Das wonnige Kind öffnete die Augen.

Und den Mund.

Es spannte den ganzen Körper an und begann zu brüllen.

Sophie und das Kindermädchen sahen einander an.

Im Jahr 1789 war die Gascogne eine weitläufige südwestfranzösische Provinz, die sich vom Atlantischen Ozean bis zu den Pyrenäen erstreckte. Gen Norden reichte sie bis Limoges, und ihre gierige Faust hielt die östlich gelegene Stadt Rodez fest im Griff. Innerhalb der Gascogne gab es eine Vielzahl von Steuerbezirken, Lehensgütern, Justizverwaltungen, Bistümern und militärischen Bereichen, die einst von den Römern eingeführt worden waren. Nur die wenigsten dieser Territorien ließen sich deutlich eingrenzen, nur die allerwenigsten unter ihnen stimmten miteinander überein, und kaum eins ließ sich auf der Landkarte exakt lokalisieren. Im Jahr 1789 war die Provinz Gascogne, wie die ganze Nation, zusammengefügt und doch nicht vereint. Sie war reif für Rationalisierung, Zentralisierung und Neuerung, bereit, von der Zukunft erobert zu werden.

Tief in ihrem ungetrübten grünen Herzen schlendern soeben zwei Personen über einen Hang.

»Was hältst du von Fletcher?«

Sophie bückt sich, um einen Zweig der süßen wilden Minze zu pflücken, die einen Teppich unter ihren Füßen bildet. »Ein leidenschaftlicher Mensch?«

Ihr Vater lächelt. »Sollte auch nur die Hälfte der Nachrichten, die wir aus Paris empfangen, der Wahrheit entsprechen, so ist Leidenschaft die Losung des Tages.«

Sie erinnert sich an einen Tag in ihrer Kindheit. Sie muß damals ungefähr fünf Jahre alt gewesen sein. Die Saint-Pierres haben sich zum Mittagessen versammelt, und Sophie fällt die Aufgabe zu, die Apfeltorte von der Anrichte auf den Tisch zu tragen. Die irdene Form ist schwer und noch heiß, da sie direkt aus dem Ofen kommt. Wie sie weiß, sollte sie eigentlich die Torte auf die Zinnplatte vor den Platz ihrer Mutter stellen, aber diese sitzt am anderen Ende der Tafel, und Sophie weiß, daß es ihr nicht gelingen wird, die Form so weit zu tragen. Sie würde sie vorher fallen lassen. Also stellt sie sie am nächstgelegenen Ende des Tisches sicher ab und schiebt sie weiter über die polierte Tischplatte.

»Paß auf!« ruft Claire. »Du ruinierst doch den Tisch. Sehen Sie doch, was Sophie da macht.«

Doch der Vater bemerkt: »Gut gemacht, Sophie.« Zu seiner Frau sagt er: »Haben Sie das gesehen? Sie hat nachgedacht und das Problem gelöst. Statt zu versuchen, Ihnen die Torte zu bringen, was sie wahrscheinlich nicht geschafft hätte, hat sie ihren Verstand gebraucht und eine intelligente Lösung gefunden.« Er nimmt Sophie auf den Schoß, gibt ihr von seinem eigenen Teller Apfeltorte mit Sahne und nennt sie sein »kluges kleines Mädchen«.

Inzwischen ist Sophie zweiundzwanzig Jahre alt und sucht noch immer die Anerkennung des Vaters. Mal wird sie ihr verweigert, mal in kleinen Portionen zugeführt.

Sie zerkaut die Minze und spürt die leicht pelzige Konsistenz auf der Zunge.

Gespeist von sieben Flüssen, ist dieser Bereich der Gascogne außerordentlich fruchtbar und überaus reizvoll. Kleine, von Hecken umsäumte Felder bilden ein gefälliges Schachbrettmuster, welches dem Betrachter verrät, wie wenig Land der durchschnittliche Bauer sein eigen nennt. Es gibt zahlreiche Wäldchen – hier wachsen Eiche und Kastanie, Buche und Haselnußstrauch – die Brennstoff, Werkzeug und Weidefläche liefern. Hinter dem Bach wachsen zitternde Pappeln, und Zypressen flankieren die Anhöhen. In den Weinbergen werden erlesene Trauben geerntet; allerdings gilt der Stolz der Bevölkerung vor allem jenem milden, dunklen Brandy, den man Armagnac nennt und für den diese Region berühmt ist. Und jeder besitzt hier einen Pflaumenbaum.

In diesem schönen Sommerwetter sind die Pyrenäen nicht zu sehen; sie liegen ohnehin fast hundert Kilometer weiter südlich. Diese Landschaft entspricht dem menschlichen Sinn für Proportionen. Ihre Vielseitigkeit läßt sie stets interessant erscheinen, und zugleich ist sie so harmonisch abgerundet, daß sie nicht übermäßig imposant wirkt. Von den Gipfeln der bescheidenen Hügel kann man in die Ferne blicken, und überall gibt es Licht im Überfluß.

Sophie und Saint-Pierre überqueren eine Wiese, die eine sanfte Steigung bildet, bis sie schließlich mit dem weiten, wolkenlosen Himmel zu verschmelzen scheint. Sophie liebt es, hier zu liegen, sich von den Grashalmen streicheln zu lassen, mitgebrachte Rosenblätter zu essen und in den Himmel zu starren, bis sie sich mit beiden Händen an den Hügel klammern muß, um nicht abzuheben. Sie weiß nicht, daß die Dorfbewohner sie dabei beobachtet haben und diese Angewohnheit zu ihren Eigentümlichkeiten zählen wie auch die Tatsache, daß sie besonders groß ist und keinen Mann hat.

Da die Landschaft schon vor langer Zeit kultiviert wurde, ist sie von einem Geflecht aus Fußwegen durchzogen. Wenn man hier etwas zu besorgen hat, geht man meistens zu Fuß.

Sophie und ihr Vater haben einen Pfad gewählt, der häufig frequentiert wird, da er in die Straße nach Castelnau mündet, eine Straße, die, wie auch der schmale Waldweg, einst von Spanienpilgern benutzt wurde. Inzwischen sind Pilgerfahrten längst aus der Mode gekommen. Im Zeitalter der Vernunft gibt es nur wenige, deren Glauben sie dazu verleitet, hohe Bergketten zu überqueren, um die heilige Stadt Santiago zu besuchen. Daher geraten die alten, waldgesäumten Pilgerpfade immer mehr in Vergessenheit. Sie werden von Landbesitzern in Anspruch genommen, die gierig danach trachten, ihr Territorium zu erweitern, oder verwildern einfach, bis sie, von Dornengestrüpp und jungen Bäumen überwuchert, nicht mehr zu begehen sind.

Am Wegesrand wachsen rosarote Winden, lila Wicken und gelbes Kreuzkraut. Sophie beachtet sie nicht; was Unkraut betrifft, neigt sie nicht zur Gefühlsduselei. Der rote Mohn steht in voller Blüte, aus den Hecken blitzen blaue Lichtnelken und weißer Fingerhut hervor, und im Uhrzeigersinn rankt das Geißblatt um die Zaunrüben und die Hundsrosen. »Man nennt sie so«, erklärt Saint-Pierre und stößt mit seinem Spazierstock nach den Blüten, die trocken und braun wie Papier vom Strauch fallen, »weil man einst glaubte, mit der Wurzel könne man den Biß eines tollwütigen Hundes behandeln.« Diese Volksweisheit kennt Sophie bereits seit Kindestagen; der Vater pflegt sie zuverlässig jeden Sommer zum besten zu geben.

Sie passieren ein dreieckiges, leuchtend grünes Stück Weideland, das durch hohe Holunder- und Weißdornhecken vor neugierigen Blicken abgeschirmt wird. Eine schlammfarbene Kuh senkt ihren Kopf und läßt ein jammervolles Muhen vernehmen. Derjenige, der sie zum Melken holen sollte, hat sich offenbar verspätet.

»Ich werde etwas Geld brauchen«, sagt Sophie. »Etwas mehr Geld, um das Essen und die Arztkosten zu bezahlen.«

Ihr Vater antwortet mit einem Laut, den man als Zustimmung oder als Widerspruch interpretieren könnte, oder auch als beides zugleich.

Nach einer Weile meint er: »Mir gefällt der Bursche, den sie anstelle von Ducroix geschickt haben. Wie hieß er doch gleich – Morel? Jedenfalls ist er kein pingeliger alter Narr.«

»Das sagen Sie doch nur, weil Dr. Ducroix Ihnen geraten hat, etwas weniger zu essen. Und weil er Sie beim Schach geschlagen hat.«

»Selbstverständlich«, stimmt er gelassen zu. »Welchen weiteren Beweis könnte das Gericht verlangen, um den Angeklagten der Niedertracht zu überführen?«

Sie haben inzwischen eine Stelle erreicht, wo ein Schlehdorn-Dickicht den Weg blockiert. Um weiterzukommen, muß man nach links oder nach rechts ausweichen. Hier pflegen sie immer stehenzubleiben, ehe sie den Weg betreten, der von Castelnau in den Wald führt. Dieses Ritual bietet Saint-Pierre Gelegenheit, kurz zu verschnaufen, ohne zugeben zu müssen, daß ihm eine Pause willkommen ist.

»Leidenschaft kann durchaus eine Tugend sein«, bemerkt er, auf seinen Gehstock gestützt. »Aber dennoch sollte man sich vor leidenschaftlichen Menschen in acht nehmen. Sie meinen es gut, und das verleitet sie zu Übertreibungen.«

Sophie betrachtet ihn verstohlen von der Seite und versucht zu erraten, worauf er hinaus will, aber er schaut in eine andere Richtung, dorthin, wo die Schatten des ausklingenden Nachmittags langsam die Hügel hinaufziehen. Nun ja, denkt sie bei sich, ich will es sowieso nicht so genau wissen.

Wenn man Sophie suchte, fand man sie zumeist in ihrem Rosengarten. Stephen war noch keine zehn Tage in Montsignac, aber soviel hatte er bereits herausgefunden.

Mathilde lag lesend auf dem Rasen. Stephen schaute um sich; Brutus war weit und breit nirgendwo zu sehen, was einerseits eine Erleichterung, andererseits aber eine Beunruhigung darstellte, denn auch das hatte Stephen bereits gelernt, daß es ratsam war, sich stets und ständig zu vergewissern, wo sich Brutus gerade aufhielt.

Stephen konnte sich nur schwer losreißen. Der Rasen, die Blumen und Pflanzen, das Sonnenlicht – wer hätte solchen Verlockungen widerstehen können?

»Wann immer ich durch dieses Tor trete, so ist mir, als überquere ich die Schwelle des Gartens Eden.«

»Ihren Engel werden Sie hier nicht finden. Außerdem hat die Natur eine verheerende Wirkung auf das Schuhwerk.«

»Was liest du da?« fragte er freundlich.

Sie reichte ihm das Buch.

Er hatte keine andere Kleidung an als nur eine Seemannsjoppe, ein Paar offener, leinener Kniehosen und ein Leinenhemd. Im Seesack hatte er nichts außer zwei spanischen Goldstücken und eine Tobakspfeife, die für mich zehnmal soviel wert war wie das Geld.

»Als ich ein kleiner Junge war, wollte ich auch Robinson Crusoe sein.«

»Das Buch ist nicht übel«, meinte Mathilde, »aber es wäre mir lieber gewesen, wenn er nicht soviel Philosophie hineingelegt hätte.«

»Mein Bruder und ich spielten gerne die Schiffsbrüchigen. Weil er der Ältere war, mußte ich immer den Freitag spielen.«

»Wenn ich erwachsen bin, will ich Forschungsreisende werden, wie Bougainville, aber mit den Tropen werde ich mich nicht abgeben. Ich werde gen Norden segeln.« Eisberge, die fliederfarben in der Sonne leuchten, flackernde Nordlichter am nächtlichen Himmel, ergraute Seeleute mit abgefrorenen Fingern. Blinde weiße Monster, die unergründliche Höhlen inmitten der tosenden Wellen bewachen. In Pelze gehüllt, stand sie auf der Kommandobrücke.

Stephen begab sich auf die Suche nach Sophie.

Der Garten war nicht groß, aber die verschlungenen Wege und strategisch plazierten Beete vermittelten den Eindruck üppiger Weite. Es war Marguerite de Saint-Pierre, die den Rosengarten hatte anlegen lassen. Mehr als alles andere stellte solch ein Garten einen Protest gegen den lähmenden Formalismus jener Epoche dar. Marguerite konnte ebene Flächen nicht ausstehen. Sie verabscheute französische Gartenkunst. Zum Glück hatten sich Saint-Pierres Großeltern als altmodische Menschen, die abgeschieden auf dem Land lebten, niemals den schlimmsten Exzessen – beispielsweise Eiben in Wappenform zu trimmen – hingegeben. Dennoch war Marguerite bereits während der frühen Jahre ihrer Ehe durch die Ländereien von Montsignac gestreift und hatte überlegt, was alles verändert werden müsse. Sie bestellte Kataloge, erstellte lange Listen mit zu besorgenden Pflanzen und füllte Seite um Seite ihres Skizzenbuches mit Landschaftsentwürfen. Mit leuchtenden Augen schwärmte sie von Grotten, Wasserfällen und sogenannten Serpentinwindungen, plante Wege, die sternförmig vom Hause ausgehen sollten und sprach sogar von einer Hermitage. Saint-Pierre wünschte sich nichts mehr, als ihr jeden Wunsch von den Augen abzulesen, erkannte aber mit der Zeit, daß ihr Wunsch, die Natur nachzubilden, zu einer finanziellen Belastung auszuarten drohte, der er nicht gewachsen war. »Meine Liebe«, sagte er schließlich, »wir sind doch nicht in England.«

Also blieben die Lindenbäume im Park der Nachwelt in all ihrer abscheulichen Symmetrie erhalten, und der Plan, eine Wildnis zu schaffen, wurde *ad acta* gelegt. Noch war die Schlacht allerdings nicht verloren. Ein guter Feldherr ergreift die Chance, die sich ihm bietet. So widmete sich Marguerite fortan dem alten Garten in der Nähe des Hauses, wo man Nelken, Stockrosen, Tulpen und Hahnenkamm in symmetrische, von Buchsbaumhecken eingegrenzte Beete gepfercht hatte, und der Kies immer ordentlich geglättet wurde. Die förmlich wirkenden Blumenbeete wurden nun mit Kräutern und Feldblumen bepflanzt und waren bald nicht wiederzuerkennen; die Kieswege verwandelten sich in grasbewachsene Pfade, die zwar im Winter matschig wurden, aber ohne Zweifel natürlich wirkten. Raffiniert plazierte Pflanzen lösten die strenge, gerade Linienführung auf, und überall schlängelten sich die Kriech- und Kletterpflanzen. Erfreulicherweise gab es auch einen Judasbaum, der in der tödlichen Umarmung der Efeuranken zu ersticken drohte und somit dem Szenario das richtige Maß an Pathos verlieh. Marguerite verfügte über genügend Kraft und Entschlossenheit, um hart zu arbeiten, und so wurde aus ihrem Garten ein ungewöhnlich ansprechendes Fleckchen Erde. Freunde, die aus Toulouse gekommen waren, um sie zu besuchen, äußerten ihre Begeisterung, spendeten Pflanzen und gute Ratschläge. Während Marguerite sie durch die Beete führte, beherrschte sie nur ein Gedanke: Sie hatte ihr Ziel nicht erreicht, und – schlimmer noch – sie hatte dieses Scheitern allein sich selbst zuzuschreiben.

Dem Problem lag ihre Schwäche für duftende Pflanzen zugrunde. Weder Maiglöckchen noch wilde weiße Veilchen vermochten ihr Verlangen zu stillen. Die Hyazinthen, Levkojen, Freesien und der Goldlack durften sich mit dem Kerbel und der Malve verbrüdern. Marguerite pflanzte Flieder und Gartenwicken und ließ sich aus Virginia duftende Iris schicken, was sie damit begründete, daß alle Gewächse, die aus Amerika stammten, im Grunde wild seien. Nach einem kurzen, schweren Kampf mußte sie sich allerdings eingestehen, daß sie es nicht übers Herz brachte, auf Rosen zu verzichten. Sie tummelten sich in den sonnigen Ecken, kletterten emsig das Gemäuer hinauf und wetteiferten mit dem Jasmin und dem gelben Geißblatt um den Besitz einer eigenen Laube. »Aber es sind doch so hübsche Blumen«, bemerkte Saint-Pierre, der nicht verstand, wo das Problem lag. »Sie sind aber nicht natürlich«, erklärte Marguerite traurig.

Indessen saß Sophie auf dem Rasen, aß Rosen und lauschte dem Gespräch ihrer Eltern.

Eines Sommers, kurz nach ihrem vierten Geburtstag, erzählte ihr der Vater die Geschichte des Kaisers Heliogabal, der bei seinen Festivitäten die Gäste mit solchen Mengen an Rosenblättern überhäufte, daß viele unter ihnen erstickten. »Was heißt ›erstickten‹?« fragte sie. An diesem Punkt bedauerte Saint-Pierre bereits seine pädagogischen Bemühungen. Um das Kind nicht zu erschrecken, wich er der Frage aus und erklärte Sophie statt dessen, daß die Rose für die alten Römer als Symbol des ewigen Lebens galt, weil sie mit den Göttern in Verbindung gebracht wurde. Kurz darauf traf Marguerite ihre Tochter an, wie diese in einer geschützten Ecke unweit der Gartenmauer auf dem Boden lag, das Gesicht mit Rosenblättern bedeckt. »Ich bin eine alte Römerin«, erklärte sie. »Ich ersticke gerade in eine Rose hinein.«

Nach Marguerites Tod hatten die Rosen langsam aber unaufhaltsam den Garten in Besitz genommen. Eine Gruppe von Haselnußsträuchern wurde abgeholzt, weil sie den Rosen die Sonne stahl. »Wir werden das Holz verkaufen«, rechtfertigte sich Sophie, obwohl niemand einen Einwand erhoben hatte. »Denkt nur daran, wieviel Geld das im Winter einbringen wird.« Weitere Sträucher – Goldrute und Schneeball – wurden gegen Gitterwerk ausgetauscht, um den Kletterrosen Halt zu bieten. Sophies Aufmerksamkeit galt nunmehr nur noch den Rosen, so daß die anderen Pflanzen, sich selbst überlassen, nach und nach unbemerkt eingingen.

Die langlebigen Rosen, die im achtzehnten Jahrhundert gezüchtet wurden, waren wesentlich zäher als die Exemplare, die wir heute kennen. Dennoch blieb auch damals der Gärtnerin die harte Arbeit des Zurückschneidens nicht erspart, und so stand auch Sophie im kargen Monat Dezember in ihrem Garten und legte bei ihrem Kampf mit den langen Trieben jenen gnadenlosen Eifer an den Tag, der wahre Leidenschaft kennzeichnet. Im Frühjahr mußten die abgestorbenen Triebe entfernt, im Sommer die blühenden behutsam gestutzt werden. Um die Rosenbüsche herum wurde Knoblauch gesetzt, um deren Widerstandsfähigkeit gegen Krankheiten zu steigern, und eine dichte Humusschicht am Boden sollte die Wurzeln warm halten und das Unkrautwachstum eindämmen. Zum Gießen benötigte Sophie die Hilfe des alten Dieners Jacques sowie einen schwerfälligen Eisenbehälter, den man als Wasserkarre bezeichnete. Saint-Pierres betagte Stute lieferte die warmen Pferdeäpfel, die Sophie in einem übelriechenden Faß gären ließ, bis das Gebräu genügend gereift war, um ihre Lieblinge adäquat zu nähren. Sie streifte auf der Suche nach neuen Pflanzen durch Städte und Dörfer und klopfte beherzt an die Türen wildfremder Leute, um sich Ableger zu erbetteln. Sobald sie im Vorübergehen nur einen Zweig erspähte, der ihr interessant erschien, war es um sie geschehen. Schlug man ihr die Bitte ab, kam es sogar gelegentlich vor, daß sie stahl. »Wenn es um Rosen geht«, meinte Mathilde anerkennend, »kennt Sophie keine Scham.«

Rücksichtslos, beherzt, schamlos – dank ihrer Rosen durfte Sophie diesen Eigenschaften freien Lauf lassen.

Sophie ist eine junge Frau, die ausreichend gebildet ist, um die Neugier ihrer Mitmenschen zu erwecken, aber bei weitem nicht gebildet genug, um diese letztendlich auch zu befriedigen, weder schön noch reich, weshalb es um ihre Heiratsaussichten schlecht bestellt war. Sie verlebt ihre Tage mit den unvermeidlichen, unvorstellbar mühseligen Arbeiten wie Seife herstellen, jedes Kleidungsstück, jedes Stück Tisch- und Bettwäsche eigenhändig nähen; die langen Winterabende, wenn die Kerzen, die nur sparsam verwendet werden, da sie teuer sind, so wenig Licht spenden, daß man sich ebensogut früh ins Bett legen kann (davon abgesehen, daß es dort am wärmsten ist). Anderswo tun sich neue Perspektiven auf – man hat den Sauerstoff entdeckt, den Pazifischen Ozean kartographiert, und die Menschheit steht im Begriff, sich des Absolutismus zu entledigen.

Nach Montsignac aber dringt der naturwissenschaftliche und politische Fortschritt nur in Gestalt vager Gerüchte vor, deren Bedeutung vom neuesten Dorfklatsch oder den Folgen eines verfrühten Frosteinbruches bald überlagert wird.

Das war der Grund, warum Sophie Rosen brauchte.

Wenn sie im Bett lag, streichelte sie ihre bloße Haut mit

einer weichen, weißen Rosenblüte, und im Juni, wenn keiner hinsah, aß sie Rosenblätter.

Inzwischen war es allerdings Ende Juli, die Hauptblüte war vorüber. Stephens Blick fiel auf vereinzelte Nachzügler in einem klaren Rosé-Ton, welche einen Strauch zierten, dessen Blätter sich bereits grünlich-grau verfärbt hatten. Er pflückte eine der Blüten. Als Sophie auf der anderen Seite der Dornenhecke erschien, trat er heran und steckte sie ihr ins Haar.

Sophie wurde rosarot wie die Rose.

Stephen war verzaubert von der Ursprünglichkeit dieser Reaktion. Wie aufrichtig sie ist, dachte er bei sich. Das macht die Nähe zur Natur. Zu Sophies Füßen stand ein Korb mit Bindfaden und einem Messer mit schmaler, gebogener Klinge, daneben ein Wasserbehälter mit grünen Zweigen. »Wie gut Sie es doch haben«, sagte er. »Sie dürfen an der frischen Luft arbeiten, die Vögel leisten Ihnen Gesellschaft ... Ich habe mir immer gewünscht, Gärtner zu sein.«

»Nun«, entgegnete sie skeptisch, »haben Sie es schon einmal ausprobiert?«

»Ich habe mich häufig in Gärten aufgehalten.«

Sie hatte sich aufgerichtet, um den Rücken zu dehnen. Nun beugte sie sich erneut über ein Beet mit jungen, in Reihen angelegten Pflanzen. Er hockte sich neben sie und fragte: »Ist das ein Rosenstrauch?«

»Es ist ein Wurzelstock, den ich vorletzten Winter aus dem Zweig eines Dornstrauchs gezüchtet habe«, entgegnete sie. »Ich bin dabei, ihm eine Rose aufzupfropfen.« Sie schnitt den Stamm eine Fingerbreite oberhalb des Bodens T-förmig ein. Dabei handhabte sie das gefährlich anmutende Messer mit selbstverständlicher Präzision. Um die Borke zurückzubiegen, verwendete sie ein anderes Messer mit stumpfer, abgerundeter Klinge.

Als sie nach dem Wasserbehälter griff, reichte er ihr einen der Zweige. Sie bedankte sich mit einem Kopfnicken und schlitzte den Zweig von unten bis unterhalb der Blattknospe auf. »Sehen Sie«, sagte sie. Ihr Atem ließ den grünen Splitter, den sie auf der Klinge balancierte, erzittern. Sie drehte ihn behutsam um und zeigte Stephen den winzigen Flecken helleren

Holzes. »Den nehme ich heraus.« Er schaute fasziniert zu, während sie das hellere Holz herausschnitzte, ohne die Borke zu verletzen. »Und nun wird die Knospe in den Hohlraum zwischen der Borke hineinwachsen. Hier.« Er beugte sich hinab, um genauer hinzusehen. »Jetzt binden wir sie fest.«

»Ich helfe Ihnen.«

Ihre Hände berührten sich. »Schön fest, aber nicht zu eng«, ermahnte sie.

Nachdem die winzige Knospe an ihrem Platz war, ließ sich Stephen ins Gras fallen. »Das ist ausgesprochen anstrengend«, bemerkte er.

Sophie schnitt das Ende des Fadens ab, richtete sich auf und schenkte ihm ein Lächeln. »Mit etwas Übung fällt es leichter«, entgegnete sie. »Und es ist die einfachste Art, Pflanzen zu züchten. Im Frühjahr werde ich zwei Dutzend neue Exemplare haben.«

»Ist sie sehr schön, diese Rose?« fragte er, ihr Mienenspiel beobachtend. Ihr üblicher Ernst entschwand, wenn sie lächelte, und sie sah fast hübsch aus, dachte er.

»Ich werde sie Ihnen zeigen.«

Sie führte ihn die Wege entlang bis zu einem kleinwüchsigen Strauch mit glattem Stamm, dunkelgrünen, matt glänzenden ovalen Blättern und üppigen kirschroten Blüten. Es war ein wunderschöner Anblick. Als er ihr dies bestätigte, blickte sie zu Boden, als sei sie enttäuscht von seiner Reaktion.

»Ist es eine besonders seltene Gattung?« vermutete er, um ihr eine Freude zu machen.

»Für einen Naturfreund sind Sie aber schlecht informiert, oder?« Überrascht drehte er sich um und sah Mathilde, die lächelnd aus dem Gebüsch hervortrat. Sie war dabei, ein Spiel zu spielen, bei dem man sich, ohne gesehen zu werden, durch den Garten bewegen mußte und welches sie hervorragend beherrschte. »Normalerweise blühen Rosen nicht den ganzen Sommer hindurch. Diese kommt aus China, aus der Fa-tee-Züchtung bei Kanton. Sophie hat Rinaldi dafür Mutters silbernen Armreif gegeben. Das dürfen aber Vater und Claire nicht wissen.«

»Mathilde!«

»Aber es blühen doch noch andere Rosen«, widersprach Stephen. »Zum Beispiel jene, die Sophie im Haar trägt.«

»Eine Quatre-Saisons«, versetzte Mathilde würdevoll. »Man kennt sie auch als Herbstdamaszener. Eine weitere Ausnahme. Später im Jahr hat sie meistens noch eine zweite Blüte, aber darauf kann man sich nicht verlassen. Mit einer verspäteten Anwandlung schwesterlicher Loyalität fügte sie hinzu: »Bei Sophie funktioniert es allerdings immer. Rinaldi meint, bei ihr wächst sogar aus einem Kohlkopf eine Rose.«

»Wer ist Rinaldi?«

»Der Händler, der mir die rote Rose verkaufte. Früher war er allerdings Matrose. Seine letzte Reise – sie liegt schon viele Jahre zurück – führte ihn nach China, wo er Hunderte dieser Rosen in Kübeln blühen sah. In warmen Klimazonen blühen sie das ganze Jahr hindurch.« Sophies Stimme klang träumerisch. »Rinaldi erkannte, daß Rosen, die immer blühen, etwas Wertvolles sind«, fuhr sie fort. »Also kaufte er so viele auf, wie er nur konnte.«

»Er hat sie in Teetassen zurückgebracht«, warf Mathilde ein. »So klein waren sie.«

»Größtenteils haben sie die Reise nicht überlebt. Er verkaufte alle, die er retten konnte, bis auf zwei Sträucher, die er selbst behielt und auf dem Grundstück pflanzte, das er sich vom Erlös gekauft hatte. Er hatte sich vorgenommen, seßhaft zu werden, zu heiraten, Kinder zu kriegen, sich eine Ziege zu halten und den Rest seines Lebens mit Gärtnerei zu verbringen. Aber Rinaldi ist eben der geborene Weltenbummler.« Sophie zuckte die Achseln. »So hat er sich natürlich bald gelangweilt.«

Stephen pflückte eine der roten Rosen und roch daran.

»Ist Ihnen schon einmal aufgefallen«, fragte Mathilde, »daß es das ist, was jeder als erstes tut, wenn er eine Rose sieht – daran riechen?«

»Kinder verfügen über eine wundervolle Beobachtungsgabe«, bemerkte Stephen und strahlte sie an.

»Nicht ›Kinder‹, sondern *ich*«, wandte Mathilde ein. »Ich bin nämlich sehr weit für mein Alter.«

Stephen hielt sich noch immer die Rose unter die Nase.

»Wir haben Musik, die unsere Ohren bildet«, sagte er, »und Bilder, die uns das Sehen lehren. Unsere Gaumen schulen wir mit Speisen und Wein. Erscheint es Ihnen nicht merkwürdig, daß wir unseren Geruchssinn derart sträflich vernachlässigen?«

»Möglicherweise üben Düfte aus genau diesem Grunde solch eine starke Wirkung auf uns aus«, gab Sophie zu bedenken. »Unsere instinktive Reaktion ist noch unverbildet.«

»Es ist nicht möglich, einen Duft zu beschreiben«, bemerkte Stephen. »Dieser Duft zum Beispiel ist zart und fremd. Ganz anders, als wir ihn sonst bei Rosen kennen.«

»Ich weiß«, sagte Sophie. Sie stand auf einem Bein und legte die Stirn in Falten.

Er legte die Hand auf ihren Arm, und sie blickte hinab auf die langen Finger mit den kräftigen Knöcheln. Zwischen den feinen, hellen Haaren am Handgelenk sah sie einen kleinen Kratzer. »Ich hatte Sie eigentlich gesucht, um Ihnen zu sagen ... nun, meinem Fußknöchel geht es inzwischen wieder gut, wie Sie wissen, und ich möchte Ihre Gastfreundschaft nicht länger als nötig strapazieren ...«

Er geht fort. Sophie hatte sich innerlich bereits auf diesen Moment eingestellt. Nun war er da. Sie verlagerte das Gewicht auf den anderen Fuß.

»... aber ich wollte Sie fragen, ob Sie mir gestatten würden, noch einige Wochen hier zu verbringen. Ich gelobe, Ihnen nicht zur Last zu fallen. Ich werde lange Spaziergänge unternehmen, mit meinem Skizzenbuch ...«

»Und vielleicht mit einem Engel«, sagte Mathilde ganz leise zu einer vorüberziehenden Biene.

Hatte die Amsel schon die ganze Zeit auf der Gartenmauer gesessen und so lieblich gezwitschert?

Als Sophie aus dem Dorf heimkehrte, wurde sie auf der schattigen Allee von Mathilde abgefangen.

»Er ist da! Ich dachte, wir würden noch eine weitere Woche verschont bleiben.«

»Hast du Brutus weggesperrt?«

»*Vive la liberté!*«

Sophie beschleunigte ihre Schritte.

Im Hof stand eine Kutsche mit Pferden und livrierten Dienern. Im Salon saßen Claire und Stephen, ziemlich weit voneinander entfernt. Sophie bemerkte, daß ihre Schwester eines ihrer hübschesten Kleider angezogen hatte, ein Gewand aus Musselin mit einem Rosenmuster. Solch ein Kleid hätte eine Ehefrau gewählt, um ihren Gatten nach sechswöchiger Abwesenheit zu begrüßen. Vorausgesetzt, sie hätte von seiner Ankunft gewußt.

Hubert schritt ruhelos auf und ab, berührte Gegenstände und redete unablässig. Sein Haar war bereits dünn aber noch nicht ergraut. Er war stolz auf den satten Farbton und verzichtete meistens darauf, eine Perücke zu tragen. Sophie sagte sich oft, daß ein Mann mit einem rötlichen Teint und schwarzem Haar immer zornig aussah, ohne dies zu beabsichtigen. Diese These wurde durch die Tatsache in Frage gestellt, daß ihr Schwager zumeist zornig *war*.

»Welch eine freudige Überraschung. Wir hatten erst nächste Woche …« Als sie sich herabbeugte, um ihn zu küssen, wich sie unwillkürlich vor seinem Atem zurück.

Es war wie immer: das Hin- und Herschreiten, die Berührung, das Zurückweichen.

»Hier im letzten Winkel des Landes ist euch natürlich nichts zu Ohren gekommen.« Huberts Äußerungen waren stets von Herablassung gekennzeichnet. »Diese Idioten in Paris haben sich selbst übertroffen. Sie haben die ganze Nacht bei der Nationalversammlung geredet und sind zu dem Schluß gekommen, es sei ihre Bürgerpflicht, sämtliche Abgaben an den Adel abzuschaffen. Natürlich haben die meisten dieser Abgeordneten selbst keinerlei Besitz. Deswegen sind sie der Meinung, anderen solle es auch nicht besser ergehen.«

Stephen schaute von Claire zu Sophie; offenbar verstand er nicht, wovon die Rede war. Hubert war nur zu gern bereit, ihn aufzuklären. »Es geht um Privilegien, die unsere Familien bereits seit vielen Jahrhunderten genießen, legitime Einkommensquellen.« Er zählte sie an den Fingern ab. »Wege- und Brückenzoll, Miet- und Pachtzins, Grundsteuer, Besteuerung der auf Wochenmärkten verkauften Waren, Sachleistungen und Bargeldzahlungen.« Schließlich hatten seine Ahnen ihr Leben fürs Vaterland geopfert, ein ältester Sohn nach dem anderen, über unzählige Generationen hinweg. Überwältigt von soviel Ungerechtigkeit, kaute Hubert an der Innenseite seiner Lippe.

»Haben Sie nicht vergessen, einige der eher umstrittenen Privilegien zu erwähnen, mein lieber Montferrant?« fragte Saint-Pierre, der soeben den Raum betreten hatte. Als Claire ungefähr ein Jahr mit Hubert verheiratet gewesen war, hatte sich ihr Vater der Fairneß halber die Mühe gemacht, eine Liste der Vorzüge seines Schwiegersohnes zusammenzustellen. Nach »*Versteht es, erlesen zu speisen*« hatte er lange nachdenken müssen, ehe er einen weiteren Punkt hinzufügte: »*Hat eine direkte Art.*«

Mit der Spitze seines Stiefels attackierte Hubert eine abgewetzte Stelle im Teppich. Es waren Männer wie sein Schwiegervater, dachte er bei sich, die das Land in den Ruin trieben. Eine schöne Ehefrau, die wußte, daß er aus einer anderen sozialen Schicht stammte, damit ließ es sich leben. Es war die Verwandtschaft, die ihm Schwierigkeiten bereitete.

Saint-Pierre wählte einen Sessel, der in der Lage schien, sein Gewicht zu tragen, und wandte sich Stephen zu, wobei er die Hände über die Wölbung seines Bauches legte, so daß sich die Fingerspitzen berührten. Seine Töchter sahen einander an und verdrehten die Augen. Ihr Vater, der Richter.

»Nehmen wir zum Beispiel *mainmorte*: Ein Bauer darf nur

mit Erlaubnis seines Landesherrn seinen eigenen Grund und Boden veräußern. Darüber hinaus darf er seinen Grundbesitz nur einem nahen Verwandten vererben, der unter seinem Dach lebt. Und dann gibt es noch diese uralten Jagdrechte, die es dem Adel gestatten, Wild zu halten, das sich nach Belieben an der Saat des Bauern laben darf. Wenn die Ernte sowieso schlecht ist – so wie im vergangenen Jahr – wird diese Regelung besonders übel genommen.«

»Verständlicherweise«, kommentierte Stephen.

Hubert wippte ungeduldig auf den Fußballen. »Sie scheinen die Situation nicht recht zu begreifen. Im Frühjahr gab es überall in Frankreich Übergriffe auf Privatbesitz. Auf meinen Gütern wurden Hasen und Fasane niedergemetzelt, Gebäude in Brand gesteckt und das Vieh auf die Äcker getrieben. Einer meiner Wildhüter wurde mit einer Eisenstange angegriffen und lebensgefährlich verletzt.« Er betrachtete Stephen mit abfälliger Miene. Ein Ausländer, der sich anmaßte, Urteile zu fällen. »Ich nehme an«, fuhr er fort, »daß man in der Neuen Welt die Barbarei gutheißt, aber ich darf Ihnen versichern, daß wir hier die Dinge vollkommen anders betrachten.«

»Verstehen und Gutheißen sind nicht dasselbe«, versetzte Stephen. Er hatte gehofft, Claire werde seine beherzte Entgegnung anerkennend vermerken, aber diese fixierte abwesend den leeren Kamin. »Selbstverständlich hat niemand das Recht, ungestraft Gewalttaten zu verüben.«

»Von ›ungestraft‹ kann hier nicht die Rede sein«, warf Saint-Pierre sanft ein. »Mein Schwiegersohn ließ die Anführer nach einem Kollektivurteil hängen.«

»Jawohl. Und wenn ich nicht so entschlossen gehandelt hätte, wären wir im Schlaf gemeuchelt worden. Das kommt nun auf uns zu – und unsere Mörder werden von den Laffen in Paris auch noch angefeuert.«

»Mein lieber Montferrant, Sie verwechseln Ursache und Wirkung. Die Ausschreitungen im Frühjahr wurden ausgelöst von bestimmten Adelskreisen, die von ihren Rechten allzu intensiven Gebrauch machten. Die Abschaffung der aristokratischen Privilegien wird Jubel auslösen, nicht etwa weitere Gewalttaten.«

»Wenn Sie glauben, es werde nun Ruhe einkehren, sind Sie

ebenso verblendet wie alle anderen. Ich jedenfalls werde meine Frau und meinen Sohn morgen früh zurück nach Toulouse begleiten. Ganze Räuberbanden sind bereits unterwegs; sie plündern und morden, wo sie gehen und stehen. Auf dem Land ist es heutzutage ebenso gefährlich wie in Paris, auch für jene, die selbst wie die Bauern leben.«

Hubert wippte auf und ab und lächelte in die Runde. Dann stellte er sich auf die Zehenspitzen, ließ ein triumphierendes Krähen vernehmen und schenkte sich ein Glas Armagnac nach.

In der Stille, die nun folgte, erschien das Ticken der vergoldeten Uhr auf dem Kaminsims unerträglich laut. Sie ging immer falsch, schlug die Stunde, wann immer es ihr beliebte, mal mehrmals stündlich, um anschließend vier Tage lang gänzlich zu schweigen, aber sie hatte Marguerite gehört, also wurde sie von Saint-Pierre treu gewartet, und er weigerte sich, sich von ihr zu trennen. Was hatte Liebe auch mit Nützlichkeit zu tun?

Der Richter wandte sich erneut an Stephen. »Der Marquis nimmt die Belänge des Adels nicht auf die leichte Schulter. Vor zwei Jahren engagierte er einen Anwalt, um die Privilegien zu recherchieren, von denen nicht länger Gebrauch gemacht wird. Sie müssen verstehen, er war der Meinung, Paris mache zu viele Zugeständnisse gegenüber reformwütigen Emporkömmlingen und betrachtete es als seine Aufgabe, alte Bräuche wieder zu beleben, ehe sie für immer in Vergessenheit gerieten. Nun, jener Anwalt steckte monatelang seine Nase in sämtliche Archive und ließ sich seine Mühe teuer bezahlen. Und wissen Sie, was er schließlich herausfand? Er fand heraus, daß Montferrant über das unverbrüchliche Recht verfügt, sich im Winter mit seinen Bauern auf die Jagd zu begeben und von ihnen zu verlangen, im Walde ihre Gedärme zu entleeren, auf daß er seine Füße in ihrem Kot wärmen möge.«

Stephen lachte so herzhaft auf, daß er bis in die Küche zu hören war, wo sich Mathilde und Brutus mit Lebkuchen zu trösten suchten, und auch Sophie konnte ihr Schmunzeln nicht unterdrücken. Nur Claire schaute mit unbewegter Miene zum Fenster hinaus.

»Das Recht, die Füße zu wärmen, Montferrant, schade, daß es für immer entschwunden ist, Ihr Recht, die Füße zu wärmen.«

(1)

Wie konnte sie ihn nur heiraten? Er ist in keinerlei Hinsicht attraktiv. Und alt ist er auch – mindestens fünfunddreißig. Nun gut, er ist reich und trägt einen Titel, aber sie hat mir doch zu verstehen gegeben, daß ihr dergleichen ebensowenig bedeutet wie mir.

Geschah es möglicherweise ihren Schwestern zuliebe? Vielleicht kann sie ihnen durch seine Verbindungen die passenden Ehemänner vermitteln. Immerhin ist Sophie nicht mehr die jüngste und hat noch keinen Mann gefunden. Ja, das sähe ihr ähnlich, das eigene Glück zugunsten anderer zu opfern.

Es liegt wohl auf der Hand, daß sich ein Mann wie dieser nicht im geringsten für die schönen Künste interessiert.

(2)

So, wie er Claire anschaut, hat mich noch niemand betrachtet.

Aber sie ist so schön, ich darf mich nicht mit ihr vergleichen.

Ob er wohl hier bleibt, wenn sie nach Toulouse zurückgekehrt sind? Es wäre schön für Mathilde. Er bringt sie zum Lachen, und das tut ihr gut. Sie ist viel zu ernst für ihr Alter. Er verfügt über eine Leichtigkeit, die uns allen fehlt.

Er ist natürlich recht jung, noch nicht einmal zweiundzwanzig. Ganze sechs Monate jünger als ich. Ich sollte mir die neue Frisur machen lassen, die mir Claire gezeigt hat.

(3)

Seitlich am Kopf, direkt unterhalb der Ohren, riecht er am allerbesten. Es ist ein warmer Duft, wie frischgebackenes Brot.

Wenn er aus dem Fluß kommt, riecht er anders, nach

Schlamm eben. Aber nach ein paar Stunden kehrt sein eigener Geruch zurück. Und seine Pfoten duften immer nach Gras, sogar am Morgen, obwohl er die ganze Nacht nicht draußen war.

Er beißt nur Leute, deren Geruch er nicht leiden kann, und ich finde es ungerecht, ihn dafür zu bestrafen.

Huberts Geruch gefällt ihm nicht. Das geht uns wohl allen so.

Am Morgen war der Himmel über Castelnau voller sahniger Wölkchen mit glänzenden Rändern wie zerknittertes Satin. Er überquerte die Straße, um Sophie zu begrüßen, lüftete den Hut und bemerkte, daß sie ihn sekundenlang ansah, ohne ihn zu erkennen.

Dabei hatte er seit ihrer letzten Begegnung an kaum etwas anderes mehr denken können.

Er nahm die Brille ab, um die Gläser zu putzen. Gerade rechtzeitig fiel ihm noch ein, daß sein Taschentuch nicht mehr ganz sauber war. Schließlich lächelte sie ihn an und reichte ihm die Hand. »Guten Morgen, Dr. Morel.«

»Ich hoffe, daß der amerikanische Herr – er heißt doch Monsieur Fletcher? – wieder vollkommen genesen ist?« Bloß nicht anstarren, bloß nicht daran denken, wie ihre Haarsträhnen teils hell-, teils dunkelbraun und teils in einer undefinierbaren Farbe, die zwischen den beiden liegt, leuchten.

»Ja, danke der Nachfrage. Es war ein solcher Glücksfall, daß Sie sich gerade bei den Costes aufhielten. Bestimmt hat es Monsieur Fletcher viel Leiden erspart, daß Sie so prompt zur Stelle waren. Er ist – wir alle sind – Ihnen außerordentlich dankbar.«

»Nicht der Rede wert.« Er scharrte nervös mit den Füßen, die in großen, staubigen Stiefeln steckten. »Ich hoffe, Dr. Ducroix konnte persönlich erscheinen, um den Patienten zu untersuchen.«

»Ja, er hat Ihre Diagnose bestätigt und ist eine Woche darauf noch einmal wiedergekommen, um den Heilungsprozeß zu überprüfen. Es bestand jedoch kein Grund zur Sorge. Der Knöchel war bald wiederhergestellt.«

»Gut, gut.« Er überlegte, was er sagen konnte, um das Gespräch auszudehnen. »Das sind wunderbare Neuigkeiten.« Sie mußte ihn für schwachsinnig halten. »Und … genießt Monsieur Fletcher seinen Aufenthalt in unseren Breitengraden?«

Welch einen Unsinn redete er da nur?

»Vor einigen Wochen fuhr er zu seinen Cousins nach Bordeaux. Inzwischen wird er in Paris sein.«

»Gut, gut. Wundervolle Neuigkeiten.« Bei diesem Amerikaner handelte es sich um genau jene Art charmanter Schwachköpfe, die Frauen unwiderstehlich zu finden schienen. »Paris«, bemerkte er. »Da müßte man jetzt sein.«

»In dieser Hinsicht unterscheiden Sie sich nicht von anderen jungen Männern«, entgegnete sie lächelnd.

Neckte sie ihn? Das wäre ein gutes Zeichen, ein sehr gutes sogar. »Und Sie?« fragte er mutig. »Drängt es Sie nicht danach, dort zu sein, wo Geschichte gemacht wird?«

»Das hört sich so ernst an.«

»Nehmen Sie das, was geschieht, etwa nicht ernst?« Als er den Kopf bewegte, ließ das Sonnenlicht seine Brillengläser grell aufblitzen.

»So habe ich es nicht gemeint …« Sie stand wieder einmal auf einem Bein, und er merkte, daß er sie in Verlegenheit gebracht hatte. »Nun werden Sie denken, ich sei oberflächlich und konservativ, wie junge Damen aus gutem Hause eben sind. Geschichte erscheint mir so langweilig und abstrakt und schwer zu greifen, ähnlich wie die deutschen Philosophen. Das liegt vielleicht an meinen Schulbüchern, oder eher daran, daß ich nicht zur Gelehrten tauge. Romane sind mir wesentlich lieber.«

Die Worte *langweilig*, *abstrakt*, *deutsch* klangen schrecklich in seinen Ohren.

»Aber es ist doch gerade eine Frage der Phantasie«, meinte er. »Es geht doch darum, ein neues Weltbild zu schaffen.« Schon während er sprach, schimpfte er sich einen aufgeblasenen Narren. Er mußte dieses Gespräch beenden, und zwar *sofort*.

»Ich muß nun einen Hausbesuch machen, also …« Er reichte ihr die Hand.

»Sie müssen uns einmal besuchen, wenn Sie Zeit haben«, sagte sie. »Ich weiß, daß sich mein Vater sehr freuen würde.«

»Mit Vergnügen … gut, gut …«

Er schaute ihr nach, während sie sich entfernte. Die Zunge schien ihm am Gaumen zu kleben.

Da er in Wirklichkeit überhaupt keine Pläne hatte, spazierte Joseph gemächlich das Flußufer entlang. Im Februar und im Oktober war Hochsaison auf dem Fluß; Kaufleute schickten ihre Waren flußabwärts über die Garonne nach Bordeaux. Die Lastkähne lagen so dicht nebeneinander auf dem Wasser, daß man sie überqueren konnte, um das andere Ufer zu erreichen. Bereits im September waren zahllose Stauer damit beschäftigt, Stoffballen und Häute aus den Wagen zu wuchten und auf den Booten zu verstauen, die in Zweier- und Dreierreihen das Ufer säumten.

Schreiber mit hohen Hüten kritzelten emsig in ihre dicken Geschäftsbücher. Ein Kahnführer geriet mit zwei kleinen Jungen und ihrem Zugpferd ins Gehege, und es wurden die eindrucksvollsten Verwünschungen ausgetauscht.

Joseph erklomm die Stufen, die zu Castelnaus einziger Brücke führten, wo einigermaßen Ruhe herrschte. Die Brücke verband das gutbürgerliche Stadtzentrum – wo er soeben Sophie getroffen hatte – mit dem Bezirk Lacapelle, wo er geboren war. In den niedrigen Holzhütten lebten die Armen: Die Arbeiter, welche die Textilien herstellten, für die Castelnau berühmt war, die Kahnführer, die Stauer, die Böttcher und Schreiner sowie jene Gestrandeten, die man überall antraf: fliegende Händler, Stallburschen, Kleinkriminelle, Witwen, Greise, Hoffnungslose. Alle waren sie Menschen, die sich auf die eine oder andere Art am Rande der Gesellschaft durchschlugen. Seitdem Joseph Ende des Sommers in die Stadt zurückgekehrt war, wohnte er am rechten, am wohlhabenden Ufer und fand, von Patientenbesuchen abgesehen, nur selten Anlaß, den Fluß zu überqueren.

Die Brücke symbolisierte für ihn das Verbindungsglied zwischen den beiden Hälften seines Lebens. Sie war eine aus Ziegeln und Mörtel geschaffene Verkörperung des Übergangs. Seine Mutter, eine Waschfrau, hatte für die Besitzer jener imposanten Häuser, die sich auf der anderen Seite des Flusses aneinander reihten, gearbeitet. In diesen Herrenhäusern lebten die reichen Textil- und Mehlhändler Castelnaus, darunter auch die Familie der Nicolets, die das Monopol für die Produktion eines stabilen Wollstoffs besaßen. Versehen mit dem königlichen Stempel, wurde mit diesem Stoff die gesamte französische Armee eingekleidet. Josephs Vater arbeitete als Wollkämmer in der Werkstatt der Nicolets in Castelnau, wo – die Weber nicht mitgerechnet – über dreihundert Leute beschäftigt waren; gewebt wurden die Stoffe vorwiegend von Frauen und Kindern in entlegenen ländlichen Regionen.

Als Joseph sieben Jahre alt war, wurde das Leben der Familie Nicolet von schweren Schicksalsschlägen heimgesucht. Robert Nicolet, der Alleinerbe eines unermeßlichen Vermögens, ertrank zusammen mit seinen beiden kleinen Söhnen bei einem Schiffsunglück. Kurz darauf, in einer mondhellen Nacht, zog seine Frau ihr Hochzeitskleid an und stürzte sich von der Brücke in den Fluß. Am nächsten Tag fand man ihre Leiche dort, wo der Fluß eine Biegung vollzog. Sie hatte sich zwischen den Steinen und den Wurzeln einer Trauerweide verfangen. In ihrem Haar hing leuchtend gelbes Herbstlaub.

Der alte Monsieur Nicolet pflegte nun, in seinen pfauenblauen Morgenrock gehüllt, ziellos durch sein großes Haus zu wandern, beliebig die Türen zu öffnen und sich in bislang vertrauten Gängen zu verirren. Manchmal führte er dabei Selbstgespräche, deren zusammenhanglose Worte und Sätze keine Antwort verlangten. So wanderte er eines Tages in die Spülküche, wo der kleine Joseph auf dem kalten Steinfußboden saß und mit einer leeren Zigarrenkiste spielte. Seine Mutter, die mit der Magd geschwatzt hatte, bat stammelnd um Vergebung und eilte herbei, um ihren Sohn schleunigst aus dem Weg zu schaffen. Der alte Herr aber hielt inne und schaute hinab in das verängstigte Gesicht des kleinen Jungen. Wortlos streckte er die braungefleckte Hand aus, um äußerst zart, mit den Fingerspitzen, die Kinderwange zu streicheln.

Joseph sah ihn nie wieder und hatte den Zwischenfall bald vergessen. Als jedoch der betagte Unternehmer achtzehn Monate später verstarb, stellte sich heraus, daß er testamentarisch verfügt hatte, daß Jeanne Morels Sohn zur Schule geschickt werden solle. Wenn sich der Junge als aufgeweckt erwies, hieß es ferner, solle er zum Arzt ausgebildet werden, »... auf daß er lerne, das Leid zu lindern, mit dem die Welt so reich gesegnet ist.«

Seit seiner Rückkehr nach Castelnau begab sich Joseph häufig zum Fluß. Er wußte nicht recht, was ihn nach Beendigung seines Studiums dazu bewogen hatte, in seine Heimatstadt zurückzukehren. Schließlich waren beide Eltern tot, und die Schwestern hatten geheiratet und die Stadt verlassen. Es wäre zweifellos sinnvoller gewesen, in Montpellier zu bleiben und von den Beziehungen zu profitieren, die er auf der Universität geknüpft hatte. Den impulsiven Entschluß heimzukehren, hatte er mit der vagen Absicht gefaßt, seinem Wohltäter Ehre zu erweisen. Plötzlich aber schienen die möglichen Konsequenzen dieser Entscheidung, wie eine unheilvolle Wolke über ihm zu schweben. Die Vorstellung, einen unwiderruflichen Fehler begangen zu haben, war neu und überaus erschreckend.

Zunächst hatte er das dumpfe Unbehagen, das ihn neuerdings auf Schritt und Tritt begleitete, nicht benennen können. Wie auch? Schließlich war er noch niemals zuvor einsam gewesen. In Montpellier hatte es ständig an seiner Tür geklopft. Er sehnte sich nach den geselligen Winterabenden, die man damit verbrachte, im Wirtshaus zu sitzen und einander unter den Tisch zu trinken, und nach der Mühelosigkeit, mit der Freundschaften entstehen, wenn Jugend und gemeinsame Ziele den unwegsamen Bereich der individuellen Unterschiede gefällig glätten. Er vermißte die *Garrigue*, die trockene, nach Kräutern duftende Hügellandschaft südlich der Stadt, wo er oft spazieren gegangen war, um seinen Kater auszukurieren. Bei einem solchen Spaziergang hatte er eines Tages die Ruinen eines Dorfes entdeckt, wo nur noch die Feldblumen lebten und die Vögel, die mit ihren winzigen, beweglichen Körpern unermüdlich in den Himmel stießen.

Während er ein Krankenzimmer nach dem anderen besuchte, seine einsamen Mahlzeiten zu sich nahm und sich bemühte, den gleichförmig dahingleitenden Tagen ein wenig Struktur zu verleihen, sehnte er sich nach dem Leben, das ihm wie ein weiches Hemd auf den Leib geschneidert gewesen war.

Als er nun auf der Brücke stand, fragte er sich, ob er wohl zurückgekehrt sei, um sich zu diesem Aussichts- und Ausgangspunkt zu begeben – das Geländer, auf dem seine Hände ruhten, flußaufwärts das inzwischen marode Herrenhaus, die Werkstatt, in der sein Vater geschuftet hatte, die Waschkähne, auf denen seine Mutter die schwere Leinenwäsche der Nicolets geschrubbt hatte.

Der Mensch braucht eine Vergangenheit, dachte er. In diesem Augenblick erschien ihm alles so klar und überschaubar wie die lichtdurchflutete Flußlandschaft. Jeder Mensch muß um seine Herkunft wissen.

Dabei entsann er sich des Gesprächs mit Sophie, bei dem es ebenfalls um Geschichte gegangen war, und das Gefühl von Scham rann ihm wie Schweiß den Rücken hinab. Ich bin doch nur ein Arzt, dachte er. Ich sollte es anderen überlassen, Urteile zu verkünden und mich auf das beschränken, was ich gelernt habe. *Das Leid zu lindern, mit dem die Welt so reich gesegnet ist.*

Nach einer verregneten Woche war es an diesem Tag sonnig und kalt.

Die Hecken, die den Pfad säumten, dem Mathilde folgte, waren von einem Muster aus dicken orangen Hagebutten durchzogen. Brutus lief voran, schaute aber ständig zurück, um sich zu vergewissern, daß sie ihm folgte. Gelegentlich steckte er die Nase zwischen die großen braunen Blätterpilze am Boden. Plötzlich aber verließ er den Weg und rannte feldeinwärts.

Überall krochen kleine gelbe Schnecken mit transparent schimmernden, buttergelben Häusern. In einer Pfütze, so breit wie eine Straße, spiegelten sich die Bäume. Als Mathilde hindurchstapfte, wurden ihre Stiefel und ihre grauen Wollsocken von Wasser durchtränkt.

In Paris schritt sie furchtlos, gefolgt von ihren Anhängern, durch die Straßen mit den hohen Häusern, die noch höher und vornehmer waren als die Häuser in Toulouse. Die Menge schwang die Fackeln und sang. Man hielt vor einem aufwendig verzierten Eisentor, ein Mann hob sie auf seine Schultern, und sie wandte sich ihrer bewundernden Anhängerschaft zu. »Bürger!« rief sie, »es ist unsere Pflicht gegenüber dem Vaterland, jene Unglückseligen zu befreien, die Opfer von Folter und unsäglicher Tyrannei geworden sind.« Sie preßte die geballte Faust inbrünstig ans Herz. »*Vive la liberté! Vive la France!*« Das Volk jubelte und stürmte voran, ohne sich von den Gewehrsalven abschrecken zu lassen. Die Mauern vermochten dem Ansturm nicht standzuhalten, und ihre Leidenschaft brachte die Eisengitter zum Schmelzen. Die armseligen Gefangenen, in Lumpen gehüllt, mit Ketten an den Fußgelenken, knieten vor ihr nieder und küßten ihre Hand. In der Ferne erblickte sie … war das Huberts Haupt auf jenem Pfahl?

Mathilde summte eine Melodie und hüpfte leichtfüßig über die tiefen Ackerfurchen. Nicht weit entfernt tauchte nun auch Brutus wieder mit unglaublich schmutzigen Pfoten auf.

Dort, wo vereinzelt Holzapfelbäume wuchsen, bogen sie ab. Am anderen Ende der Wiese stand der Taubenschlag, errichtet aus flachen grauen Feldsteinen und Eichenbalken, der noch immer ihrer Familie gehörte, obwohl das umliegende Land schon längst den Besitzer gewechselt hatte. Vom *columbine*, dem Kot, der schichtweise den Boden des Taubenschlags bedeckte, profitierten die Saint-Pierres auf zweierlei Art, einmal, indem sie ihn als Dünger für das verbleibende Ackerland verwendeten, und darüber hinaus, indem sie den Kot an die Bauern verkauften, denen es, anders als dem Adel, versagt blieb, Tauben zu halten.

Da Mathilde von der Sonne geblendet war, konnte sie zunächst nicht erkennen, aus welcher Richtung das aufgeregte Bellen des Hundes kam. Als sie jedoch dem Laut folgte, sah sie dort, wo einst das hölzerne Tor gewesen war, eine dunkle, leere Wölbung.

Beinahe wäre sie auf die Taube getreten, die unmittelbar auf der Schwelle lag. Im Inneren des Schlages konnte sie unzählige reglose Federbündel erkennen. Sie stand wie erstarrt auf der Schwelle; selbst ihre Zehen zogen sich in den Stiefeln zusammen. Einigen Vögeln hatte man die Hälse umgedreht, den meisten aber die Kehle durchgeschnitten. Der Luftzug ließ ein paar winzig kleine Federn in die Luft steigen und im einfallenden Sonnenstrahl tanzen.

Brutus war in der Finsternis nicht zu sehen. Sie hörte nur, wie er irgendwo scharrte. Ansonsten wurde die Stille nur von den Vogelstimmen unterbrochen, die aus dem Wald ihre Rufe erklingen ließen.

Saint-Pierre schenkte Sophie ein Glas *floc*, einen heimischen Kräuterlikör, ein. »Im Frühjahr, als ihr Zorn um so größer war, als daß er kein erlaubtes Ventil fand, haben sie uns nicht angegriffen«, bemerkte er. »Dies ist ein Zeichen des Sieges. Sie wollen uns wissen lassen, daß sie endlich am längeren Hebel sitzen.«

»Und Sie glauben nicht, daß Anlaß zur Sorge besteht?«

»Nein, keineswegs. Schließlich haben sie die Vögel nicht mitgenommen, um sie zu verspeisen, sondern sie an Ort und Stelle gelassen, damit wir sie finden. Eine ausgesprochen symbolträchtige Geste, verstehst du? Hier, meine Liebe« – er reichte ihr die Schale – »diese Walnüsse sind ausgezeichnet.«

Einen kurzen Augenblick fühlte Sophie, wie der Zorn in ihr aufstieg. Er hat sich noch kein einziges Mal nach Mathilde erkundigt, dachte sie. »Nun vergessen Sie doch einmal das Essen und hören Sie mir zu!«

»Aus dem, was du berichtest, schließe ich, daß man das *columbine* selbst verschont hat«, sagte Saint-Pierre. »Das weist darauf hin, daß die Täter Stadtbewohner waren, vermutlich eine Gruppe junger Burschen aus Castelnau, die darauf aus waren, Unfug zu stiften.«

Vollkommen distanziert, leidenschaftslos und vernünftig sondierte er die Beweislage. Unvernunft ist mir manchmal lieber, dachte Sophie. Laut entgegnete sie sachlich: »Jacques hat sich im Dorf umgehört. An jenem Nachmittag vor drei Tagen, als der Regen nachließ, beobachteten einige Leute, wie eine Gruppe Frauen, keine Ortsansässigen, mit Stöcken bewaffnet aus dem Wald kam und sich über die Felder in Richtung Taubenschlag begab. Wie Jacques berichtet, sangen sie und schienen hochprozentige Getränke zu sich genommen zu haben.«

»Da hast du's, da hast du's doch! Überall in Castelnau erzählt man sich von den aufständischen Marktweibern, die das Königspaar gezwungen haben, Versailles zu verlassen, um sie nach Paris zu begleiten. Man muß sich ständig selbst beweisen, daß man den Parisern ebenbürtig und denselben Herausforderungen gewachsen ist. Darin besteht das ewige Drama des Lebens in der Provinz.«

»Pierre Coste hat Jacques erzählt, man habe ihn mit ›Bürger‹ angeredet und aufgefordert, sich der Sache anzuschließen. Natürlich ist ihm daran gelegen, deutlich zu machen, daß er keineswegs in die Sache verwickelt ist. Laut Pierre handelte es sich um zwanzig bis dreißig hochgewachsene, kräftige Frauen mit lauten Stimmen, die offenkundig etwas im Schilde führten. Anderen Berichten zufolge waren es nicht mehr als ein Dutzend an der Zahl; darüber, daß sie wild und ungestüm waren, sind sich aber alle einig.«

»Hochgewachsene Frauen mit lauten Stimmen?« Saint-Pierre befreite gedankenverloren seine Walnüsse von der Schale. »Da gab es vor etwa zehn Jahren in Beaujolais einen Fall, der in aller Munde war. Eine Gruppe Männer hatte sich mit Hauben und langen weißen Hemden ausstaffiert, damit man sie für Frauen hielt, und die Landvermesser überfallen, die gerade dabei waren, für den neuen Grundbesitzer die Felder auszumessen. Als man sie später befragte, erklärten die Männer und ihre Ehefrauen einhellig, nicht das geringste über die Vorfälle zu wissen. Die Missetäter, meinten sie, seien wohl Geister gewesen, die aus den Bergen gekommen waren, um mit den Menschen Schabernack zu treiben.«

»Aber wozu die weibliche Verkleidung?«

Er zuckte die Achseln. »In vielen Regionen hierzulande sind Frauen nur bedingt strafmündig.«

Sophie erwiderte langsam und nachdenklich: »Diese Symbolik gefällt mir nicht. Durch sie wird die Frau selbst zum Symbol reduziert.«

Saint-Pierre aber hatte inzwischen sein zweites Glas *floc* geleert und seine Aufmerksamkeit bereits anderen Themen zugewandt. »Ist Berthe etwa mit dem Abendessen in Verzug? Ja, sollen wir uns denn ausschließlich von Walnüssen ernähren?«

1790

Sophie hielt ihren Neffen auf dem Schoß, welchem glucksend die Speichelblasen aus dem Mund liefen. »Er wird dir immer ähnlicher«, meinte sie zu ihrer Schwester und dachte bei sich, *und das ist gut so*. Pflichtbewußt fragte sie: »Wie geht es Hubert?«

Seit der Geburt ihres Kindes machte sich Claire nur noch selten die Mühe, Interesse an ihrem Gatten vorzutäuschen. Auch jetzt war ihrer Miene eine Mischung aus Gleichgültigkeit und Gereiztheit abzulesen; ersteres gegenüber Hubert und letzteres gegenüber Sophie, weil diese wider besseren Wissens den Schein zu wahren versuchte. »Woher soll ich das wissen? Ich habe ihn in Paris kaum zu Gesicht bekommen. Er und Sébastien haben den lieben langen Tag mit Gleichgesinnten der Nationalversammlung konferiert. Einigen von ihnen ist es gelungen, eine Audienz bei La Fayette zu bekommen und ihm anzutragen, sich gemeinsam mit seiner Nationalgarde der Sache des Adels anzuschließen, die sie natürlich als die Sache des Königs bezeichnen, weil das besser klingt.«

»Und …?«

»Als ich ihn fragte, wie die Audienz verlaufen sei, hat er mir untersagt, diesen Schwachkopf, wie er ihn nannte, zu erwähnen.« Claire schmunzelte. »Aber Sébastien hat Anne verraten, daß sie kaum mehr als drei Worte gesprochen hatten, als ihnen der General riet, ihm aus den Augen zu gehen, wenn sie nicht wegen Staatsverrats verhaftet werden wollten. Und als sie den Saal verließen, fragte er sie auch noch, warum sie nicht seine neue Kokarde trügen. Sie mußten Schlange stehen und sich von den Wachen die Trikolore an den Hüten befestigen lassen.« Als sie Sophies Blick begegnete, fingen beide an zu kichern. »Kannst du dir das vorstellen, wie Hubert gezwungen wird, die Trikolore zu tragen?«

Der Säugling, der solche Heiterkeitsausbrüche nicht gewohnt war, begann zu weinen. Seine Tante drückte ihn an sich und versuchte ihn zu beruhigen. Claire aber klingelte nach dem Kindermädchen, dem sie umgehend den Kleinen übergab. »Also wirklich, Sophie, du scheinst nicht zu begreifen, daß man Kinder nicht verhätscheln sollte.«

Das war seit Oliviers Geburt hinzugekommen, dachte Sophie. Zu all den Dingen, die sie als unverheiratete Frau angeblich nicht begreifen konnte, waren noch jene hinzugekommen, die jenseits ihres Fassungsvermögens lagen, da sie selbst keine Kinder hatte.

Nachdem sie ihren Standpunkt deutlich gemacht hatte, war Claire wie immer schnell zum Einlenken bereit. »Ich bin so froh, daß du sofort kommen konntest«, sagte sie. »Daß Hubert darauf bestanden hat, daß ich Paris einen Monat früher als geplant verlasse, war völlig unnötig. Er glaubt, der Mob werde über uns herfallen, unseren Stadtteil in Brand stecken und uns die Hälse durchschneiden. Er ist regelrecht besessen von dieser Vorstellung. Immerhin hat er Sébastien derart mit seiner Panik angesteckt, daß Anne nun zu ihrer Schwiegermutter nach Blois verbannt wurde. Ich wollte sie hier bei mir haben, und wir haben argumentiert, daß wir gemeinsam stark sind, aber sie ist wieder in einem schlechten Gesundheitszustand, so daß Sébastien die Reise nach Toulouse für zu anstrengend hielt. Er hofft dieses Mal auf einen Erben, folglich ist er sehr auf ihr Wohlergehen bedacht.«

Also wirklich, dachte Sophie bei sich, nirgendwo wird man so wirkungsvoll zum Zyniker ausgebildet wie in der Ehe.

»Vater meint, nun, da sie über die Verfassung debattieren, sei alles rhetorisch gemeint. Es wird doch wohl keine reale Gefahr bestehen?«

»Höchstens die der Langeweile«, entgegnete Claire und verdrehte die Augen. »Du kannst dir nicht vorstellen, wie langweilig es in Paris geworden ist. Sogar im Theater – alle neuen Stücke handeln von gestürzten Tyrannen und der Freiheit des Volkes. Sie tragen Titel wie *Der Triumph der Freiheit* oder *Die Frau des Patrioten*. Kannst du dir so etwas vorstellen? Natürlich finden auch Demonstrationen und dergleichen statt, beispielsweise Protestkundgebungen wegen der Brotpreise.«

Madame la Marquise hatte sich offenbar, was die Revolution betraf, zu der Haltung angewiderter Langeweile entschlossen.

Sophie erzählte indessen: »In Castelnau finden inzwischen auch Demonstrationen statt. Die Perückenmacher beschweren sich, daß sie ihrer Existenzgrundlage beraubt sind, seitdem unfrisiertes Haar zum Symbol der Patrioten avanciert ist.«

Claire bemerkte hierzu: »Wir haben ein Stück gesehen, in dem der Hauptdarsteller kurzes Haar und Ponyfransen trug.«

»Und wie sah er damit aus?«

»Grauenhaft. Wie eine dieser abscheulichen römischen Büsten. Du würdest nicht glauben, was es für Moden gibt, Sophie. Schlichte weiße Hemden. Schuhe, die mit roten, weißen und blauen Bändern geschnürt werden, anstelle der üblichen Silberschnalle. Wahrscheinlich ist es nur eine Frage der Zeit, bis man diese Mode auch in der Provinz zu sehen bekommt.«

»Nun, dann dürfte es doch nicht allzu schwer gefallen sein, Paris den Rücken zu kehren.«

»Natürlich leben dort auch amüsante Leute«, räumte Claire ein. Sie nahm ihre Stickerei auf und betrachtete stirnrunzelnd die indigofarbenen Flügel eines Schmetterlings. Sie zog es vor, nach ihren eigenen Entwürfen zu arbeiten, statt den Satinstoff mit den vorgezeichneten Mustern zu kaufen. Ihre Spezialität waren Insekten: schwerfällige Bienen und pelzige Raupen. Bereits als Elfjährige hatte sie auf eigenen Wunsch begonnen, an ihrer Aussteuer zu nähen.

Sophie nippte an ihrem Tee. Nach einer Weile fragte sie: »Hat Vater Nachricht von Stephen erhalten?«

»Nein.«

Jede für sich sinnierte über die Wirkung jener blaugrünen Augen, jenes entspannten Lächelns.

Sophie fragte betont sachlich: »Du hast ihn also gesehen?«

»Ja. Die de la Mottes haben für ihn einen Empfang gegeben. Louis de la Motte hat zusammen mit Stephens Vater im amerikanischen Unabhängigkeitskrieg gekämpft.« Claire legte ihre Handarbeit beiseite und erwiderte den Blick ihrer Schwester. »Er möchte ein Porträt von mir malen.«

Sophie schaute unwillkürlich zur Kaminwand, wo ein Porträt von Claire und Hubert prangte. Claire war sitzend abgebildet; er stand hinter ihr und legte besitzergreifend die Hand auf ihre Schulter. Im Hintergrund sah man Bäume, Hügel, Rehe: Huberts Gut in Lupiac. Aus unerfindlichen Gründen lagen einige zerbrochene Säulen am Boden, die an die Ruinen eines griechischen Tempels erinnerten.

»Ach ja, das.« Claire machte eine wegwerfende Handbewegung in Richtung des Bildes. »Dieses wird aber völlig anders werden. Stephen bevorzugt den frischen neuen Stil, zwar in der Natur, aber nicht gestellt, nicht künstlich. Das Ergebnis soll absolut natürlich wirken, verstehst du? Außerdem möchte er mich und Olivier im Stil Raphaels oder eines dieser anderen Italiener porträtieren.«

»Als Jungfrau mit Kind?«

»Genau. Dafür hat er alle möglichen Aufträge aus Paris abgelehnt. Er ist sehr gefragt, weißt du …«

Sophie schwieg.

»… deswegen ist es ein riesiges Kompliment. Dank seines Cousins hat er Beziehungen zur Nationalversammlung, und wahrscheinlich wird man ihn anläßlich des Jahrestages des Sturms auf die Bastille oder des Schwures im Ballhaus – ich weiß jetzt nicht genau, welches – mit einem Gemälde beauftragen. Um dem Geschmack seiner Auftraggeber zu entsprechen, der extrem konservativ ist, wird er sich natürlich stilistisch anpassen müssen. Er denkt dabei an ein umfangreiches allegorisches Werk …«

»Möglicherweise an den *Triumph der Freiheit*?«

»Genau«, entgegnete Claire, konnte sich dann aber doch das Lachen nicht verkneifen. Schließlich war sie ja Sophies Schwester. »Du machst dich wieder einmal über mich lustig. Aber er ist tatsächlich sehr begabt. Das sagen alle. Und er will mich in Montsignac porträtieren, in deinem Garten. Er will Vater schreiben und ihn fragen, ob er uns im Juni dort besuchen darf.«

Noch war es erst Februar, und sogar im kleinsten der drei Salons in Claires Haus war es ausgesprochen zugig. Das Mädchen, das hereingekommen war, um das Tablett abzuholen, wurde angewiesen, das Feuer zu schüren.

»Findest du die Idee nicht großartig?«

Sophie schaute auf den schmalen Rücken des Mädchens, das vor dem Kamin kniete. So ist es in Claires Leben, dachte sie. Alles läßt sich arrangieren.

Sie beantwortete die unausgesprochene Frage, indem sie sagte: »Vater wird bestimmt einverstanden sein.«

»Ich weiß, warum du zögerst, Sophie. Stephen hat aber auf äußerst taktvolle Art angeboten, für seine Kost und Logis aufzukommen. Was diesen Punkt betrifft, kannst du unbesorgt sein.«

»Das beruhigt mich.«

»Du machst dir überhaupt zu viele Sorgen. Das ist auch Stephen aufgefallen.«

Sie haben über mich gesprochen. Eine grauenhafte Vorstellung.

»Die kleine Falte zwischen deinen Augenbrauen wird stündlich tiefer. Ich muß dir unbedingt die neue Aprikosencreme zeigen, die ich in Paris gekauft habe. Alle schwören darauf. Außerdem habe ich dir Spitze und ein Paar Handschuhe für die Abendgarderobe mitgebracht.«

Sophie versuchte zu scherzen: »Kein langes weißes Hemd? Noch nicht einmal eine Schärpe mit den Nationalfarben?«

»Gott bewahre. Wir müssen uns unbedingt deine Kleider ansehen und eins für morgen abend aussuchen. Wir sind nämlich bei den Linguets zum Abendessen eingeladen. Mariannes Bruder, der Leutnant, wird auch dabei sein. Das hat sie ausdrücklich betont. Letztes Jahr war er recht beeindruckt von dir, erinnerst du dich noch?«

Gott bewahre, dachte Sophie bei sich.

Als der Frühling kam, wurde ihm seine Einsamkeit bewußt.

Die niedergelassenen Ärzte wie Ducroix konnten sich ihre Patienten aussuchen; er nicht. Im Winter führten ihn die verschlammten Straßen in die entlegenen Dörfer und Gehöfte – er ging zu Fuß, weil er sich zwar in dringenden Fällen ein Pferd mieten, nicht aber ein eigenes halten konnte – oder über die Brücke nach Lacapelle, wo sich die Patienten den Arzt ebensowenig aussuchen konnten wie umgekehrt. Er bewegte sich kreuz und quer durch den altvertrauten Bezirk, die schmuddeligen Gäßchen mit den mickrigen Häusern, wo sich die Krankheiten eingenistet hatten und mit der Vertrautheit eines Liebhabers das Leben der Armen teilten, an ihren Mahlzeiten teilnahmen und sich im Schlaf an sie schmiegten.

Dort herrschte jener penetrante, süßliche Geruch, der von Fluß, Kohlsuppe, Textilfarbe, Exkrementen, Teer, Sägemehl, Schweiß und Schlamm, den die alljährliche Flut an Land gespült hatte, herrührte. Wenn er sich abends auszog, schien der Geruch an seiner Kleidung zu haften; schnupperte er jedoch an der Wäsche, die er tagsüber getragen hatte, empfand er nur einen milden Ekel. Schließlich handelte es sich um den Geruch seiner Kindheit, der nur darauf gewartet hatte, sich von neuem in Erinnerung zu rufen. Tag für Tag überquerte er die Brücke, um den Bezirk Lacapelle aufzusuchen.

Er hatte von der Witwe eines Feinschmiedes ein Zimmer in einer Wohnung in der zweiten Etage gemietet. Es wäre praktischer gewesen, sich auf der anderen Flußseite eine Unterkunft zu suchen, in Lacapelle, wo er auch arbeitete, aber er wollte nicht auch noch die Nächte dort verbringen.

Als die Tage länger wurden und milderes Wetter eintrat, trieb ihn die Einsamkeit nachts aus seinem beengenden Zimmer. Dann pflegte er, bis an die Stadtgrenzen zu wandern, wo die Gärten in Felder übergingen und die Welt sich in unergründlicher Finsternis zu verlieren schien. Während dieser Ausflüge wurde er häufig von Prostituierten angesprochen. Aber aus Furcht vor den ansteckenden Krankheiten, mit denen sie, wie er nur zu gut wußte, meistens infiziert waren, wandte er sich bei solchen Gelegenheiten rasch ab, ehe das Verlangen die Furcht besiegen konnte.

Er hatte bereits zweimal in Montsignac vorgesprochen, aber sie war an beiden Tagen außer Haus gewesen. Es war wohl ohnehin ein hoffnungsloses Unterfangen. Zwar waren die Saint-Pierres sowohl verarmt als auch freundlich, aber immerhin waren sie die Saint-Pierres.

Er machte es sich zur Gewohnheit, die lärmerfüllten Gasthäuser am Stadtrand zu besuchen. Die Klientel setzte sich zusammen aus den Inhabern kleiner Läden, Handwerkern, Metzgern, Bäckern, Kerzenziehern, sowie einigen Portiers, Dienern und Tagelöhnern. Sie nickten ihm zu, forderten ihn auf, mit ihnen zu trinken oder ließen ihn einfach in Ruhe, je nachdem, wie er gestimmt war. Er ließ sich von ihren Stimmen einlullen und seine innere Unruhe besänftigen.

In diesem Frühjahr kreisten die Gespräche überwiegend um die Stadtratswahlen, die kürzlich stattgefunden hatten. Vicomte de Caussade war der neue Bürgermeister, und der Stadtrat selbst war mit Adeligen, hochrangigen Beamten und geistlichen Würdenträgern besetzt. Lacapelle hatte für die revolutionär eingestellten Patrioten gestimmt, während die übrigen Bezirke Castelnaus – beziehungsweise die dort ansässigen wahlberechtigten Männer – den Wahlversprechen des Vicomtes (Vollbeschäftigung, ein Ende der Essensrationierung und die Eliminierung der Unerwünschten) den Vorzug gegeben hatten, kurzum, der Wiederherstellung der Ordnung.

Joseph war dreiundzwanzig Jahre alt. Er beherrschte die altgriechische und die lateinische Sprache. Überdies hatte er Mathematik, Physik und Chemie studiert. Er kannte bis ins kleinste Detail Lavoisiers Theorie über Sauerstoffverbrennung und wie sich diese auf die Atmung auswirkte. Er wußte, wie viele Knochen die menschliche Hand besitzt. Er praktizierte jene moderne Methode der Diagnose von Lungenkrankheiten, die man in Wien entdeckt hatte: Der gesunde Brustkorb, wenn man ihn mit dem Zeigefinger abklopft, hört sich wie eine mit Stoff bezogene Trommel an, während ein gedämpfter oder hoher Klang das Vorhandensein einer Lungenerkrankung verrät. Das alles wußte er.

Aber er war erst dreiundzwanzig Jahre alt.

Beispielsweise erstaunte ihn die Tatsache, daß sich die aus der Arbeiterklasse stammenden Kneipengäste untereinander, was ihre politische Haltung betraf, keineswegs einig waren. Es gab immer wieder heftige Auseinandersetzungen zwischen den Anhängern Caussades und denjenigen, die für die Patrioten gestimmt hatten. Eines Abends, nachdem die diesbezüglichen Debatten besonders hitzig verlaufen waren, äußerte er seine Verwunderung darüber, daß Menschen, deren Interessen wohl kaum mit denen der privilegierten Minderheit, die Caussade vertrat, übereinstimmten, diesen dennoch in einem solchen Ausmaß unterstützten.

Sein Tischnachbar seufzte. »Was erwarten Sie? Diese Narren blicken nicht weiter, als ihre Nase reicht. Sie platzen vor Regionalstolz, also redet Caussade ihnen ein, es seien die Pariser, die die Revolution steuern. Sie hassen die Protestanten, also behauptet er, die Urheber der Revolution seien Ketzer, denen es darum geht, ihrem Glauben zum Sieg zu verhelfen.«

Joseph brauste jäh auf, setzte krachend seinen Bierkrug auf und übertönte das Stimmengewirr, indem er brüllte: »Haben euch eure Priester die Köpfe derart mit Lügen vollgestopft, daß das Gehirn keinen Platz mehr darin findet? Der Vicomte und seine Kumpane haben sich vor '89 nicht um euch geschert, und daran hat sich nichts geändert, wenn sie euch auch am Wahltag noch so freundlich anlächeln und euch die Hände schütteln!«

Es war Stille eingetreten. Alle sahen ihn an. Sein Tischnachbar schaute zu Joseph und fragte: »Nun, sollen wir gehen?«

Sie hörten, wie hinter ihnen die Menge aufgebracht zu raunen begann.

Sie gingen durch regennasse Straßen. Joseph hatte sich einige Male kurz mit Paul Ricard unterhalten und hatte vor den Wahlen gehört, wie sich dieser verächtlich über den

Vicomte äußerte und gesehen, wie ihm die Menschen mit nachdenklich gesenkten Köpfen zuhörten.

Wie er wußte, war Ricard Schweinemetzger. Sein Geschäft befand sich in Lacapelle. Er war eine imposante Erscheinung, ein hochgewachsener, stämmiger, breitschultriger Bursche mit dichtem roten Haar. Zwar bewegte er sich für einen schweren Menschen recht leichtfüßig, zog aber einen Fuß leicht nach. Man erzählte sich, das Hinken sei die Folge eines Unfalls; er sei als Kind in einer engen Gasse von einer Kutsche angefahren worden.

Joseph versuchte sich gerade zu entsinnen, wer ihm davon berichtet hatte, als Ricard sagte: »In Lacapelle sind Sie in aller Munde, Doktor. Man sagt, Sie seien sich nicht zu schade, in die ärmlichsten Hütten zu kommen. Antoinette Bergis, die Lumpensammlerin, erzählt, wie Sie ihr das Leben gerettet haben, und es gibt noch viele andere, die zu berichten wissen, daß Sie von den Patienten, denen die nötigen Mittel fehlen, kein Honorar verlangen. Sie gelten als guter Mensch. Einen besseren Ruf kann man nicht haben.«

Joseph war zutiefst gerührt. Zugleich aber fühlte er sich unverdient gelobt. Wäre er auch zu diesen Menschen gegangen, wenn er eine andere Wahl gehabt hätte?

»Man sagt, Sie seien dort aufgewachsen?«

Wann hatte man zum letzten Mal so gütig zu ihm gesprochen? Zunächst stockte er, aber dann begann er zu reden und zu reden, über seine Eltern, über den Mann, der den Esel geschlagen hatte, über die kalte Waschküche, den Ärmel des pfauenblauen Morgenmantels, über die beiden Kinder mit den Händen wie Seesterne, die ihm im Traum erschienen waren, um ihn in ihr Königreich hinab zu zerren, über das Mädchen aus Montpellier, die Worte seines Anatomieprofessors, sein schäbiges Zimmer, über die Höhen und Tiefen der Vergangenheit und die Ungewißheit der Zukunft.

Sie hatten inzwischen die Brücke erreicht. Ehe er seinen Weg alleine fortsetzte, legte Ricard die Hand auf Josephs Schulter. »Einige von uns haben einen Klub gegründet, wo man sich trifft, um Politik zu diskutieren. Sie sollten einmal mitkommen. Ich glaube, es würde Sie interessieren.«

Wieder setzte der Regen ein.

Das Laken war fast zweihundert Jahre alt und recht verschlissen. Man mußte es halbieren, die Hälften wenden und wieder zusammennähen. Zu diesem Zweck saß Sophie an einem Nachmittag Anfang Mai am offenen Fenster und nähte verbissen und ohne jegliche Begeisterung.

Die Verbissenheit war darauf zurückzuführen, daß ihre Sehnsucht heute wieder einmal besonders heftig war.

Sie bezeichnete das Gefühl als »Sehnsucht«, um sich darüber lustig machen zu können, in der Hoffnung, es damit zu verharmlosen. Sie empfand es sowohl seelisch wie auch körperlich, dieses Verlangen nach ... Weite, dachte sie, und zugleich, paradoxerweise, auch nach Nähe, nach einer fremden Hand, die ihre Haut berührt.

Oft machte sich die Sehnsucht in Gestalt einer gewissen Unruhe bemerkbar, die sie aus dem Hause trieb, das Stillsitzen zur Qual machte und sie dazu brachte, in ihrem Schlafzimmer summend vor sich hin zu tanzen und sich dabei aus allen Winkeln im Spiegel kühl zu mustern. Ebensogut konnte sich die Sehnsucht als Apathie manifestieren, die ihr regelrecht in die Adern zu kriechen schien, bis das Blut aufhörte zu zirkulieren, die Gliedmaßen schwer und träge wurden und die Zeit nahezu stillzustehen schien. Eine Minute nach der anderen kroch schläfrig vorüber – indessen kochte der Topf über, und die Rosen lagen neben der Vase und welkten vor sich hin.

Die Sehnsucht überfiel sie und spielte mit ihr Katz und Maus, bis sie des Spielens überdrüssig wurde und von ihr ließ, nur um sich von neuem hinterrücks heranzupirschen und anzugreifen.

Gegenmittel (allesamt nicht sehr wirkungsvoll):

- Bewegung an der frischen Luft – lange Spaziergänge, Gartenarbeit
- Bewegung im Hause – Umstellen der Möbel, die kreischende Mathilde treppauf, treppab scheuchen
- Geistige Übungen – Schach spielen, theoretische Bücher lesen, die *Enzyklopädie* durchackern (sie war bereits bis »Cartesianismus«, Seite 726, Band II gekommen, somit lagen noch etwa 200 Seiten des II. Bandes und 33 komplette Bände vor ihr)
- Der schnelle Verzehr einer Menge Süßigkeiten

Heute hatte ihr ein zweistündiger Spaziergang (über hügeliges Gelände) sowie der Verzehr eines Viertelpfundes eingelegter Kirschen nur zu mäßigem Erfolg verholfen.

In siebenundzwanzig Tagen wird Stephen hier sein, dachte Sophie. Nur noch zwei Waschtage liegen dazwischen. Oder besser gesagt: In siebenundzwanzig Tagen wird er mich höflich begrüßen und Claire zu einem Spaziergang am Fluß einladen.

Die Erfahrung hatte Sophie gelehrt, solche Angelegenheiten nicht allzu optimistisch zu betrachten. Zudem gab es allerhand Sprichwörter, Parabeln und abergläubische Traditionen, die den Menschen vor der Vorfreude warnten.

Im Obergeschoß vernahm sie ein lautes Poltern und Klirren. Ob das wohl der Rest des guten Porzellanservices war, fragte sie sich.

Auf jene geheimnisvolle Weise, in der Familien ihre Rollenverteilungen vornehmen, ohne dabei auch nur ein Wort zu wechseln, galt es, solange Sophie überhaupt denken konnte, als ausgemacht, daß sie diejenige war, die man rief, wenn es etwas zu tun gab. Wenn vor dem Karneval das Schwein geschlachtet wurde, die Ankündigung des besonderen Ereignisses der Zerlegung, das Kleinschneiden und Einmachen von Früchten oder die Überwachung der Schmalzherstellung; wenn man, wie es die Tradition verlangte, mit den benachbarten Gütern Blutwurst, Sülze und Würste austauschte, wenn im Sommer die Pflaumen von den Bäumen geschüttelt, im

Backofen getrocknet, entkernt und in Gläser gefüllt wurden, oder wenn man zwei Wochen vor der Ernte die Endivien abband, um die Blätter zu bleichen, war Sophie stets diejenige, die man hinzuzog. Zwar war Claire die Älteste und hätte theoretisch die Verantwortung für die Wäsche, die Pflaumen, das Porzellanservice auf ihren Schultern tragen können, aber ihre Schultern waren so schmal, so weiß und zerbrechlich; die Pflichten mußten woanders ruhen.

Jenseits der Mauer des Obstgartens sang die Drossel, die im Birnbaum hauste.

Sophie erinnerte sich an einen Tag wie diesen, als der Himmel blau und die Luft mit dem Duft des Hagedorns erfüllt war. Ihre Mutter stand in der Küche und bereitete das Abendessen vor, da Berthe noch nicht vom Markt zurückgekehrt war. Das Huhn war bereits gerupft, Sophie stand am Waschbecken und schälte Zwiebeln, während Claire in einem anderen Teil des Hauses ihren Stimmübungen nachging.

Dabei war Signor Bertelli der Meinung, ich hätte von uns beiden die schönere Stimme, dachte Sophie. Nachdem er das gesagt hatte, hat Claire eine Woche lang kein einziges Wort mit mir gewechselt. Ja, aber wen hat er umarmt und hinter der Eßzimmertür zu küssen versucht? Mich bestimmt nicht.

Und dann war da jener schreckliche Sommer, als Mathilde geboren wurde und die Mutter starb. Saint-Pierre gab sich die Schuld und war nicht ansprechbar. Mit rotgeweinten Augen bewegten sich die Mädchen durch die abgedunkelten Räume des Hauses, das plötzlich nicht mehr nach Krankenzimmer roch. Der Brief von Claires Patentante, einer wohlhabenden, kinderlosen Witwe, lag tagelang ungeöffnet herum, bis Claire schließlich das Siegel brach. Sie beantwortete ihn umgehend, indem sie der Tante mitteilte, sie werde binnen vierzehn Tagen in Toulouse eintreffen. Die dreizehnjährige Sophie blieb allein mit ihrem Erbe zurück: einem Garten, einer Sammlung von Kochrezepten und einem Säugling, der zu Koliken neigte.

Ich habe mich nicht darum gerissen, die Verläßliche zu sein, dachte Sophie und stach zornig in ihre Näharbeit. Ich wollte nie vernünftig sein. Da sie aber von ihrem Vater die Eigenschaft geerbt hatte, die verschiedenen Aspekte eines Sachverhaltes sorgfältig gegeneinander abzuwägen, räumte sie ein: Nun, vielleicht habe ich es doch gewollt, vielleicht habe ich mir gewünscht, für irgend etwas »zuständig« zu sein, und sei es nur für die Zwiebeln, die geschält werden mußten. Kaum hatte sie den Gedanken gefaßt, so erkannte sie ihn als schreckliche Wahrheit, die sie im tiefsten Inneren schon immer geahnt hatte.

Sofort wandte sie ihre Gedanken erfreulicheren Dingen zu.

In Marguerites erster Begeisterung für alles, was mit Gartenbau zu tun hatte, und als es noch so schien, als sei genügend Geld vorhanden, um alle diesbezüglichen Wünsche zu erfüllen, hatte sie in Paris die neuesten Bücher und Zeitschriften bestellt, die ihr helfen sollten, ihre Pläne zu verwirklichen. Darunter befanden sich auch hochwissenschaftliche botanische Werke. Marguerite hatte zwar die ernste Absicht, sie zu lesen, aber sie waren oft derart kompliziert formuliert, daß sie eher abschreckend auf sie wirkten.

Kurz nach dem Tod der Mutter hatte Sophie in Marguerites Schlafzimmer diese Bücher in einer Kommode entdeckt, die Seiten oft noch nicht aufgeschnitten. Da sie noch immer in tiefer Trauer war, erschien Sophie alles, was mit ihrer Mutter in Zusammenhang stand, als wertvoll und bedeutsam. Also öffnete sie eines der Bücher und begann zu lesen.

Zugegebenermaßen waren ihre Gründe, in den Folgemonaten immer wieder auf die Bücher zurückzugreifen, weder ausschließlich sentimentaler Natur noch allein durch wissenschaftliches Interesse motiviert. Gewisse Textstellen aus den Werken des großen Linné riefen beispielsweise beunruhigende, aber keineswegs unerwünschte Empfindungen in ihr wach: *Der Fruchtknoten aber kann niemals die Frucht zur Reife bringen: wo er nicht in der Blume mit der Narbe vereinigt ist. Hieraus folgt also, daß die Narbe der einzige Theil der Blume ist, durch den die Befruchtung geschieht und mit der den größeren, ja den meisten Thieren befindlichen weiblichen Schaam übereinkommt …* Und dann war da noch das Werk des Joseph Gottlieb Kölreuter, Professor für Naturwissenschaften an der Universität Karlsruhe: *Die kolbichten, dunkelrothen Stigmate, die bisher noch ganz trocken geblieben, fiengen an, aus ihrn sehr langen, feinen und spitzigen Wärzchen die weibliche Feuchtigkeit auszuschwitzen, und bekamen dadurch einen Glanz, als wenn sie mit einem Firniss überstrichen, oder mit einem feinen Oele getränkt worden wären.*

Mit der Zeit verfügte Sophie über ein beachtliches Wissen auf dem Gebiet der Botanik. In diesem wissenschaftlichen Bereich, wie auch in vielen anderen, wurden in ihrem Land bedeutsame Fortschritte gemacht. Man kannte den Fortpflanzungsprozeß der Pflanzen, einschließlich der Rolle, die die Insekten bei der Bestäubung spielten (die man bis dato dem Wind zugeschrieben hatte). Überall in Europa hatten Botaniker Versuche über künstliche Bestäubung und Kreuzung der Arten durchgeführt, um ihre Schlußfolgerungen zu untermauern – was sie natürlich nicht vor Anfeindungen bewahrte. So wiesen die Moralisten darauf hin, daß man der sittlichen Verwahrlosung Vorschub leistete, wenn man sich über die Promiskuität der Pflanzen äußere. Die Gärtner, die sich eher mit den sichtbaren Resultaten befaßten, interessierten sich weniger für die Beweise, die der Botaniker erbrachte, als für deren konkrete Umsetzbarkeit.

Sophie las, wie Professor Kölreuter, indem er im Frühjahr durch die westfälischen Gärten streifte und mit seinem feinen Pinsel Blütenstaub von einer Pflanze zur anderen transferierte, mehrfach erfolgreiche Kreuzungen zwischen verschiedenen Arten chinesischer Nelken durchgeführt hatte. Kreuzte man eine doppelreihige Blüte mit einer einzelreihigen, wiesen die Kreuzungen zumeist doppelreihige Blütenblätter auf. Daraus ließ sich nicht nur ableiten, daß sich bestimmte Eigenschaften von einer Art auf die andere übertragen ließen, sondern auch, daß es Eigenschaften gab, wie etwa die Doppelreihigkeit der Blütenblätter, die dominanter waren als andere. Diese keimende Erkenntnis über genetische Vorgänge wurde in weiteren Studien überprüft. Der Professor widmete sich unter anderem der Kreuzung von Blüten unterschiedlicher Färbung. Wie sich herausstellte, gingen aus der Kreuzung roter und weißer Blüten hellviolette Nachkommen hervor; kreuzte man weiße und violette Blüten, so ergab dies ein weißlich-violettes Muster, und die Kreuzung von Rot und Gelb ein sattes Orange.

Bei sämtlichen Studien stellte Professor Kölreuter bei gezüchteten Pflanzen weitaus stärkere Abweichungen von der Regel fest als bei den wildwachsenden Arten. Man konnte eben letzten Endes doch nicht wissen, was dabei herauskam. Andererseits formulierte Professor Richard Bradley von der Universität Cambridge zum Abschluß seiner These über die künstliche Bestäubung der Tulpe dieses verheißungsvolle Versprechen: *Der Neugierige mag mittels dieser Erkenntnis seltene Pflanzenarten heranzüchten, die die Welt noch nicht kennt.*

Bin ich neugierig genug, fragte sich Sophie und ließ ihre Geheimnisse innerlich Revue passieren. Was ist, wenn ich den Abweichungen nicht gewachsen bin? Andererseits – was hatte sie zu verlieren?

Die Alternative war dieser nicht enden wollende Saum und die unerträgliche Vorstellung, die sie Tag um Tag befiel, daß das Leben immer so bleiben würde, wie es jetzt war.

Verschämt gestand er, daß er die vierundzwanzig *livres*, den Jahresbeitrag für den Klub, nicht aufbringen konnte. Für einen Hausbesuch bekam er fünfzig *sous*, gerade genug, um zwei Pfund Rindfleisch oder fünf Hefebrötchen zu bezahlen. Ricard erbot sich ohne zu zögern, den Beitrag für ihn zu bezahlen. Josephs Einwände tat er mit einer wegwerfenden Handbewegung ab. Der Mitgliedsbeitrag, sagte er, sei seiner Meinung nach völlig überhöht und diene dem Zweck, den Durchschnittsfranzosen auszuschließen.

Die Freunde der Verfassung, wie sich die Patrioten nannten, trafen sich einmal pro Woche im Hause des Vorsitzenden, eines gewissen Fabien Luzac. Er war ein kleiner, rundlicher Mann mit beschwingtem Schritt, der seit dem Niedergang des Nicolet-Imperiums die Textilindustrie Castelnaus weitgehend bestimmte. Zwei Lakaien – ohne Livree, da Luzac solche Symbole der Knechtschaft ablehnte – servierten den etwa zweihundert Männern im riesigen Empfangsraum Speisen und Getränke. Joseph fühlte sich eingeschüchtert vom sozialen Status der Gäste; es waren reiche Kaufleute, Anwälte, Bankiers, zwei Richter und ein Marquis, der seinen Adelstitel abgelegt hatte und soeben dem Neuankömmling auf den Rücken schlug und eine Trikolore ins Knopfloch steckte. Überall sah man die Uniform der Nationalgarde; sie spannte sich ebenso über Luzacs gewölbten Bauch, wie sie sich an die eleganten Gliedmaßen des ehemaligen Marquis' schmiegte.

In Anbetracht der illustren Gesellschaft war es bemerkenswert, welch eine Ehrerbietung Ricard entgegengebracht wurde. Nachdem er Joseph mit einem dunkelhaarigen jungen Mann mit scharfgezeichneten Zügen bekanntgemacht hatte, bewegte sich der Schweinemetzger von einem Grüppchen zum nächsten. Sein massiver Körper war im Gedränge leicht erkennbar. Mal zeigte man ihm ein Bündel Papiere, das er mit einem beifälligen Nicken zur Kenntnis nahm, mal schienen Männer, deren Kleidung und Habitus erkennen ließen, daß sie Ricard gesellschaftlich weit überlegen waren, ihn nach seiner Meinung zu befragen, worauf dieser mit den Achseln zuckte, etwas sagte, das seine Gesprächspartner zum Lachen brachte und seinen Weg durch den Raum fortsetzte.

Der dunkelhaarige Mann, ein Drucker namens Mercier, fing sofort an, Joseph auszufragen. Seit wann er Ricard kenne, wollte er wissen, und wo er ihm erstmals begegnet sei? Warum war er dem Klub der Patrioten beigetreten? War er mit jemandem unter den Anwesenden bekannt? Seit wann lebte er in Castelnau? Was hielt er von Luzac? Während dieser Befragung ließ der Drucker die schmalen, dunklen Augen ruhelos durch die Menge schweifen. Über die eigene Person verriet er lediglich, daß er Ricard bereits »seit Jahren« kenne, wobei er Joseph starr fixierte, als wolle er ihm diesen Tatbestand nachdrücklich einprägen. Kurz darauf erblickte er am anderen Ende des Raumes einen Bekannten und ging hinüber, um ihn zu begrüßen. Joseph blieb in der Nähe der Tür stehen, wo er die Lakaien mühelos abfangen konnte.

Bald begann die offizielle Zeremonie. Joseph wunderte sich, *wie* offiziell sie vonstatten ging. Er mußte die Hände auf Bürger Luzacs gutgepolsterte Handflächen legen und der Nation, dem Gesetz und dem König die Treue schwören und versprechen, alles in seiner Macht liegende zu tun, um die von der Nationalversammlung ausgerufene und von Seiner Majestät anerkannte Verfassung zu stützen. Luzac sprach von der Bedeutung des Zusammenhaltes unter jenen, die den Sieg der Vernunft und der Gerechtigkeit zu ihrer Sache gemacht haben. Er ermahnte Joseph, sich stets für Freiheit, Gleichheit und die Menschenrechte einzusetzen. Die Menge jubelte. Luzacs Gesicht glänzte und glühte vor Schweiß, vor Rührung und als Folge des hervorragenden Weins, den die Lakaien servierten.

Ein Bankier, der soeben aus der Hauptstadt zurückgekehrt war, erzählte von einem Treffen in einem leerstehenden jakobinischen Kloster in der Rue Saint-Honoré. Seiner pedantischen Wiedergabe der regelmäßig stattfindenden Diskussion im Pariser Hauptquartier wurde andächtig gelauscht.

Anschließend durfte man Fragen stellen. Joseph sammelte seinen ganzen Mut, um zu fragen, ob man nicht den Mitgliedsbeitrag senken und somit auch jene Streiter für Vernunft und Gerechtigkeit im Klub willkommen heißen könne, die über begrenzte Mittel verfügen. Luzac zupfte ungeduldig an seinen gelben Epauletten und erwiderte, dieser Punkt sei längst erörtert worden, und man habe sich gegen eine Änderung entschieden. »Unsere Kosten sind beträchtlich, Bürger«, sagte er. »Sie werden das Ausmaß bald selber einschätzen können. Es ist notwendig, aber kostspielig, mit den Brüdern überall im Lande in Verbindung zu bleiben. Zudem abonnieren wir allein aus Paris mehr als sechzehn Zeitungen.«

»Warum?« fragte Joseph und sah, wie Ricard ein Lächeln zu unterdrücken versuchte.

Dieses Mal war es der ehemalige Marquis, der antwortete, während Luzac die Stirn in Falten legte und mit den Fingern auf den Oberschenkeln trommelte. »Es geht um Information, Bruder, um Information. Es ist die erste Pflicht des Bürgers, sich zu informieren. Die Pariser Zeitungen ermöglichen es uns, das aktuelle Geschehen in der Hauptstadt zu verfolgen, insbesondere, was die Beschlüsse der Vollversammlung betrifft. Auch die reaktionären Zeitungen sind unverzichtbar, unterrichten sie uns doch über konterrevolutionäre Strömungen. Sie gestatten uns, Freund Caussade gleichsam ins Hirn zu blicken, verstehen Sie?«

Joseph verstand durchaus, ließ sich aber nicht beirren. Wenn es schon nicht möglich war, den Jahresbeitrag zu senken, konnte man ihn dann nicht vielleicht in monatlichen Raten entrichten? Nachdem man das Thema diskutiert hatte, wurde, wenn auch keineswegs einstimmig, beschlossen, die Beitragszahlungen vierteljährlich einzufordern.

Joseph sah zu Ricard hinüber, um sich seiner Zustimmung zu vergewissern, aber dieser war bereits im Begriff, selbst einen Antrag zu stellen. Er regte an, daß Freiwillige den Arbeitern Castelnaus, die des Lesens und Schreibens nicht mächtig waren, Zeitungsartikel und Pamphlete vorlesen und erklären sollten, um die »Revolution unters Volk zu bringen«. Dieser Antrag wurde einstimmig angenommen. Lächelnd nahm Ricard Platz.

Es meldete sich ein Mann, der in Josephs Nähe stand. Er beantragte, Frauen den Beitritt zum Klub zu gestatten. Bürgerinnen, meinte er, spielten eine nicht zu unterschätzende Rolle bei der Revolution. Er müsse seine Brüder wohl kaum an die Marktweiber erinnern, die im vergangenen Oktober nach Versailles marschiert waren. Zudem obliege es den Frauen, die Kinder großzuziehen und diesen künftigen Bürgern patriotische Ideale zu vermitteln. In Paris, so höre man, gebe es bereits Klubs, beispielsweise die Brüderliche Vereinigung der Patrioten beiderlei Geschlechts, die Frauen den Beitritt gestatte. Wenn der Klub der Freunde der Verfassung weiterhin Frauen die Mitgliedschaft verwehre, bestehe die Gefahr, Stimmen an rivalisierende Organisationen zu verlieren.

Joseph nickte zustimmend. Die Argumentation erschien ihm einleuchtend und unwiderlegbar. Zugleich stellte er fest, daß er angenehm beschwipst war.

Ricards Stimme erhob sich über das Gebrabbel der Menge: »Wenn es die Brüderliche Vereinigung vorzieht, Frauen zuzulassen, ist dies ganz und gar ihre eigene Entscheidung. Ich aber meine, ein Klub und ein Haufen Röcke sind zweierlei Dinge. Laßt sie woanders rascheln und knistern.«

Es gab allgemeines Gelächter; der Antrag wurde mit überwiegender Mehrheit abgelehnt.

Der offizielle Teil war nun vorüber, die Lakaien kehrten zurück, es gab mehr Wein, Gesang und noch mehr Wein.

Ricard winkte ihn zu sich herüber. Als sie im Begriff waren aufzubrechen, kletterte der ehemalige Marquis auf einen Tisch und sang: »*Ça ira! Tous les aristocrates, on les pendra!*«

Joseph sieht die Sterne über das samtschwarze Himmelszelt galoppieren und vernimmt sphärische Klänge. Er will sie mit Gesang begleiten: »*Ça ira! Ça ira! Ça ira!*«

Ricard stützt ihn. »Sachte, sachte«, mahnt er.

Tief über dem Fluß liegt der Nebel. Er steigt über die Ufer und breitet sich auf der Straße aus. Joseph und Ricard sitzen auf einer Treppe. Joseph lacht und weist Ricard darauf hin, daß ihre Füße und Schienbeine nicht mehr zu sehen sind: Der Nebel hat sie verhüllt. Der Metzger nickt und stopft seine Pfeife. Nach einer Weile kommt Joseph allmählich zu sich. Er gähnt.

»Morgen erwartet Sie ein dicker Kopf, Doktor«, meint Ricard. »Zu Ihrem Glück ist Luzac ein hervorragender Weinkenner. Ansonsten wäre die Prognose wohl weitaus schlimmer.«

Trotz des Plaudertons glaubt Joseph einen mißbilligenden Unterton herauszuhören, zumal sein Gefährte, wie er nun bemerkt, vollständig nüchtern ist. Bei der Leibesfülle kann er wohl auch eine Menge wegstecken, ohne daß man es ihm anmerkt, denkt er. Gibt es überhaupt dünne Metzger? Vor seinem geistigen Auge sieht er massive Knochen und kompaktes Fleisch.

»Es freut mich, daß es Ihnen im Klub so gut gefallen hat. Möglicherweise wird er auch Ihnen einmal nützlich sein, etwa wenn einer unserer bürgerlichen Freunde ein Unwohlsein verspürt oder seine Ehefrau darauf besteht, den Arzt zu wechseln. Vielleicht wird man dann nach Ihnen schicken.«

»Schon möglich«, meint Joseph, obwohl er dies für eher unwahrscheinlich hält.

»Ich habe Sie übrigens in Ihrer Eigenschaft als Arzt gelobt, wann immer sich Gelegenheit dazu bot …«

»Das war ausgesprochen freundlich von Ihnen«, erwidert Joseph gerührt.

»… daher halte ich es für ratsam«, fährt der andere fort, »daß Sie künftig einen klaren Kopf bewahren.« Die Pfeife begann zu glühen. »Ein Arzt, der eine Vorliebe für geistige Getränke hegt, gilt nicht gerade als vertrauenerweckend.«

Joseph öffnet den Mund, um zu widersprechen, aber Ricard kommt ihm zuvor, indem er sich erhebt, ihm auf die Füße hilft und bemerkt: »Es ist schon spät. Sie brauchen Ihren Schlaf. Und ich muß morgen früh um fünf aufstehen.«

An der Brücke ergreift Ricard seine Hand und umschließt sie mit seinen eigenen. »Es war schlau von Ihnen, die Monatsraten zu beantragen. Gut gemacht, mein Freund.«

Joseph bleibt in der Dunkelheit stehen, bis er das orange Licht von Ricards Laterne als kleinen Punkt am anderen Flußufer erkennen kann. Er hebt die Hand und winkt, obwohl er genau weiß, daß Ricard seinen Gruß nicht sehen wird.

Im Juni fangen die Rosen an zu blühen.

Rosen mit karminroten Knospen, die, wenn sie sich öffnen, Blätter enthüllen, die blaßrosa sind wie die Schale einer Muschel.

Rosen in allen Weißschattierungen: Elfenbein-, Creme-, Pergament-, Kreide-, Schnee-, Milch-, Perl- und Eierschalfarben.

Rosen mit schweren, runden Knospen, so groß wie Teetassen.

Die Apothekerrose hat hellrote Blütenblätter und leuchtend gelbe Staubbeutel. In Provins, südöstlich von Paris gelegen, lebt eine ganze Industrie von dieser Rose, aus der man Öle, Essenzen, Konserven, Sirup sowie Gesichts- und Körperpuder herstellt. Bekannt für ihren intensiven Duft, wird ihr im Volksmund, in der Medizin und in der Geschichte eine heilende, beruhigende oder auch verführerische Wirkung zugeschrieben.

Es gibt Rosen, die, wenn sie erblühen, eine flache, breite Form aufweisen und deren Blätter sich nach außen stülpen. Andere verbiegen sich nach innen, und in der Mitte bildet sich ein geschwungenes Rechteck, das einer Krone gleicht.

Die Céleste ist Sophies Meinung nach eine besonders anmutige Rose. Ihre Zweige beugen sich unter dem Gewicht der vollen, seidigen lachsrosa Blüten. Als Knospe sind sie noch hellrosa, so daß der Kontrast zum aufgeblühten Stadium sehr auffällig ist.

Die wunderbar duftenden Blüten der Ungarischen Rose bestehen aus purpurroten, lose angeordneten, zerzaust wirkenden Blättern. Es sind die Rosen, die Sophie am liebsten neben ihrem Bett in eine Vase stellt, um sich an langen Sommerabenden an ihrem Duft zu berauschen, wenn sie hinter halbgeschlossenen Fensterläden auf dem Bett liegt.

Die Zweige der hundertblättrigen Zentifolie, auch Provence genannt, hängen unter der Last der schweren Blüten herab. Die grünen Blätter sind groß, ihre Oberfläche rauh und genarbt.

Es gibt Rosen, die zerknittert aussehen, und es gibt Rosen, deren Farbe an eine fleckige Gesichtsröte erinnert.

Die Robert le Diable zu züchten, kann sich als mühsam erweisen. Ihre Standfestigkeit läßt entschieden zu wünschen übrig; sie muß sich auf andere Sträucher stützen. Zudem ist sie extrem dornig. Dafür aber blüht sie erst spät im Jahr und verleiht dem Garten noch im Spätsommer Farbe. Ihre violetten Blütenblätter sind mit kirsch- und scharlachroten Sprenkeln übersät, die nach und nach verblassen, bis sie taubenblau sind. Sophie hat eine außerordentliche Schwäche für diese Art.

Es gibt zwei Varianten der Damaszenerrose; die eine blüht im Sommer und die andere im Herbst. Wenn Sophie diese Rose betrachtet, denkt sie an herrliche Innenhöfe, an Nachtigallen, an kühles Wasser, das über himmelblau glasierte Kacheln fließt … Legenden zufolge ließ Saladin, nachdem er Jerusalem von den Kreuzfahrern zurückerobert hatte, fünfhundert Kamelladungen Damaszenerrosen in die Moschee nach Omar bringen, um die – von den »Ungläubigen« als Kirche entweihte – heilige Stätte zu reinigen.

Es gibt Rosen, die in Büscheln wachsen; andere trifft man als Einzelexemplar am Ende eines langen, gewölbten Zweiges an.

Es gibt Rosen, die nach Zimt duften, oder auch nach Myrrhe, Zitrone, Balsam oder Moschus.

Oder einfach nach Rose.

Es gibt so viele unterschiedliche Rosen. Genug, würde man meinen, um jedermann zufrieden zu stellen.

Sophie jedoch streift ruhelos durch ihren Rosengarten und sieht nur, was *nicht* da ist.

Nämlich dunkelrote Rosen.

Rosen, die es nicht gibt.

Im achtzehnten Jahrhundert kannte man in Europa noch keine dunkelroten Rosen. Es gab natürlich die purpur- und rosaroten, sowie die leuchtend pinkfarbene mit verschiedenen Lilaschattierungen.

Aber sie sind alle nicht das Richtige.

Die Sehnsucht hat in Sophies Seele tiefe Wurzeln geschlagen. Schließlich wurde sie lange genug liebevoll genährt, gedüngt, vor dem Frost geschützt und von der Sonne gewärmt. Nun treibt sie üppige Blüten.

Ich werde nicht an ihn denken, beschließt Sophie, während sie Rosenblätter verspeist. Ich werde nicht daran denken, wie er da sitzt, ein Bein vor sich ausgestreckt, und Claire beobachtet, während er zu lesen vorgibt. Ich werde nicht an seinen sauberen Geruch denken und auch nicht an die sichelförmige Narbe auf seinem Oberarm. Ich werde mich ausschließlich auf die Rosen konzentrieren.

»Mach Sitz!«

Er setzte sich, sabberte dabei heftig und fixierte Mathilde. Sobald sie die Schüssel abgestellt hatte, stürzte er herbei, wobei seine Krallen ein klickendes Geräusch auf dem Boden machten.

»Er gehorcht nur, wenn es um's Essen geht. Es ist spannender, wenn er nach seinem eigenen Willen handelt.«

»Die wenigsten würden dir da zustimmen. Aber das ist wohl das Schicksal aller innovativen Denker.« In sicherem Abstand stand Stephen und klopfte auf der Suche nach seiner Pfeife die Rocktasche ab, ehe ihm einfiel, daß er diesem Laster abgeschworen hatte und nur noch Zigarren rauchte. »Er erinnert mich an einen Götzen, und zwar an einen von der gedrungenen, gruseligen Sorte, vor dem sich die Menschen auf die Knie werfen, um schreckliche Schwüre zu leisten.«

Mathilde, die dem Götzen liebevoll zusah, zog es vor, dieser Bemerkung keinerlei Beachtung zu schenken.

»Womit fütterst du ihn? Etwa mit den lebendigen Herzen seiner Opfer? Oder mit ihrer Leber, frisch aus dem Leibe gerissen?«

»Heute gab es Ochsenschwanz, mit etwas beigemischtem Fett und kleingehackten Mohrrüben.«

»Irgendwie fällt es mir schwer, Brutus mit Gemüse in Verbindung zu bringen.«

»Jeder weiß doch, daß Mohrrüben vorbeugend gegen Rheumatismus wirken.«

Im Bemühen, sie gründlich auszulecken, schob Brutus seine Schüssel durch den Hof. Der Lärm des über den Steinboden scheppernden Blechs war unerfreulich. Inzwischen hatte er Stephen erreicht und sah diesen, nachdem er sich vergewissert hatte, daß wirklich kein Rest mehr in der Schüssel war, von unten an und schleckte dabei die schwarzen Leftzen.

Stephen verzog sich hastig auf die Küchentreppe. »Du solltest Brutus in den Dienst der Nationalversammlung stellen. Der Anblick seiner Eßgewohnheiten würde selbst den hartgesottensten Konterrevolutionär zur Besinnung bringen. Weißt du übrigens, daß er grüne Flecken auf der Zunge hat? Wobei ich mich frage, warum ich mir die Mühe mache, dich auf die Symptome einer möglicherweise tödlich verlaufenden Krankheit aufmerksam zu machen.«

Mathilde kicherte. »Ach, seien Sie nicht albern. Ich habe doch nur Petersilie in sein Fressen gemischt, damit er frischen Atem bekommt. Außerdem riecht er dann von Kopf bis Fuß gut. Haben Sie noch nicht bemerkt, wie wundervoll er riecht?«

»Nein, das kann ich nicht behaupten.«

»Es sei denn, er hat sich in Aas gewälzt. Aber das zählt ja nicht.«

»Nein, natürlich nicht.«

»Dann riecht er nämlich eher wie Hubert.«

Sie feixten verschwörerisch.

»Rinaldi hat mir erklärt, wie ich ihn ernähren muß. Und er hat recht gehabt – Brutus ist nie krank.«

»Rinaldi?«

»Ja, der fliegende Händler. Wir haben Ihnen letzten Sommer von ihm erzählt.«

»Ach so, der mit den Rosen, der in den Osten gereist ist. Kennt er sich also auch mit Hunden aus?«

»Mit allen Tieren. Ich glaube, er hat bei den Zigeunern gelebt. Vielleicht ist er ja selbst zur Hälfte Zigeuner. Jedenfalls hat er mir Brutus geschenkt.«

»Ich habe mich schon oft gefragt, wer auf die glorreiche Idee gekommen ist.«

»Damals war er noch ein Welpe. Rinaldi fand ihn winselnd im Wald. Wir haben in den Dörfern gefragt und in Castelnau Aushänge gemacht, aber es hat sich kein Besitzer gemeldet.«

»Wie seltsam.«

Sie schmiegte sich an Stephens Knie und lächelte ihn an. »Sind Sie noch immer in Claire verliebt?« fragte sie. »Nun, wohl schon, sonst wären Sie ja nicht gekommen.«

Er lachte und zupfte sie spielerisch an den Haaren.

Tatsächlich wäre er um ein Haar in Paris geblieben. Er hatte am Ufer der Seine ein riesiges Atelier angemietet, wo er viel Besuch bekam, der sich schmeichelhaft über seine Bilder äußerte und ihn zum Essen, ins Konzert oder ins Theater einlud. Im Café de Palais Royal arbeitete ein gewisses Mädchen mit blauen Augen, Grübchen und einem freundlichen Wesen. In den Gärten und entlang den Boulevards blühten die Kastanien. Die Nationalversammlung war dabei, schwerwiegende Entscheidungen zu fällen; an jeder Straßenecke standen die Zeitungsjungen und brüllten, bis sie heiser waren. Er schlug sich oft die Nächte mit Trinken und Diskutieren um die Ohren. Als er an einem kühlen Morgen im Mai den Heimweg antrat, sah er, wie über Nôtre-Dame die Sonne aufging. Er entdeckte einen hervorragenden Schneider, von dem er sich eine Jacke nähen ließ, die farblich genau zu seinen Augen paßte. Bei einer obligatorischen Pilgerfahrt nach Ermenon, etwa dreißig Kilometer außerhalb von Paris gelegen, waren alle Anwesenden zu Tränen gerührt, als sie sich an Rousseaus Grab versammelten. Sämtliche Freunde wollten ihn den Sommer über unbedingt auf ihren jeweiligen Landgütern beherbergen. Ihm wurde sogar angeboten, sich eine besonders attraktive Konzertsängerin mit drei anderen als Mätresse zu teilen. Selbstverständlich lehnte er dankend ab, da er die Meinung vertrat, Liebe sei keine Ware, sondern ein freiwilliges Geschenk, das auf beiderseitigem Geben und Nehmen beruht; aber dennoch war auch dieses Angebot Bestandteil des spannenden Abenteuers, in das sich sein Leben neuerdings verwandelt hatte.

Er hatte sich mehrmals vorgenommen, die Einladung nach Montsignac abzusagen, indem er vorgab, einen eiligen Auftrag erledigen zu müssen oder plötzlich erkrankt zu sein.

Dann aber erwachte er eines regnerischen Nachmittags mit dem Wunsch, ab sofort sein Leben zu verändern, allen Zerstreuungen abzuschwören und sich intensiv seiner Arbeit zu widmen. Er dachte an die Ruhe, die in Montsignac herrschte, an den Fluß, der an das Anwesen grenzte, an die lichtdurchfluteten Räume. Er träumte davon, im Wald zu zeichnen und auf der Wiese zu picknicken, stellte sich vor, wie die Schwestern vergnügt miteinander scherzen und auch ihm so manch ein Lächeln schenken würden.

Und als er Claire zum ersten Mal wiedersah, wußte er, daß all die anderen Frauen – die Mädchen in den Cafés, die Modelle, die sein Atelier frequentierten, die eleganten, geistreichen Damen, die ihn in ihren Salons empfingen und ihn spielerisch umwarben – nichts weiter als ein angenehmer Zeitvertreib gewesen waren.

Es war wie im Frühling, wenn der Himmel streckenweise so blau ist, daß man der Versuchung erliegt, ohne Mantel hinauszugehen, so daß man den Wind, der sich um die Ecke schleicht, eiskalt im Nacken spürt und feststellt, daß die Sonne, die eben noch schien, inzwischen in einer dichten Wolkenmasse verschwunden ist. Und dann plötzlich ist es Sommer, und man merkt den Unterschied.

Gesättigt und wunschlos glücklich drehte sich Brutus auf den Rücken und zeigte seinen scheußlich gesprenkelten Bauch. »Froschwampe«, säuselte Mathilde unendlich zärtlich. »Hundebrut«.

Zum Mittagessen gab es Kräutersuppe mit Knoblauch, Rindernieren mit gerösteten Zwiebeln, Entenfrikassee, marinierte Artischocken, grüne Erbsen, ein kleines Lendenstück mit ausgelassenem Mark übergossen und mit Wurzelgemüse garniert, sowie einen Salat aus Chicorée und Ochsenzunge. Der Nachtisch – Zitronentörtchen, Kekse, Kirschen, Erdbeeren und Pflaumenkonfitüre – stand auf der Anrichte bereit.

»Seht euch doch nur die Karotten und die Rüben an«, sagte Mathilde. Sie waren zu Figuren geschnitzt; einige erinnerten an Blumen, andere an Sterne, und in anderen konnte man ein Schiff oder einen Hut erkennen.

»Berthe war der Meinung, sie würden einem ausländischen Künstler gefallen«, meinte Jacques.

»Sie sind reizend! Sagen Sie doch bitte Berthe, ich sei zutiefst beeindruckt.«

»In meiner Jugend«, bemerkte Saint-Pierre, »war es *en vogue*, das Huhn als Fledermaus zurechtgemacht zu servieren. Zu diesem Zweck wurden die Flügel auf den Bauch gebunden und die Schenkel angewinkelt. Vor dem Verzehr zertrümmerte man die größeren Knochen. Es wurde gegrillt und mit Kräutersauce serviert.«

»Ist es wahr, daß es in der Neuen Welt gang und gäbe ist, Kartoffeln zu essen?« fragte Claire. Sie zog die Nase kraus. »Ich kann mir nicht vorstellen, daß diese Mode auf Frankreich übergreift, auch wenn man sagt, sie würden so ähnlich wie Trüffel oder Kastanien schmecken.«

»Wenn man sie korrekt zubereitet, mit Butter und Salz, sind sie allerdings köstlich. Und nahrhaft sollen sie sein, nicht wahr, Morel?«

»Ja, das glaubt zumindest Bürger Parmentier«, erwiderte Joseph. Er saß rechts von Sophie und mußte ständig an Sophies ernähren. Ich aber werde nicht klagen. Ich werde angesichts der Widrigkeiten des Lebens unverzagt und stark bleiben.«

»Ich hoffe, das wird uns doch noch erspart bleiben«, meinte Saint-Pierre leichthin, aber seine Miene war ernst.

»Das herkömmliche System wird ersetzt werden durch gewählte Richter und Tribunale«, sagte Joseph. »Im großen und ganzen wird es gerechter sein. Gerechtigkeit sollte nicht käuflich sein.« Hastig fügte er hinzu: »Natürlich will ich damit nicht sagen …«

Saint-Pierre machte eine beschwichtigende Handbewegung. »Nein, Sie haben vollkommen recht. Das Gerichtswesen schreit schon seit hundert Jahren nach Reformen.«

»Werden Sie für die Wahl kandidieren, Sire?«

Joseph entging diese Anrede keineswegs. Aber was konnte man auch von einem Ausländer erwarten, dachte er bei sich. Außerdem hatte er selbst es auch noch nicht fertiggebracht, Saint-Pierre mit »Bürger« anzureden. Daher vermied er jegliche Anrede. Das waren die kleinen Probleme, mit denen man heutzutage konfrontiert war, die Fallstricke in der Konversation.

»Ich habe keine andere Wahl. Sie sagen uns, wir könnten unsere Verdienstausfälle von der Steuer absetzen, aber …«, Saint-Pierre zuckte die Achseln. »Trotzdem möchte ich es nicht riskieren, Mathildes Charakterstärke auf die Probe stellen zu müssen.«

Auf dem Tisch stand eine Vase voller Rosen. Stephen zog eine heraus, wobei er das Arrangement durcheinanderbrachte und überall Rosenblätter verstreute. »Erstaunlich, wie viele verschiedene Farben eine einzige Blume haben kann. Sehen Sie nur – Tiefrosa mit Weinrot und Purpur durchzogen. Und in der Mitte ein hellerer Farbton. Wie heißt sie, Sophie?«

»*Rosa burgundica*. Wir nennen sie aber die Rose des Heiligen Franziskus.«

»Der Glückliche. Was muß ich tun, damit eine Rose nach mir benannt wird? Muß ich gut zu Tieren sein? Auch zu Brutus?«

»Es wäre naheliegender, gut zu Rosenzüchtern zu sein.«

»Also ist es Ihre Gunst, um die ich mich bemühen muß, Sophie? Was verlangen Sie von mir?«

»Ach, nur das Übliche«, entgegnete sie leichthin. »Stroh zu Gold spinnen, vom Baum, der auf dem Gipfel des gläsernen Berges steht, ein Blatt pflücken, eine Brücke zum Mond bauen. Nur das Unmögliche.«

»Wenn dem so ist, habe ich ja doch noch eine Chance. Ist es nicht die Aufgabe der Künstler und Revolutionäre, das Unmögliche möglich zu machen?« Stephen beugte sich über den Tisch und überreichte ihr mit einer höfischen Geste die Rose.

Sophie nahm sie entgegen, drehte den Stiel verlegen zwischen den Fingern und steckte sich schließlich die Blume zwischen die Spitzenvolants an ihrem Ausschnitt. Sie hielt den Kopf gesenkt, aber es war ihr dennoch deutlich anzumerken, wie sehr sie sich freute.

Wenn ich ihn doch nur würgen dürfte, dachte Joseph. Ich würde so gerne sehen, wie sich sein Gesicht tiefrosa verfärbt – durchzogen mit Weinrot und Purpur.

Woran lag es nur, daß selbst die vernünftigsten Frauen …?

»Also wirklich, Sophie«, meinte Claire. »Dieses Rosa verträgt sich absolut nicht mit der Farbe deines Kleides.«

Am nächsten Morgen sollte er früh aufbrechen, um die Reise nach Bordeaux anzutreten. Sie hatten sich bis jetzt eingehend über Kunst unterhalten. Das heißt, er hatte gesprochen und sie hatte ihm zugehört – und sie hatten einander tief in die Augen geschaut. Sie hatten sich gegenseitig aus *Paul und Virginie* vorgelesen, einem Roman, den sie beide liebten. Einmal hatten sich ihre Hände versehentlich gestreift. Wir sollten uns aussprechen, dachte Stephen. Es erschien ihm notwendig, Gefühle zu analysieren und in Worte zu fassen. Wie sonst sollte man es schaffen, einander aufrichtig zu begegnen?

Aus diesem Grunde hatte er Claire vor dem Essen zu einem Spaziergang im Garten aufgefordert. Wie üblich hatte sie sofort zugestimmt; wie üblich hatte ihn im letzten Moment der Mut verlassen, also sprach er wieder einmal über Kunst. Er versicherte ihr, er werde, sobald er nach Paris zurückgekehrt sei, seine Zeit darauf verwenden, ihr Porträt so schnell wie möglich fertigzustellen.

»Nach Bordeaux gehen Sie doch erst einmal in der Schweiz auf Wanderschaft. Es wird Monate dauern, ehe das Porträt fertig ist.«

»Nein, ich habe so viele Skizzen, daß ich nicht lange brauchen werde. Allerdings werden Ihnen diese bei weitem nicht gerecht.« Die zerzausten weißen Rosen, die büschelweise den Pfad überwucherten, sahen im Zwielicht gespenstisch aus. Sie machten beide im selben Moment eine unwillkürliche Bewegung, wobei sich ihre Hände flüchtig berührten. Sofort zog sie ihre zurück.

»Wir werden Sie vermissen«, sagte sie leise. Er mußte sich zu ihr hinabbeugen, um sie zu verstehen. Am Hals hatte sie ein winziges Muttermal. Er sehnte sich danach, es zu küssen. »Ich werde jeden Tag an Sie denken«, versprach er.

Sie pustete die Rosen an und sah zu, wie die Blätter sich lösten und zu Boden sanken. »Das sagen Sie jetzt, aber bald schon werden Sie sich ablenken lassen von den Milchmädchen mit ihren blauen Augen und goldenen Locken.« Sie hatte ihn schon häufig mit ähnlichen neckischen Anspielungen auf andere Frauen auf die Probe gestellt.

»Das will ich doch hoffen.« Es gehörte zu den Spielregeln, auf die Rolle des Abenteurers, die sie ihm zuwies, bereitwillig einzugehen. »Kuhställe eignen sich bestimmt gut für eine Tändelei.«

Zwar lachte sie, aber als er versuchte, ihre Miene zu erkennen, wandte sie sich ab. »Indessen werde ich mich in Blois aufhalten, in Gesellschaft mehrerer Kleinkinder und zahlloser Hunde. Vor dem Frühstück werden wir beten und viel Zeit damit verbringen, uns darüber zu echauffieren, was aus unserer Welt geworden ist.« Inzwischen hatte sie sich so weit gefaßt, daß sie ihm wieder ins Gesicht schauen konnte.

In diesem Augenblick, dachte er, sollten wir es beenden. Noch ist alles offen.

Statt dessen sagte er: »Ich bin mir durchaus bewußt, daß ich kein Recht habe, Sie darum zu bitten …«

Aber natürlich gestand sie es ihm zu.

Stephens Handschrift mit den großen Lücken zwischen den Worten und der eigenwilligen Zeichensetzung bedeckte zwei Blatt Papier. »Er hat die Bögen ja nur einseitig beschrieben«, stellte Mathilde fest. Sie bestaunte diese unerhörte Extravaganz. »Vermutlich signalisiert das seine künstlerische Verachtung aller weltlichen Belänge.«

»Es signalisiert, daß er reich ist«, sagte Sophie.

In seinem Brief berichtete er, daß die Gasthäuser in der Schweiz außerordentlich sauber seien, das Essen dafür aber außerordentlich schlecht. Es fiel ihm schwer, die Sprache zu verstehen. Die Berge jedoch waren schöner, als er zu hoffen gewagt hatte. *Täglich wache ich auf und betrachte demütig die erhabene Schöpfung der Natur. Sie ist eine strenge und großartige Herrin.* Er hatte, so schrieb er, in Seen gebadet, die wie blaue Edelsteine in ihren schmalen Betten lagen. Das Wasser sei kalt, aber *überaus belebend. Ich spüre, wie meine Seele gereinigt wird und fühle mich wie ein kleines Kind, das in eine neuerschaffene Welt hineingeboren wird.*

»Diese Passage muß ich unbedingt Jacques vorlesen«, meinte Mathilde. »Er beschwert sich immer noch über die großen Mengen an heißem Wasser, die er immer für Stephen holen mußte. Er findet es unnatürlich, daß jemand dreimal wöchentlich badet, gerade wenn er aus einem Land kommt, wo die Wilden alle auf dem Kopf stehen.«

»Ich fürchte, da bringt er etwas durcheinander.«

»Meinst du, wir werden jemals reisen? Rinaldi hat mir aus der Hand gelesen, daß ich einmal eine lange Seereise machen werde. Hoffentlich hat er sich nicht geirrt – ich möchte so gerne das Meer sehen. Und ich möchte mir, genau wie Rinaldi, den Arm tätowieren lassen, damit jeder sieht, daß ich am Pazifik gewesen bin. Was die Schweiz angeht, so kann ich nicht behaupten, daß es mich dort hinzieht. All diese Leute, die in Seen herumschwimmen und sich dabei erhaben fühlen.«

»Vielleicht werden wir eines Tages nach Paris fahren. Schade, daß es in einer vierspannigen Kutsche ganze sieben Tage dauert – man bedenke nur die Kosten. Außerdem würde Vater schon bei der Vorstellung in eine trübsinnige Stimmung verfallen und schlechtes Wetter und moralische Verworfenheit prophezeien.«

»*Tod der Tyrannei*«, las Mathilde und betrachtete eingehend das Bild, das Stephen in dem Brief für sie beigelegt hatte. Es handelte sich um eine Kreidezeichnung, die Brutus, gekrönt mit einem Lorbeerkranz, darstellte. Er war soeben dabei, das Bein an einem Leichnam zu heben, dessen Züge eine frappierende Ähnlichkeit mit denen des Schwagers aufwiesen.

»Brutus ist nicht besonders gut getroffen, oder?«

»Nicht würdevoll und prächtig genug, vielleicht.«

»Meinst du, Stephens Abneigung gegen Hubert rührt daher, daß er eben Hubert ist, oder liegt es eher daran, daß er mit Claire verheiratet ist?«

Sophie, die sich soeben dieselbe Frage gestellt hatte, gab keine Antwort, schob aber, nach einem kurzen Zögern, einen weiteren Bogen über den Tisch.

»Das hat er auch geschickt.«

»*Sophie, aus der Erinnerung gezeichnet.* Ach Sophie, genauso siehst du aus!«

»Er hat meine Nase kleiner und meine Augen größer gezeichnet.« Trotzdem mußte sich Sophie auf die Lippe beißen, um ein Lächeln zu unterdrücken.

»Bei Brutus hätte er sich etwas mehr Mühe geben können. Seine Ohren sind in Wirklichkeit ganz anders geformt. Aber dein Bildnis ist so gelungen, daß du es einrahmen lassen solltest.«

»Natürlich.« Sophie nahm das Bild wieder an sich und rollte es zusammen. »Reizlose Frauen sollten die einzig schmeichelhafte Darstellung, die es von ihnen gibt, ständig zur Schau stellen.«

»Aber du wirfst es doch nicht etwa fort?«

Sophie schüttelte verneinend den Kopf. »Trotzdem, Mathilde – es ist nicht unbedingt erforderlich, es jemandem zu zeigen. Vater …«

»Keine Sorge«, entgegnete ihre Schwester großmütig. »Ich werde Claire schon nichts verraten.«

Er wurde in Lacapelle auf offener Straße von einer Frau angehalten. Sie legte die Hand auf seinen Arm: »Joseph.« Ihr kantiges Gesicht, von krausem braunen Haar eingerahmt, war keineswegs unattraktiv. Noch hatte er allerdings nicht die leiseste Ahnung, wer sie sein könnte. Sie kicherte verlegen. »Sie erkennen mich nicht«, sagte sie und hielt eine knochige Hand mit kurzgeschnittenen Nägeln vor den Mund. Diese Geste aber versetzte ihn schlagartig um Jahre zurück. »Lisette Mounier«, brachte er hervor.

Lächelnd sahen sie einander an, während die Passanten, denen sie den Weg verstellten, demonstrativ seufzten oder auch schimpften. Er trat, sie mit sich ziehend, in einen Hauseingang.

»Lisette Ricard heiße ich jetzt.« Als sie sein Erstaunen bemerkte, fuhr sie fort: »Paul hat Ihnen also nichts erzählt. Ich habe ihm gesagt, daß wir uns vor vielen Jahren gekannt haben, ehe Sie fortgegangen sind, um Medizin zu studieren.«

»Ich wußte natürlich, daß er verheiratet ist.« Joseph spielte nervös an seiner Brille herum. Vorne links hatte sie eine Zahnlücke; der Eckzahn fehlte. Sie bemerkte seinen Blick und legte mit einer schnellen Bewegung wieder die Hand vor den Mund. »Sie sehen gut aus«, stieß er hastig hervor. Es stimmte: Zwar war sie so dünn, daß sich die Haut über die Knochen zu spannen schien, aber sie war sauber und ordentlich gekleidet, trug in den Ohren kleine Ringe und am Schal eine hübsche Brosche. Für ein Mädchen ihrer Herkunft war Ricard eine ausgezeichnete Partie. Ihr Vater, ein Dachdecker, war ein verwahrloster Alkoholiker gewesen, schnell bereit, von seinen Fäusten Gebrauch zu machen, wenn ihm Frauen oder Kinder zufällig einmal im Wege waren. Joseph hatte sich immer so sehr vor ihm gefürchtet, daß er die Straßenseite wechselte oder sich in eine Seitengasse schlich, wenn er Mounier nur von weitem sah.

Er erkundigte sich nach ihrer Familie.

»Mutter lebt bei meiner Schwester Marie – erinnern Sie sich an sie? – direkt am Stadtrand. Der Acker gehört Maries Mann; es geht ihnen nicht schlecht. Und die Jungs ...« Sie zuckte die Achseln. »Wir haben keinen Kontakt mehr. Ich glaube, Guillaume ist zur Marine gegangen.«

»Und was ist mit Ihrem Vater?«

»Kurz nachdem Sie fortgingen, ist er ums Leben gekommen. Vom Dach gefallen. Er muß noch betrunkener gewesen sein als sonst.«

» Das tut mir leid.«

»Ich habe ihn gehaßt«, sagte Lisette mit unerwarteter Heftigkeit.

Diese Art, ohne Vorankündigung aufzubrausen, hatte sie also auch beibehalten.

»Wie lange sind Sie inzwischen verheiratet?«

»Fünf Jahre. Zwei Töchter haben wir. Wir hatten noch einen Jungen, aber der ist gestorben.«

Folglich hatte sie als knapp Sechzehnjährige geheiratet. Eigentlich war sie noch fast ein junges Mädchen, sah aber angespannt und irgendwie gezeichnet aus, was sie älter erscheinen ließ, als sie tatsächlich war. Dieses unverwechselbare Zeichen von Hunger, das hier über Generationen hinweg unzählige Gesichter kennzeichnete.

»Sie waren vermutlich zu stark mit Ihren Büchern beschäftigt, um sich eine Frau zu suchen?«

»So ungefähr.« Er konnte sich deutlich erinnern, wie er sie damals geküßt hatte, in dem feuchten Raum, den die Mouniers ihr Zuhause nannten, während Kleinkinder um sie herumtobten und Lisette versuchte, die Suppe zu rühren. Wie alt mag er damals gewesen sein? Sieben oder acht?

»Und jetzt?«

»Nun, es gibt nicht übermäßig viele Frauen, die sich für einen Arzt mit geringem Einkommen und schlechten Aufstiegschancen interessieren.«

»Ach, ich weiß nicht«, meinte sie todernst, »Frauen können

sehr töricht sein.« Sie begann unruhig zu werden und an ihrem Schal herumzuzupfen. »Ich muß jetzt gehen. Wir haben ein Mädchen, das uns zu Hause und im Laden aushilft. Sie soll eigentlich auf die Kinder aufpassen, aber ...« Sie warf den Kopf zurück und fuhr fort: »Sie wissen ja, wie diese Mädchen sind. Die meisten Einkäufe muß ich selbst erledigen. Nie weiß ich, was sie mir anschleppen wird. Neulich war es Pferdedung, kleingemahlen und als Kaffee verkauft. Können Sie sich so etwas vorstellen?«

Es war offenkundig, wie stolz sie war, ein Mädchen zu haben, über das sie sich beschweren konnte.

»Sie haben es weit gebracht, Lisette«, sagte er. »Paul ist ein außergewöhnlicher Mann.«

Ihre hellbraunen Augen hatten genau denselben Farbton wie ihre Haare. Ihr Blick ruhte auf seinem Gesicht, als versuche er, ein Geheimnis zu enträtseln. Die Hand, die sie ihm reichte, fühlte sich leicht an, wie ein kleines, durchgefrorenes Tier.

Die Concierge übergab Stephen seine Post mit einem Lächeln, in dem Komplizenschaft und Unterwürfigkeit um die Oberhand kämpften. »So viele Briefe, Monsieur! Monsieur scheinen im Urlaub unermüdlich gearbeitet zu haben.«

Oben im Atelier legte sich Stephen mit Schuhen auf seinen Diwan und schlief sofort ein, Claires Briefe um ihn herum verstreut.

Er hatte sie gebeten, ihm zu schreiben, was sie auch getan hatte – jeden Tag. Sie berichtete, daß ihre Schwägerin Anne nach der Geburt ihrer vierten Tochter bei schlechter Gesundheit sei, daß sie gerade einen Roman lese, der in Persien spiele und daß es einen heftigen Sturm gegeben habe. Sie hoffte, er habe seinen Aufenthalt in der Schweiz genossen, sie fragte, ob ihm seine Verwandten ähnlich sähen und wie vielen Milchmädchen er begegnet sei. Kurzum, es waren charmante, nichtssagende kleine Briefe. Was sie ihm wirklich mitteilen wollte, ließ sich lediglich aus ihrer Quantität erraten, und aus der Tatsache, daß sie lila Tinte verwendet hatte.

Sein Freund Chalier platzte ins Zimmer und verlangte zu erfahren, was Stephen »so alles getrieben« habe, nur um sich, ohne eine Antwort abzuwarten, in die Schilderung des Föderationsfestes zu stürzen, das anläßlich des ersten Jahrestages des Falls der Bastille stattgefunden hatte. Als Nationalgardist hatte Chalier in einer von La Fayette geleiteten Zeremonie der Nation, dem Gesetz und dem König ewige Treue schwören müssen.

»So viele Menschen, Fletcher! Einhundertundfünfzigtausend Bürger aller Schichten, sowie unzählige Frauen. Eine Herzogin wurde in einer aus Mahagoni gefertigten Schubkarre von ihren Töchtern, die eine hübscher als die andere, herumgekarrt, und alle trugen sie Rosengirlanden. La Fayette ritt auf seinem Schimmel, und wir haben alle den rechten Arm gehoben – so.« Er überprüfte seine Haltung im Spiegel und fuhr fort: »Und nachdem der General den Schwur verlesen hat, riefen wir alle ›*Je le jure*‹. Genau so – alle im Chor. Unsere Kompanie stand so nah am königlichen Pavillon, daß ich, wenn ich gewollt hätte, der Königin eine Straußenfeder aus dem Hut hätte zupfen können.«

Chalier rückte einen Bücherstapel beiseite, linste hinter das verbeulte Kupfergefäß, das einen Feigenbaum beherbergte und öffnete hintereinander die Türen diverser Schränke und Kommoden. »Haben Sie denn überhaupt keinen Wein im Haus? Was ist denn das für eine Gastfreundschaft?«

»Hat es den ganzen Tag geregnet, so wie die Zeitungen berichteten?«

»In Strömen. Offensichtlich handelte es sich dabei um eine Verschwörung seitens der Aristokraten. Aber uns konnte nichts die Stimmung vermiesen. Wir haben an der Bastille bis zum Sonnenaufgang unter den Laternen getanzt. Ich war mindestens eine Woche lang betrunken.« Chalier wirkte geistesabwesend, da er gerade dabei war, voller Interesse die Notizen zu lesen, die er entdeckt hatte: *Mlle Thouars, Rue de Petit-Point, 23 – füllige Gestalt, hochgewachsen, entwirft Kleider. Mlle Corentin, passage du Maure, 6 – sehr hübsches Mädchen, bemerkenswert gut proportioniert.*

»Ich habe die Szene gezeichnet, so, wie sie in den Zeitungen beschrieben wurde«, erklärte Stephen. Er kroch unter den Diwan und brachte triumphierend eine Flasche Wein und eine Zeichenmappe hervor. Die Flasche reichte er dem Freund und begann eifrig, in der Mappe zu blättern. »Ich hatte in der Schweiz abends nichts zu tun, außer Kirschwasser zu trinken und zu zeichnen, also habe ich fast alle, die ich kenne, aus dem Gedächtnis porträtiert. Die Mädchen dort waren derart häßlich, daß man sie nicht naturgetreu zeichnen konnte. Im Gebirge sind die Aktivitäten eben begrenzt. Hier, wie finden Sie das?«

Chalier strich sich nachdenklich über den Schnauzbart. »Zum Bild kann ich nicht viel sagen, aber ich weiß, was ich gesehen habe. Die Wolken haben sich nicht über La Fayettes Kopf geteilt wie auf diesem Bild.«

»So etwas nennt man künstlerische Freiheit, Dummkopf. Der Sonnenstrahl, der durch die düstere, drückende Wolkenschicht dringt, symbolisiert den Sieg der Freiheit. Ich will zeigen, daß sogar die Naturelemente dem französischen Volk helfen wollen, die Tyrannei zu bekämpfen.«

»Schön und gut, aber in Wirklichkeit ist die Sonne nicht herausgekommen. Es hat unentwegt geregnet, und ich bin klatschnaß geworden.« Chalier blätterte weiter, hielt aber plötzlich inne und fragte: »Haben Sie etwa gelogen, was die Mädchen betrifft?«

Er war bei einer Zeichnung von Claire angelangt. Stephen sah, daß Claires Haltung mit geneigtem Kopf ein wenig verkrampft aussah und suchte nach seiner Kreide, um den Fehler zu korrigieren.

»Aha, das ist also Ihre Marquise aus der Provinz. Nun, zugegeben, Fletcher, sie ist wunderschön, es sei denn, Sie haben auch an dieser Stelle von Ihrer künstlerischen Freiheit Gebrauch gemacht. Aber sagen Sie, ist sie tugendhaft?«

»Selbstverständlich.«

»Ein Jammer. Es gibt nämlich nur ein zuverlässiges Mittel, um der Vernarrtheit Herr zu werden.« Chalier fühlte sich verpflichtet, Stephen in solchen Angelegenheiten beratend zur Seite zu stehen. Schließlich war dieser ein halbes Jahr jünger als er selbst, und dann kam er auch noch aus Amerika. Er betrachtete nachdenklich das über den Tisch gebeugte Haupt des Freundes und sagte streng: »Fletcher, es ist Ihnen doch klar, daß Sie in sie vernarrt sind, oder nicht?«

»Die Sache ist die ...« Stephen verharrte einen Moment lang reglos, um dann fortzufahren: »Wenn ich bei ihr bin, dann bin ich mir meiner Gefühle vollkommen sicher und denke, wenn sie nicht verheiratet wäre, wäre alles klar. Aber sie hat nun einmal einen Mann und einen Sohn, und wenn ich nicht bei ihr bin ...« Während er nachdenklich in sein Weinglas blickte, dämmerte ihm im Stillen ein Stück Selbsterkenntnis. »Vielleicht ist es so«, sagte er schließlich, »daß ich, wenn ich mit ihr zusammen bin, *sie*, und wenn ich mich mit anderen Mädchen treffe, *diese* am liebsten mag. Wie es eben gerade paßt, verstehen Sie?«

»Absolut.« Chalier drehte und wendete sich vor dem Spiegel, um seine gutgewachsene Gestalt wirkungsvoll zur Geltung zu bringen. »Ich war übrigens auch nicht untätig. Diese Woche bin ich jeden Abend in die Oper gegangen und bin dabei auf eine kleine Tänzerin gestoßen, die Sie unbedingt kennenlernen sollten. Ich hatte bereits das Vergnügen – und heute abend sind wir beide bei ihr zum Essen eingeladen. Dieser Wein ist ekelerregend, Fletcher, selbst wenn man berücksichtigt, daß Sie Ausländer sind. Haben Sie sonst nichts zum Trinken da?«

»Leider nicht.«

»Dann lassen Sie uns jetzt schnell aufbrechen. Wir schaffen es gerade noch zum letzten Akt. Wir können uns ja Champagner in die Loge bringen lassen.«

Während er in seinen Frack schlüpfte, warf Stephen noch einmal einen kurzen Blick auf die Skizze von La Fayette, wie er den Eid leistete. »Ich hätte nicht übel Lust, daraus ein Gemälde zu machen und es dem General zu überreichen. Daraus könnte doch ein Auftrag erwachsen, meinen Sie nicht?«

»Warum überreichen Sie ihm nicht lieber eine intime Skizze Ihrer Marquise? Wenn ich die Wahl hätte …«

Durch das Trampeln ihrer Stiefel wurde die Concierge in ihrer Loge aus dem Schlaf gerissen. Trotz der milden Temperaturen hatte sie sich die Bettdecke bis zum Kinn hochgezogen. So lag sie im Bett und hörte zu, wie der Lärm auf der Treppe durch die laue Septembernacht hallte.

Sie waren an einem düsteren Tag im November zur Welt gekommen. Das Wetter war diesig und die rotleuchtende Sonne stand tief am Himmel. Sophie sah sie, als sie siebzehn Stunden alt waren und neben ihrer Mutter im dicken Federbett schliefen. Diese hatte darauf bestanden, zur Feier des Tages Glühwein zu trinken. Üblicherweise gab es, wenn man eine Tochter – oder auch zwei – geboren hatte, heiße Milch mit Zucker, aber die hübsche junge Frau lehnte sich an ihre Polster, fuhr sich durch die kastanienroten Locken und teilte Sophie mit, daß sie sich so nicht abspeisen lasse. Nein, nein, sie habe Henri gesagt, er solle gleich beim Einsetzen der Wehen dafür sorgen, daß man ihr auf alle Fälle Wein bereitstelle. Milch habe sie ohnehin noch nie gemocht – es wisse doch jeder, daß man davon krank werden konnte. Ihre Schwiegermutter, mit dreiundfünfzig Jahren zahnlos, von Rheumatismus geplagt und mit gebeugtem Rückgrat, brachte den beiden jungen Frauen wortlos ihren Wein. Dennoch vermittelte sie unmißverständlich, was sie davon hielt, indem sie sich so weit vom Bett wie nur möglich niederließ und mit mißbilligender Miene ihre Fingerknöchel knacken ließ.

Sophie gab der jungen Frau für jedes der Kinder eine Silbermünze, bewunderte die dichten goldbraunen Wimpern und streckte behutsam einen Finger aus, um die zerknitterten Gesichter sanft zu streicheln, beteuerte, daß es die schönsten Säuglinge überhaupt seien und beglückwünschte die Mutter zu dieser Leistung.

»Die Hebamme meinte, es seien die ersten Zwillinge, die sie zur Welt gebracht hat«, erklärte Jeanne. Unter der Decke betastete sie die in Papier eingewickelten Münzen, um ihren Wert zu erkunden, und legte sie dann aufs Kopfkissen. »Das liegt bei uns in der Familie. Ich habe Zwillingsonkel, und die Mutter meines Vaters war auch ein Zwilling.«

Ihr Vater war Gastwirt eines Lokals, das sich am anderen Ende von Castelnau befand. So mancher hatte den Kopf geschüttelt, als er erfuhr, daß Henri, der hübscheste Junge von Montsignac, eine »Fremde« zur Frau gewählt hatte.

»Das habe ich mir schon gedacht!« ließ die Schwiegermutter von ihrem Sitz am Kamin vernehmen. »In unserer Familie hat es so etwas nie gegeben.«

»Haben Sie sich schon über die Namen geeinigt?« fragte Sophie.

»Sie sollen Antoinette und Victorine heißen.«

Vom Kamin hörte man ein verächtliches Schnauben.

»Warum soll ich sie schließlich nicht nach meinen Eltern benennen? Henri ist voll und ganz meiner Meinung, zumal sie so viel für uns getan haben. Wenn sie nicht wären ...« – Jeanne erhob die Stimme – »würden wir nicht über die Mittel verfügen, um nutzlose Mäuler zu stopfen.«

»Ich bin also nutzlos, ja? Sie verbringt doch Stunden damit, am Fluß zu stehen und Klatsch auszutauschen, während ich mich auf dem sogenannten Feld abrackere, um das sie immer solch ein Gewese macht, auf dem aber nur Steine und Unkraut gedeihen. Dieses Feld könnte man als nutzlos bezeichnen, und keiner würde einem widersprechen. Ich hätte mich geschämt, so etwas mit in die Ehe zu bringen.«

»Wobei ich nicht die geringste Ahnung habe, wer die kleinen Lieblinge taufen soll.« Jeanne warf ihrem Besuch einen Seitenblick zu und streckte kaum merklich die Zungenspitze heraus. »Haben Sie schon gehört, was sich Hochwürden Valcour geleistet hat? So etwas hätte es in unserem Dorf nicht gegeben.«

Bei der letzten Messe hatte Hochwürden seiner staunenden Gemeinde eröffnet, die Kirche sei nichts anderes als ein Werkzeug der Volksverdummung, ein Machthebel der Privilegierten, und daß er so bald wie möglich auszutreten und die Witwe zu ehelichen gedenke, die seit vierzig Jahren seinen Haushalt führte und für ihn kochte.

»Und das in seinem Alter! Es ist ekelerregend. Sie sind doch beide über sechzig.« Jeanne rückte etwas näher heran und raunte: »Natürlich hat man schon seit Jahren so etwas vermutet.«

»Ich finde Hochwürden Valcour sehr mutig«, entgegnete Sophie. Ihre Schlußfolgerungen aus achtzehn Jahrhunderten religiösem Dogma waren folgende: Mönche und Bischöfe sind in ihrer Lebensführung – gelinde gesagt – ausschweifend und zügellos, ganz im Gegensatz zum ehrbaren, fleißigen Gemeindepfarrer, der mit beiden Beinen im Leben steht. »Ist es nicht rührend, wie sich die beiden über so lange Zeit hinweg heimlich geliebt haben?«

Jeanne war gerade im Begriff, verächtlich zu schnauben, besann sich aber eines Besseren und sagte statt dessen, während sie eine Locke um den Zeigefinger wickelte: »Eine junge Dame wie Sie hat von solchen Dingen natürlich keinerlei Vorstellung, aber wir verheirateten Frauen wissen, daß es den Männern immer nur um das Eine geht.« Mit einem Seitenblick in Richtung Kamin fuhr sie im Flüsterton fort: »Sie würden es nicht glauben – als ich bereits im achten Monat war … Selbstverständlich habe ich mich geweigert, aber da sieht man mal wieder, wie sie sind, nicht wahr?« Sie ließ sich ins Polster zurückfallen und lächelte in sich hinein. Henri war verrückt nach ihr, aber das konnte die arme, spitznäsige, flachbrüstige Mademoiselle de Saint-Pierre natürlich nicht verstehen.

»Sie müssen erschöpft sein«, meinte Sophie, »nachdem Sie soviel durchgemacht haben.«

»Von wegen erschöpft!« zischte die alte Frau. »Ich habe elf Kinder geboren, eins nach dem anderen übrigens, nicht paarweise wie die Tiere, und jedes Mal stand ich eine Stunde nach der Geburt wieder auf dem Acker.«

»Das mag sein, aber schließlich bin ich keine häßliche Vogelscheuche mit einem Taugenichts als Ehemann, der auf Almosen angewiesen ist, um die Gören, die ich Jahr für Jahr werfe, durchzufüttern«, entgegnete Jeanne. In einem völlig anderen Ton beschwor sie Sophie: »Bitte, gehen Sie noch nicht. Ich möchte noch Ihre Meinung über das Grundstück hören.«

»Ich verstehe nicht viel davon, aber ich bin überzeugt, Ihre Eltern haben es gut gemeint, als sie Ihnen und Henri den Acker schenkten.«

Die alte Frau lachte heiser.

»Nein, nein.« Jeanne bedeutete Sophie, näher zu rücken.

»Ich meine doch das Grundstück, das früher den Priestern gehörte. Wann bekommen wir unseren Anteil?«

»Ich fürchte, so funktioniert es nicht.«

»Tatsächlich?« Jeanne legte die Stirn in Falten. »Aber man erzählt sich doch, die Regierung sei dabei, die Kirche zu enteignen, um die Ländereien an Menschen wie uns zu verteilen. Darum geht es doch bei der Revolution, oder etwa nicht?«

»Die Besitztümer und Ländereien, die von der Regierung konfisziert wurden, werden meistbietend veräußert.«

»Das ist aber ungerecht.«

Sophie zuckte die Achseln.

Sobald sie den Raum verlassen hatte, wandte sich Jeanne an die alte Frau. »Ich glaube ihr kein Wort«, sagte sie. »Die Saint-Pierres wollen sich wahrscheinlich alles selbst unter den Nagel reißen. Den Adeligen kann man eben nicht trauen, das weiß doch jeder. Übrigens – sieh dir das mal an!« Sie hatte die Münzen ausgepackt und war dabei, sie der Beißprobe zu unterziehen. »Mehr hatte sie für uns nicht übrig, die geizige Ziege. Es würde mich nicht wundern, wenn sie sich als völlig wertlos erweisen würden.«

Die Schwiegermutter spuckte ins Feuer.

Als im Herbst Wind und Regen einsetzten und ankündigten, daß der Winter vor der Tür stand, fällte er den Entschluß, sich in erster Linie wieder der Wissenschaft zu widmen. Jahrestage machten ihn nervös; sie schienen eine Art Rechenschaft von ihm zu fordern. Bald war das Jahr zu Ende, es waren fast achtzehn Monate vergangen, seitdem er nach Castelnau zurückgekehrt war. Zeit also, Bilanz zu ziehen.

In wenigen Monaten würde er seinen fünfundzwanzigsten Geburtstag feiern. Ehe die Jugend vorbei war, gab es noch viel zu tun. Wie oft geschah es, daß man glaubte, das Leben im Griff zu haben, nur um eines Tages die Hand zu öffnen und festzustellen, daß man nichts als Leere umklammert hielt.

In Montpellier hatte er noch Ziele gehabt. Sein Tagewerk hatte darin bestanden, Ziele zu erreichen, die ihm eine Zukunft ermöglichen sollten. Zu diesem Zweck hatte er sich Wissen und Können angeeignet, Prüfungen abgelegt und bestanden. Plötzlich war alles vorbei gewesen, und die Gegenwart holte ihn ein. Plötzlich galt es, auf Notfälle zu reagieren, und seine ganze Aufmerksamkeit den Kranken zu widmen, die seine sofortige Zuwendung forderten.

Das Leid zu lindern ... warum aber hatte sich die Aufgabe darauf reduziert, einen gebrochenen Arm zu schienen, oder gichtige alte Männer zu behandeln? Als Student hatte er davon geträumt, ein Heilmittel gegen die Pocken zu erfinden oder die Ursachen von Malaria zu erforschen. Eines Tages, so hatte er gedacht, werde er als Dozent an die Universität zurückkehren, um vor der andächtig lauschenden Studentenschaft Vorlesungen abzuhalten. In den Lehrbüchern würde eine nach ihm benannte Krankheit stehen: das Morel-Syndrom, *so benannt nach dem brillanten jungen Arzt Joseph Morel, der ein Heilmittel gegen diese bis dato unheilbar und tödlich verlaufende*

Erkrankung entdeckte. Ferner entwickelte Morel eine Therapie, die Tausende von Kranken das Leben rettete und sie gesunden ließ.

Er mußte lächeln, als er sich erinnerte, welch einen Unsinn er und seine Freunde damals von sich gegeben hatten.

Er stippte ein Stück Brot in den Rest Soße auf seinem Teller und schob das Geschirr beiseite. Er mußte dieses ungebrochene Vertrauen in die Zukunft wiederfinden, welches nur darauf wartete, nach seiner Wahl in die Tat umgesetzt zu werden.

Dafür mußte er logischerweise an die Vergangenheit anknüpfen, von neuem zum Studierenden werden, zu einem, der beobachtete, dokumentierte, analysierte und Hypothesen aufstellte.

Von diesem Tage an blieb er, außer wenn er einen Hausbesuch machen mußte oder an einem Klubtreffen teilnahm, abends zu Hause. Da das Brennholz so teuer war, blieb das Zimmer kalt, aber er war es gewohnt, in unbeheizten Räumen zu arbeiten. Wenn er sich an den Tisch setzte, um zu schreiben, legte er sich den Mantel um die Schultern. Er schrieb und schrieb; indessen ging das Jahr zu Ende und der Regen glitt wie Seide über die Fensterscheiben.

Er befaßte sich mit üblen Gerüchen.

Seit der Antike hatte es bedeutende Mediziner gegeben, die davon ausgingen, daß Krankheiten das Resultat eines gestörten Gleichgewichts zwischen dem Menschen und seiner Umwelt seien. Hippokrates höchstpersönlich hatte den Ärzten ans Herz gelegt, das Milieu zu studieren, in dem sich die jeweilige Krankheit manifestierte. Der Medizinstudent sollte Klima, Wetter, Standort und Erdbeschaffenheit, kurzum, alle Eigenschaften des Ortes untersuchen, wobei die hippokratische Schule die Umwelt fatalistisch betrachtete, als Komponente also, die sich nicht verändern ließ, die man lediglich bei der Diagnose und Behandlung individueller Krankheitsfälle verstehen, aber nicht beeinflussen konnte.

In diesem Jahrhundert – dem Zeitalter der Heilung – hielt die Medizin ihr Augenmerk weniger auf die Zustandsbeschreibung als auf die Therapie gerichtet. Es ging nicht so sehr darum, die Ursache der Erkrankung zu analysieren, als darum, die Krankheit zu heilen. Dank der Fortschritte in den Bereichen Technologie und Naturwissenschaft war es inzwischen möglich, Einfluß auf die äußeren Lebensbedingungen zu nehmen. Beispielsweise wußte man bereits seit geraumer Zeit, daß Sümpfe Brutstätten von Krankheiten waren, aber erst seit dem achtzehnten Jahrhundert konnte man mittels hydraulischer Pumpen besagte Sümpfe trockenlegen. Man konnte also heutzutage etwas unternehmen. So hatte er es gelernt.

Hält man sich an sumpfigen Orten auf, wird man sich gewiß eine Krankheit zuziehen. Die krankheitserregende Wirkung stehender Gewässer läßt sich an der giftigen Geruchsentfaltung erkennen. Sie ist ein sicheres Indiz für das Vorhandensein gesundheitsschädigender Ausdünstungen.

Er goß sich den restlichen Wein ins Glas und fuhr fort:

Wenn wir davon ausgehen, daß die Verunreinigung der Luft die häufigste Krankheitsursache darstellt, so müssen wir folgern, daß es dem Arzt obliegt, an erster Stelle für eine reine, saubere Luft zu sorgen, wobei ich betonen möchte, daß sich die Bildung übler Gerüche nicht auf die Sumpfgebiete beschränkt, sondern daß sie auch im städtischen Milieu zuverlässig auf krankheitserregende Einflüsse hindeuten.

Er hatte sich geschworen, etwas Grundlegendes zu verändern. Wenn er diese Welt verließ, würde sie eine bessere sein als zuvor.

Nebenbei möchte ich den städtischen Behörden einige Empfehlungen zukommen lassen bezüglich der Mittel, derer man sich bedienen könnte, um dem Übel Herr zu werden, nämlich die regelmäßige Abfallbeseitigung auf den Straßen unserer Städte, die Entsorgung der Abfälle in Gruben oder im Meer, den Bau öffentlicher Abtritte, die Aussiedlung der die Luft verschmutzenden Fabriken sowie der Müllgruben aus den Wohngebieten, möglichst außerhalb ihrer Windrichtung. An Orten, wo sich letztgenannte Maßnahme nicht realisieren läßt, empfehle ich, derartige Lokalitäten chemisch zu entgiften, beispielsweise mit Essigessenzen.

Er hatte bereits den Stadtrat von Castelnau in Schriftform recht detailliert über diese Maßnahmen informiert und sich erboten, bei der Umsetzung als Berater zu fungieren. *Die Gesundheit eines Staatswesens basiert auf der Gesundheit des Bürgers*, hatte er in seinem Schreiben abschließend bemerkt. Auf diese Formulierung war er ziemlich stolz gewesen. Dennoch erhielt er keine Antwort.

Als er sich Ricard anvertraute, kommentierte dieser: »Was haben Sie erwartet? Schließlich springt für Caussade nichts dabei heraus.«

Joseph ließ sich nicht beirren. Er vereinbarte einen Termin mit seinem Kollegen Ducroix, der das städtische Krankenhaus verwaltete, jene überfüllte, Josephs Meinung nach verheerend unhygienische Institution, wo man die Kranken und Sterbenden wahllos zusammenwürfelte und an ihren übelriechenden Ausdünstungen nach und nach ersticken ließ. Sollte sich Ducroix von seinen geplanten Reformen überzeugen lassen, so könnte er die positiven Auswirkungen auf die Patienten sorgfältig dokumentieren, die Ergebnisse in einem Artikel zusammenfassen und bei der Königlichen Medizinischen Gesellschaft zur Veröffentlichung einreichen.

Irgend jemand nieste draußen im Treppenhaus. Er schaute von seinem Blatt auf und lauschte den schweren Schritten des Mannes, der die Treppe hinabstieg.

Am Rande seines Manuskripts, so mußte er feststellen, hatte er wiederholt den Namen *Sophie Morel* gekritzelt. Er strich das Geschreibsel durch und widmete sich erneut der Wissenschaft.

Wenn es sich bei der betreffenden Lokalität um ein abgeschlossenes Areal handelt, sehen wir uns mit einem Widerspruch konfrontiert. Bauwerke sind eigentlich dazu gedacht, dem Menschen vor den Elementen Schutz zu bieten, aber hinter ihren Mauern ist die Luft oftmals abgestanden und voller Bakterien. Ich bin der Ansicht, daß Belüftung das wirkungsvollste Mittel ist, den üblen Gerüchen, die sich in abgeschlossenen Räumen sammeln, beizukommen. Wohnhäuser, öffentliche Gebäude, Krankenhäuser, Gefängnisse, Schiffe – alle abgeschlossenen Räume, wo sich Menschen versammeln, würden von einer regelmäßigen Belüftung profitieren. Zusätzlich könnte man Essig köcheln, Schwefel oder Teer verbrennen, oder sich anderer Chemikalien bedienen, die dazu beitragen, faulige Gerüche zu beseitigen. In Extremfällen empfehle ich die Installation von Maschinen, die frische Luft in den abgeschlossenen Raum befördern, beispielsweise in Gefängniszellen, die auf herkömmliche Weise schwer zu belüften sind.

Er hielt inne und klopfte sich mit der Feder nachdenklich gegen die Vorderzähne. Wie ein Echo ließ sich an der Tür ein Klopfen vernehmen. Das Mädchen der Vermieterin vermutlich, dachte er, die das schmutzige Geschirr etwas verspätet abholen wollte.

Er hatte sich jedoch getäuscht.

»Sie sind ja gar nicht Clémence!«

»Das ist richtig.« Sie drückte die Tür hinter sich zu und schloß von innen ab, offenbar nicht im geringsten irritiert von seiner dümmlichen Reaktion. »Ich bin ihre Nichte. Ich bin unterwegs nach Albi, um dort eine Stellung anzutreten und mache bei meiner Tante ein, zwei Tage Zwischenstop.« Stolz fügte sie hinzu: »Ich werde nämlich meinem Vetter helfen, die Bäckerei zu führen. Vielleicht werde ich ihn sogar heiraten. Ganz gleich, was passiert – die Menschen werden immer Brot kaufen.«

»Stimmt.« Er starrte sie mit offenem Mund an. Ihre Haut war klar, die Wangen gerundet, die Augen schmal und hell. Sie war eher klein, aber – er ließ den Blick schweifen – an ihrer Figur war absolut nichts auszusetzen.

»Ich habe Sie auf der Straße gesehen. Meine Tante erzählte mir, daß Sie ein gutmütiger Mensch sind und daß Sie gerne geröstete Zwiebeln essen.« Sie stellte einen Krug vor ihn auf den Tisch und ergänzte: »Ich habe uns heimlich Wein geholt. Es wird der alten Hexe bestimmt nicht auffallen.«

Sie hatte ein charmantes Lächeln.

»Was machen Sie denn da?« fragte sie und stellte sich unmittelbar neben ihn an den Tisch. Sie roch durchdringend nach Veilchenwasser – offenbar hatte sie die halbe Flasche geopfert. Ihr Eigengeruch war süßlich, muffig und vermischte sich mit dem Aroma gebratener Zwiebeln.

Er schluckte. »Ich schreibe gerade über … die Notwendigkeit ausreichender Belüftung.«

»Ach so.« Sie begann, ihr Kleid aufzuknöpfen.

Es war wieder ein starker Wind aufgekommen. Er pfiff durch den Schornstein, ließ den Regen gegen die Scheiben prasseln und zog kalt durch den undichten Fensterrahmen. Das Mädchen hatte bereits Gänsehaut. Dagegen mußte man etwas tun.

Er tat es.

1791

Berthe wäre es lieber gewesen, wenn Rinaldi seine Kohlsuppe in der Spülküche verspeist hätte, oder besser noch, im Hof hinter der Küche.

»Aber Berthe, es schneit doch.«

»Er ist doch ein Zigeuner. Die haben ein ganz anderes Kälteempfinden als wir.« Sie seufzte resigniert. Warum konnte Sophie so etwas Einfaches nicht begreifen? »Sie sind einfach anders als wir.«

Sophie aber bestand darauf, den fahrenden Händler in Berthes warme, saubere Küche führen zu lassen, wo er inzwischen saß und die Suppe mit Roggenbrot aufstippte. In den Falten seines Rucksacks hatte sich Schnee gesammelt, der nun auf den frischgeputzten Fußboden hinabtropfte. Damit nicht genug: Sophie hatte sich auch noch neben ihn an den Tisch gesetzt. Als nächstes würde sie ihn wohl noch einladen, mit der Familie zu speisen. Das war nun herausgekommen bei dieser Revolution. Ein Haufen Pariser setzten ehrbaren Leuten irgendwelche Flausen in den Kopf. In Castelnau war das Kloster der Schwestern der Kleinen Blume beschlagnahmt worden und der Orden war aufgelöst. Was sollte sie denn nun machen? Sie hatte damit gerechnet, ihren Lebensabend dort zu verbringen, ihnen dann und wann beim Kochen zur Hand zu gehen und in ihrer letzten Stunde die Stimmen der frommen Frauen zu hören.

»Ich glaube, die Treppe müßte einmal gefegt werden, Berthe. Könnten Sie wohl …?«

Beleidigt schnaubend stolzierte sie aus der Küche, vergaß allerdings nicht, die Tür geöffnet zu lassen, damit sie hören konnte, wenn dieser Bursche Sophie bedrohte und sie ihr zu Hilfe eilen mußte.

»Jetzt habe ich sie gekränkt«, meinte Sophie. »Aber sie macht immer einen solchen Lärm mit dem Geschirr.«

»Eine dünne Köchin bringt Unglück«, bemerkte Rinaldi weise. »Wobei diese Suppe doch recht schmackhaft ist.«

Sophie verstand den Wink und brachte ihm einen Nachschlag. »Wo sind Sie während der vergangenen Monate gewesen?«

»Im Norden«, sagte er abwesend, da er sich gerade auf sein Brot konzentrierte. »Und im Osten.« Nicht gerade sehr präzise. Rinaldi berichtete nur ungern von seinen Reisen. Wie alle Außenseiter scheute er sich, zu viel Persönliches preiszugeben. Nachdem er überlegt hatte, wie er am besten das Thema wechseln könnte, meinte er schließlich: »Ich habe übrigens Handschuhe dabei, die mit Rosenessenz imprägniert sind. Feinstes Kalbsleder.« Er schaute sie mit leuchtenden kohlenschwarzen Augen an und fuhr sich mit der Zungenspitze in die Mundwinkel. »Genau die gleichen bekommt die Königin kistenweise von ihrem schwedischen Liebhaber geschenkt.«

»Vermutlich hat sie in diesen Tagen ebensowenig Verwendung dafür wie ich. Ich glaube kaum, daß sie mehr unter Leute geht, als ich es tue.«

»Eine junge Dame Ihres Standes macht sich kein Bild, was in den Tuilerien alles so vor sich geht.« Er schlug mit seiner kleinen braunen Hand auf den Tisch, um seinen Worten Nachdruck zu verleihen. »Bälle!« zischte er.

»Waren Sie in Paris, Rinaldi?«

Sofort beugte er sich tief über seinen Suppenteller. Sophie bedauerte, ihn in Verlegenheit gebracht zu haben. »Meine Chinesische Rose gedeiht wundervoll«, bemerkte sie. »Außerdem ist es mir gelungen, an die zwanzig Sträucher nachzuzüchten.«

»Das war in der Tat ein guter Kauf. Ich wußte, daß die Rose Ihnen Glück bringen würde.«

»Sie loben meinen Geschäftssinn, dabei weiß ich ganz genau, daß Sie derjenige sind, der von der Transaktion profitiert hat.«

Er schmunzelte. »In der Nähe von Poitiers lebt ein Herr, der auf seinem Gut Rosen züchtet. Er ist sehr daran interessiert, Ihnen einige Sträucher abzukaufen. Ich habe ihm Ihre Adresse gegeben.«

»Herzlichen Dank.« Als sie ihn anstrahlte, dachte er – nicht zum ersten Mal – daß sie zu jenen Frauen zählte, die sich selbst nicht für anziehend halten und aus diesem Grunde zumeist auch nicht so wirken.

Mit gesenktem Blick fuhr er fort: »Wäre es nicht wunderbar, die Chinesische Rose mit einer der alten Gattungen zu kreuzen? Das Resultat könnte sich als äußerst rentabel erweisen.«

»Ist es nicht kalt?« bemerkte Sophie und schaute zum Fenster hinaus. »Dieser viele Schnee.«

Also hatte ich recht, dachte Rinaldi bei sich. Er kippte den letzten Schluck Wein in die Suppe und trank die Schüssel leer.

Plötzlich wurde die Tür von einem schwarzen Wirbelwind aufgestoßen, der dem fahrenden Händler auf den Schoß sprang und ihm liebevoll das Gesicht abschleckte. »Ich wußte, daß Sie hier sind«, sagte Mathilde, die dem Hund unmittelbar gefolgt war. »Berthe zählt nämlich gerade das Silberbesteck.«

»*Bellina! Che bellina!* So schön wie der junge Morgen!« Mit seiner kleinen Affenpfote kniff Rinaldi das Mädchen in die Wange, ein Betragen, das sie bei niemand anderem geduldet hätte. Dann griff er tief in die Tasche, holte eine rosarote gebrannte Mandel hervor und steckte sie Mathilde in den Mund.

»Danke, Rinaldi.« Sie ließ die Mandel in ihrer Backe verschwinden, wo sie die Deutlichkeit ihrer Aussprache kaum zu beeinträchtigen schien. »Brutus hat einen abgebrochenen Zahn, hinten rechts.«

Rinaldi öffnete das Maul des Hundes und schaute hinein. »Das macht nichts. Sein Zahnfleisch ist gesund, darauf kommt es an.« Er kraulte Brutus hinter den Ohren und setzte ihn auf den Boden zurück.

»Ich hatte schon Angst, daß er bald keine Zähne mehr hat, so wie Berthe. Sophie hat versucht, sie mit Lavendelwassser und Nelken zu behandeln, aber die Schmerzen waren so unerträglich, daß sie sich auf dem Jahrmarkt am Michaelstag alle Zähne ziehen ließ. Wir hoffen alle, daß sie wieder besser gelaunt ist, wenn der Frühling kommt.«

»Das wirkungsvollste Mittel gegen Zahnschmerzen«, erklärte Rinaldi, »sind Eichenblätter, in Regenwasser abgekocht. Oder Drachenblut und Myrrhe – ein Heilmittel, dessen man sich im Osten bedient. Die Heilungserfolge sind beachtlich. Zufälligerweise habe ich etwas dabei ...«

»Das ist nicht nötig«, unterbrach ihn Sophie hastig. Wenn er erst einmal in Mathildes Gegenwart seinen Rucksack geöffnet hatte ...

Er bedachte sie mit einem vorwurfsvollen Blick. »Der Herr aus Poitiers hat ein Fläschchen gekauft.« Er legte eine kurze Pause ein, um Sophie Gelegenheit zu geben, sich daran zu erinnern, daß sie ihm Dank schuldete. Sophies Gewissen war ein sensibles Instrument, auf dem Rinaldi bereits vor geraumer Zeit virtuos zu spielen gelernt hatte. »Außerdem dient meine Ware der Allgemeinbildung. Da hätte ich beispielsweise die allerliebste kleine Tasse mit dem Porträt des Generals La Fayette, aus hochwertigem Porzellan, und ein Geschirrtuch aus Baumwolle, bedruckt mit der Erklärung der Menschenrechte.«

»Ich glaube nicht, daß wir eine allerliebste kleine Tasse benötigen. Und noch mehr Geschirrtücher können wir auch nicht gebrauchen.«

Mathilde jedoch kämpfte bereits mit den Schnallen des Rucksacks, und Rinaldi eilte ihr zu Hilfe. »In einem Haushalt wie diesem könnte es sich irgendwann als sinnvoll erweisen, hier und da einen patriotischen Gegenstand zur Schau zu stellen.«

»Tatsächlich?«

Er zuckte die Achseln. »Ich selbst lege Wert darauf, die Trikolore ständig am Hutband zu tragen.« Mit einer eleganten Geste zog er ein fuchsienrotes Band hervor und legte es Mathilde behutsam um den Kopf. »Ein Geschenk für mein kleines Fräulein, *per la píu bella,* ein Geschenk von Rinaldi.«

Sophie mochte er gern, aber in Mathilde war er regelrecht vernarrt. Außerdem würde sich ihre Schwester jetzt verpflichtet fühlen, ihm etwas abzukaufen.

Von Jacques erfuhr er, daß Saint-Pierre – wie er gehofft hatte – nach Castelnau gefahren war und daß er Sophie im Garten finden würde.

»Sie ist in dieser Hinsicht genau wie ihre Mutter, die auch eine begeisterte Gärtnerin war. Jammerschade, daß sie nicht annähernd so hübsch ist.«

Das Gartentor war geöffnet. Sophie stand mit geschlossenen Augen im Garten und hielt das Gesicht in die Sonne. Um sie nicht zu erschrecken, kündigte er seine Anwesenheit an, indem er mit den Stiefeln scharrte und sich räusperte. Sie schlug die Augen auf und lächelte erfreut, als sie ihn erkannte. »Ich dachte schon, dieser Winter würde nie zu Ende gehen.«

Der Ostwind jagte die Wolkenfetzen über den fahlen Himmel, aber die Sonne schien hell. Hier an der Mauer, wo sich die Wärme ihrer Strahlen gestaut hatte, hätte man denken können, es sei schon Mai, hätte es nicht so intensiv nach Gras und Blättern geduftet, das wässrig-grüne Aroma des erwachenden Frühlings.

Er knöpfte seine neue zitronengelbe Jacke auf.

»Ist einer der Dorfbewohner krank?«

»Nein, eigentlich nicht. Ich meine …« Er rückte seine Brille zurecht, ehe er von neuem ansetzte. »Ich war zufällig in der Gegend«, log er, »also dachte ich, ich schaue kurz bei dem alten Laval vorbei. Sein Husten ist ziemlich hartnäckig.«

»Gestern habe ich gehört, wie er seine Schwiegertochter anbrüllte. Er warf ihr vor, die Suppe schmecke nach Urin. Eigentlich hat er sich recht gesund angehört.«

»Verstehe. Ja, stimmt, inzwischen geht es ihm wieder gut, der Husten scheint spurlos verschwunden zu sein.« In seiner Verwirrung wies er blindlings auf die nächstbeste Pflanze und fragte: »Was ist das denn für eine Blume?«

Sie brach einen malvenfarbenen Stiel ab. Er schnupperte und fragte: »Lavendel?«

Lachend nickte sie. »Die roten Blumen im Hof kenne ich aber«, sagte er. »Das sind Geranien. Man pflanzt sie in Blumenkästen und stellt sie auf die Fensterbank. Sie sind hübsch.«

»Haben Sie ein Fenster, das zur Sonnenseite liegt?«

Er mußte kurz nachdenken. »Ja, kann sein.«

»Ich könnte Ihnen einen Ableger mitgeben.«

»Würden Sie das tun?«

»Aber selbstverständlich. Sie können einen roten haben. Berthe hat allerdings hinter dem Haus auch noch weiße und rosarote angepflanzt.«

»Die roten mag ich am liebsten«, beteuerte er. Tatsächlich hatte er noch nie darüber nachgedacht.

»Ich werde es nicht vergessen.«

»Aber ich habe noch nie … Und wenn die Pflanze nun stirbt?«

Es lag Sophie auf der Zunge, zu entgegnen: »Sie ist nicht eine Ihrer Patientinnen«, aber sie verkniff sich den Scherz. Diese Brille ließ ihn so überaus ernsthaft wirken. »Geranien sind äußerst widerstandsfähig«, versicherte sie ihm. Sie bemerkte die neue Weste und sah, daß sein Halstuch gestärkt und so weiß gebleicht war, daß es einen bläulichen Schimmer hatte. Ärzte sind immer gefragt, dachte sie. Schließlich brauchen die Menschen die Hoffnung, auch wenn es sich nur um eine Illusion handelt.

»Wollen Sie mit hineinkommen?« fragte sie. »Sie haben bestimmt Durst.«

Er zog die Schultern genüßlich hoch, sonnte sich förmlich in ihrem Entgegenkommen. »Lieber würde ich hierbleiben«, erwiderte er und fügte wagemutig hinzu: »Mit Ihnen!«

Überall waren Vögel, die in der feuchten Erde herumpickten, und an den Rosensträuchern war das erste zarte Grün zu erkennen. Wann war er zuletzt ganz und gar zufrieden gewesen? Ihm fiel nur der Moment ein, da er den linken Arm eines Leichnams besonders geschickt seziert, mit seinem Skalpell säuberlich Fleisch und Muskulatur getrennt hatte. Irgendwie erschien ihm der Vergleich ein wenig unpassend.

Eine Windböe wirbelte eine Handvoll weißer Blüten aus der Obstplantage herüber. Ein feuchtes Blütenblatt blieb an Sophies Hinterkopf haften. Ich könnte jetzt ganz behutsam den Arm ausstrecken und mit der Fingerspitze dieses Blatt entfernen, dachte er. Sie würde noch nicht einmal merken, daß ich sie berühre.

Hoch oben in der Luft machte ein Schwarm kleiner brauner Vögel einen fürchterlichen Radau. Er sagte: »Mir hat einmal ein Bauer erzählt, daß man, wenn man die Scheune betritt und die Laterne mit dem Mantel abdeckt, so daß ihr Licht gedämpft ist, die Spatzen zu Dutzenden herbeilockt und sie sich auf den Schultern niederlassen. Man braucht auch Dutzende, wenn man davon satt werden will.«

»Ich esse nicht gerne Vögel, noch nicht einmal solche, die eigens zu diesem Zweck gezüchtet werden, wie beispielsweise Gänse. Die Füße sehen immer so seltsam aus. Und bei den kleinen Vögeln muß ich immer daran denken, wie schön sie singen und wie ihr Gefieder im Sonnenlicht schimmert«, sagte Sophie. »Es ist fast so, als wenn man Blumen äße. Stellen sie sich doch einmal vor, was die Leute dazu sagen würden.«

»Als ich noch Student war, haben mir meine Freunde zum Geburtstag eine Katzenpastete geschenkt. Sie haben behauptet, es sei Kaninchen.«

»Und …?«

»Es hat nicht übel geschmeckt, kaum von Kaninchen zu unterscheiden. Ich habe an diesem Geschmack Gefallen gefunden. Seit jenem Tag esse ich zu jedem Geburtstag eine Katze.«

Sie schaute ihn zweifelnd von der Seite an.

»Und sonntags gibt es immer Hundekoteletts«, fügte er hinzu. Er warf den Kopf in den Nacken und lachte lauthals. Die aufgeschreckten Spatzen flohen in die entlegensten Winkel des Gartens.

»Haben Sie sich jemals Gedanken über Ihren Todestag gemacht?« fragte Sophie. »Ich finde es seltsam, die Monate gehen ins Land, und nichts verrät uns, welcher Tag unser letzter sein wird.«

Joseph wußte, daß Sophie bei den Dorfbewohnern beliebt war und daß man sie bedauerte, weil sie noch unverheiratet war. Eine der Frauen hatte allerdings bemerkt, daß sie die Männer verstehen könne – schließlich sei Sophie größer als die meisten Männer und von recht eigenwilliger Wesensart.

Sie schlenderten zum Tor in der Dornenhecke. »Was liegt hinter der Hecke?« erkundigte er sich.

»Nur ein paar Beete. Dort züchte ich die Rosen, die ich verkaufen will. Und der Park – Bäume und so.« Sie sah ihn an. »Wissen Sie was, ich könnte Ihnen jetzt sofort eine Geranie besorgen. Es würde nur ein paar Sekunden dauern.«

Aber es war bereits zu spät. Er hatte das Tor geöffnet und schritt durch die vielen Reihen kleiner, skelettartiger Sträucher. Die dunkle Erde reichte bis zur nächste Hecke. Dahinter lag ein Stück Weideland, darüber die Weite des trügerisch blauen Himmels. Jenseits der Weide konnte man ein Birkenwäldchen und den Fluß erkennen.

»Hier gibt es nichts Besonderes, wie Sie sehen«, sagte Sophie. Sie zog die Stirn kraus und verlagerte ihr Gewicht abwechselnd von einem Bein aufs andere, wie jene grauen Vögel, die am Flußufer umherstelzen.

Er bückte sich, um die bunten Baumwollfetzen, die an einem Strauch befestigt waren, genauer in Augenschein zu nehmen. Der eine war lavendelfarben, der andere purpurrot. Er bemerkte, daß sämtliche Sträucher mit solchen Fetzen versehen waren.

»Die weißen werden gerne gekauft, weil sie sogar an nördlich gerichteten Mauern gut gedeihen«, erklärte Sophie. »Trotzdem verkaufe ich, wenn's hochkommt, nur zwei Dutzend pro Jahr.« Sie war am Tor zurückgeblieben und hielt den Riegel in der Hand.

Er flanierte indessen umher und inspizierte die Sträucher. Die Brille war ihm ein wenig verrutscht. »Dabei züchten Sie so viele«, bemerkte er.

Atemlos entgegnete sie: »Ich experimentiere mit verschiedenen Arten. Aus den meisten wird nichts, aber um auswählen zu können, benötigt man eben eine große Vielfalt.«

Er wandte sich ihr begeistert zu. »Ein wissenschaftliches Projekt also.«

»Nun, weitgehend hängt der Erfolg von äußeren Umständen ab«, antwortete sie bestimmt. Darauf mußte sie sich selbst zwanzig Mal am Tag hinweisen, um es nicht zu vergessen. »Der Nachtfrost kann die Züchtungen eines ganzen Jahres auf einen Schlag vernichten. Gegen dergleichen komme ich nicht an.«

»Und wozu dienen die Baumwollfäden?«

»Die beiden Fäden kennzeichnen die Elternpflanzen – jedes Elternteil wird durch eine andere Farbe gekennzeichnet. So kann ich die Herkunft der Setzlinge feststellen.« Sie schob sich die windzerzausten Haare aus der Stirn. »Lassen Sie uns zurückkehren. Hier weht der Wind so stark.«

Joseph erinnert sich plötzlich detailliert an ein Gespräch, das vergangenen Sommer während des Mittagessens stattgefunden hatte. Der Amerikaner hatte Sophie gebeten, eine Rose nach ihm zu benennen. Joseph spürte, wie die Wut in ihm aufstieg wie die Säfte in den Pflanzen, wenn der Frühling naht. Er würde gerne einen passenden Namen vorschlagen, beispielsweise ›Schwafelnder Schwachsinn‹ oder ›Duft des Dummkopfes‹. In blutrünstige Gedanken vertieft, blickte er böse auf die Rosensträucher.

Indessen dachte Sophie an Professor Kölreuter, der in ihrer Phantasie klein, gedrungen und ein wenig streng war und nach Pfefferminze roch. Sie war dem Professor von Herzen zugetan. Er pflegte sie des Nachts häufig zu besuchen. Er war zwar fortgeschrittenen Alters und brachte seine Liebkosungen ausschließlich in deutscher Sprache vor, aber er verstand es, mit seinen dicklichen rosaroten Fingern die Blütenstempel ausgesprochen feinfühlig zu handhaben. Natürlich konnte man ihn dennoch nicht mit Dr. Morel vergleichen.

Als sie wieder sicher auf der anderen Seite der Hecke angelangt war, fiel ihr ein, daß man vielleicht inzwischen ein neues Gesetz erlassen hatte – es gab heutzutage so viele neue Gesetze – das allen gewerblich ausgerichteten Rosenzüchtern vorschrieb, sich bei einer zentralen Behörde in Paris anzumelden, eine Genehmigung zu beantragen und vermutlich auch eine Gebühr zu entrichten. Der Doktor war zweifellos über solche Dinge bestens informiert; irgendwie brachte sie ihn mit Fortschritt in Verbindung. Das war wohl auch der Grund, daß er so grimmig dreinblickte. »Ich habe mich zu wenig um Formalitäten gekümmert«, gestand sie, »aber ich habe nur in kleinem Rahmen in Castelnau verkauft. Es würde bestimmt keine Komplikationen geben.«

Gerade holte er Luft, um sie zu fragen, ob sie ihn heiraten wolle, als Mathilde herbeistürmte. »Sophie, Sophie!« rief sie. »Berthe hat Entenfleisch in den Linseneintopf getan!«

Sie hatten vereinbart, zum Mittagessen kein Fleisch mehr zu verzehren, jedenfalls dann, wenn der Vater abwesend war. Berthe hatte sich zwar überreden lassen, aber sie blieb ihrem Versprechen nicht immer treu.

»Ist es zu spät, um ein Omelette zu bestellen?«

Mathilde überlegte. »Als ich sie verlassen habe, hat sie nur böse vor sich hin gemurmelt«, sagte sie schließlich.

»Dann scheint es zu spät zu sein. Ich werde mal mit ihr reden. Vielleicht darf ich dir eins zubereiten.«

»Mit Schnittlauch?«

»Mit Schnittlauch.«

Mathilde hängte sich bei Sophie ein. »Es ist ein Brief für dich gekommen. Von Stephen.«

»Mögen Sie Linsen, Dr. Morel?« fragte Sophie. »Sie bleiben doch zum Essen, nicht wahr?«

Aber er wußte, daß er nicht bleiben konnte.

Als er die Gewehrsalven hörte, nahm er seine schwarze Tasche und rannte los. Er ließ Hut und Mantel zurück, ebenso die Frau, die ihn wegen der Schmerzen in ihrer Brust konsultiert hatte. Er hatte das Geschwür untersucht, ihren Atem gerochen, sich die Schilderung der Symptome angehört und wußte, daß sie an dem Tumor sterben würde und daß er nichts mehr für sie tun konnte.

Seit Wochen und Monaten hatte er auf dieses Geräusch gewartet. Bei jeder Zusammenkunft hatten die Patrioten gegen die unpatriotische Haltung der Kommunalverwaltung Castelnaus gewettert. Caussade hatte noch immer nicht die Anweisung aus Paris befolgt, den Besitz des Ordens der Kleinen Blume, der bereits vor Weihnachten beschlagnahmt worden war, zu verkaufen. Schlimmer noch als diese Hinhaltetaktik war die Tatsache, daß er, unterstützt von seinen adeligen Freunden, die Bauern, die auf seinem Land arbeiteten, zu einer bewaffneten Truppe ausgebildet hatte. Sie trugen schwarze Kokarden mit einem weißen Kreuz und behaupteten, einen heiligen Krieg gegen die Unterwanderung der Regierung durch Ungläubige zu führen, oder – schlimmer noch – durch Protestanten.

Die Patrioten beschlossen, daß eine ausgewählte Gruppe von Wachleuten aus Castelnau ab sofort beginnen sollte, ein Inventar über das Mobiliar des Klosters zu erstellen, um den anstehenden Verkauf voranzutreiben.

Es war einer dieser wundervollen Tage im April. Der Himmel war wolkenlos und tiefblau. Überall standen die Fenster offen, und es duftete nach den Speisen, die im Inneren der Häuser zubereitet wurden. Während er durch die Straßen rannte, mußte Joseph daran denken, daß man die Anhänger Caussades aus irgendwelchen Gründen »Zwiebelfresser« nannte.

Die Brücke war durch Menschenmassen blockiert. Er drängte sich durch die Menge und rief: »Machen Sie den Weg frei! Ich bin Arzt! Lassen Sie mich durch!«

Eine dicke Frau mit rotgeblümter Bluse bemerkte: »Hier wird nicht gedrängelt« und stieß ihm den Ellenbogen in die Rippen. Joseph setzte stolpernd seinen Weg fort.

Auf der Brücke stand eine Gruppe Zwiebelfresser und versperrte den Zugang zum anderen Ufer. Joseph wandte sich an einen von ihnen und sagte: »Ich bin Arzt – lassen Sie mich vorbei.«

»Niemand darf die Brücke überqueren«, erwiderte der Mann. »Befehl des Bürgermeisters und der Kommunalverwaltung.«

»Aber dort drüben sterben die Menschen auf offener Straße. Es könnten Ihre eigenen Freunde und Nachbarn sein.«

Der andere hielt Joseph drohend die Mistforke unter die Nase. »Wohl kaum. Es bleibt dabei: Niemand darf die Brücke überqueren.«

Plötzlich sah Joseph ein bekanntes Gesicht. »Pierre Berger!« rief er. »Als Ihr Sohn vom Dach der Scheune stürzte, waren Sie froh, mich zu sehen. Nun lassen Sie mich schon durch!«

Berger trat von einem Fuß auf den anderen. »Monsieur Unteroffizier, könnten wir nicht …«, setzte er an.

In diesem Augenblick warf ein Junge, der auf die Brüstung geklettert war, eine Zwiebel, die eigentlich den Hut des Unteroffiziers treffen sollte, ihr Ziel aber verfehlte und Berger mit voller Wucht gegen die Brust prallte. Die Männer, die Joseph den Weg versperrten, stimmten zornige Rufe an, während die Menge im Hintergrund grölte. Dann fiel ein Schuß, und der Junge schrie auf. Einen kurzen Augenblick später hörte man den Aufprall, als sein Körper ins Wasser stürzte.

Berittene Offiziere näherten sich nun der unregelmäßigen Formation der Wachen. »Gibt es Ärger?« fragte der Offizier, der geschossen hatte. Er gab sich lässig, lächelte und richtete die Pistole auf Joseph, scheinbar ohne ihn überhaupt wahrzunehmen.

Hätte ihm die Menge in seinem Rücken nicht den Weg versperrt, wäre er geflohen. Wäre ihm nicht die Sprache versagt, so hätte er um Gnade gefleht.

Es war Berger, der sich zu Wort meldete. Er rieb noch immer seine Brust. »Dieser Mann ist Dr. Morel«, erklärte er. »Er bittet um Erlaubnis, die Brücke überqueren zu dürfen. Er meint, es werde vielleicht ein Arzt benötigt.«

Nun sah der Offizier Joseph an, unterzog ihn unbewegt einer ausgiebigen Musterung, betrachtete das kräftige, in die Stirn gekämmte Haar, die Brille, das zerknitterte Hemd, die Ledertasche, die er mit beiden Händen umklammert hielt, die großen, abgewetzten Lederstiefel. Er lächelte erneut, gestikulierte mit der Waffe und lenkte das Pferd zur Seite. »Unbedingt. Laßt ihn nur vorbei. Warum auch nicht?«

Erst jetzt merkte Joseph, daß man jenseits der Brücke das Feuer eingestellt hatte.

Der kleine Junge saß mitten im Blumenbeet, die rundlichen Beinchen vor sich ausgestreckt. Sein Kindermädchen war im Anrichtezimmer beschäftigt, und die Balustrade schützte ihn vor den Blicken der Mutter. So bot sich ihm die einmalige Gelegenheit, zu erforschen, ob die Gänseblümchen genießbar waren.

Im Garten spielten die kleinen Mädchen kreischend Fangen. Auf der Terrasse im Schatten schlummerte der Säugling in seiner Wiege aus Korbgeflecht. Auf einem Silbertablett stand eine Kaffeekanne, Milch- und Zuckerkännchen sowie eine blauweiß gemusterte Schale voller leuchtend roter Erdbeeren.

Claire schaute ihrer Schwägerin zu, wie diese die Beeren auf den Teller häufte, sie mit Zucker bestreute und Sahne darüber tat. Indessen dachte sie über das nach, was sie soeben erfahren hatte. »Meinen Sie, es ist klug, unmittelbar nach …?«

Anne fuhr fort, sich die Früchte in den kleinen rosa Mund zu löffeln, der selbst einer Beere glich, umgeben von sahnig weißer Haut. »Je eher ich einen Sohn bekomme«, sagte sie, »desto eher wird es aufhören.«

»Das ist ungerecht!« Durch die goldene Sommerluft war eine Kinderstimme zu vernehmen, schrill und empört. Warte du mal zehn Jahre, dachte Claire, dann wirst du wissen, was »ungerecht« bedeutet.

Hubert trat energisch auf die Terrasse und warf ein Blatt Papier auf den Tisch. »Wieder von Duval. Beim letzten Mal ging es um das gestohlene Holz. Jetzt lassen sie auch noch ihr Vieh auf seinen Ländereien weiden. Die Zäune wurden umgerissen und die Pächter beschweren sich über die Herden, die ihre Felder zertrampeln. Duval hat beim Magistrat eine Beschwerde eingereicht, aber heutzutage erreicht man damit nichts. Ich werde selbst hingehen müssen.« Er goß sich eine Tasse Kaffee ein und schritt ruhelos auf und ab.

»Immer rennen Sie irgendwo herum«, meinte Anne und tupfte sich die Sahne aus den Mundwinkeln. »Warum kann sich Ihr Gutsverwalter nicht darum kümmern? Gehört das etwa nicht zu seinen Aufgaben?«

Hubert ignorierte ihren Einwurf. Seit geraumer Zeit beschränkte sich die Kommunikation zwischen den beiden Geschwistern auf bissige Bemerkungen. Er erklärte lediglich: »Ich weiß nicht, wie lange ich unterwegs sein werde.«

»Aber Sophie und Mathilde wollen doch morgen kommen«, wandte Claire ein.

»Sie wollen doch nicht andeuten, daß meine Abwesenheit sie enttäuschen könnte?« fragte Hubert. Plötzlich schien ihm etwas einzufallen; abrupt wandte er sich Claire zu. »Sie bringen doch nicht etwa diesen Hund mit?« fragte er.

»Aber nein, Hubert, Mathilde weiß doch, daß Brutus Ihr Haus nicht betreten darf«, entgegnete Claire.

Er beäugte sie mißtrauisch. »Sie haben mir einmal berichtet, daß sie sich weigert, irgendwohin zu gehen, wo er sie nicht begleiten darf.« Hoffnungsvoll fügte er hinzu: »Oder ist das Tier inzwischen verstorben?«

»Vater hat darauf bestanden, daß Mathilde sie zu uns begleitet.«

Hubert hatte sich inzwischen einen Stuhl herangezogen und nahm sich eine Portion Erdbeeren. »Nahezu unglaublich, daß Ihr Vater in der Lage ist, auf etwas zu bestehen. Das Kind verwahrlost doch. Man sollte sie auf eine Klosterschule schicken, wo man ihr ein wenig Disziplin einprügeln würde.«

»Sie vergessen, daß es keine Klosterschulen mehr gibt, ganz zu schweigen von Nonnen, die das Prügeln erledigen könnten. Vater hielt es für sinnvoll, die Mädchen aus Castelnau fernzuhalten, bis sich die Lage ein wenig beruhigt hat. Sophie berichtet allerdings, daß inzwischen alles mehr oder weniger seinen normalen Gang geht.«

Hubert schnaubte verächtlich. »Caussade ist geflohen, seine Berater weitgehend inhaftiert und Truppen kommen von überall her, um die Stadt zu okkupieren. Nennen Sie das etwa ›normal‹?«

Eine grauhaarige Frau brachte einen Krug Kakao, Löffel,

Trinkschalen und noch mehr Sahne. »Wo ist Marie?« fragte Claire irritiert.

»Ein Schwindelanfall, Madame.«

»Ich weiß nicht, was neuerdings in dieses Mädchen gefahren ist – sie beträgt sich überaus merkwürdig. Wenn sich das nicht bald ändert, werde ich sie entlassen müssen. Kränkliche Dienstboten sind unerträglich.«

»Sie scheint aber ein nettes kleines Ding zu sein«, bemerkte Hubert und widmete sich der Aufgabe, den Erdbeersaft aufzulöffeln.

»Sind von den exquisiten kleinen Vanilletörtchen, die es gestern gab, vielleicht noch welche übrig?« fragte Anne.

Claire aber starrte Hubert an, der ihrem Blick auswich, indem er konzentriert auf seinen Teller blickte. Schließlich sagte sie: »Ich werde auch Stephen einladen. Er hat mein Porträt vollendet und würde es mit Freuden persönlich überreichen. Schade, daß Sie nicht hier sein werden.«

Das war jetzt aber gewagt, dachte Anne bei sich.

Hubert wandte sich seiner Schwester zu und rief: »Um Himmels willen? Machen Sie denn auch noch etwas anderes, als essen und Kinder werfen?«

Sie sind wie zwei Vögel, dachte Claire. Die dickliche Anne sitzt auf ihrem Nest und Hubert, der zänkische Spatz, hüpft um sie herum.

Indessen stimmte ihr Sohn, überwältigt von der eigenen Leistung, im Blumenbeet ein fürchterliches Gebrüll an.

Und in ihrer engen Dachkammer saß ein Mädchen mit rotgeweinten Augen auf der Kante des Bettes, das es mit seiner Cousine teilte und versuchte sich vorzustellen, wie sich ihr künftiges Leben gestalten würde.

Obwohl er seine Töchter liebt, gleichen die Tage, die er ohne sie verbringt, einer gemächlichen Bootsfahrt stromabwärts, einer ruhigen Fahrt durch stille Gewässer. Seine Mahlzeiten nimmt er im Arbeitszimmer ein, welches unmittelbar an sein Schlafzimmer grenzt. Die seidigen Falten seines alten braunen Morgenrocks, den Marguerite im ersten Jahr ihrer Ehe mit goldenen Sonnen bestickt hatte, umschmeicheln seinen Körper. Er darf soviel essen, wie er will, ohne daß Sophie, aufgestachelt von Ducroix, diesem Narren, mißbilligend auf seinen Teller blickt.

Er denkt über Sophie nach. Er befürchtet, daß sie allmählich eigen und altjungfernhaft wird. Er sollte sich der Aufgabe widmen, ihr einen geeigneten Ehemann zu suchen. Er sollte Claire einen Brief schreiben und sie um Rat und Hilfe bitten.

Statt dessen unternimmt er Spaziergänge über Land, wandert über Wege, die von grünem Sommerlaub gesäumt sind. Er hat eigens für solche Ausflüge seinen alten schwarzen Filzhut hervorgeholt, das einzige Andenken an seine Zeit am Gericht in Toulouse. Die breite Krempe ist durchlöchert – es müssen sich die Motten an ihr gelabt haben. Durch die Löcher weht ihm die Brise sanft ins Gesicht.

Nachts legt sich die Stille um ihn wie ein weicher Flügel, in den er sich beim Einschlafen schmiegt.

In der Buche vor seinem geöffneten Schlafzimmerfenster schreit eine Eule. Jäh aus dem Schlaf gerissen, bemerkt er, daß sein Ärmel Soßenflecken hat.

Die wachsende Sehnsucht nach Abgeschiedenheit führt dazu, daß er seine alten Freunde, alten Kollegen sowie seine Kinder zunehmend vernachlässigt. Seit wann fällt es ihm derart schwer, Interesse an der Außenwelt vorzutäuschen? Seit dem Tod seiner Frau? Seit Claire in Toulouse lebt? Seitdem sie diesen unerträglichen Narren geheiratet hat?

Kürzlich ist er in den neuen Rechtsausschuß gewählt worden, aber auch sein Beruf, den er früher einmal voller Begeisterung ausübte, interessiert ihn nur noch in dem Ausmaß, daß er tut, was eben von ihm erwartet wird. Er erinnert sich noch an die Zeit, da er glaubte, das Gesetz existiere, um den Menschen zu zivilisieren. Möglicherweise glaubt er es noch immer, aber es ist ihm relativ gleichgültig geworden.

Er ist sich der Tatsache bewußt, daß er zu kleinen Ritualen neigt und daß er sich selbst verzärtelt. Ich werde alt, denkt er entsetzt, und für die Dauer einer langen Minute fällt ihm das Atmen schwer.

Wie aber ist das möglich? Die Vergangenheit scheint noch immer so nahe, die Kindheit begleitet ihn wie ein Schatten. Noch immer fühlt er, wie die anderen Jungen ihn umzingeln, ihn im dunklen Korridor auf den Marmorboden werfen und mit ihren knochigen Fingern seine Arme umklammern. Den Katechismus der Höflinge, mit dem sie ihn traktiert haben, während sie ihm die kalte Klinge des Taschenmessers an die Kehle drückten, kann er noch heute wortgetreu wiedergeben. *Wie viele Arten des Adels gibt es?* lautete die Frage, auf die er antworten mußte: Zwei. Den des Schwertes und den der Robe. *Welcher der beiden genießt das höhere Ansehen?* Die Antwort war: Der des Schwertes, da man ihn nur unter wiederholtem Einsatz des eigenen Lebens erwirbt.

Die Uhr auf dem Kaminsims schlägt die Stunde. Bald wird Jacques den Aperitif und etwas zu Essen servieren, ... irgendeine schmackhafte Kleinigkeit.

Die Vorfreude läßt das Wasser im Munde zusammenlaufen.

Der Botenjunge überbrachte ihm die Nachricht, daß Luzac zum Bürgermeister gewählt worden war und Ricard einen Sitz im Stadtrat habe. Endlich hatte der tagelange Nieselregen aufgehört, es war ein sonniger Tag im Juni, und dann gab es noch diese erfreulichen Neuigkeiten. Zudem war das Wartezimmer ausnahmsweise einmal leer. Warum also nicht, dachte er und schloß die Tür von außen ab, ehe er es sich anders überlegen konnte.

Er war übermütig und guter Dinge, genau wie damals, als er an einer Bootsfahrt teilgenommen hatte, statt sich auf das Examen vorzubereiten. Dieser Student aus der Schweiz mit dem feuerroten Muttermal am Hals, der aus dem Boot gefallen und die anschließende fiebrige Erkältung nur knapp überlebt hatte – wie hatte er noch mal geheißen?

Eine getigerte Katze, die auf einer sonnenbeschienenen Mauer vor sich hindöste, schnurrte, als er sie hinter den Ohren kraulte. Er dachte an das Mädchen, das nach Veilchen und Zwiebeln roch, erinnerte sich daran, wie sie die Kerze auf seinem Nachttisch ausgeblasen hatte. Sein monotones Pfeifen wurde von einem Kanarienvogel oben auf dem Balkon beantwortet.

Die Schlachterei befand sich in einer der wenigen »ehrbaren« Straßen Lacapelles. Hier lebten Handwerker und Händler. Josephs Weg führte ihn an einer Eisenwarenhandlung und einer Feinbäckerei vorbei. Die Fensterläden waren geschlossen, da die Geschäfte bis halb vier Mittagspause machten. Zwei kleine Kinder, identisch gekleidet, spielten auf der Straße mit einem Reifen. Mit ihrem hellen Teint und stabilen Körperbau sahen sie Lisette nicht im entferntesten ähnlich, wenn auch die karottenroten Haare des jüngeren ein wenig lockig waren. Als er sie anlächelte, starrten sie ihn mit blauen Knopfaugen an, die unverkennbar die des Vaters waren.

Auch die Schlachterei war noch geschlossen, aber das Mädchen, das auf der Treppe saß, eine blaue Emailleschüssel auf dem Schoß hielt und gelangweilt die Kinder beaufsichtigte, während es Erbsen schälte, versicherte ihm, daß die Familie schon längst gespeist habe. Sie ging ins Haus, um die Hausherrin herbeizurufen. Es war allerdings Ricard, der in der überdachten Gasse seitlich des Hauses erschien und den schmalen Raum mit seinen massigen Schultern vollständig auszufüllen schien. Er nahm Josephs Glückwünsche mit einem breiten Lächeln entgegen und bestand darauf, daß ihn sein Gast ins Haus begleitete, um auf den freudigen Anlaß anzustoßen.

Im Inneren des Hauses roch es penetrant nach Essen. Der Geruch wurde noch intensiver, als Joseph Ricard durch den kurzen, grün-weiß gefliesten Flur ins Hinterzimmer des Ladens folgte. Der Raum war jedoch recht behaglich. Auf dem mit einem dunkelbraunen Wachstuch bedeckten Tisch stand ein grüner Krug mit gelben Blumen, und die Wände, wie neuerdings üblich tapeziert, waren gelb-grün gestreift. Eine glänzend lackierte Gipsbüste – war es Cassius? Jedenfalls einer jener Republikaner der Antike, die zur Zeit wieder en vogue waren – zierte eine Ecke des Zimmers. Die Dielen, das Wachstuch und die aus Walnußholz gefertigte Anrichte glänzten. Sollte die Familie das Mittagsmahl hier verzehrt haben, so war keine einzige Spur mehr zu sehen, weder der kleinste Krümel noch ein Klecks.

Ricard berichtete ihm beiläufig, aber mit sichtlichem Stolz, daß die Produkte, die im Laden verkauft wurden, weitgehend im Hause hergestellt wurden. Er humpelte durchs Zimmer, um eine weitere Tür zu öffnen und trat beiseite, damit Joseph in den dahinterliegenden Raum blicken konnte. Ein gigantischer gußeiserner Herd bedeckte vollständig eine der Wände der riesengroßen Küche. Joseph sah langstielige Gabeln, Messer, verschiedene Töpfe, ein Gefäß, das eine dunkle Flüssigkeit enthielt, einen massiven Tisch mit zerkratzter Platte, ein Glas mit goldgelbem Fett, Kacheln, deren Farbe an getrocknetes Blut erinnerte und an der Tür zum Hof zwei große Eimer.

Ein hochgewachsener Junge stand am Tisch und füllte ein Schneckenhaus mit Kräuterbutter.

Ricard schnitt auf einem Teller eine grobe, luftgetrocknete Wurst in Scheiben. Selbstgemacht, erklärte er, aus Schweinefleisch, Speck, Salz und grünen Pfefferkörnern und von Hand in die Wurstpelle gestopft. Joseph müsse unbedingt davon kosten. Und dann dieser Schinken, fuhr er fort, *au foin* zubereitet, sei eine Spezialität des Hauses. Einen besseren Schinken gebe es nirgendwo in Castelnau, dafür könne er sich verbürgen.

Die Küche war so reinlich, wie es ein solcher Raum nur sein konnte, und durch die geöffnete Hoftür kam frische Luft herein. Dennoch waren die Hitze und der Gestank schier überwältigend. Jetzt verstehe ich, dachte Joseph bei sich, warum Lisette dermaßen dünn ist. Müßte ich mich täglich inmitten dieses Geruchs zum Essen niedersetzen, würde auch mir der Appetit vergehen. Kein Wunder, daß sie jeden Tag die Wohnung schrubbte, als gelte es, die Spuren eines Verbrechens zu beseitigen. Er murmelte die anerkennenden Worte, die offenkundig von ihm erwartet wurden, nahm den Teller, den Ricard ihm reichte, entgegen und verspürte Dankbarkeit, als schließlich die Tür zwischen ihm und jenem infernalischen Szenario geschlossen wurde.

Von der Anrichte holte nun der Schweinemetzger zwei Gläser und eine mit farbloser Flüssigkeit gefüllte Flasche hervor. Pflaumenschnaps, erklärte er, gebrannt von seiner Mutter, die bei ihrer verheirateten Tochter in einem nur wenige Kilometer entfernten Dorf lebe. Seine Hemdsärmel waren hochgekrempelt, so daß man die muskulösen Oberarme sah, die in schmale, wohlgeformte Hände mündeten – als ob er zu spät aufgewacht wäre und in der Eile das falsche Paar Hände gegriffen und an seinen Handgelenken befestigt hätte.

Sie stießen auf die Revolution an. Nachdem Joseph den Schnaps hinuntergekippt hatte, spielte er nervös mit seiner Brille, während Ricard die Gläser nachfüllte und bemerkte, es gebe Grund genug zu feiern: »Schließlich ist es kaum zwei Monate her, daß ich im Gefängnis saß und Caussade Castelnau regiert hat.«

Wieder stieß man an. Dieses Mal nahm Joseph nur kleine Schlucke. Er wies mit seinem Glas auf die Rötung, die sich über Ricards linkem Auge abzeichnete. »Haben Sie sich vollständig erholt? Keine Kopfschmerzen?« fragte er. Zwar wußte er bereits, wie die Antwort lauten würde, wollte sie aber trotzdem hören.

Ricard befühlte die Narbe. »Ich vergesse immer wieder, daß sie überhaupt da ist.« Er kramte Tabak und Pfeife hervor, schenkte Joseph ein Lächeln und fügte hinzu: »Was ich übrigens Ihnen zu verdanken habe.«

Joseph war hocherfreut, entgegnete aber bescheiden: »Ich bitte Sie – es war nur eine oberflächliche Verletzung, die auch ohne mein Dazutun verheilt wäre.« Er ließ den Schnaps in seinem Glas kreisen. »Was aber Luzac angeht«, fuhr er fort, »sah die Sache wesentlich schlimmer aus. Der Knochen war zertrümmert, und wenn nun auch noch Wundbrand eingesetzt hätte …« Er probierte von dem Schinken und stellte fest, daß dieser in der Tat köstlich schmeckte.

Nach kurzem Zögern sagte Ricard: »Nun, Luzac ist zwar um einen Arm ärmer, aber er hat es geschafft, in anderen Bereichen um einiges reicher zu werden.« Als Joseph verständnislos dreinschaute, präzisierte er seine Andeutungen. »Haben Sie es noch nicht gehört? Er hat die Gehöfte und das übrige Land gekauft, das einst dem Kloster gehörte. Was dachten Sie denn, warum er sich Caussade gegenüber so empört über die Verzögerung des Verkaufs geäußert hat?«

»Ich dachte, er sei empört, weil die Verzögerung nicht der Sache der Revolution diente.«

»Menschen wie Luzac betrachten die Revolution als einmalige Chance, sich wirtschaftlich zu verbessern. Übrigens ist er gerade dabei, sich auch noch Caussades Land anzueignen.«

»Aber ich dachte, Luzac sei auf unserer Seite!« stieß Joseph hervor. Als Ricard schmunzelte, leerte er zornig sein Glas.

Der Schweinemetzger beugte sich über den Tisch. »Es tut mir leid«, sagte er. »Sie haben völlig recht, und ich hätte nicht lachen dürfen. Es liegt am Schnaps, wissen Sie. Ich vertrage ihn eben nicht, erst recht nicht mitten am Tag.«

Eine Zeitlang schwiegen beide. Dann bemerkte Joseph:

»Vor zwei Jahren war alles noch soviel einfacher, finden Sie nicht?« Er traute sich kaum, Ricards blauen Augen zu begegnen, da er fürchtete, auch diese Äußerung könne naiv wirken.

»Ja, aber damals, 1789, standen wir noch in den Anfängen. In schweren Zeiten gerät so mancher auf Irrwege. Wenn man für ein lohnenswertes Ziel kämpft, muß man sich auf einen langen, komplizierten Kampf gefaßt machen.« Es war charakteristisch für Ricard, dann und wann mit leiser Stimme seine eigenen, innersten Gedanken zu offenbaren.

Über ihren Köpfen knarrte eine Diele. »Meiner Frau ist unwohl«, erklärte der Metzger. Joseph war davon ausgegangen, daß sie außer Haus sei. Jetzt fiel ihm ein, daß er sich trotzdem nach ihr hätte erkundigen sollen. Derartige Fehler unterliefen ihm immer wieder. Er befeuchtete die Lippen mit der Zungenspitze und setzte an: »Wenn es etwas gibt, das ich tun kann ...«

Ricard machte eine wegwerfende Geste. »Danke, aber ... das übliche Frauenleiden, wissen Sie.« Nach einer kurzen Pause bemerkte er: »Wie ich höre, hat sich Ihre berufliche Situation verbessert. Luzac erzählte mir beispielsweise, daß seine Schwiegertochter von jenem klugen neuen Arzt, der sie von ihrem Husten befreite, so begeistert ist, daß sie ihn an alle ihre Freunde weiterempfohlen hat.«

»Die Diagnose war ein Glückstreffer«, wehrte Joseph ab und zeichnete mit dem Zeigefinger imaginäre Muster auf das Wachstuch. »Manchmal habe ich das Gefühl, mein Leben damit zu verbringen, den Patienten das zu erzählen, was sie hören wollen. Den Reichen empfehle ich Steaks, den Armen Knoblauch, den Frommen das Gebet und den Frevlern Schnaps.«

»Sollte das zutreffen – wobei ich überzeugt bin, daß Sie Ihr Licht unter den Scheffel stellen – ist das kein Grund, sich zu schämen. Den Menschen die Wünsche von den Augen abzulesen, ist die höchste Kunst.«

Gab es in dieser komplizierten Welt noch einen anderen Menschen, der sich die Mühe machte, so auf ihn einzugehen?

Er verspeiste Scheibe um Scheibe des köstlichen Schinkens und betrachtete dabei den aromatischen blauen Tabaksdunst, der aus der Pfeife stieg und sich im Sonnenlicht kringelte. Die Welt war wieder in Ordnung.

»Sagen Sie mal«, meinte der Metzger, »was halten Sie eigentlich von Saint-Pierre? Meinen Sie, er ist integer?«

»Saint-Pierre? Aber ja, selbstverständlich. Immerhin war er Mitglied des Tribunals – erinnern Sie sich? Der Offizier, der den Jungen auf der Brücke erschoß, wurde zum Tode verurteilt.« Er wurde unruhig, als er wieder einmal daran dachte, wie die Leiche des Jungen auf dem Wasser aufgeschlagen war, und wie er in die Mündung der Pistole und in Augen geblickt hatte, die farblos waren wie schwacher Tee und ihn von oben bis unten musterten. »Ich war damals als Zeuge geladen. Selbstverständlich ist Saint-Pierre integer.«

»Das denke ich auch«, erwiderte Ricard beschwichtigend. »Ich verlasse mich nur gern auf Ihre Menschenkenntnis. Zudem hatte ich eigentlich eher an seine Familie gedacht.«

An Sophie? An Mathilde? »Aber es sind doch ... Mädchen!« protestierte er verblüfft, ehe er begriff, worauf Ricard hinauswollte. »Meinen Sie Montferrant?« fragte er.

»Man hat bei der Durchsuchung der Korrespondenz Caussades Briefe von ihm gefunden. Hat er in Ihrer Gegenwart jemals den ehemaligen Bürgermeister erwähnt?«

»Ich bin ihm noch niemals begegnet – ich kenne lediglich seine Frau.« Er nahm die Brille ab, betrachtete sie, als sähe er sie zum ersten Mal und setzte sie wieder auf. »Ich gewann den Eindruck, daß sie ihrem Ehemann nicht übermäßig zugetan ist. Handelt es sich um belastende Briefe?«

»Nicht unbedingt. Er bringt seine Loyalität zum Ausdruck und bietet seine Unterstützung an, das Übliche eben.« Wieder klang Ricards Stimme sanft und einschmeichelnd. »Dennoch ist es günstig, daß Sie mit den Leuten von Montsignac bekannt sind. So können Sie uns jederzeit alarmieren, wenn Sie etwas in Erfahrung bringen, das wir wissen sollten.«

Draußen in der Diele waren Schritte zu hören, und kurz darauf kamen Ricards Töchter ins Zimmer gerannt, die ältere mit einem flauschigen weißen Kätzchen auf dem Arm. Ihnen folgte der dunkelhaarige, gutaussehende Drucker, der auch dem Klub angehörte.

»Papa«, rief die jüngere Tochter, »hier ist ein Mann.«

Mercier nickte Joseph zu und überreichte Ricard eine Flugschrift. »Wissen Sie es schon?« fragte er. Seine schwarzen Augen blitzten. »Der König wurde mit seiner österreichischen Hure in Varennes festgenommen. Die beiden hatten versucht, das Land zu verlassen.«

Das ältere Mädchen trat zu Joseph und deponierte das Kätzchen auf seinem Schoß. »Ich heiße Julie«, sagte sie, »und das hier ist Sucre.« Die winzigen Krallen gruben sich in sein Fleisch, als das verängstigte Tier wankend auf sein Knie kletterte.

Es war früh am Morgen, Ende Oktober, und der Himmel hatte die Farbe von Perlmutt.

Sophie achtete darauf, mitten auf dem Weg zu bleiben, damit der Tau, der noch immer auf dem hohen Gras lag, ihren Saum nicht benetzte. In Gedanken war sie teils bei ihrem geplanten Vorhaben, teils bei dem gelbgrünen Kleid, das sie heute erst zum zweiten Mal trug. Sie hatte es von Claire geerbt, nachdem diese beschlossen hatte, daß die Farbe unkleidsam sei. Wenn sich Claire ein neues Kleid anfertigen ließ, dann immer mit einem breiten Saum, so daß man ihn auslassen und Sophie das Kleid auftragen konnte. Aber war es nicht trotzdem etwas zu kurz, konnte man nicht zuviel von den Stiefeln sehen? Lohnte es sich noch, das Kleid für Mathilde umändern zu lassen?

Der Weg führte nach links, und von weitem sah man nun den Kirchturm. Nicht weit entfernt graste ein graues Pferd in einer grünen Senke, und im feuchten Gras saß in sich zusammengesunken eine Männergestalt.

»Dr. Morel?«

Er erhob sich ungeschickt, als wisse er nicht mehr so recht, wie man diesen Bewegungsablauf vollzieht. Sophie bemerkte, daß er unrasiert war und nasse Haare hatte. Sie fragte sich, ob er wohl betrunken sei. Die Sonne, die soeben hinter einer Wolke hervortrat, leuchtete rosig-orange durch seine Ohrmuscheln.

»Félix Morin ist tot«, sagte er.

»Félix? Aber ich wollte ihn doch gerade aufsuchen«, sagte sie, als wolle sie damit seiner Behauptung widersprechen.

Er blickte auf den Korb, den sie am Arm trug. »Sie können Ihre Suppe – oder ist es eine Flasche Schnaps? – wieder mit nach Hause nehmen. Was es auch immer sein mag, er braucht es nicht mehr.«

Sie hatte ihm nicht zugetraut, daß er so schroff sein konnte. Durch seine Art ebenso schockiert wie durch die Nachricht, brachte sie nur eine Platitüde hervor: »Solche schrecklichen Dinge geschehen eben manchmal.«

Er fixierte ihre Stiefel und stieß abrupt hervor: »Gehen wir spazieren?« und wandte sich ab, ehe sie antworten konnte.

Sophie stellte ihren Korb an der Mauer ab und beeilte sich, ihm zu folgen. Sie holte ihn an der Gabelung ein, von der aus der Weg über die nackten braunen Äcker führte. Einige Minuten lang gingen sie schweigend nebeneinander her, wobei Sophie Mühe hatte, mit ihm Schritt zu halten. Ihre Stiefel waren bereits voller Grasflecken.

Hinter einem Eichenwäldchen erreichten sie einen sonnigen Hang. Hier verlief der Weg parallel zu einer schmalen, tiefgrün bewachsenen Talmulde. Wie ein Fluß aus Gras, dachte Sophie. Sie hielt inne, da sie inzwischen außer Atem war.

Auch Joseph blieb stehen. »Es gibt kaum ein Haus in Lacapelle«, sagte er, »wo innerhalb der letzten Wochen kein Kind gestorben ist. Sobald das Wetter kälter wird, bricht das Fieber aus und greift um sich wie eine Feuersbrunst. Nacht um Nacht sehe ich sie dahinsterben. Félix hatte seine Cousins in der Stadt besucht und einen Husten mit nach Hause gebracht. Vor zwei Tagen klagte er über Halsschmerzen. Gestern Nacht – nein, eher heute Morgen – hat mich der Vater geholt. Als ich das Kind sah, genügte ein Blick, um zu wissen, daß ich zu spät gekommen war. Sein Rachen sah aus wie weißer Samt. Der Kehlkopf war bereits befallen. Trotzdem mußte ich es mit einem Luftröhrenschnitt versuchen. Ich spannte also die Haut, um den Schnitt vorzunehmen, aber meine Hand zitterte so stark, daß es mir nicht gelingen wollte. Der Atem des Jungen kam zum Stillstand, der Vater brüllte und fluchte und beschwor mich, seinen Sohn zu retten. Also öffnete ich die Luftröhre und führte einen Schlauch ein, was ihm ein bis zwei Stunden lang das Atmen erleichterte. Indessen aber bildeten sich immer mehr Membrane, so tief in der Kehle, daß der Schlauch nichts mehr nützte. Schließlich erstickte er. Ich entfernte den Schlauch und ging nach draußen, wo sich gerade das erste Licht am Himmel zeigte. Ich ging ein Stück die

Straße hinunter, bis ich einen Brunnen fand, füllte den Eimer und tauchte den Kopf hinein. Als ich ins Haus zurückkehrte, saß Morin auf einem Stuhl und hielt das Kind auf seinem Schoß. Die Lampe brannte noch immer.«

Joseph nahm die Brille ab und Sophie blickte in seine großen grauen Augen. Ihre Farbe erinnerte an die des Flusses im Winter. »Er war sechs Jahre alt«, sagte er und bedeckte das Gesicht mit den Händen.

Sophie nahm die Brille auf, polierte sie mit dem Ärmel ihres Kleides und sprach so sanft sie konnte: »Sie sind erschöpft. Sie brauchen Schlaf und etwas zu essen. Bitte, kommen Sie mit mir nach Hause.«

Er nahm die Hände vom Gesicht und trat einen Schritt auf sie zu.

Er wird doch nicht … das bilde ich mir jetzt ein … er sieht mich an, als ob … Sophie begann hastig zu sprechen: »Die Morins haben noch zwei weitere Kinder. Agnès ist noch jung; sie kann noch Kinder kriegen. Es ist schrecklich, aber es wird vergehen, Sie werden schon sehen«, womit sie nicht zuletzt seine eigene Verzweiflung meinte.

Er entriß ihr die Brille, setzte sie mit einer zornigen Bewegung auf und durch die dicken, strengen Gläser blickte er sie mit einem kalten und unversöhnlichen Blick an. »Das ist überaus typisch für Ihre Gesellschaftsklasse«, sagte er. »Vermutlich ist es sehr bequem, sich einzureden, daß die Armen ihre Kinder nicht wirklich lieben. Es beruhigt Ihr Gewissen, wenn Sie daran denken, unter welchen Bedingungen diese Menschen leben – und sterben.«

»Das habe ich nicht gesagt«, protestierte Sophie. »Es war gedankenlos von mir, aber ich habe nicht gemeint – wirklich nicht …«

Welch eine scheußliche Farbe ihr Kleid doch hat, dachte Joseph. Wie Eiter. Er drängte sich an ihr vorbei, wandte sich wortlos ab und marschierte schnellen Schrittes ins Dorf zurück.

Der Schlüssel wird in einem geschnitzten Holzkasten aufbewahrt. Darin befinden sich auch ihre Haarbänder, die Brosche mit dem blauen Stein, die einst ihrer Mutter gehörte, ein winziger Silberlöffel, ein lila gestreifter Seeigel (ein Geschenk von Rinaldi) sowie ein grauer Stein (laut Rindaldi der Bastille entnommen). Mathilde schließt den Schreibtisch auf, um ihr Tagebuch herauszuholen.

Donnerstag
Ein regnerischer Nachmittag. Schon wieder Gans zum Mittagessen – zum dritten Mal hintereinander.

Freitag
Ein regnerischer Morgen. Sophie hat Claires Kleid für mich umgeändert. Wenn ich die Farbe sehe, muß ich daran denken, wie sich Brutus auf dem Sofa übergeben hat, aber Sophie meint, ich wachse so schnell und brauche ein neues Kleid für kühleres Wetter.

Samstag
Weiß nicht mehr.

Sonntag
Dr. Ducroix und Isabelle waren zum Essen hier. Ich hatte mein neues Kleid an; es war kein Erfolg. Vater und Dr. Ducroix sind der Meinung, die Revolution sei nun überflüssig, da der König die Verfassung anerkannt habe. Sie finden, man sollte sie für beendet erklären. Sophie fragte, was sich denn zum Positiven verändert habe, da noch immer Kinder sterben müssen, weil sie kein sauberes Trinkwasser haben. Es ist schade, daß die Revolution nicht erst stattfindet, wenn ich erwachsen bin. Es gab Gänsebraten.

Montag
Brutus humpelte, weil er sich einen Dorn in die Pfote getreten hatte. Regen.

Dienstag
Claire hat geschrieben. Irgend jemand hat Olivier beigebracht, »*Vive la Révolution*« zu sagen. Hubert befragt die Dienstboten.

Mittwoch
Sophie ist vollkommen geistesabwesend. Ich habe sie mühelos beim Schach besiegt.

Donnerstag
Schnee!!!

Freitag
Ich bin erkältet, und Sophie hat mir verboten, nach draußen zu gehen. Ich habe Brutus *Die neue Heloise* vorgelesen. Es ist scheußlicher, als ich dachte.

Berthe hatte den Hasen enthäutet und ausgeweidet, ehe sie sich mit Kopfschmerzen zu Bett begab, die, wie sie murrend erklärte, durch das Schneelicht verursacht würden. Sophie zerlegte den Rumpf, wobei sie den Rücken vertikal durchtrennte, und stellte den Kopf für die Zubereitung der Fleischbrühe bereit. Das Fleisch panierte sie mit gesalzenem und gepfeffertem Mehl, zerließ Rinderfett in der Bratpfanne und briet darin eine gewürfelte Zwiebel und zwei Knoblauchzehen an.

Mathilde hatte eine fiebrige Erkältung. Es war illusorisch, sie die Krankheit ausschwitzen zu lassen, da sie, statt stillzuliegen, immer wieder die Bettdecke wegstrampelte.

Sophie legte das Fleisch in die Pfanne und gab getrocknete Kräuter dazu. Bei Tageseinbruch war sie mit Jacques draußen im Garten gewesen, um den Schnee von den Leinenabdeckungen zu entfernen, die ihre Sämlinge vor der Winterkälte schützten. Sie war so durchgefroren, daß ihr noch immer nicht wieder so richtig warm geworden war.

Sie hatte zwar gesprochen ohne nachzudenken, aber dennoch war es ungerecht von Dr. Morel, ihren Worten, die, wenn auch ungeschickt formuliert, tröstlich gemeint waren, die denkbar negativste Bedeutung zuzuschreiben.

Das angebratene Fleisch gab sie in einen hohen irdenen Krug. Hinzu gab sie zwei Tassen Rotwein sowie die mit Hasenblut angedickte Fleischbrühe. Die Öffnung verschloß sie, indem sie ein Stück Musselin fest in den Hals des Gefäßes stopfte und ein weiteres über die Öffnung spannte.

Das ist überaus typisch für Ihre Gesellschaftsklasse. Oh, wie ungerecht, sie mit Hubert und den Caussades auf eine Stufe zu stellen.

Sie stellte den Krug in einen Topf mit kochendem Wasser.

Sie hatten das Jahr 1789 willkommen geheißen, wenn es auch Vater am liebsten wäre, man könnte die Revolution ordentlich zusammenrollen, verschnüren und dann ablegen, um sie sicher aufzubewahren. Er hatte eben die Mentalität eines Juristen; alles sollte seine Ordnung haben, und daher haßte er Dinge, die nicht ordentlich zu Ende geführt wurden.

Stephen irrte sich, wenn er Revolutionäre und Künstler miteinander in Verbindung brachte. Tatsächlich waren die jeweiligen Weltanschauungen vollkommen gegensätzlich und unvereinbar, konzentrierte sich der Künstler doch auf das Spezifische, auf *diese* Frau, *diesen* Himmel oder *diese* Bäume, nicht etwa auf Verallgemeinerungen wie *Ihre Gesellschaftsklasse*.

Sie brannte darauf, Joseph dieses und noch vieles mehr darzulegen. Sie hatte in Erwägung gezogen, ihm zu schreiben und sich sogar vorgestellt, sich auf die Lauer zu legen und ihn anzusprechen, wenn er einen Hausbesuch im Dorf unternahm. Diese Begegnung hatte sie sich recht detailliert ausgemalt: wie er auf seinem Grauschimmel auf der von sprießenden Hecken gesäumten Straße dahergeritten kam und sie ihm wie zufällig mit ihrer grünen Jacke, die sie erst zwei Winter getragen hatte, und einem Korb voller Kastanien auf dem Arm, aus dem Wald entgegentrat. Sie stellte sich vor, daß er ihr verschämt und reumütig begegnen würde, während sie sich gefaßt, versöhnlich und ein klein wenig stolz geben würde.

Nach drei Stunden Garzeit würde sie den Hasen mit Karotten und gekochtem Kohl servieren. Im übrigen hatte sich ihre Familie noch niemals geweigert, einem Hungrigen Nahrung zu geben. Woher nahm er also das Recht, sie zu beurteilen? *Und dann noch auf so ungerechte Weise.*

Das Brennen in ihren Augen ließ sich nicht länger ignorieren.

Lisette öffnete das in Stoff eingeschlagene Bündel. Der Hase lag kalt und steif auf dem Marmortresen.

»Sie entrichten oft mein Honorar in Naturalien«, erklärte Joseph. »Besonders zu dieser Jahreszeit. Ich habe einen Hasen, eine halbe Gans und einen Hasenrücken bekommen, dabei ist es erst Donnerstag. Ich dachte mir, daß Sie vielleicht Wildbret zum Abendessen mögen.«

Ihr Körper war flach und rechteckig wie eine Spielkarte. »Ich danke Ihnen«, sagte sie. »Sie sind sehr großzügig. Paul wird Ihnen so dankbar sein.« Ihr Mann sei geschäftlich unterwegs, informierte sie ihn. Sie hätten einen zweiten Lehrling einstellen müssen, da die Arbeit beim Stadtrat Ricards Zeit so stark in Anspruch nahm.

Als sie den toten Hasen befühlte, rutschte ihr Ärmel ein wenig hoch. Joseph wies auf einen blauen Fleck oberhalb des Handgelenks und fragte: »Wie ist das passiert?«

Abrupt nahm sie die Hand wie ein Kind hinter den Rücken. »Nichts weiter«, sagte sie, »nur ein Mißgeschick beim Kochen.«

Sie hatte sich schon immer geschämt, wenn sie einen Fehler gemacht hatte, erinnerte er sich. Sie gehörte zu jenen Menschen, die Unvollkommenheit für eine Schwäche halten.

Die Ladentür wurde geöffnet. Innerhalb weniger Sekunden hatte Lisette den Hasen eingewickelt und außer Sicht verstaut und mit einem makellos sauberen Tuch den auf Hochglanz polierten Tresen abgewischt.

Während sie den Kunden bediente, wanderte Joseph durch den Laden und sah sich die Ware an. Alles sah frisch und sauber aus und war ansprechend dekoriert; dennoch mußte sich Joseph abwenden, als er sich an den Gestank in der dunklen Küche erinnerte.

Die Kundin, die gerade Blutwurst kaufte, hatte glattes braunes Haar und trug einen rostroten Schal. Er beobachtete sie in einem Spiegel. Diese Neigung des Kopfes kam ihm bekannt vor …

Ich mußte die ganze Zeit daran denken, daß es mir nicht gelungen war, das Leben des Jungen zu retten. Meine Grobheit galt allein der Erkenntnis, daß der Beruf, dem ich mein Leben gewidmet habe, nur selten dazu dient, das Leid zu lindern, mit dem ich täglich konfrontiert werde. Ihnen gegenüber empfinde ich grenzenlose Bewunderung und Hochachtung. Er berührte sein Hemd und spürte, wie der Brief in der Brusttasche knisterte.

Er hörte, wie sich die Stimmen in seinem Rücken leicht

erhoben und drehte sich um. Offenbar hatte die Kundin den Endbetrag in Frage gestellt. Lisette zeigte auf die Zahlenreihe, erläuterte etwas und schüttelte dabei den Kopf, woraufhin sich die Frau mit dem roten Schal höflich entschuldigte, ihre Päckchen einsammelte, ihm und Lisette zulächelte und sich noch ein zweites Mal entschuldigte, ehe sie in die Dämmerung hinaustrat.

»Sie können hier alle nicht rechnen«, sagte Lisette. »Ich kann zwar nicht lesen, aber trotzdem kann ich eins und eins zusammenzählen. Ich kann eben gut Kopfrechnen.« Ihre Wangen waren gerötet und ihre Augen blitzten voller Stolz.

Damals, an einem Winterabend, als die Familie beim Essen saß, hatte es an der Tür gekratzt. Sein Vater hatte sie geöffnet. Draußen kauerte Lisette auf der Schwelle. Sie sprach kein Wort, starrte nur die Kinder an, die um den Eßtisch versammelt waren. Der Vater hatte die Tür wieder verschlossen, sich seiner Suppe zugewandt und bemerkt: »Wenn man einmal damit anfängt ...«

Ihnen gegenüber empfinde ich grenzenlose Bewunderung und Hochachtung ...

Was aber wußte er wirklich über Sophie? Zugegeben, er hatte übertrieben schroff reagiert, aber hatte sie ihn nicht provoziert mit ihrer zur Schau getragenen Nächstenliebe, die nicht ganz darüber hinwegzutäuschen vermochte, daß ihr der Tod des Jungen, das Schicksal seiner Familie, die Bedingungen, unter denen Tausende von Menschen leben und sterben mußten, letztendlich gleichgültig waren?

Vielleicht war es doch besser, die Sache auf sich beruhen zu lassen.

Überall in den Straßen des Viertels gab es Mädchen wie Lisette.

Auf dem Quai des Grands Augustins verkaufte ein Mann geröstete Kastanien. Das Geschäft lief eher schlecht, weil es so kalt war, daß die Passanten nicht innehalten wollten, um etwas zu kaufen.

Der Brief, den Stephen in der Hand hielt, war auf den neunten September datiert, hatte ihn also ziemlich schnell erreicht, ganze zwei Wochen vor Weihnachten.

Er hatte die feste Absicht gehabt, sie zu besuchen, wie er sich immer wieder selbst beteuert hatte. Schon im März hatte er an Bord gehen wollen, dann im Mai ...

Der Tod sei unerwartet eingetreten und das Ende sei friedvoll gewesen, schrieb George. *Als Hatty morgens kam, um nach Mutter zu sehen, gelang es ihr nicht, sie zu wecken. Wir schickten nach Belleville, aber er konnte nichts mehr für sie tun. Sie ist nie wieder zu Bewußtsein gekommen.*

Er hatte sie doch besuchen wollen.

Dauernd mußte er an ihre Haare denken, die so lang gewesen sind, daß sie ihr bis an die Kniekehlen reichten, wenn sie sie herunterließ. Wenn er auf ihrem Schoß saß, pflegte sie ihn mit diesen Haaren zu umhüllen, so daß sie zu einem welligen goldenen Vorhang wurden, der ihn umschloß und beschützte. Er erinnerte sich, wie er ihr Haar gestreichelt, und wie er mit geschlossenen Augen den warmen Duft eingesogen hatte.

Sie hat niemals geklagt, und wir werden nie erfahren, wie sehr sie gelitten hat.

»Folge dem Ruf deines Herzens«, pflegte sie ihren Söhnen in späteren Jahren immer dann zu raten, wenn sie vor einer Entscheidung standen und nicht wußten, welchen Weg sie wählen sollten. »Folge dem Ruf deines Herzen, nur dann wirst du dein Glück finden.«

Also hatte es Stephen, statt den Heimweg anzutreten, vorgezogen, den Sommer in Italien zu verleben. Nach einem herrlichen zweiwöchigen Aufenthalt in Toulouse hatte Claire ihm ihre Skrupel dargelegt, und er hatte sich überzeugen lassen. Das tugendhafte Drama der freiwilligen Entsagung hatte ihn in der Folgezeit auf Schritt und Tritt begleitet. Er unternahm einsame Spaziergänge an Flüssen, die bereits die Antike gekannt hatte und erging sich in Melancholie.

Als er nach Paris zurückgekehrt war, wartete der Brief der Mutter auf ihn. Sie schrieb, daß sie mit Bedauern erfahren habe, daß er seine Pläne geändert hatte, daß sie Sehnsucht nach ihm habe und daß sie um ihn besorgt sei, da sie schon ihren Mann bei einer Revolution verloren habe, wolle sie ihren Sohn nicht einer weiteren geopfert wissen. Kein Wort von ihrer Krankheit.

Als er den Brief las und lächelnd beiseite legte, war sie bereits seit zwei Tagen tot. Hatte er ihn überhaupt beantwortet?

Wir sind beunruhigt durch die alarmierenden Berichte über die Sklavenaufstände in Santo Domingo und hoffen sehr, hier von den Unruhen verschont zu bleiben. Und an späterer Stelle: *Wann beabsichtigst du, zurückzukehren und deine Verantwortung für die Plantage zu übernehmen?*

Er hatte doch kommen wollen. Er hatte seine Mutter in die Arme schließen und ihr erklären wollen, daß er ihre Erwartungen nicht erfüllen konnte, daß seine Ambitionen keineswegs die vergänglichen Träume eines Jünglings waren, sondern die festen Ziele eines Mannes, der seinen Weg gewählt hatte. Erst letzte Woche hatte er vor der Reederei gestanden. Er hatte sich beeilen müssen, um eine Verabredung mit Chalier nicht zu versäumen – ansonsten wäre er bestimmt hineingegangen, um für das neue Jahr einen Platz auf dem Schiff zu reservieren.

Liebe, dachte er nun, ist immer dringend. Wie hatte er sich einbilden können, sie ließe sich vertagen? Hatte er wirklich geglaubt, man könne sie beiseite legen und sie gelegentlich hervorholen, um sie zu entstauben?

Eine der großen revolutionären Vorstellungen seines Jahrhunderts war die, daß jeder ein Recht auf Glück habe. Der Mensch, so glaubte man, sei im Grunde gut, und jedermann, nicht nur eine privilegierte Minderheit, dürfe sein Leben genießen. Natürlich war auch Stephen davon überzeugt.

Der winterliche Abendhimmel hatte sich jenseits der Seine zartrosa verfärbt, und im Zimmer war es dunkel. Stephen trat vom Fenster zurück, zündete die Kerzen an, setzte sich an den Tisch und schrieb: *Meine Liebste, ich weiß, daß wir uns darauf geeinigt haben, einander nie wieder zu begegnen.*

1792

Den Abend hatte sie bei einem Fest anläßlich Marianne Linguets fünfundvierzigsten Geburtstags verbracht. Nun saß Claire vor ihrem Spiegel und beglückwünschte sich innerlich, auf jene Farbe, die über die Hälfte der weiblichen Gäste getragen hatte, nämlich *boue de Paris*, verzichtet zu haben. Dieser Farbton schmeichelte dem Teint überhaupt nicht. Sie selbst hatte sich für ein Kleid in einem warmen Rosaton entschieden, und als sie der Bitte der Gastgeberin Folge leistete und sich erhob, um ein Lied vorzutragen, hatte sie bemerkt, wie die Männer sie anschauten und ihrerseits von den Frauen beobachtet wurden.

Claire gähnte. Sie hoffte, daß das neue Mädchen, das sich als recht langsam erwies, bald damit fertig werde, ihre Haare auszukämmen.

Marianne hatte Brilliantohrringe getragen – ein Geschenk von ihrem Mann. »Für das alternde Gesicht gibt es keinen geeigneteren Schmuck, meine Liebe«, hatte sie gesagt. »Nicht, daß das Ihrige jemals der Zierde bedürfen wird, auch dann nicht, wenn Sie doppelt so alt sind wie ich.« Stimmte das? Claire betrachtete aufmerksam ihr Spiegelbild, berührte ihre Wange. Kürzlich hatte sie zu bemerken geglaubt, daß …

Hubert trat ein und befahl dem Mädchen, den Raum zu verlassen.

»Also wirklich – hätte das nicht bis morgen Zeit gehabt?« Verärgert griff Claire zur Haarbürste und fuhr sich damit durch die Locken.

Hubert ging im Zimmer umher, nahm willkürlich Sachen in die Hand und stellte sie wieder an ihren Platz. Während er mit der Samtschleife spielte, die sie heute abend im Haar getragen hatte, sagte er scheinbar beiläufig: »In vierzehn Tagen werden wir nach England reisen.«

Abrupt wandte sie sich um und sah ihn an. Er hatte soeben

den Deckel von der blau-weißen, chinesischen Porzellandose gehoben, die auf dem Kaminsims stand, blickte nun ins Innere, stellte sie wieder ab, ließ allerdings den Deckel daneben liegen. »Alle Vorbereitungen sind bereits getroffen«, fuhr er mit einem triumphierenden Lächeln fort. »Auch für Sébastien und Anne, wobei sie natürlich nicht mit uns zusammen reisen werden. Die Aus- und Einreisegenehmigungen sind eingetroffen. Sie sind ab sofort die Ehefrau von Bürger Laurent, einem Stoffabrikanten, der nach Lancashire reist, um die neuesten Maschinen zu besichtigen. Nicht übel, oder was meinen Sie?« Mut, Urteilsvermögen und Entschlossenheit, dachte er bei sich. Gutes Blut setzt sich eben durch. Er blickte in den Spiegel und hob dabei das Kinn.

»Ich hatte nicht bemerkt, daß Sie derart betrunken sind«, erwiderte Claire.

Er stand noch immer schwankend über ihr, aber wenigstens hatte er aufgehört zu grinsen.

»Es ist vollkommen lachhaft. Sie wissen doch, was mit den Auswanderern geschieht. Wir werden alles verlieren: das Haus, die Ländereien, alles, was wir besitzen.«

Er zuckte die Achseln und nahm seine Wanderung durchs Zimmer von neuem auf. »Es ist so oder so nur eine Frage der Zeit, bis ihnen eine Ausrede einfällt, um uns zu enteignen. Und was die Ländereien betrifft, so habe ich mich bereits mit Duval verständigt. Er ist ein braver Bursche. Wir haben einen Vertrag abgeschlossen. Darin steht, daß ich ihm als Belohnung für seine treuen Dienste La Brousse und Lupiac überschreibe. Das sollte ausreichen, um sie vor den Klauen der Revolutionäre zu retten, bis wir zurückkehren. Sie werden sehen, es wird bald vorüber sein. In wenigen Monaten wird der Krieg ausbrechen, denn lange werden die Österreicher nicht mehr zaudern. Beleidigt man die Königin, so beleidigt man zugleich sämtliche Habsburger.«

»Bis jetzt haben sie sich mit dem Beleidigtsein aber Zeit gelassen.«

»Warten Sie es ab. Noch in diesem Frühjahr werden sie den Krieg erklären, und vor Jahresende wird die Revolution vorüber sein.«

»Es ist absurd. Wohin sollen wir gehen? Wo und wovon sollen wir leben?«

»Sébastiens Tante ist mit einem Engländer verheiratet. Sie werden bereits von ihnen erwartet.« Er nahm die Perlenkette, die sie heute abend getragen hatte, vom Frisiertisch und ließ sie, gerade außerhalb ihrer Reichweite, in der Luft kreisen. »Vergessen Sie nicht, diese einzupacken – und all die anderen.«

Als er sich über sie beugte, wich sie vor seinem Atem zurück.

Offenbar maß er ihrer Reaktion die falsche Bedeutung zu. »Kein Grund zur Sorge«, beschwichtigte er, »ich habe alles arrangiert. Beachtliche Geldsummen sind über den Ärmelkanal gewandert, genug, um Ihr Wohlbefinden für die gesamte Dauer unseres Aufenthalts zu sichern.«

»Jetzt erst setzen Sie mich darüber in Kenntnis, gerade einmal zwei Wochen, ehe ich alles, was ich besitze, aufgeben soll. Seit wann haben Sie das alles schon geplant?«

»Seit letztem Sommer«, erwiderte er voller Stolz. »Seit Varennes. Sébastien und ich haben die Köpfe zusammengesteckt. Warum, dachten Sie, daß ich neuerdings so häufig nach Blois fahre?«

»Ich nehme an, Sie hegen beide die Absicht, sich den Royalisten anzuschließen?«

»Die meisten Offiziere unseres Regiments haben bereits die Grenze überquert. Condés Armee geht genau nach Plan vor.« Er stellte sich vor, wie er auf einem geschmückten Pferd saß, Befehle gab und andere ausführte. »Unsere ersten Kanonenkugeln werden den Tod der Revolution ankündigen. Spätestens zu Weihnachten wird Paris besiegt sein. Warten Sie es ab.«

»Hören Sie auf, das zu sagen!«

»Wir hätten bereits ’89 auswandern sollen.«

»Es gibt einen Hinrichtungsbefehl für alle, die das Land verlassen wollen.«

»Bis wir wieder in Frankreich sind, wird es einen Hinrichtungsbefehl für alle Revolutionäre geben. Warten Sie es ab.«

»Das kann ich nicht … das will ich nicht … Olivier ist so ein zartes Kind. Das englische Klima ist so feucht – es ist der schlechteste Ort für ihn.«

»Unsinn. Es steht fest, daß wir reisen werden. Alle Vorbereitungen sind getroffen.«

»Und was ist mit Vater? Und mit meinen Schwestern? Was wird mit ihnen geschehen?«

»Nichts. Nichts, was wir verhindern könnten, wenn wir blieben.«

»Ich will nicht … ich kann nicht … Ich würde die Reise nicht überstehen.«

Hubert lachte. »Wir sprechen nicht vom anderen Ende der Welt, sondern von England.«

»Es wäre zu riskant. Mir geht es nicht gut.« Sie erhob sich und fuhr fort: »Ich erwarte ein Kind.«

Er stand reglos vor ihr und starrte sie an.

»Sie wissen, wie krank ich war, als ich Olivier erwartete«, sagte sie trotzig, wich jedoch seinem Blick aus.

»Wie lange wissen Sie es schon?« fragte er.

»Erst seit einigen Tagen, seit etwa einer Woche. Ich war zunächst nicht sicher.«

»Wann …?«

Claire zögerte kurz, ehe sie antwortete. Dann sagte sie ihm die Wahrheit.

Sie sah ihm an, daß er im Kopf nachrechnete. Mit ineinander verkrampften Händen wartete sie, daß er das Schweigen brach.

Hubert öffnete den Mund, um zu sprechen. Es verging jedoch nur ein kurzer Augenblick, ehe er ihn wieder schloß.

An einem Sonntagnachmittag im April geht Sophie mit ihrer Freundin Isabelle Ducroix im Park spazieren; sanft knirscht der Kies unter ihren Füßen. Die Ulmen mit ihrem zartgrünen Blattwerk erstrecken sich in langen Alleen bis zum Springbrunnen und weiter bis zu den Stufen, die zu einer Balustrade aus Marmor führen. Von hier aus kann man die wunderschöne Landschaft um Castelnau betrachten. Auf den reglos verharrenden Statuen sitzen die Tauben und putzen ihr Gefieder. Überall sieht man die Kindermädchen mit ihren Zöglingen, eine Frau bietet Limonade feil, und ein alter Mann bleibt ohne besonderen Grund mitten auf dem Weg stehen, die Hände über dem Griff seines Spazierstocks gefaltet. Ganze Familien sind unterwegs, um frische Luft zu schnappen. Kleine Jungen spielen laut kreischend Fangen, und ein Soldat beugt sich zu seiner Begleiterin hinab und flüstert ihr etwas ins Ohr. Überall im Land sind Soldaten im Begriff, gewagte Versprechungen zu machen, denn Frankreich hat soeben Österreich den Krieg erklärt.

Isabelle trägt rot-weiß-blau gestreifte Schuhe mit eleganten, flachen Absätzen und einen weißen Rock, bedruckt mit einem Muster aus Mohn- und Kornblumensträußen, und Sophie, die selbst ein altmodisches grünes Kleid trägt, ist von der modischen Garderobe ihrer Freundin zutiefst beeindruckt.

Zwei junge Männer, die unter einem Baum sitzen, stoßen einander verstohlen an. »Die da drüben würde ich mir wohl gern ins Knopfloch stecken«, sagt der eine. »Oder in die Hose«, versetzt der andere.

Die jungen Frauen – wobei Isabelle mit ihren vierunddreißig Jahren eigentlich nicht mehr als jung zu bezeichnen war – blicken starr geradeaus, bis sie die »Gefahr« passiert haben. Erst dann wechseln sie lächelnd einen bedeutsamen Blick.

»In dieser Schneiderei auf der Rue Royale hat letzte Woche ...«

»Auf der Rue Nationale, wollten Sie sagen«, verbesserte sie Sophie.

»Natürlich, auf der Rue Nationale. Jedenfalls redete mich der neue Assistent mit ›Madame‹ an. Man sieht mir mit Sicherheit schon seit längerem an, daß ich keine ›Mademoiselle‹ mehr bin, aber die meisten verstehen es zumindest, den Schein zu wahren.«

»Sie hätten ihm mit einer Anzeige drohen sollen, weil er Sie nicht ›Bürgerin‹ genannt hat«, meinte Sophie.

»Wie geht es Claire?«

Sophie seufzte. »Genauso, wie es ihr ging, als Olivier unterwegs war. Nur schlimmer.« Sie mußte daran denken, wie sie wieder monatelang Tabletts tragen und für alles verantwortlich gemacht werden würde.

»Gewiß macht sie sich Sorgen um Hubert«, bemerkte Isabelle provokativ.

»Vermutlich«, entgegnete Sophie halbherzig. »Gestern ist aus Toulouse eine riesige Wagenladung mit ihren Möbeln eingetroffen. Zwei der Satinholzstühle sind beschädigt worden. Jacques hat sie gleich auf dem Dachboden versteckt. Wir haben noch nicht den Mut aufgebracht, Claire davon zu berichten. Sie liebt diese Stühle.«

»Sollten wir Unterwäsche für die Soldaten stricken?« fragte Isabelle.

»Jemandem meine Strickkünste zuzumuten wäre regelrecht anti-patriotisch«, wehrte Sophie ab.

»Man sagt, es sei nur eine Frage der Zeit, bis die Preußen den Österreichern zu Hilfe eilen.« Isabelle lugte unter ihrem Sonnenschirm hervor, um Sophie ins Gesicht zu blicken. »Wären Sie froh, wenn die Royalisten den Krieg gewinnen würden und alles wieder so wäre wie zuvor?«

»Nichts kann wieder so werden wie zuvor«, entgegnete Sophie. »Davon abgesehen ist vieles beim alten geblieben. Es gibt beispielsweise noch ebenso viele hungernde Menschen wie im Jahr 1789.«

»Die Ernteerträge vermag nicht einmal die Nationalversammlung zu beeinflussen.«

»Aber sie könnte immerhin die Verteilung des Saatguts überwachen oder die Mehlpreise bestimmen.«

»Als nächstes werden Sie wohl Ihre Röcke hochraffen und die Lebensmittelläden stürmen.«

»Warum auch nicht? Wir müssen versuchen, mit der Zeit Schritt zu halten.« Sophie beugte sich hinab, um die Fingerspitzen in das Wasser des Brunnens zu tauchen. »Das wird nun einmal von unverheirateten Frauen erwartet.«

Isabelle schwieg.

Eine breite Treppe mit niedrigen Stufen führte sie zu der Balustrade, von der aus man auf Castelnau und die umliegende Landschaft hinabblickte. Im Südosten jenseits des Flusses konnte man gerade noch den Kirchturm von Montsignac sehen.

Die kleine, dünne und unscheinbare Isabell legte ihre Hand neben die Sophies auf die Marmorbrüstung. »Ich muß Ihnen etwas erzählen«, sagte sie. Ihre ovalen, muschelrosanen Nägel mit kleinen, glänzenden Halbmonden oberhalb des Nagelbetts sahen hübsch aus. »Ich habe mich verlobt.«

»Das ist nicht möglich«, entfuhr es Sophie unwillkürlich.

»Er heißt Louis Peronne. Sie kennen ihn nicht. Er ist ein Cousin von mir – nun ja, jedenfalls einer jener Verwandten, die man als Cousins bezeichnet, auch wenn das eigentlich nicht ganz zutrifft. Er ist Apotheker. Vater hätte es vorgezogen, mich mit einem Mann zu verheiraten, der einen angeseheneren Beruf ausübt, aber ich kann nun einmal nicht wählerisch sein. Louis ist verwitwet; seine beiden Söhne sind verheiratet und leben in Cahors. Er ist hier geboren und ist vor etwa acht Monaten nach dem Tod seiner Frau hierher zurückgekehrt.« Gefaßt fügte sie hinzu: »Er ist sechsundfünfzig Jahre alt.«

»Das sind wundervolle Neuigkeiten«, sagte Sophie. »Ich hoffe, Sie werden unendlich glücklich sein. Ich bin sicher, es wird Ihnen gut gehen.« Mit dem Zeigefinger streichelte Sophie den Handrücken der Freundin und tätschelte freundlich ihr Handgelenk. Wie seltsam das warme Wetter war – eher wie im Juli als wie im April.

»Ich möchte Kinder bekommen«, sagte Isabelle, »ehe es zu spät ist.«

»Natürlich.«

»Er macht den Eindruck, als sei er ein gütiger Mensch.«

Sophie beugte sich zu Isabelle hinab, um sie zu küssen. »Wehe, wenn nicht, dann bekommt er es mit mir zu tun«, entgegnete sie.

Nicht weit entfernt stand ein Mann mit seinem Sohn. »Wenn man eine Aussicht betrachtet«, erklärte er belehrend, »sucht man die Symmetrie, um sie zu bewundern.« Der Junge war ungefähr acht Jahre alt, und seine Miene war bereits genauso ernst wie die seines Vaters. Er ließ den Blick über die Statuen, Alleen, Menschen, Vögel, über die Lichtreflexe und die Ulmen mit ihren jungen Blättern schweifen und fragte dann den Vater: »Ist das die Symmetrie, dort drüben am Wasser?«

Der Augenblick war gerettet, Sophie und Isabelle tauschten einen Blick und lächelten.

»Ich möchte so bald wie möglich heiraten«, sagte Isabelle. »Ich habe bereits lange genug gewartet. Aber Louis bekommt bald einen Enkel, und seine Schwiegertochter möchte sich nicht während der heißen Monate auf Reisen begeben, also haben wir uns auf September geeinigt. Stellen Sie sich vor, Sophie: Ich werde Großmutter sein, ehe ich überhaupt Mutter bin.«

Sie kehren in den Park zurück, wo sie erneut dem Soldaten und seiner Begleiterin begegnen, die Arm in Arm spazieren gehen. Das helle Haar des Mädchens glänzt wie Honig. Sophie schaut weg. Nun bin ich als einzige übrig geblieben, denkt sie bei sich.

»Ich muß Ihnen etwas gestehen«, sagt Isabelle und tritt näher an ihre Freundin heran. »Versprechen Sie mir, mich nicht auszulachen.« Die gütige Isabelle, die Sophie eine kleine Vertraulichkeit zum Geschenk machen will. »Im Herbst und Winter dachte ich – nun, ich ertappte mich dabei, von Joseph Morel zu schwärmen. Ab und zu mußte ich an ihn denken, noch ehe ich gefrühstückt hatte. Wissen Sie noch, als ich Fieber hatte? Damals ist er fast täglich gekommen, und ich … Haben Sie etwas geahnt?«

Sophie schüttelt verneinend den Kopf.

»Ich suchte ständig Gründe, ihn im Gespräch zu erwähnen. Ich habe geglaubt, Sie hätten es bemerkt.« Unter einem Baum suhlen sich die Spatzen ekstatisch im Staub und zwitschern übermütig. »Ich habe nicht etwa geglaubt … ich wußte, daß er in mir nicht mehr sieht als eine weitere Patientin. Es war … ich weiß es nicht … eine Art Wahn.« Sie hakt Sophie unter. »Mit Louis und mir ist es völlig anders«, sagt sie entschieden. »Louis gegenüber empfinde ich nichts dergleichen.«

Als die Freundin noch immer schweigt, fragt sie ängstlich: »Finden Sie mich sehr albern?«

»Nein«, sagt Sophie. »Nein, keineswegs.«

In der Zeit, bevor es Brutus gab, hatte sie sich in der Dunkelheit gefürchtet. Ihre Schwester pflegte damals eine brennende Kerze in ihrem Zimmer stehen zu lassen, hatte sich dann aber immer Sorgen gemacht. Mathilde konnte sich vage erinnern, wie Sophie auf Zehenspitzen das Kinderzimmer betrat, um sich zu vergewissern, daß die Vorhänge nicht Feuer gefangen hatten.

Brutus, der nun immer an ihrer Seite lag, bewegte sich und seufzte im Schlaf. Ein Hundeseufzen. Sie legte die Hand auf seinen warmen Leib und spürte, wie sich der Brustkorb langsam hob und senkte.

Manchmal erwachte sie mit einem Schreck, wenn er des Nachts vom Bett sprang, um wütend zu bellen und am Fenster zu knurren. Jedes Mal zwang sie sich, aufzustehen und hinaus zu blicken. Sie bezog seitlich des Fensters Position und schaute verstohlen auf die Konturen des Gartens, mal von samtiger Finsternis umhüllt, mal in zitrusgelbes Mondlicht getaucht.

Im allgemeinen beruhigte er sich nach einigen Minuten. Ohren und Schweif waren nicht länger aufgestellt, und schließlich sprang er wieder aufs Bett, um sich genau in der Mitte breit zu machen, so daß sie ihn beiseite schieben mußte, um selbst Platz zu finden. Gelegentlich geschah es jedoch, daß er an der Tür kratzte und davontappte, sobald sie ihm öffnete. Er kam erst zurück, nachdem sie schon längst ins Bett zurückgekehrt war und sich unter die Decke gekuschelt hatte. Nicht immer gelang es ihr, wach zu bleiben, um auf seine Rückkehr zu warten.

Bestimmt spürte er Ratten oder Nachteulen nach, dachte sie, oder vielleicht einer streunenden Katze aus dem Dorf. Wölfe gab es nur hoch oben in den Bergen, nicht aber in der unmittelbaren Nachbarschaft. Sie war schließlich nicht mehr das kleine Mädchen, das sich von den Schauermärchen erschrecken ließ, die Berthe an Winterabenden am Kamin erzählte.

Aber irgendwann, wahrscheinlich in einer finsteren Nacht ohne Mondlicht, wenn es am stillsten war, würden sie kommen – nicht etwa die Ratten, Eulen oder Katzen, auch nicht die Wölfe …

Selbstverständlich würde Brutus sie warnen, lange bevor sie den Hof betraten, möglicherweise schon in dem Augenblick, da sie in die Straße einbogen. Sie würde aus dem Fenster schauen. Sie wußte, was sie zu tun hatte, wenn sie den Schein der Fackeln sah.

In einer Ecke ihres Zimmers befand sich eine niedrige, mit dunklem Holz getäfelte Tür. Dahinter lag nicht etwa der übliche Wandschrank, sondern eine steile Treppe, die zu einem der weitläufigen Räume des Dachgeschosses führte. Das war ihr Fluchtweg. Sie würde die Kerze ergreifen, die auf dem Nachttisch stand und nur kurz innehalten, um die kleine Tür hinter sich zu verschließen; der Schlüssel steckte in weiser Voraussicht bereits von innen. Brutus und sie würden zusammen auf dem Dachboden in Sicherheit sein, wenn sie an die Haustür klopften. Lange bevor sie mit dem Erdgeschoß fertig wären.

Würden sie nach ihr suchen? Vermutlich. Sie würden merken, daß jemand fehlte. Beide Räume des Dachbodens waren zur Zeit mit Claires Möbeln vollgestellt. Um so besser.

Oder wäre es vielleicht klüger, sich im Treppenhaus zu verstecken, um, sobald sie merkte, daß sie anderweitig beschäftigt waren, sich ins Schlafzimmer zurückzuschleichen und von dort aus die Flucht anzutreten? Das Treppenhaus hinter der Tür war niedrig und eng – selbst wenn es ihnen gelang, die Tür aufzubrechen, dürfte es ihnen schwerfallen, ihr zu folgen. Sie müßten sich bücken und winden, und womöglich wäre es ihnen die Mühe nicht wert.

Aber zuzutrauen war es ihnen schon.

Mathilde zog sich das Kopfkissen über den Kopf. Also doch besser auf den Dachboden, dachte sie. Sie überlegte, ob sie sich in einer Truhe verstecken sollte, aber sie hatte Angst, darin zu ersticken. Hinzu kam, daß die Deckel sehr schwer waren. Was, wenn ihr in ihrer Eile, die Truhe zu öffnen, der Deckel aus der Hand fiel? Sie würden das Klappern hören. Aber da gab es noch einen großen Korb. Zwar war er uralt und an einem der Ränder löste sich bereits das Flechtwerk, aber er war noch immer recht stabil. Darin hatte man Porzellanfiguren verstaut, eingewickelt in einem ausrangierten Vorhang, sowie ein Tablett aus Holz und ein Satz Kerzenleuchter aus Messing. Mathilde hatte den Korb leergeräumt; nur der Vorhang blieb drin. Sie hatte weitere Vorhänge hineingelegt, außerdem eine Tischdecke und ein altes Steppbett, das bereits Federn ließ, und den Korb in eine dunkle Dachschräge geschoben, weit von der Dachluke entfernt. Davor hatte sie eine Barrikade errichtet, bestehend aus einem zusammengerollten Teppich (es war kein leichtes Unterfangen gewesen, ihn zu positionieren), zwei umgedrehten Stühlen, einem Notenständer und einem auf einer Fußbank stehenden Vogelkäfig. Es war nun entschieden schwierig, an den Korb heranzukommen. Zumindest für Ungeübte.

Ehe sie mit Brutus in den Korb kletterte und sich unter dem Steppbett verkroch, würde sie die Tür, die zur Hintertreppe führte, öffnen. Sie würden denken, sie sei auf diesem Weg geflüchtet, hinaus in die Nacht.

Und dann? Jedenfalls würde sie nicht so leichtsinnig sein, nach unten zurückzukehren, sobald es still wurde. Sie mußte nämlich damit rechnen, daß sie vor der Tür zum Dachboden oder am Fuße der Geheimtreppe einen Wachposten positionierten. Sie würde die ganze Nacht hindurch ihr Versteck nicht verlassen. Falls nötig, würde sie auch noch den ganzen nächsten Tag hindurch ausharren. Im Korb hatte sie vorsorglich eine Flasche Wasser und einen Beutel Walnüsse deponiert.

Erst wenn sie sich absolut sicher war, daß keinerlei Gefahr mehr bestand, würde sie mit Brutus leise die Treppe hinabsteigen. Sie würden sämtliche Räume meiden und das Haus über die Küche durch die Hintertür verlassen. Sobald sie im Freien waren, würden sie losrennen, bis sie die Wälder erreichten. Dort würden sie leben wie die Gesetzlosen. Brutus würde Hasen jagen, sie selbst würde sich von Beeren und Nüssen ernähren und von den reifen Trauben in den Weinbergen. Im Winter würden sie in der leerstehenden Hütte eines Holzfällers Unterschlupf finden. Sie würde auf alle Fälle das Federbett mitnehmen, um sich vor der Kälte zu schützen, und sie würde aus Zweigen und Tannenzapfen Feuer machen.

Vielleicht würden sie sich eines Tages in Richtung Meer aufmachen.

Eines Tages würden sie Rinaldi treffen und zu dritt in ferne Länder reisen, dorthin, wo die Haut der Menschen gelber Seide glich und das ganze Jahr über die Rosen blühten.

Claire, Olivier, Jacques, Berthe – achselzuckend überließ sie sie dem Feind. Schließlich konnte sie nicht alle retten. Sie zögerte, wenn sie an ihren Vater dachte, aber sein Schlafzimmer befand sich im Erdgeschoß, und er war so dick, daß er weder rennen noch sich im Korb verstecken konnte.

Also blieb nur noch Sophie, die im Zimmer nebenan schlief. Es blieb noch genügend Zeit, um sie zu warnen. Allerdings würde es lange dauern, bis ihre Schwester vollends aus dem Schlummer erwacht war. Und wenn sie erst einmal begriffen hätte, was vor sich ging, würde sie die anderen wecken wollen, und diese Verzögerung …

Wann immer sich Mathilde gedanklich mit diesem Aspekt ihres Plans befaßte, begann sie sich unruhig im Bett hin- und herzuwälzen. Aber so ist es nun einmal, dachte sie. Ich bin die jüngste von drei Schwestern, also werde ich diejenige sein, die überlebt. So ist es auch in den Märchen.

Brutus erhob sich, um sich zu räkeln, wobei er seinen charakteristischen Geruch verströmte – ein undefinierbar warmer Geruch, nach Gras und nach Nüssen – und legte sich wieder hin, indem er den Kopf auf Mathildes Bauch bettete.

Als er zu schnarchen begann, war sie bereits eingeschlafen.

Es war eine Steißgeburt gewesen, aber das war nicht die einzige Komplikation. Die Hebamme hatte ihn kurz nach Mitternacht kommen lassen. Morgens um fünf fiel er schließlich vollkommen erschöpft aber überglücklich ins Bett. Drei Straßen weiter lagen Mutter und Kind im friedlichen Schlummer.

Als es an der Tür klopfte, hatte er gerade geträumt, er habe auf der Straße einen toten Schwan gefunden. Die Gedärme waren herausgetreten und lagen im Schlamm; es ging ein sanftes Leuchten von ihnen aus, und sie waren nicht ineinander verschlungen, sondern bildeten geordnete, perlige, korallenrosa gefärbte Stränge. Am Ende eines jeden Stranges war eine winzige Spielkarte aus Elfenbein befestigt. Er beugte sich hinunter, um sie gespannt zu betrachten. Wenn er doch nur …

Als er die Tür öffnete, trat Ricard in den Raum. Um den Durchgang zu passieren, mußte er den Kopf einziehen. »Am Tag des Herrn noch im Bett? Das ist doch eine Sünde, nicht wahr?«

»Was ist geschehen?« Noch immer in seinem Traum gefangen – die leuchtenden Farben, die Botschaft der Spielkarten – griff er nach seinem Jackett.

»Ein Notfall, Doktor. Es ist bereits nach elf, und wenn wir uns nicht beeilen, werden wir keine einzige Forelle mehr fangen.«

Joseph goß Wasser in die Waschschüssel, benetzte das Gesicht und rieb sich die Augen.

Ricard schlug ihm auf die Schulter: »Los, los, Beeilung!«

Sonntagnachmittags ging er normalerweise zum ehemaligen Haus der Innung, wo Freiwillige aus dem Klub die Tageszeitungen oder die Erlasse der Nationalversammlung laut verlasen, um patriotische Bürger am Tagesgeschehen teilhaben zu lassen. Daran erinnerte er nun Ricard, während beide das Flußufer abschritten, um einen geeigneten Angelplatz zu finden.

»Ach, es ist Juni«, entgegnete Ricard. »Soll doch irgendein anderer Arsch die Drecksarbeit machen.«

Und das von Ricard, dessen Ausdrucksweise sonst so züchtig war wie die einer alten Jungfer, und der das Gesicht verzog, wenn sich andere Männer unflätiger Ausdrücke bedienten! Aber offenkundig war der Schweinemetzger heute voller Übermut. Er pfiff vergnügt vor sich hin, während sie die letzten vereinzelten Häuser und kleinen Marktflecken hinter sich ließen, an Weizenfeldern vorüberzogen, in denen das Getreide schulterhoch emporragte und an Wiesen, die mit Sumpfdotterblumen übersät waren, bis sie die Biegung des Flusses erreichten, wo die Sonne aufs Wasser schien.

Sie ließen sich unweit eines Pappelwäldchens nieder. Nur wenige Meter entfernt neigten sich die Trauerweiden über die Böschung. »Hier, am schattigen Ufer, leben die Fische«, erklärte Ricard, und wies mit dem Daumen die Richtung. »Wenn aber die Mücken schwärmen, wagen sie sich in die Sonne, um sich die Bäuche vollzuschlagen.«

Sie zogen Schuhe und Strümpfe aus, krempelten die Hosenbeine hoch und wateten in den klaren, grünlich-braun schimmernden Fluß hinaus. Irgend etwas streifte Josephs Zehen. Er blickte hinab und sah winzige, wendige Gestalten durchs Wasser flitzen. In den Haaren an seinen Unterschenkeln hatten sich silbrige Luftblasen verfangen, und seine Füße auf dem bernsteinfarbenen Sand ähnelten großen weißen Fischen, die rücklings auf dem Grund lagen.

Ricard, der sich einige Meter weiter flußabwärts aufgestellt hatte, fing die erste Forelle. Im Wasser stiegen Blasen auf – eine hektische Bewegung, und er hielt das zappelnde silbrig-braune Tier in den Händen. Ehe es Zeit zum Essen war, hatten sie vier Fische gefangen – Ricard drei und Joseph einen. Voller Stolz strich er mit dem Finger über den kalten, grüngesprenkelten Rücken und die rosaroten Pünktchen auf der wohlgenährten Flanke, bevor er seinen Fang in Blätter wickelte und in den

Korb legte, der am Ufer im seichten Wasser stand. »Sie haben den dicksten Fisch an Land gezogen«, meinte Ricard anerkennend. Er wog ihn in der flachen Hand und erklärte, er wiege ein gutes halbes Pfund.

Das Essen bestand aus Brot, Knoblauchwurst, einer Schüssel voller Rillettes und mit Thymian gewürztem Schafskäse, der zerlaufen war, obwohl sie ihn im Schatten aufbewahrt hatten. Dazu teilten sie sich eine Flasche würzigen, grüngelben Wein.

Ricard lehnte den Rücken an den Stamm einer Pappel und zog an seiner Pfeife. Joseph wanderte indessen barfuß ein Stück flußaufwärts und gelangte zu der Erkenntnis, daß er zu viel Zeit in Zimmern verbracht hatte, in die die Sonne – wenn überhaupt – nur spärlich eindrang. Er entdeckte einen Pflaumenbaum und füllte sein Hemd mit den süßen Früchten, ehe er zum Rastplatz zurückkehrte. Wenn er in eine Pflaume biß und den Kopf in den Nacken legte, rann ihm der Saft in die Kehle. Anschließend legte er sich auf den Rücken, nahm die Brille ab und blickte zum Himmel. Verschwommen nahm er das Grün der Bäume und das Weiß der vorüberziehenden Wolken wahr. Vielleicht döste er auch kurz ein.

Ricard zeigte ihm eine Stelle weiter stromaufwärts, wo sich das Flußbett sanft absenkte. Nachdem er sich seiner Kleidung bis auf die knielangen Unterhosen entledigt hatte, sprang der Schweinemetzger mit erhobenen Armen und einem lauten Schrei ins Wasser, so daß um ihn herum das Wasser in hohen Wellen umherschwappte. Joseph, der nicht schwimmen konnte, lag, auf die Ellenbogen gestützt, im seichten, angenehm warmen Wasser und schaute zu, wie Ricard mit kräftigen Zügen den Fluß überquerte. Sein krankes Bein schien ihm im Wasser keine Schwierigkeiten zu bereiten. Nun schwamm er auf dem Rücken, winkte Joseph zu und ließ sich im Sonnenschein treiben.

Halb unbewußt summte Joseph die Melodie des neuen Liedes vor sich hin, das die Franzosen zum Kampf aufrief. Über dem Wasser glitzerten die Libellen wie tanzende Lichtreflexe.

Joseph legte sich auf den Bauch und bewegte vorsichtig Arme und Beine. Mit zusammengebissenen Zähnen und angehaltenem Atem tauchte er den Kopf unter Wasser. Japsend und spuckend kehrte er an die Oberfläche zurück. Der Schweinemetzger schaufelte ihm Wasser ins Gesicht. Als er sich zu revanchieren suchte, tauchte Ricard unter und einige Meter weiter wieder auf: eine tropfende, glitzernde, gebräunte, massive, imposante Gestalt.

Sie teilten sich die letzte Wurst und die verbleibenden Pflaumen. Dabei berichtete Ricard von seiner Kindheit auf dem Lande – er war erst als Neunjähriger nach Castelnau gekommen, um bei seinem Onkel in die Lehre zu gehen. Während er Tabak in seine Pfeife stopfte, erzählte er nicht etwa, wie Joseph erwartet hätte, von Not, Hunger und Ausbeutung, sondern von den Freuden, die er als Landkind genossen hatte, wie er mit seinen Brüdern umhergestreift, in den Wäldern Fangen gespielt, Vogelnester geräubert und illegale Kaninchenfallen aufgestellt und wie er Angeln und Schwimmen gelernt hatte. Er hatte vier Geschwister gehabt, und der Vater war Tagelöhner, der kein eigenes Land besaß. Und dennoch sprach Ricard, an seiner Pfeife ziehend und leise vor sich hinlächelnd, nur von der Haselnußernte im Herbst, von den Raben in den Gipfeln der Ulmen, von dem Maulwurf, den er an einem Bach gefangen hatte, und der nach und nach so zutraulich wurde, daß er ihm entgegenwatschelte und Würmer aus der Hand fraß.

Die Schatten wanderten und wurden immer länger.

Ein Teichhuhn paddelte vorüber.

Josephs Haut roch anders als sonst, nach dem Wasser und dem Schlamm des Flusses.

Nachdem dieser Tag vorüber war, sollte er ihn für den Rest seines Lebens in Erinnerung behalten, und niemals vergessen, daß er mit einem Traum begonnen hatte.

Dieser Tag war grün und golden, und er schmeckte nach Pflaumensaft, den man vom Handgelenk ableckt.

Ricard sprach noch immer, und schilderte die Kleinigkeiten, aus denen sich Glück zusammensetzt.

Stephen erschien mit einer Rose in der Hand. Ihre purpurroten Blütenblätter waren mauvefarben gesprenkelt. Belle de Précy identifizierte Sophie automatisch. Offenbar war er außerstande, den Garten zu betreten, ohne ihre Rosen zu pflücken. Wann immer dies geschah, reagierte sie, wie alle Gärtner, teils geschmeichelt und teils verärgert.

»Was ich schon die ganze Zeit fragen wollte – was ist aus Ihren Chinesischen Rosen geworden?« wollte er wissen.

»Im vergangenen Jahr habe ich ein Dutzend Pflanzen verkauft. Und in diesem Frühjahr hat derselbe Züchter die doppelte Menge bestellt. Er sagte, er habe sogar in England und in Holland Kunden, die regelrecht nach ihnen schreien. Wobei der Krieg dem allen wohl ein Ende setzen wird, nehme ich an.«

Er ist bestimmt nur gekommen, um sich die Zeit zu vertreiben, dachte sie bei sich. Claire hatte über Schwindel und Kopfschmerzen geklagt und sich geweigert, noch einmal herunterzukommen. Ich bin diejenige, für die er sich interessiert, wenn er nichts Besseres zu tun hat.

Sie bemühte sich, die Fassung zu bewahren.

Stephen strich ihr mit der weichen rosa Blüte übers Kinn. »Ich habe mich entschlossen, im September nach Castelnau zu ziehen«, bemerkte er.

»Tun Sie das nicht«, rief Sophie. »Das mit der Rose, meine ich.« Ihre Hand zitterte. Sie schob das Messer zurück in die Scheide und ließ es in den Korb mit den verwelkten Blüten fallen.

Er seufzte. »Seien Sie mir nicht böse, Sophie. Alle sind mir böse. Mein Bruder beschimpft mich in seinen Briefen, Charles rät mir, nach Hause zurückzukehren, Claire will nicht mit mir reden. Und letzte Woche, als ich gerade Paris verlassen wollte, wurde ich von zwei Soldaten auf der Straße angehalten und der Spionage bezichtigt – habe ich Ihnen davon erzählt?«

»Ja, bereits zweimal.«

»Wissen Sie, sie hätten mich töten können, direkt vor meinem eigenen Atelier. Wer mich gerettet hat, war meine Concierge, die herauskam und gedroht hat, es ihren Müttern zu erzählen. Solche Dinge könnten hier nicht geschehen. In Castelnau kennt man Ihre Familie und weiß, daß ich mit Ihnen in Verbindung stehe.«

»Warum ziehen Sie denn dann nicht nach Bordeaux?« fragte Sophie. Bereits vor Monaten hatte sie beschlossen, daß ihre Gefühle für ihn zu ertragen waren, so lange er nichts von ihnen erfuhr.

Stephen warf die Rose in ihren Korb. »Weil mein Onkel dann die Fahrpläne der Reedereien durchstöbern und mir meine Pflichten predigen würde. Und weil meine Tante sich berufen fühlen würde, mich zu verkuppeln. Sie hat zahllose Patenkinder, die sie gerne verheiratet sehen würde.«

»Ach so?«

»Ja, mindestens drei schlaksige Mädchen, die zu kichern beginnen, sobald sie mich sehen. Eine unscheinbarer als die andere.«

»Ich verstehe – das wäre für Sie in der Tat eine schwere Prüfung.«

»Sophie, ich hätte niemals gedacht, daß Sie so herzlos sein können.«

»Aber was wollen Sie bloß in Castelnau mit sich anfangen?«

»Ich werde hart arbeiten.« Sein Blick wurde träumerisch, und Sophie mußte sich beherrschen, um ihn nicht anzustarren. »Ich könnte Zeichenunterricht geben. Ich würde Leute kennenlernen, mich in das Leben in dieser Stadt integrieren. Es wäre ganz anders als in Paris.«

»Stimmt.«

»Und ich wäre in der Nähe von … Montsignac.«

»Verstehe.«

»Ich würde sehr gerne Mathilde unterrichten.«

»Kennen Sie ihre Zeichnungen?«

»Es gibt niemanden, der nicht lernfähig wäre.«

Ein Rosenstrauch, der aus der Ecke, in der er stand, herauswucherte und seine langen Zweige ins Licht streckte, griff nach seinem Hemd.

»Halten Sie still.« Die Stirn konzentriert in Falten gelegt, löste sie die Dornen aus dem Stoff.

»Liebe Sophie, ich weiß, daß Sie stets gut zu mir sein werden.« Ehe sie sich abwenden konnte, hatte er sie geküßt.

Weil sich Claire weigerte, die Frage zu beantworten, die ihn quälte.

Weil er es *doch* gemerkt hatte.

Weil er irgendwie spürte, wie sich die Machtverteilung zwischen ihnen verschob und er sich behaupten wollte.

Weil es immer Spaß macht, ohne Mühe jemandem eine Freude zu bereiten.

Weil Sophie gerade zur Stelle war.

Weil die Sonne schien und die Rosen blühten.

Es war wirklich nur ein ganz kleiner Kuß gewesen.

Als sie zurücktrat, um ihn anzusehen, begann er, von einem Theaterstück zu erzählen, das er in Paris gesehen hatte.

Die Rose, die Sophie noch immer in der Hand hielt, gehörte einer Art an, die es seit mindestens dreihundert Jahren gab. Sie ist kräftig, verzweigt und unregelmäßig geformt. Die Blütezeit ist lang und die Blüten mit ihren vielen Blättern verströmen einen lieblichen Duft. Wenn sich die Knospe öffnet, ist sie von einem blassen aber warmen Rosaton. Sobald sie aufblüht, rollen sich die Blütenblätter nach außen und verblassen zu einem zarten Lachsrosa, während dem Herzen der Blüte seine kräftigere Färbung für die Dauer der Blütezeit erhalten bleibt.

Die Franzosen nennen diese Rose »Cuisse de nymphe émue«, weil ihre charakteristische Färbung an Blut unter sahnig-weißer Haut erinnert, wie die sanfte Röte auf der Innenseite des Oberschenkels einer Nymphe im erregten Zustand. Typisch französisch: anspielungsreich und erotisch.

Die Engländer hingegen bevorzugen eine diskretere Metapher und nennen die Rose »Maiden's Blush«, das Erröten der Jungfrau.

Im oberen Raum des Café de la Victoire saßen sie um den Tisch versammelt und entwarfen den Brief an den König. Dann und wann fragte ein Gast, der sich die Zeit vertreiben wollte, nach dem Ursprung des Namens des Cafés, aber niemand konnte präzise Auskunft geben, am allerwenigsten Bonnefoy, der schwerfällige Besitzer, der ohnehin nur sprach, wenn es unbedingt erforderlich war. Nichtsdestoweniger machte das Victoire in diesem Sommer guten Umsatz. Die Preußen nahten mit typisch preußischer Konsequenz. Mag sein, daß man glaubte, der Name könnte mittels einer undefinierbaren Magie das Schicksal der revolutionären Armee zum Guten wenden, mag aber auch sein, daß man das Café nur frequentierte, weil es draußen so heiß war oder weil Bonnefoys älteste Tochter ausgesprochen hübsch war. Vielleicht suchte man auch, nun, da der Krieg erklärt und das Vaterland offiziell als gefährdet galt, ein wenig Ablenkung. Das Theater am Ort war ebenfalls gut besucht.

Es war Mercier, der darauf bestanden hatte, daß man trotz der Hitze das Fenster schließen ließ. Er neigte zur Geheimniskrämerei und liebte konspirative Szenarien. Joseph, der schwitzte, obwohl er sich bereits seines Jacketts entledigt hatte, fragte sich gereizt, warum Ricard diese absurde Laune duldete. Das Fenster befand sich in fünf Metern Höhe, und wenn man hinausschaute, sah man nichts als eine Brandmauer und ein Stück des übelriechenden und von Ratten bewohnten Hinterhofs. Außerdem waren es alles andere als geheime Pläne, die man heute schmiedete: Der Brief würde am folgenden Abend laut verlesen und in aller Form herumgereicht werden. Der Schweinemetzger aber hatte Mercier zustimmend zugenickt und das Fenster höchstpersönlich verriegelt.

Es war auch Mercier, der den Bogen vor sich liegen hatte

und soeben schrieb: »*Deine Pflichten sind unsere Rechte. Wir werden alle erforderlichen Schritte unternehmen, um die Freiheiten, die wir uns erkämpft haben, zu bewahren; wir werden keinen Widerstand dulden; wir werden jeden Verräter bestrafen, ganz gleich, um wen es sich handeln mag.*«

Tes devoirs. Deine Pflichten. Joseph war sich bewußt, daß die Freude, die es ihm bereitete, den König zu duzen, kindisch war. Dennoch konnte er sich ein Lächeln nicht verkneifen. Er ließ sich die Worte wie einen Leckerbissen auf der Zunge zergehen: *Tes devoirs.*

»Haben Sie etwas gesagt?« Mercier machte keinen Hehl aus seiner Ungeduld. Zwischen den beiden lag stets und ständig eine Spannung in der Luft, die sich von einem Augenblick auf den anderen entladen könnte.

Luzac, der Mercier gegenüber saß, legte den Kopf schräg, um zu lesen, was Mercier bis jetzt geschrieben hatte. »Würde es sich nicht besser anhören«, fragte er, »wenn wir schrieben *die Rechte Deines Volkes*? So würde ich es ausdrücken: *Deine Pflichten sind die Rechte Deines Volkes.*«

»Tatsächlich? Interessant. Der springende Punkt ist allerdings, daß wir nicht sein Volk sind. Wir gehören ihm nicht, ganz gleich, was er selbst oder …«, Ricard legte eine winzige Pause ein, ehe er fortfuhr: »… die Reaktionären denken mögen.«

Luzacs bleiches Vollmondgesicht wurde noch bleicher und runder. Unruhig trommelte er mit den Fingern auf der Tischplatte.

»Ich bin derselben Meinung«, bemerkte Mercier. »Es bleibt dabei.«

Einen Brief zu entwerfen ist unweigerlich ein langwieriger Prozeß. Vermutlich durch diese Erkenntnis motiviert, meldete sich der Rechtsanwalt Chalabre erstmals zu Wort: »Wir sollten unmißverständlich zum Ausdruck bringen, daß wir ihn unmittelbar und persönlich anklagen. Wir sollten schreiben: *Durch Deine Handlungen setzt Du die Verfassung außer Kraft.*«

»Ausgezeichnet.« Mercier las vor, was er niederschrieb: »*Wir, die patriotischen Bürger Castelnaus, werden alles in unserer Macht stehende unternehmen, um diese Sabotage zu verhindern.*«

»Deine *Sabotage*«, verbesserte ihn Chalabre.

»*Deine* verräterische *Sabotage*«, warf Joseph ein und führte den Gedankengang weiter: »*Wir haben* – nein – *das französische Volk hat Deine Intrigen durchschaut, und wir werden nicht zögern, Dich zu … zu stürzen.*«

»*Stürzen* klingt lahm«, meinte Luzac. »Das läßt uns zaghaft wirken. Wie wäre es mit *auslöschen*?«

Ricard stopfte seine Pfeife und blinzelte Joseph zu. Luzac, der Radikale!

»*Vernichten*«, sagte Mercier und kritzelte besessen los. »*Wir werden nicht zögern, Dich zu vernichten.*« In seiner Druckerei ließ er neuerdings eine Zeitung erscheinen, *Le Citoyen*, der er einen Großteil seiner Zeit widmete. Die Bürger Castelnaus verschlangen die flammenden Artikel und Kommentare, die er unter verschiedenen Pseudonymen verfaßte. Die trockensten Aussagen der Nationalversammlung verstand er in lebendige und Leidenschaft erweckende politische Ereignisse zu transformieren. Bei der Lektüre glaubte man im tiefsten Inneren zu spüren, daß die Revolution dort bereits tobte.

Chalabre verspeiste Gewürzgurken, für die er eine übermäßige Vorliebe an den Tag legte. »Das ist hervorragend«, stellte er fest, während er sich wie eine Katze die Finger abschleckte. »Das ist überaus hervorragend.«

Der reizlose und übergewichtige Louis XVI. lebte als Gefangener in seinem eigenen Palast. Während die Kastanien unter seinen Fenstern die ersten zaghaften Blätter entfalteten, bewegte er sich durch die Räume wie ein träges und denkfaules Tier. Er legte sein Veto ein gegen die Todesstrafe, die die Nationalversammlung über royalistische Vaterlandsverräter verhängt hatte, gegen das Dekret, welches verfügte, daß die Priester der Verfassung die Treue schwören (und wehe, wenn nicht), er lehnte den Antrag ab, Verfassungsfeinde zu deportieren, wenn zwanzig Mitglieder der jeweiligen Gemeinde dafür stimmen; um der Dummheit sozusagen die Krone aufzusetzen, schlug er den Antrag seines Kriegsministers nieder, mehrere Tausend Revolutionäre aus den Provinzen nach Paris zu beordern, um die Hauptstadt gegen feindliche Angriffe zu verteidigen.

Wie alle provinziellen Klubs konnten auch die Patrioten Castelnaus ihre Empörung lediglich in Schriftform zum Ausdruck bringen. Aus allen Regionen Frankreichs trafen in diesem Sommer zornige Briefe in der Hauptstadt ein.

Die Pariser zögerten nicht lange, die Tuilerien zu stürmen. Man zwang Louis de Faux – le Faux-Pas, wie ihn Mercier treffsicher nannte – eine rote Damenhaube zu tragen und auf das Wohl des freien Volkes zu trinken. Es war die Lebensweise einer ganzen Gesellschaftsschicht, die in der Kehle des runden, weißen, königlichen Halses verschwand.

Chalabre klappte sein Messer auf, schnitt eine Gewürzgurke in Streifen, legte sie auf einen Teller und schob diesen in die Mitte der Tafel, aber keiner der Anwesenden griff zu. Chalabre würde nach Paris reisen, um den Brief zu überbringen. Alle dachten an die Boulevards, die Menschenmengen, an Männer, die einander auf ewig langen Korridoren begegneten und die Köpfe zusammensteckten, um dringende Angelegenheiten zu besprechen, und dabei haßten sie den Anwalt ein wenig.

Unten im Hof jaulte eine Katze. Mercier erschrak und hinterließ einen Tintenklecks auf dem Brief.

Ricard sagte ruhig: »Das ist im Augenblick alles, was wir tun können. Wir sollten jedoch nicht der Illusion verfallen, damit irgend etwas zu erreichen. Solange der König lebt, werden sich die anti-revolutionären Geister an ihm orientieren.«

Dabei sah er niemanden an. Trotzdem begann Luzac erneut, mit den Fingern auf die Tischplatte zu trommeln.

»Lassen Sie das!« rief Mercier aufbrausend. »Es geht mir verdammt auf die Nerven.« Joseph betrachtete die Ringe unter Merciers Augen und überlegte, daß der Drucker wahrscheinlich nicht genügend Schlaf bekam.

Luzac ließ die linke Hand langsam auf den Tisch sinken. Alle sahen ihn an und warteten darauf, daß er etwas sagte. Dann aber wanderten die Blicke zum leeren Ärmel unterhalb der rechten Schulter des Bürgermeisters. Luzac lächelte. In Castelnau waren Petitionen zirkuliert, in denen gegen die Invasion des Palastes und die Mißhandlung der Königsfamilie protestiert wurde. Er wußte, daß Ricard ihn verdächtigte, mindestens eines dieser Schreiben in Umlauf gesetzt zu haben.

Nun ja, aber immerhin hatte er seinen rechten Arm der Revolution geopfert. Welcher der anderen konnte das von sich behaupten? Die plumpen weißen Finger bewegten sich wieder auf den Teller mit den Gewürzgurken zu.

Die Tochter des Wirtes klopfte an und trat herein, lächelte in die Runde, sammelte die Gläser ein und stellte sie aufs Tablett. Sie fragte, ob sie den Herrschaften noch etwas bringen könne und ob alle zufrieden seien. Sie beugte sich hinab, um die Tischplatte vor Mercier abzuwischen.

Joseph bemühte sich, sie nicht anzustarren, aber der Schweißtropfen, der zwischen ihren reizenden Brüsten hinabrann und im Ausschnitt der Bluse verschwand, schien ihn zu hypnotisieren. Ohne nachzudenken, nahm er die Brille ab, setzte sie aber hastig wieder auf.

Das Mädchen hatte den Tisch umrundet und stand nun dicht neben Mercier. Er sagte etwas zu ihr, sie schüttelte lachend den Kopf. Er ließ die Hand über ihr Gesäß gleiten, und sie wandte sich ihm zu; sie schien sich für ihn zu öffnen wie eine Blume.

Wie alt mochte sie sein? Fünfzehn oder sechzehn? Jedenfalls hatte ihre Haut noch nicht die Eigenschaft eingebüßt, das Licht aufzunehmen und gleichzeitig auszustrahlen.

Joseph zwang sich wegzuschauen. Er konzentrierte sich darauf, sein Glas nachzufüllen.

An der Tür drehte sich das Mädchen noch einmal um und warf Mercier einen Luftkuß zu. Der Drucker winkte und lächelte – seine scharfen Züge waren entspannt und gelassen.

Es war nicht das erste Mal, daß Joseph bemerkt hatte, welch eine Wirkung Merciers schwarze Augen und seine dunklen Wuschelhaare auf Frauen ausübten. Gutes Aussehen – wo war die Revolution, welche die ungerechte Verteilung äußerer Merkmale rächt?

Ricard sprach mit ruhiger und neutraler Stimme weiter: »Nun denn, wenn alle zufrieden sind … sollten wir allmählich zu unseren Frauen heimkehren.«

Chalabre und Luzac nickten, brummten zustimmend und begannen, ihre Sachen zusammenzupacken. Der Anwalt nahm sich die letzte Gewürzgurke, verspeiste sie mit zwei Bissen und wischte sich mit einer Serviette die Finger ab.

Mercier und Ricard fixierten einander quer über den Tisch. Schließlich wandte der Drucker den Blick ab, schob seine Unterlagen auf einen Haufen und bemerkte: »Ich denke, ich werde noch eine Kleinigkeit essen, ehe ich in die Druckerei zurückkehre.«

Joseph erinnerte sich, daß Merciers Frau vor vier oder fünf Monaten ihr erstes Kind bekommen hatte. Und hatte ihm nicht irgend jemand – Ricard? – berichtet, daß sie schon wieder schwanger war?

Der Schweinemetzger erhob sich. »Sie arbeiten zu schwer, Mercier«, sagte er. »Es ist niemandem damit gedient, wenn Sie sich bis zur Erschöpfung abrackern. Sie sollten auf sich achtgeben. Was würden wir tun, wenn es *Le Citoyen* als Sprachrohr unserer Visionen nicht mehr gäbe?«

Mercier zuckte mit den Schultern, schien aber dennoch beschwichtigt. Er blickte auf und bemerkte: »Es gibt immer so viel zu tun. Die Ausgabe, die kommende Woche erscheinen soll, ist noch nicht einmal halb fertig.«

»Apropos«, sagte Ricard, der zum Fenster getreten war. Seine Hand ruhte auf dem Riegel. »Hatten Sie mir nicht erzählt, daß unser Freund sich erboten hat, einen Beitrag zu verfassen? Über den Zusammenhang von Hygiene und Krankheit nicht wahr, Doktor?«

Joseph war dabei, sein Kleingeld zu zählen und auf dem Tisch zu stapeln. Das Blut schoß ihm ins Gesicht, er murmelte etwas Unverständliches, ließ eine Münze fallen und kroch erleichtert unter den Tisch, um nach ihr zu suchen. Irgendwann im Winter hatte er Mercier vorgeschlagen, den Artikel einzureichen. Dieser hatte die Stirn in Falten gelegt und gesagt: »Ich komme darauf zurück.« Er hatte geglaubt, damit sei der Fall erledigt, aber offenbar hatte Mercier mit Ricard darüber gesprochen. Bestimmt hatte er sich darüber verächtlich geäußert, daß Joseph sich anmaßte …

»Ein überaus relevantes Thema, finden Sie nicht auch? Genau der Blickwinkel, den *Le Citoyen* berücksichtigen sollte, um sich seine Bodenständigkeit zu bewahren. Ein Diskurs über den Zusammenhang zwischen Krankheiten und unhygienischen Lebensbedingungen, gepaart mit konkreten Verbesserungsvorschlägen. Sie könnten dazu einen Leitartikel schreiben über die Hauseigentümer, die sich vor der Verantwortung drücken.«

Joseph steckte die Münzen ein, griff nach seiner Tasche und schlich gesenkten Hauptes in Richtung Tür. Zum Glück waren Chalabre und Luzac schon fast unten angelangt.

Ricard stieß das Fenster auf und streckte die Arme hinaus in die laue Abendluft. Er drehte sich um, sah Mercier an und fragte: »Ich hoffe, Sie haben nichts dagegen einzuwenden?«

Die Aufmerksamkeit des Druckers schien ganz und gar darauf gerichtet zu sein, einen Bogen Papier in winzige Stücke zu reißen. Ohne aufzublicken, entgegnete er gereizt: »Er müßte selbstverständlich bearbeitet werden. Das muß von vornherein klar sein.«

»Ich sprach vom Fenster«, erwiderte Ricard und verließ den Raum.

Ihr Eckzimmer hatte zwei Fenster, von denen das eine auf den Hof und den Park blickte. Aus dem anderen sah man das östlich gelegene Dorf, die Stoppelfelder, wo die Gänse grasten, und die nahen und die fernen Hügel. Dort, von wo man weiter blicken konnte, sitzt Sophie seit – ist es wirklich schon seit einer halben Stunde?

Sie zwingt sich, die Zeichnung umzudrehen und unter den Katalog aus Poitiers zu schieben, der geöffnet auf ihrem Schreibtisch liegt. Rosen kann man zumindest auswerten, sortieren und klassifizieren.

Der Züchter bietet achtunddreißig Arten zum Kauf an. Die preiswertesten Pflanzen, beispielsweise die rosa-rote *Rosa mundi*, kosten vierundzwanzig *sous*. Die teuerste – eine neue Züchtung, die der Art der Moosrose zuzuordnen ist – kostet zwölf *livres*: Egalité. *Schöne, rosarote Blüten, sehr füllig, gut verteilt auf dem Strauch. Geordnete, nach oben gerichtete Blätter. Intensiver Duft. Ausladender Wuchs. Höhe: über ein Meter.* Aber zu diesem Preis kann sich Sophie die *Egalité* nicht leisten. Und wahrscheinlich ist sie sowieso besonders anfällig für Mehltau-Befall, genau wie alle Moosrosen, und »ausladender Wuchs« bedeutet vermutlich, daß sie eine Kletterwand benötigt.

Zwölf *livres*! Was mag wohl Tassin für ihre Chinesischen Rosen verlangen? Sie stehen nicht in seinem Katalog, weil es sich bei der geringen Menge nicht lohnen würde. Als sie sich mit ihm auf den Preis von dreißig *livres* für zwölf Stück geeinigt hatte, hatte sie sich für äußerst geschäftstüchtig gehalten. Ich hätte vorher Rinaldi fragen sollen, denkt sie jetzt voller Bedauern. So, wie die Dinge stehen, habe ich kein Geld mehr übrig. Wie immer, wenn sie sich wegen Geldnöten grämt, versucht sie sich zu trösten, indem sie weitere Ausgaben in Erwägung zieht. Die *Blanche de Belgique* zum Beispiel kostet nur zwei *livres* … das ist recht preiswert …

Ohne anzuklopfen betritt Claire mit gekrümmtem Rücken das Zimmer und läßt sich übertrieben behutsam auf dem Bett nieder. »Was machst du?« fragt sie. Sie seufzt. Nach einer Weile seufzt sie erneut.

Ich werde *nicht* aufspringen, um Polster herbeizuschaffen und Kissen aufzuschütteln, denkt Sophie.

»Sophie«, sagt Claire mit schwacher Stimme. »Mein Rücken … würde es dir etwas ausmachen …?«

Sophie springt auf, schafft Polster herbei und schüttelt die Kissen auf. Ein Verhaltensmuster zu erkennen, bedeutet nicht automatisch, daß man es ändert, sondern lediglich, daß man mehr Überwindung braucht, um ihm zu folgen.

Statt sich zu bedanken, wiederholt Claire ihre Frage: »Was machst du?«

»Ich studiere einen Rosenkatalog. Wie fühlst du dich heute?«

»Wie immer – aufgedunsen, müde, häßlich. Und gelangweilt«, fügt sie wahrheitsgemäß hinzu.

»Soll ich dir etwas vorlesen? Oder ich könnte unser Nähzeug holen, und wir könnten uns dabei unterhalten.«

»Ach, würdest du das wirklich tun? Aber bitte keines dieser Bücher mit all diesen Geschichten über die Tugend, die belohnt oder aber deren Fehlen auf tragische Weise bestraft wird.«

»Es muß ja nicht unbedingt ein Roman sein. Die *Enzyklopädie* kann auch …«

»Ich sollte versuchen, die Stickerei auf der Weste zu vollenden. Nicht, daß ich wirklich glaube, daß das hier mal ein Ende haben wird. Ich kann mich überhaupt nicht mehr erinnern, wie ich gelebt habe, ehe ich schwanger wurde. Mein Nähzeug liegt in meinem Zimmer. Oder irgendwo unten im Erdgeschoß. Würdest du vielleicht …?«

Als Sophie zurückkehrt, blickt ihre Schwester besorgt drein. »Höre ich da Olivier weinen?« fragt sie. »Hast du ihn heute schon gesehen?«

Sophie lauscht. »Das ist nur jemand, der die Schweine über die Straße treibt. Angélique ist mit Olivier spazierengegangen, zum Fluß hinunter, soviel ich weiß.«

»Hat sie ihm sein warmes Hemd angezogen? Es war doch richtig, nicht zuzulassen, daß er in dieses schreckliche Land kommt, nicht wahr? Die arme Anne.«

In ihrem letzten Brief hatte Anne mitgeteilt, daß ihr neugeborenes Kind, der langersehnte Sohn, an Fieber gestorben war. Diese kleine, ferne Tragödie hatte sie natürlich alle traurig gestimmt, aber nicht im geringsten erstaunt. Jedermann wußte, daß das Klima in England feucht war und hatte eine Vorstellung von den Ausdünstungen, dem Nebel und den Krankheiten, die bei jedem Atemzug in den Körper gesogen wurden. Ein Wunder eigentlich, daß überhaupt jemand überlebte. Und dieses Essen …!

Von Hubert und Sébastien, die sich den feindlichen Truppen angeschlossen hatten, war keine Nachricht eingetroffen, aber Anne schrieb, daß das Regiment laut Aussage eines französischen Bekannten, »der wie ein Bettler auf einem benachbarten Gut lebt und als Hilfsgärtner arbeitet«, nach Verdun geschickt werden sollte.

Das war jedoch im Frühsommer gewesen; seither waren Monate vergangen, und der Krieg war inzwischen in vollem Gange. Verräter hatten Verdun den unaufhaltsamen Preußen ausgeliefert, und die französische Artillerie bombardierte täglich die Stadt im verzweifelten Bemühen, sie zurückzuerobern. Die Panik bewegte sich westwärts in Richtung Paris, in Gestalt von Hühnern, Großmüttern und Büfettschränken, die man auf Pferdewagen geladen hatte, weil jeder wußte, was geschah, wenn der Feind ins Dorf einfiel. Die Furcht verstopfte die Hauptverkehrsadern, die zur Hauptstadt führten.

Claire spricht niemals vom Krieg, außer um sich, wie alle anderen, über die Rationierung, die Preise und die Unannehmlichkeiten zu beklagen. Sofern sie überhaupt an Hubert denkt – sich vorstellt, welche Qualen er auf dem Schlachtfeld erleidet –, so läßt sie es sich nicht anmerken. Gerade beugt sie ihr dunkles Haupt über ein winziges weißes Kleidungsstück, auf dem die exquisiten kleinen Nadelstiche eine verschlungene, dunkelgrüne Borte bilden.

Aus keinem ersichtlichen Grund verknotet sich Sophies Faden.

Claire erzählt ausführlich von ihrer Schneiderin in Toulouse, die behauptet, Träume deuten zu können. »Sie hat Marianne erklärt, ein Traum von Schlangen kündige den Tod eines Familienangehörigen an. Zwei Tage später ist der Stieglitz der Tante verstorben. Oder waren es Aale? Ich kann mich nicht mehr entsinnen.«

Neuerdings äußert sich ihre Sehnsucht in Träumereien, die sich mit kritischer Selbstbeobachtung vermischen. Wieder und wieder betrachtet sie Stephens Porträt, als könne sie aus der Art, wie er sie sieht, lernen ... was eigentlich? Den Satzbau der Würde? Die Grammatik des Trostes?

Sophie hat sich intensiv mit jener Literatur befaßt, die von Liebe handelt und dabei feststellen müssen, daß sie keine der üblichen Symptome an den Tag legt. Stephen ist weder ihr erster Gedanke, wenn sie am Morgen erwacht, noch ihr letzter, wenn sie am Abend die Augen schließt. Ginge er für immer fort, so würde sie weder sterben noch vor Verzweiflung den Verstand verlieren – das weiß sie genau. Manchmal vergeht eine längere Zeitspanne, ohne daß sie überhaupt an ihn denkt. Obwohl sie ihn charmant, liebevoll und entgegenkommend findet, hat sie zugleich seine Ichbezogenheit und Launenhaftigkeit erkannt.

Natürlich ist er ausgesprochen attraktiv.

Menschen, die selbst nicht mit Schönheit gesegnet sind, begegnen ihr mit Neid, Bewunderung oder Abwertung: Aber niemals reagieren sie gleichgültig.

Es handelt sich um die undefinierbare Sehnsucht nach Vollkommenheit, die so alt ist wie die Menschheit selbst.

Ohne hinsehen zu müssen, nimmt sie wahr, wenn er den Raum betritt oder verläßt. Sie spürt jeden Atemzug, den er tut, jeden Lidschlag. Zehntausende von unsichtbaren Fasern verbinden ihren Leib mit dem seinigen.

Wenn er sich vorbeugt, um nach einem Glas, einem Buch, einem Apfel zu greifen, beugt auch sie sich vor.

»Sophie, ich wünschte, du würdest aufhören, über Rosen nachzudenken«, sagt Claire. Sie hält zwei Spulen Seidenfaden hoch. »Welchen soll ich nehmen?«

»Den violetten.«

»Meinst du? Nein, der blaue gefällt mir besser.«

Ein brandneues Gesetz hatte Priester, Kirchen und Sakramente entbehrlich gemacht; die Ehe war ab sofort ein Rechtsvertrag. Man mußte nichts weiter tun, als vor der Stadthalle an der Bekanntmachungstafel das Aufgebot auszuhängen:

Bekanntgabe der Eheschließung zwischen Monsieur Louis Peronne (Witwer) und Mademoiselle Isabelle Ducroix (Jungfer), welche beabsichtigen, als rechtskräftig getrautes Paar in ehelicher Gemeinschaft zu leben. Sie werden heute bei der Stadtverwaltung vorstellig, um ihr Versprechen zu geben und ihre Absichten durch die Gesetze des Staates legalisieren zu lassen.

Wie alle öffentlichen Räume roch auch dieser nach Möbelpolitur, Tinte und Schweiß. Sein auffälligstes Merkmal war eine gigantische Statue vom Hochzeitsgott Hymen, die einen Blumenkranz und eine Fackel trug. Hand in Hand trat das Brautpaar hinauf auf ein Podest, wo sie von einem Beamten, der eine blau-weiß-rote Schärpe trug, informiert wurden, daß die Ehe einem Dialog vergleichbar sei. Er verlieh der Hoffnung Ausdruck, daß der ihrige lang und glücklich und ohne Gesprächspausen verlaufen werde.

Wie ermüdend das klingt, dachte Sophie. Ihr Blick begegnete dem des jüngeren Bruders des Bräutigams. Dieser aber zog die Stirn kraus und schaute weg.

Der Beamte, ein ernsthafter junger Mann, der abends lange aufblieb, um sich solche Dinge zu überlegen, erklärte soeben dem Brautpaar, die Liebe eines Mannes zu seiner Frau gleiche der Liebe des Staates zu seinen Bürgern. Er legte eine Pause ein, um seinen Zuhörern Gelegenheit zu geben, sich die Tragweite der Aussage zu vergegenwärtigen. Dann stellte er dem Paar die übliche Frage. Beide gaben ihr Jawort. Nun waren sie Mann und Frau.

Das nächste Brautpaar trat aufs Podest. Der junge Beamte warf einen Blick auf seine Notizen. *Duett, Verspaar und Ströme, die ineinander fließen* lauteten die Stichworte.

Bis jetzt war der Himmel getrübt gewesen. Den ganzen Vormittag hindurch hatte es leicht geregnet, aber als das Brautpaar mit seinen Gästen auf den Platz hinaustrat, lichteten sich die schmuddelig weißen Wolken, und die Sonne schien. Prompt hob sich die Stimmung unter den Zuschauern, die sich in einem kleinen Grüppchen unter den herbstgelben Platanen versammelt hatten. Bräute in Alltagskleidung, deren Haar von prosaischen Hauben statt von Orangenblüten gekrönt war, waren schließlich gewöhnungsbedürftig. Aber wenigstens schien die Sonne und hielt sich somit an die Tradition.

»Sind ja nicht gerade junge Hüpfer«, bemerkte eine Frau.

»Bleibt nur zu hoffen, daß seiner noch nicht eingerostet ist. Er sieht nicht gerade aus wie jemand, der darin geübt ist, Schlösser zu knacken.«

Joseph Morel nickte Sophie von der anderen Seite des Raumes zu, wo er mit dem Rücken zur Wand stand.

»Das ist doch lächerlich«, dachte sie und stellte ihr Glas ab, um zur Tat zu schreiten. Aber Isabelle kam ihr dazwischen: »Liebste Sophie! Alle bestaunen mein Bouquet! Kommen Sie doch mit und erzählen Sie ihnen von Ihren Chinesischen Rosen, die im Herbst blühen!«

Sie ließ das Gerede über sich ergehen – ein Thema nach dem anderen wurde abgehandelt: das Wetter (der Jahreszeit nicht gemäß), Ausländer (unnatürlich), Paris (unerträglich), die Lebenskosten (horrend) und die heutige Zeit (unvorstellbar). Als sie sich endlich Joseph widmen konnte, war es nicht mehr möglich, ihn unter vier Augen zu sprechen.

»Sophie war bei der Trauung dabei«, sagte Stephen gerade. »Sie hat alles mitgehört. Liebe in Paragraphen ausgedrückt. Durfte er sie eigentlich küssen, oder mußten sie sich darauf beschränken, sich die Hände zu schütteln wie zwei Geschäftspartner nach einer erfolgreichen Transaktion?«

»Nun, die Ehe ist doch eine Art Transaktion, oder? Der Mann bietet Sicherheit, die Frau Treue. Und beide können sich darauf verlassen, als ehrbar betrachtet zu werden. Vielleicht ist das neue System ehrlicher als das alte, weil es die Mechanismen entlarvt.«

Den letzten Satz richtete sie lächelnd an Joseph. Er starrte sie an – diese Brille! – und schwieg.

»Das glauben Sie doch selbst nicht, das weiß ich ganz genau.« Stephen gestikulierte mit dem Teller, von dem er sich ein Törtchen genommen hatte. »Was ist mit dem zündenden Funken zwischen zwei Seelen.« Er artikulierte sich undeutlich, da sein Mund voller Käse und Schinken war: »Was ist mit der Liebe?«

»Liebe? Ich dachte, wir reden über die Ehe!«

»Jetzt sind Sie spitzfindig. In Paris darf man vielleicht zynisch sein, aber ich weigere mich, diese Haltung hier in Castelnau an den Tag zu legen. Das soll nicht Teil meines neuen Lebensstils hier werden.«

»Wollen Sie damit sagen, daß Sie nach Castelnau gezogen sind?« fragte Joseph. Er rückte seine Brille zurecht. »Haben Sie sich tatsächlich hier niedergelassen?«

Stephen nickte kauend und schluckte den Bissen hinunter, ehe er antwortete: »Jawohl, heute vor drei Wochen. War es nicht freundlich von Isabelle, mich zu ihrer Hochzeit einzuladen? Ich habe bereits vier Schüler, und man hat mich eingeladen, vor der Gesellschaft der Kunstfreunde eine Rede zu halten.« Er legte den Kopf zur Seite und musterte Joseph. »Ich frage mich, Morel, ob Sie es schon einmal in Erwägung gezogen haben, Zeichenunterricht zu nehmen. In Anbetracht Ihrer Kenntnis von der menschlichen Anatomie ...«

Mathilde erschien in ihrer Mitte und nahm sich ein Törtchen. »Nun, wie lautet das Urteil über Peronne?« erkundigte sie sich. »Ich habe ihn gefragt, was er von den neuen Scheidungsgesetzen hält, aber er behauptete, sich nicht mit ihnen befaßt zu haben. Ich vermute, das war seine Art, mir zu vermitteln, daß dies ein unpassendes Thema sei für einen jungen Menschen, der dem schwachen Geschlecht angehört.«

Joseph, dem Mathildes Art nicht vertraut war, kicherte in sein Glas hinein. Sofort fragte sie ihn: »Was halten Sie eigentlich von den neuen Gesetzen?«

»Sie sind praktisch«, entgegnete er. »Der Staat liefert Gift und Gegengift zugleich.«

»Ist das Ihre wahre Meinung über die Ehe?« wollte Sophie wissen. »Betrachten Sie sie als Gift?«

Er schaute nachdenklich in sein leeres Glas. »Als Gift oder Gefängnis«, sagte er. »Tatsächlich kommt sie mir oft so vor. Wobei es gewiß Ausnahmen gibt.«

»Selbstverständlich gibt es Ausnahmen!« rief Stephen und fuhr sich mit den Fingern durchs Haar. Ein seltsamer Bursche, dieser Morel, dachte er. So trübsinnig hatte ich ihn nicht in Erinnerung. Er suchte eine Erklärung, und als er sie gefunden hatte, sprach er sie erleichtert aus: »Natürlich erleben Sie als Arzt allerlei unerfreuliche Dinge.«

»Ob sich Claire wohl von Hubert scheiden lassen wird?« meinte Mathilde. Umhüllt von eisigem Schweigen fuhr sie unverzagt fort. »Warum besuchen Sie uns eigentlich nicht mehr?« fragte sie Joseph. »Liegt es daran, daß Hubert für den Feind kämpft? Wissen Sie, damit sind wir auch nicht einverstanden. Wobei ich ehrlich gesagt nicht behaupten kann, daß er uns fehlt.«

Joseph wurde ziegelrot im Gesicht.

»Stephen und Joseph, ihr dürft nicht die hübschesten Mädchen für euch beanspruchen!« Die Braut, die vor Glück strahlte, legte ihre Hand mit dem neuen glänzenden Ring auf Sophies Arm. »Louis' Neffe ist hier«, sagte sie. »Er möchte Sie so gerne kennenlernen.«

»Wir haben uns gerade über Ihren Mann unterhalten und überlegt, ob er Ihrer würdig ist«, meinte Mathilde.

Ehe sie Isabelle folgte, sagte Sophie, an Joseph gewandt: »Bitte kommen Sie uns doch besuchen.«

Er lächelte und senkte den Blick wieder in sein leeres Glas. Das Herz ist nichts weiter als ein Muskel, dachte er. Ich bin nicht bereit, ihm mehr Bedeutung zuzuschreiben, als ihm gebührt.

Allerdings schmeckte Dr. Ducroix' Wein ganz hervorragend, und er gedachte, im Laufe des Abends noch große Mengen davon zu sich zu nehmen.

In jener Nacht, während sich Isabelle den Liebkosungen ihres Apothekers hingibt, geschehen die Morde.

Seit Wochen hat sich das ehemalige Kloster, das inzwischen als Untersuchungsgefängnis dient, auf beunruhigende Weise gefüllt. Den Verhaftungen liegen die Haftbefehle eines Tribunals zugrunde, das vom Rechtsanwalt Chalabre geleitet wird. Das Tribunal wurde einzig und allein zu dem Zweck gebildet, Verräter auf die Anklagebank zu bringen – Personen also, die sich eines Verbrechens gegenüber der belagerten Nation schuldig gemacht haben. Priester, die sich hartnäckig weigern, den Bürgereid zu leisten, werden aus den Seminaren und Kirchen verschleppt, wo sie sich verdächtig bedeckt gehalten haben. Die royalistische Presse ist wirkungsvoll zum Schweigen gebracht worden; die Drucker und Journalisten sind in Haft, ebenso die Verwandten, Freunde, Angestellten und Geschäftspartner von Caussade und seinen Anhängern. Es ist nicht schwer, Verdächtige zu finden: den Stückeschreiber, dessen sehr schlechtes und sehr langes Theaterstück über die Flucht nach Varennes, in Versform verfaßt, vorigen Winter zwei Tage nach der Premiere ausgebuht wurde, den preußischen Uhrmacher, die neunzigjährige Herzogin oder den Kellner, der fragwürdige Witzeleien zum besten gab.

Am Morgen nach Isabelles Hochzeit ist der Himmel wolkenlos und das Wetter mild. Saint-Pierre nahm gemeinsam mit Dr. Ducroix, in dessen Haus er die Nacht verbracht hat, nachdem Isabelles Ehemann sie sanft aber bestimmt aus den Armen ihres Vaters gelöst hatte, ein spätes Frühstück zu sich.

Der Herbst ist seit jeher seine bevorzugte Jahreszeit. Früher pflegte ihm sein Großvater zu erzählen, daß er mit zunehmendem Alter lernen würde, den Frühling mit seinen Blüten und frischem jungen Laub zu lieben, aber heute erlebt er den

Frühling als Jahreszeit, die so unendlich viel mehr verspricht, als sie realistischerweise halten kann, wohingegen der Herbst sich als zuverlässig und weniger anstrengend erweist, wenn die Blätter sanft zu Boden fallen, ganz wie Pflichten, derer man sich nach gewissenhafter Erfüllung nun endlich entledigen darf.

Seine Füße lenken ihn auf die Landstraßen, die zum Fluß führen. Woher mag es kommen, fragt er sich, daß sich der Mensch derart zum Wasser hingezogen fühlt? Er hat es immer wieder erlebt, wie die Leute, erschöpft durch harte Arbeit und Hunger, lange Wege auf sich nehmen und hinunter zu den Quais gehen, um stundenlang aufs Wasser zu starren.

Er denkt an das Kind, das bald zur Welt kommen wird, an Claire, die, je näher der Zeitpunkt rückt, immer stiller ist und wartend in sich hineinlauscht.

Claire, seine winzig kleine, unvorstellbar schöne Tochter. Nach ihrer Geburt hatte er sich danach gesehnt, sie immer in den Armen zu halten und zu beschützen gegen den rauhen Wind, der die Dachziegel von den Häusern riß und ihr Sicherheit zu bieten, seiner wunderbaren, unendlich liebenswerten Kleinen. Eines Tages aber hatte er feststellen müssen, daß sie sich unbemerkt aus seiner Umarmung gelöst hatte.

Für einen kurzen Moment spürt er einen jähen Schmerz, der ihm den Atem raubt. Sein schwaches Herz macht sich wieder einmal bemerkbar.

Er lehnt sich an eine honiggelb gestrichene Mauer und lächelt sinnierend vor sich hin, als er sich daran erinnert, daß Ducroix ausnahmsweise einmal größere Mengen Armagnac getrunken hat als er selbst.

In diesem Moment entdeckt er die Leichen.

Dort, wo er steht, ist das Tor in der Klostermauer, welches man passieren muß, um zu den Quais zu gelangen. An dieser Stelle, wo die Wellen gierig an den Holzbohlen und dem Gemäuer saugen und der Durchgangsverkehr normalerweise eher spärlich ist, stehen nun Pferdewagen, und es hat sich eine Zuschauermenge versammelt, um das zu begaffen, was soeben ans Tageslicht befördert wird.

Sie bringen die Leiche eines etwa fünfzehnjährigen Jungen

heraus, dem man die Genitalien abgehackt hat, dann die eines Mannes mit einem leuchtend blauen Auge und einem klebrigen Loch, wo früher einmal das andere war, ein Ding mit lockiger schwarzer Körperbehaarung ohne Kopf oder Gliedmaßen, eine Frau mit aufgeschlitzter Kehle und eine andere, deren dunkelrot verfärbte Zunge aus dem Mund herausquillt. Mehreren Leichen fehlen Arme, Beine oder Hände. Saint-Pierre beobachtet sich selbst wie von ferne, wie er versucht, die Personen zu identifizieren und wie er die Ladeflächen der Pferdewagen mustert, um die fehlenden Körperteile zu suchen, als könne man sie wieder zusammenflicken.

Er blickt in ein bekanntes, nun fast bis zur Unkenntlichkeit entstelltes Gesicht, aus dem noch immer die Säfte rinnen. Es ist das »Orakel«, ein übelriechender Greis mit wilden gesprenkelten Augen und wüster Mähne, der bei Wind und Wetter auf dem Marktplatz stand und von den grausigen Hexen und blutigen Bestien faselte, die seine gequälte Phantasie heimsuchten, und der sich an die Passanten zu klammern versuchte, bis sich schließlich jemand fand, der ihm ein Glas Gin spendierte ... und noch eins ... und noch eins.

Neben dem Geruch des Flusses nimmt Saint-Pierre noch einen anderen wahr, undefinierbar und doch bekannt, den er vage mit Ärzten und Krankenbetten assoziiert, bis er die Frau mit der roten Haube sieht, die auf einem Handwagen Fässer durchs Tor schiebt. Nun begreift er: Sie desinfizieren den Innenhof mit Essig. Warum nur, fragt er sich. Hinter diesen Mauern gibt es doch gewiß kein Leben mehr.

Wie ein Säugling vollführt er mit den Händen vor der Brust kleine, hilflose Gebärden.

Ein Beamter mit einer Trikolore-Schärpe beaufsichtigt die Aufräumarbeiten. Saint-Pierre tritt ihm entgegen und stellt sich vor: »Bürger Saint-Pierre, Justizbeamter. Was ist hier geschehen?« fragt er. Er umklammert den Arm des Mannes und wiederholt seine Frage, obwohl die Antwort auf der Hand liegt. Gerade wird der vierte und letzte Pferdewagen beladen.

Der Beamte ist ein junger Mann – sie sind alle junge Männer, denkt Saint-Pierre und umklammert den uniformierten Arm noch heftiger als zuvor – und nicht ohne weiteres aus der

Fassung zu bringen. In diesem Mann, dessen Gesicht eine merkwürdig graue Färbung angenommen hat, erkennt er den Richter, dessen Verfahren er öfters unbemerkt beigewohnt hat. Saint-Pierre ist in Ordnung, soweit er informiert ist, immer höflich zu den mittleren Beamten, die ihm bei der Ausübung ihrer Amtspflichten begegnen. Aus diesem Grunde verhält sich auch der junge Mann höflich und ruhig, löst sanft den Klammergriff der Hand mit den braunen Altersflecken, die sich in seinem Ärmel verkrallt hat.

»Ein Zwischenfall«, erklärt er. »Einige der Gefangenen, die gestern Nacht hierher gebracht wurden, fielen einer bewaffneten Gruppe zum Opfer, die ins Gefängnis eindrang.«

»Aber es ...« Saint-Pierre zeigt auf die Wagen mit ihrer grausigen Fracht. »Es sind so viele ... Wer ...?«

Der Beamte ist nicht angewiesen, das Geschehen zu beschönigen und sieht keinen Grund, es zu tun. »Verräter«, erläutert er geduldig, »es waren Verräter. Nun, da unsere Soldaten an der Front sind, wollten sie einen royalistischen Aufstand inszenieren.«

»Aber Sie sagten doch, die Gefangenen seien in Begleitung gewesen. Wo waren die Wachen?«

Der junge Mann sieht, daß die Pferdewagen startbereit sind. »Ich war nicht dabei«, sagt er. »Wenn Sie mich jetzt entschuldigen würden ...«

Ein zweiter Beamter tritt durchs Tor. Die beiden beraten sich, gehen gemeinsam eine Liste durch. Offensichtlich gibt es irgendwo eine Diskrepanz – der zweite Beamte kehrt noch einmal ins Kloster zurück.

»Wie viele Tote hat es gegeben?« fragt Saint-Pierre.

»Einhundertsiebenundachtzig«, entgegnet der Beamte prompt. Er hat die Zahl auf der Liste seines Kollegen gelesen.

»Und wie viele Gefangene waren es insgesamt?«

Auch das weiß der junge Mann genau. »Einhundertneunundachtzig. Ein Priester war noch am Leben, und ein anderer Bursche ist aus dem Fenster gesprungen. Ich denke, beide wird man vor Gericht stellen können.«

»Und die Männer, die das angerichtet haben? Hat man sie verhaftet?«

Der Beamte betrachtet Saint-Pierre mit einer Mischung aus Mitleid und Gereiztheit. Diese alten Männer mit ihrer endlosen Fragerei, denkt er. Wenn es nach ihnen ginge, würde man ewig auf der Stelle treten. Erleichtert stellt er fest, daß sein Kollege zurückgekehrt ist und das Signal zum Aufbruch gegeben hat. Er gibt den Befehl, daß die Pferdewagen das Gelände verlassen. Während sie sich knarrend in Bewegung setzen, hält er einen Augenblick inne, um das Gefühl der Erleichterung nach getaner Arbeit auszukosten. Es ist ihm sehr daran gelegen, zu beweisen, daß er in der Lage ist, die ihm übertragenen Aufgaben reibungslos und effizient auszuführen. Schließlich wartet er auf seine Beförderung und plant, im kommenden Frühjahr zu heiraten.

»Aber was ist mit den Mördern?« ruft Saint-Pierre. »Was werden Sie unternehmen, um die Mörder vor Gericht zu stellen?«

Der Beamte hat sich bereits abgewendet, dreht sich aber noch einmal um und mustert den alten Mann mit seiner Hakennase und dem verstaubten schwarzen Mantel, der auf dem sonnenüberfluteten Quai am Fluß steht. Seine Glanzzeiten sind vorbei – es ist unübersehbar. »Ich würde sie nicht als Mörder bezeichnen«, sagt der junge Mann, nach wie vor höflich und geduldig. »Es waren normale Bürger. Und was die Gerechtigkeit angeht, so haben sie nichts weiter getan, als Verräter hinzurichten.«

Als der letzte Wagen vorüberzieht, bricht unter den Zuschauern lautstarker Jubel aus. Die Beamten reiten davon. Irgend jemand verschließt von innen das Tor.

Saint-Pierre wankt zum Fluß.

Seine Gestalt spiegelt sich verschwommen auf den Wellen.

Mathilde legte großen Wert auf regelmäßige Zeitungslektüre. Sie versäumte keine Ausgabe des *Citoyen*, obwohl diese Zeitung mit Morden eher geizte. In der letzten Ausgabe zum Beispiel wurde dem Schuster, der seine Wirtin ermordet hatte, nur ein einziger Absatz gewidmet, und selbst dieser war eine nüchterne Schilderung des Tathergangs. Die politischen Reportagen waren wiederum äußerst detailliert – Mathilde wollte schließlich über alles im Bilde sein. »Die Nationalversammlung ist durch das Konvent ersetzt worden, die Patrioten nennen sich jetzt Jakobiner, und inzwischen haben auch die meisten Dörfer neue Namen. Warum muß denn alles anders heißen als zuvor?« fragte sie Stephen.

»Weil sich die Dinge verändert haben«, erwiderte er und schaute von seinem Skizzenblock auf, um lächelnd auf die Wiege zu blicken, die neben Claires Platz stand. Es würde nicht lange dauern, bis er wieder aufspringen würde, um sich voller Entzücken über den schlafenden Säugling zu beugen und ihre Decken zurechtzurücken. Mehr als alles andere verlangte es ihn danach, sich nützlich zu machen und etwas für die Kleine zu tun. Claire hatte sich bereits veranlaßt gesehen, darauf hinzuweisen, daß es sich empfehle, die Betreuung der Kinder den Dienstboten zu überlassen.

»Haben sie sich tatsächlich verändert?« fragte Claire. Sie hatte gerade Holz aufs Feuer gelegt; nun richtete sie sich auf und wischte sich den Staub von den Händen. »Oder hoffen wir, eben diese Veränderung herbeizuführen, indem wir alles neu benennen?«

Mathilde ließ sich die Bemerkung ihrer Schwester durch den Kopf gehen, ehe sie befand: »Die Rue des Droits-de-l'Homme ist noch genauso übelriechend wie damals, als sie noch Rue Louis XIV hieß.«

»Ich für meinen Teil bin nicht bereit, mich an diese demokratischen Formen der Anrede zu gewöhnen«, sagte Claire. Seit der Geburt ihrer Tochter hatte sie heute erstmals ihr Schlafzimmer verlassen. »Habe ich schon erzählt, daß ich das gräßliche Mädchen, das Henri Lebrun geheiratet hat, auf der Straße traf? Sie konnte es einfach nicht lassen, mich zu duzen und mit ›Bürgerin‹ anzureden. Ich bin davon überzeugt, daß sie wußte, wie impertinent sie wirkte. Doppelt so impertinent wie sonst.«

»Eigentlich ist Jeanne in Ordnung«, warf Sophie ein. »Sie hat dich nur nach deinen Symptomen befragt, damit sie dir von ihrer vierten Schwangerschaft erzählen und mit dir gemeinsam das Los der Frau beklagen kann.«

»Werden wir auf das ›Saint‹ in unserem Namen verzichten müssen? So wie die Dörfer, meine ich, die jetzt nur noch ›Antoine‹ oder ›Denis‹ heißen?«

»Jeanne meint, sie wollen das Kind ›Liberté‹ nennen? Kann man sich so etwas vorstellen?«

»Immerhin besser als ›Der Zehnte August‹, wie der Enkel von Isabelles Köchin!«

»Wieso ausgerechnet ›Der Zehnte August‹?«

»Ach, Claire!« riefen ihre Schwestern im Chor.

»Am zehnten August war der Sturm auf die Tuilerien«, erläuterte Stephen. »Der Sieg des Volkes.« Ergriffen von Mitleid gegenüber der verletzlichen Kreatur, fragte er sein Modell besorgt, ob es müde sei. »Sie müssen es mir sofort sagen, wenn Sie pausieren wollen.«

Claire schüttelte verneinend den Kopf – ganz behutsam, um den Winkel beizubehalten.

Mathilde kletterte neben Sophie auf die Couch und ließ sich den Zopf nachflechten. Mathildes Locken gingen ihre eigenen Wege, wuchsen in jede beliebige Richtung, und sämtliche Haarbänder, Spangen und sonstige Arrangements wollten nur kurze Zeit an ihrem Platz bleiben. »Zigeunerhaar« pflegte Rinaldi zu sagen und bewundernd mit der Fingerspitze über die wilde Mähne zu streichen.

»Hast du dich schon entschieden, Claire?« wollte Mathilde wissen. »Wirst du sie nach mir benennen? Eigentlich gehört sich das so, da ich doch ihre Patentante bin.«

Claire verharrte, wie Stephen es angeordnet hatte, mit gesenkten Lidern.

»Claire?« insistierte Mathilde.

Stephen war konzentriert damit befaßt, mit dem Daumen eine Kontur zu verwischen.

»Ich dachte, ich nenne sie Caroline«, sagte Claire, fügte aber hastig hinzu: »Caroline Marguerite, natürlich.«

»Warum Caroline?« fragte Mathilde. Sie schlenderte hinüber zum Kamin, wo sich Brutus zusammengerollt und die Schnauze unter den Schwanz geschoben hatte. Als sie sich näherte, blinzelte er mit einem gelben Auge und hob eines seiner dünnen, schwarzen Beine ein wenig an. Sie hockte sich neben ihn und kraulte ihm den Bauch. »Heißt jemand aus Huberts Familie so?«

»Viele Frauen heißen Caroline«, entgegnete Claire schroff. »Der Name ist keineswegs ungewöhnlich. Und hör endlich mit der Fragerei auf, Mathilde – das ist ermüdend.«

»Brutus und ich gehen jetzt.«

Dieser Ansage folgte ein ausgesprochen würdevoller Abgang.

Olivier saß auf dem Fußboden seines Kinderzimmers, in welches sich in jüngster Zeit fremde Gegenstände, seltsame Gerüche sowie eine dicke Frau mit erschreckend großen und schwieligen Händen gedrängt hatten.

»Was malst du denn da?« fragte Angélique. Gleich würde das Kind aufwachen und schreien, sie würde hinunter gehen, es holen, ins Kinderzimmer bringen und der Amme übergeben, einer grobschlächtigen Person, wie alle Frauen aus dem Dorf, aber einigermaßen gutmütig. »Er ist sehr begabt«, bemerkte Angélique. Sie hielt es für ihre Pflicht, die Talente der Familie und damit auch ihre eigene Bedeutung hervorzuheben. »Genau wie seine Mutter. Du solltest einmal ihre Stickerei sehen.«

Die Amme schniefte und wollte sich gerade die Nase mit dem Handrücken abwischen. Dann aber besann sie sich eines besseren und bediente sich ihrer Schürze.

Angélique schauderte es.

Olivier malte unbeirrt weiter – dicke schwarze Striche, ausgeführt mit den Kohlestiften, die er von Stephen stibitzt hatte. In der Mitte des Bogens war schon ein kleines Loch zu sehen. Olivier arbeitete sich systematisch bis zu den Rändern vor, bis er das gesamte Blatt schwarz ausgemalt hatte.

»Was stellt das Bild dar, kleiner Wicht?«

»Meine Schwester«, erwiderte Olivier voller Stolz.

An einem trüben Tag im Oktober ließ die Kälte innerhalb der düsteren grauen Mauern des Bürgermeisteramtes die Anwesenden erschauern. Die Zugluft, die grüngefleckten Spiegel und das mit Blattgold überladene Ambiente trugen keineswegs dazu bei, diesen Schauer zu besänftigen. Dennoch veranstaltete Luzac die Treffen regelmäßig in der Stadthalle anstatt im Victoire, weil diese Umgebung den einen oder anderen Vorteil bot, der ihm durchaus bewußt war. Beispielsweise gab es hier ein Vorzimmer, wo die Männer warten mußten, nachdem ihnen der Gehilfe erläutert hatte, daß der Bürgermeister mit wichtigen Unterlagen beschäftigt sei und keineswegs gestört werden dürfe. Nach einer angemessenen Wartezeit wurden sie in Luzacs Büro geführt, wo sie den Bürgermeister hinter seinem eindrucksvoll breiten, auf Hochglanz polierten Schreibtisch aus Eiche bewundern konnten. Außer sich halb aus seinem Stuhl zu erheben, machte er keine Anstalten, die Ankömmlinge zu empfangen. Sich selbst überlassen, suchte jeder einen möglichst bequemen Platz.

An diesem Nachmittag waren nur vier Männer gekommen. Mercier hatte sich entschuldigt mit der Begründung, er habe Fieber und müsse sich überdies beeilen, die morgige Ausgabe rechtzeitig fertigzustellen. Ricard plazierte seinen massigen Körper auf einem der wackligen Stühle und bemerkte, daß er sich auch krank fühle, woraufhin Chalabre mit seinem Stuhl so weit wie nur möglich vom Schweinemetzger abrückte und sich, so gut er konnte, dem spärlichen Feuer näherte.

Joseph, der sich mit wachsendem Bedauern vergeblich nach Karaffen und Gläsern umgeschaut hatte, konnte sich ein Lächeln nicht verkneifen. Chalabre und seine Frau waren beide bei bester Gesundheit, und beide waren sie unheilbare Hypochonder. Er wurde in seiner Eigenschaft als Arzt mindestens einmal pro Woche gerufen, um sie oder ihn zu untersuchen.

»Ich habe unser gestriges Treffen als ausgesprochen mißglückt erlebt«, sagte Ricard. Er stopfte konzentriert seine Pfeife und sah beim Sprechen keinen der Anwesenden an. »Wenn wir es zulassen, daß unter uns Zwietracht herrscht, so stärken wir damit nur unsere Gegner.«

Joseph brauste auf. »Es ist der einzig ehrbare Weg, Zwietracht in Kauf zu nehmen, wenn schutzlose Mitbürger kaltblütig ermordet werden!« rief er.

»Ja, Sie haben uns gestern abend bereits Ihren Standpunkt mitgeteilt«, bemerkte Luzac und erhob sein bleiches Gesicht über die Barrikade, die sein Schreibtisch bildete. »Wir sind hier versammelt, um zu besprechen, welche Maßnahmen die Stadt ergreifen kann, um die Situation zu ... bereinigen.«

Wie alle Anwesenden wußte Luzac, daß die Stadt bereit wäre, jede Maßnahme auszuführen, die vom Klub einstimmig beschlossen wurde. Wie immer bestand der Sinn des »formlosen Treffens«, wie es der Bürgermeister gerne nannte, darin, eben diese Maßnahmen abzustimmen. Trotzdem mußte der Schein gewahrt bleiben. Die Tatsache, daß man sich hier der Macht der Stadtverwaltung bediente, ließ Joseph wieder einmal daran denken, daß er im Gegensatz zu den übrigen Mitgliedern des Klubs keinen Sitz im Stadtrat innehielt.

Ricard griff ein. »Wir gewinnen nichts«, begann er, mit einem Seitenblick auf Joseph, »indem wir Animositäten austauschen. Die Zielsetzung unseres Treffens ist klar definiert.«

Am Vorabend hatte es leidenschaftliche Vorträge gegeben, in denen das Massaker an den Gefangenen aufs schärfste verurteilt wurde. Einige, darunter auch Luzac, sprachen zwar von royalistischen Komplotts, unumgänglichen Gegenmaßnahmen und den »unbedachten aber gut gemeinten Taten patriotischer Bürger«, aber die Morde wurden dennoch – angeführt von Joseph – von einer klaren Mehrheit verurteilt.

»Ich selbst habe nicht mitgestimmt, weil ich es vermeiden möchte, daß es unter uns zu Kontroversen kommt«, bemerkte Ricard. »Nichtsdestoweniger müssen wir etwas unternehmen, um nicht den Eindruck entstehen zu lassen, die Revolution leiste dem wahllosen Töten Vorschub.«

»Einen Augenblick, bitte.« Luzac lehnte sich so weit über seinen Schreibtisch, wie es ihm seine Leibesfülle gestattete. »Noch eine Woche vor diesem … Zwischenfall waren Sie derjenige, der Reden schwang über unsere Gefängnisse, die Verschwörer beherbergen, die nur auf ihre Chance lauern, sich gegen den ehrbaren Bürger zu erheben. Und was ist mit Merciers Leitartikel, in dem er aufruft, die Verräter im eigenen Lande zu bestrafen? *Der Baum der Freiheit nährt sich von unreinem Blut* – so hat er sich doch ausgedrückt, wenn ich mich nicht irre?«

»Ich hoffe, Sie wollen damit nicht andeuten, wir trügen die Verantwortung für das, was im Kloster geschehen ist«, erwiderte Ricard. Allerdings war es Chalabre, den er anschaute, während er sprach.

Der Anwalt bewegte sich auf seinem Stuhl. »Ich schlage vor, ein Untersuchungskomitee zu bilden. Zeugen müssen geladen, Überlebende befragt werden, Hausdurchsuchungen müssen durchgeführt und Verdächtige vernommen werden. Ferner müssen Haft- und Durchsuchungsbefehle ausgestellt, Protokolle geschrieben, Empfehlungsschreiben verfaßt und Bezüge hergestellt werden.« Er lächelte Ricard an und zeigte dabei seine schiefen Zähne. »Allein die Papierarbeit wird Monate in Anspruch nehmen.«

»Ausgezeichnet, ausgezeichnet, mein lieber Chalabre«, erwiderte Luzac begeistert. Sein Kopf nickte über seinem Schreibtisch auf und ab wie der einer Gans auf dem Jahrmarkt, die versucht, den hölzernen Reifen auszuweichen, welche die Besucher nach ihr werfen.

»Ich habe den Mann behandelt, der sich aus dem Fenster stürzte«, rief Joseph. Er hatte nicht beabsichtigt, die Stimme zu heben, konnte es aber nicht verhindern. »Er war Schiffsbauer. Er hatte ein wenig Geld geerbt und wollte sich damit selbständig machen. Als er seine Schulden nicht mehr bezahlen konnte, konfiszierten die Gerichtsvollzieher seine gesamte Habe und sperrten ihn ins Gefängnis. Er war kein Spion und auch kein Verräter. Er wollte sich als Soldat verdingen, wurde aber aufgrund seiner Kleinwüchsigkeit ausgemustert. Er war *unschuldig.*«

»Ja. Aus diesem Grunde befassen wir uns mit der Angelegenheit.« Ricard hielt Josephs Blick stand, ehe er fortfuhr: »Aber wir müssen korrekt vorgehen und dafür sorgen, daß der Rechtsweg eingehalten wird, wie es unter Juristen heißt. Sie wollen doch auch nicht, daß der Falsche verhaftet wird, oder?«

»Oh nein«, erwiderte Joseph. »Ebensowenig, wie ich das Wahlergebnis im kommenden Monat beeinflussen möchte.«

Nach einer Weile sagte Ricard: »Wenn wir einander nicht länger vertrauen können ...« Er öffnete langsam die Hände, als würde ihm etwas entgleiten.

Wer von ihnen hatte in jenen schrecklichen Wochen, als die Kriegsberichte derart negativ ausfielen, nicht mit der Panik zu kämpfen gehabt? Joseph erinnerte sich an eine Vielzahl schlafloser Nächte, in denen ihm der Schweiß den Rücken hinabrann, wann immer er an das »Preußische Manifest« dachte, daran, was mit jenen zu geschehen drohte, die sich der Revolution nicht aktiv entgegenstellten. Er schaute hinüber zu Ricard, der auf seinem Stuhl zusammengesackt war, und hätte ihm am liebsten versichert, daß ihn selbstverständlich niemand für die Morde verantwortlich mache.

Aber es gab da dieses Gerücht, das sich wie ein Lauffeuer in der Stadt ausbreitete. Joseph zwang sich, hart zu bleiben. »Trifft es zu«, fragte er, »daß hier in der Stadthalle zwei Männer vorstellig geworden sind, um den Lohn zu fordern, den man ihnen für die Ausführung des Massakers versprochen hatte?«

»Unsinn!« sagte Luzac, an seinem leeren Ärmel herumspielend.

Chalabre blickte starr auf das armselige Feuer im riesigen Kamin. »Wenn ich aber darüber nachdenke, welche Männer imstande wären, dergleichen zu behaupten, fällt mir Durand ein. Und sein Freund, der Kahnführer. Wie hieß er doch? Lagarde? Lebrun?«

Luzac benetzte mit der Zunge die Lippen. »Legrand«, sagte er.

»Ah ja.« Chalabre holte aus seiner Tasche einen Samtschal,

den er sich übereifrig um den Hals legte. Auch das war typisch für den Anwalt. Er war stets tadellos gekleidet: blütenweiße Spitze, gestärktes Leinen, teure Stoffe in üppigen Farben, und er hatte einen ausgezeichneten Schneider. Joseph wußte, daß es sowohl ungerecht als auch irrational war, einen Mann aufgrund seiner eleganten Garderobe zu verurteilen. Dennoch entging ihm der Samtschal nicht.

»Vor einigen Jahren haben Durand und Legrand in einer meiner Werkstätten gearbeitet.« Der Bürgermeister trommelte mit den Fingern auf der Tischplatte. »Sie waren Unruhestifter! Durch diesen Umstand wurde ich auf sie aufmerksam.«

»Und vermutlich sahen Sie sich gezwungen, sie zu entlassen«, bemerkte Ricard. »Und nun wollen sie sich rächen, indem sie diese Lügen verbreiten.«

»Genau!« Luzac klopfte auf seine Schreibunterlage. »So ist es!«

»Nun, zweifellos würde jeder Untersuchungsausschuß zur selben Schlußfolgerung gelangen.«

Luzac sank aufatmend in seinem Stuhl zurück.

Joseph glaubte zu wissen, was geschehen war. Nun, da die Neuwahlen anstanden, machte sich der Bürgermeister Sorgen um sein Amt. Die Nachrichten über die Niederlagen der revolutionären Truppen, die allerorten herrschende Angst vor einem royalistischen Aufstand, die mit politisch Verdächtigen überfüllten Gefängnisse – all das zusammengenommen war Luzac als Wink des Schicksals erschienen, sich des konservativen Rufes zu entledigen, der ihn den ganzen Sommer hindurch verfolgt hatte. Wahrscheinlich war es eine Kleinigkeit gewesen, die seine Entscheidung bestimmt hatte – eine zufällige Begegnung, ein Gesicht in der Menge, das üble Erinnerungen wachrief, ein ehemaliger Angestellter, der ihn nach dem Theaterbesuch auf der Straße anrempelte. Er hatte vermutlich nichts weiter gewollt, als ein Exempel zu statuieren, indem er den einen oder anderen Priester ermorden ließ, um sich auf diese Weise Stimmen zu sichern. Wie es so seine Art war, hatte er seine Anweisungen jedoch so kompliziert formuliert, daß sie unverständlich waren, und überdies für die Ausführung der Tat Männer gewählt, die garantiert alles verpatzen würden.

Jedenfalls stand für Joseph fest, daß er nicht tatenlos zuschauen würde, während Chalabre und Ricard den Bürgermeister sich aus der Situation herauswinden ließen. »Ich bestehe darauf«, sagte er also, »daß die Untersuchung von einer neutralen Person geleitet wird, nicht von einem parteiischen Strohmann.«

Chalabre nieste. Einmal, zweimal. Er hielt sich ein Taschentuch aus rot-goldener Seide vor die Nase und sah alle Anwesenden böse an.

»Ich dachte an Saint-Pierre«, warf Ricard ruhig ein. »Er ist über den Verdacht erhaben, ein parteiischer Strohmann zu sein, wie Sie sich auszudrücken belieben.«

Joseph schaute beschämt zu Boden. Er hatte die Zurechtweisung verdient. Ricard hatte recht, sie mußten einander vertrauen.

»Nun?«

Chalabre hörte auf, den Inhalt seines Taschentuchs zu untersuchen, und nickte zustimmend.

»Es tut mir leid«, sagte Joseph. »Ich wollte keineswegs andeuten ...«

»Dieser grauenhafte Vorfall hat uns alle aus dem Gleichgewicht gebracht«, entgegnete Ricard freundlich.

Am farblosen Himmel breitete sich im Westen ein leuchtend roter Streifen über den Dächern aus. Joseph dachte an Sophie, wie sie bei der Hochzeit auf ihn zugekommen war und sich eine Haarsträhne aus dem Gesicht gestrichen hatte. Später hatte sie dann an den Lippen jenes Amerikaners gehangen!

»Einen Augenblick.« Luzac durchwühlte einen Stapel Akten und fuhr sich dabei mit der Zunge hektisch über die Lippen. Man mußte sich beherrschen, um nicht einzugreifen, so ungeschickt stellte er sich bei der Suche nach dem gewünschten Dokument an. Alle sahen ihm gespannt zu.

Endlich zog der Bürgermeister einen Bogen aus seinem Stapel, warf einen Blick darauf und hielt ihn dann triumphierend empor. »Ein Brief von Saint-Pierre, in dem er die Bestrafung der ... Verantwortlichen fordert.«

»Überrascht mich keineswegs«, bemerkte Chalabre, der im

Feuer herumstocherte. »Einer meiner Männer berichtete, er habe eine Szene vor dem Kloster gemacht, als man die Leichen abtransportierte. Ist das nun geregelt? Wir sollten uns nämlich langsam auf den Heimweg begeben. Diese feuchten Herbstabende sind ausgesprochen schädlich für die Lunge.«

»Aber sehen Sie denn nicht?« rief Luzac. »Saint-Pierre ist voreingenommen!«

»Ach, das sehe ich nicht so«, meinte Ricard, wobei er den Bürgermeister starr fixierte. »Die Tatsache, daß er die Morde verurteilt, kann Ihnen nur zum Vorteil gereichen. Daraus wird für jeden ersichtlich, daß Sie nichts verschleiern wollen, daß Sie nichts zu verbergen haben. Ich würde sogar so weit gehen zu behaupten, daß Ihrer Wiederwahl nichts mehr im Wege steht, wenn Sie Saint-Pierre die Untersuchung überlassen.«

»Aber ...« Luzac öffnete den Schmollmund, um ihn gleich wieder zu schließen, öffnete ihn erneut. »Aber ...«

»Machen Sie sich keine Sorgen. Wie schon gesagt, wird Saint-Pierre Monate brauchen, um das Beweismaterial zu sichten. Und je mehr Zeit vergeht, desto mehr schwindet die Bedeutung der Dinge im Bewußtsein der Öffentlichkeit.« Ungeduldig, endlich aufzubrechen, hatte Chalabre seine innersten Gedanken ausgesprochen.

Joseph sah in der Äußerung des Anwalts praktisch ein Eingeständnis der Komplizenschaft und beeilte sich, dieser Beobachtung Stimme zu verleihen: »Wenn die Morde von Mitgliedern der Regierung veranlaßt wurden, hat das Volk ein Recht, vor den Wahlen darüber informiert zu werden.«

»Machen Sie sich nicht lächerlich«, entgegnete Chalabre schroff. »Bilden Sie sich etwa ein, wir würden etwas gewinnen, wenn wir Luz..., wenn wir einen von uns ans Messer lieferten? Wir würden damit alles riskieren, was wir bislang gewonnen haben. Wollen Sie wirklich Castelnau den Royalisten überlassen?«

Der Raum lag bereits im tiefen Schatten der Dämmerung, aber Luzac machte keinerlei Anstalten, Lampen bringen zu lassen. Er saß hinter seinem Schreibtisch und ließ schwache Laute des Protests vernehmen.

»Außerdem«, fuhr der Anwalt unbeirrt fort, »können wir

nur gemeinsam gewinnen oder verlieren. Aus der Sicht unserer Widersacher sind wir allesamt revolutionäre Eiferer.«

Joseph warf ein: »Ich habe nichts getan, für das ich mich schämen müßte. Ich fürchte mich nicht.«

»Das sollten Sie aber«, entgegnete Chalabre. »Das Massaker, das Sie derart beschäftigt, beweist, daß auch Unschuldige ihres Lebens nicht mehr sicher sind, sobald eine Sache ein gewisses Maß an öffentlicher Bedeutung gewonnen hat.«

Selbst die Art und Weise, wie er sich schneuzt, hat etwas Zynisches, dachte Joseph. Laut sagte er: »Es widert mich an, daß allem, was Sie sagen, politisch motivierte Berechnung zugrunde liegt, und nicht etwa Entrüstung über das, was vorgefallen ist.«

»Politik wird nun einmal von Realismus und nicht von Entrüstung bestimmt«, mischte sich Ricard ein. Er trat aus seiner dunklen Ecke, um den Rücken dem Kaminfeuer zuzuwenden. »Chalabre hat die Lage äußerst treffend zusammengefaßt. Es muß unser höchstes Ziel sein, die Wahlen zu gewinnen. Sobald dieses Ziel erreicht ist, haben wir nichts mehr zu befürchten. Dann werden die Untersuchungsergebnisse des Bürgers Saint-Pierre nur noch von rein juristischem Interesse sein, auf politischer Ebene aber keine Rolle mehr spielen.«

Chalabre, sichtlich beunruhigt durch die körperliche Nähe des »kränkelnden« Metzgers, begann hastig, seinen Mantel zuzuknöpfen und bemerkte: »Gut, dann ist das also geregelt.«

»Ein oder zwei Punkte möchte ich noch ansprechen«, sagte Ricard. Der Anwalt murmelte etwas Unverständliches vor sich hin. »Zu den Mitgliedsbeiträgen«, fuhr Ricard fort. »Können wir uns ein für allemal darauf einigen, sie entsprechend des Einkommens zu staffeln und den Mindestbeitrag auf dreißig *sous* festzusetzen?«

Ricard und Joseph hatten sich seit Anfang des Jahres für diese Maßnahme eingesetzt. Immerhin hatten sie es durchgesetzt, daß der Jahresbeitrag gesenkt wurde und daß ihn die Mitglieder in monatlichen Raten entrichten durften. Was den einkommensabhängig gestaffelten Beitrag betraf, herrschte bei der Mehrheit der gutsituierten Mitglieder erhebliche Skepsis. Sie befürchteten, damit den bunt zusammengewürfelten Massen, die sonntags die öffentlichen Sitzungen frequentierten, den Zutritt zum Klub zu ermöglichen. An das Prinzip der Gleichheit zu glauben war das eine – etwas vollkommen anderes war es aber, sich mit seinem eigenen Lakaien verbrüdern zu müssen. Luzac hatte sich dem Antrag entschieden entgegengestellt und alle Zweifler dazu bewegt, sich seinem Standpunkt anzuschließen.

Nun blickten alle den Bürgermeister an.

Dieser blickte ausdruckslos in die Runde.

Chalabre reckte den Kopf aus seinem samtenen Schal hervor. »Ist dies der richtige Zeitpunkt …?« wandte er ein. »Das Massaker hat sie ohnehin in Aufruhr versetzt.«

»Wenn man dem Volk die Macht entzieht«, versetzte Ricard, »nimmt es die Dinge selbst in die Hand. Wenn wir unseren Mitbürgern die Möglichkeit bieten, dem Klub beizutreten, werden wir sie im Auge behalten und unerfreuliche Tendenzen eher kontrollieren können.« Obwohl er das Wort an den Anwalt richtete, schaute Ricard den Bürgermeister an.

Luzac verharrte noch immer reglos an seinem Platz und betrachtete seine Hand, die mit der Handfläche nach oben auf seiner Kladde lag, ganz als versuche er zu erraten, was dies für ein seltsames rosiges Ding sei und welchem Zweck es wohl diene. Kurz bevor die Spannung ihren Höhepunkt erreichte, sagte er: »Wie Sie wollen.«

Ricard nickte, als handle es sich um ein nebensächliches Zugeständnis. »Ein weiterer Punkt, den wir im Stadtrat angesprochen haben, betrifft die öffentliche Gesundheit …«

Bei diesem Stichwort begann Luzac erneut, in seinem Aktenberg zu wühlen. Ohne aufzuschauen, bemerkte er: »Es geht um das Krankenhaus. Wie man mir berichtete, gibt es Verbesserungsvorschläge. Pläne zur Modernisierung und dergleichen.«

»Doktor?« sagte Ricard leise. Erst in diesem Augenblick begriff Joseph, wovon der Bürgermeister sprach.

»Ja. Wobei ›Pläne‹ vielleicht zu …«

»Die Stadtverwaltung ist der Ansicht … neuer Posten … stellvertretender Leiter … ein frischer Wind … weisungsbefugt …« Luzacs monotoner Vortrag brach jäh ab wie eine Uhr, die unerwartet aufhört zu ticken.

»Was ist mit Ducroix?« fragte Joseph. Dr. Ducroix hatte sich seine begeisterten Vorschläge höflich angehört, freundlich genickt und gelächelt, aber dabei war es auch geblieben.

»Ducroix ist unflexibel«, entgegnete Ricard. »Castelnau braucht einen jüngeren Mann mit frischen Energien und Idealen. Der Stadtrat setzt sein Vertrauen in Ihre Fähigkeiten, und wir gehen davon aus, daß es nicht schwer sein wird, Ducroix und seine Mitarbeiter von Ihrer Eignung zu überzeugen.« Er hielt inne, um Joseph Gelegenheit zu geben, sich zu äußern. Als dieser schwieg, fügte er hinzu: »Es wäre sogar denkbar, daß Dr. Ducroix gerne diese Gelegenheit wahrnimmt, von seinem Posten als Leiter des Krankenhauses zurückzutreten, wenn er erfährt, daß sein Nachfolger ein überaus fähiger Mann ist.«

Schweigen.

»Nun?« hakte Ricard lächelnd nach. »Was sagen Sie nun?«

Was konnte er sagen?

Er war mutig, idealistisch und menschenfreundlich. Sie kannten ihn zu gut, um ihm die Welt zu Füßen zu legen.

Also boten sie ihm die Chance, sie zu verbessern.

Sophie las Berthe den Brief vor. Diese hielt sich krampfhaft eine Bratpfanne vor den Bauch und blickte starr auf eine Ecke des Küchentischs.

Meine liebe Mutter,
Sergeant Bernard Pelet schreibt diesen Brief für mich, und ich bin ihm dankbar für diesen Gefallen, da ich weiß, wie ungeduldig Du Nachricht von mir erwartest. Ich hätte schon früher geschrieben, aber dazu war keine Zeit, weil wir vollauf mit dem Krieg beschäftigt waren. Wir haben so manchen Kampf ausgefochten und in Valmy und anderen Orten glorreiche Siege feiern dürfen. Das Regiment ist in einem Dorf in der Nähe von Worms stationiert, einer Stadt am linken Ufer des Rheins. Das ist ein deutscher Fluß. Hier sprechen alle deutsch. Der Wein ist sehr teuer – die Flasche kostet mehr als sechzig sous, *und nur die Offiziere können ihn sich leisten. Der Quartiermeister meint, Bier sei kein geeignetes Getränk für einen Soldaten. Er hat an General Custine höchstpersönlich geschrieben, um sich zu beschweren. Er ist in Ordnung. Mach Dir keine Sorgen, zu essen bekommen wir genug – es gibt ausreichend Schweinefleisch und Kartoffeln. Bei schönem Wetter marschieren wir am Ufer entlang. Wir haben unsere eigene Musikkapelle, die sehr gut spielt. Man geht nicht weit, bis man über das nächste Kruzifix oder den nächsten Schrein stolpert. Man hat die Deutschen nämlich noch nicht vom Aberglauben befreit. Wir sind in einem sehr schönen Haus untergebracht. Es hat sogar Fenster. Wir teilen uns zu fünft zwei Betten. Ich muß meines nur mit einem Kameraden teilen, weil ich kürzlich verwundet wurde. Bitte nicht erschrecken: die preußische Patrouille bestand nur aus drei Mann, während wir zu sechst waren. Wir haben sie alle getötet. Der Schuß ging direkt durch meine Schulter. Der Chirurg meint, es grenze an ein Wunder. Manchmal*

fühle ich mich noch immer ein wenig schwach, aber der Sergeant meint, das sei normal, weil ich viel Blut verloren habe. Mein alter Kamerad Henri Bonnet, der sich mit mir zusammen verpflichtete, wurde im vergangenen Monat leider getötet, als wir eine Garnison attackierten. Eine Menge feiner Burschen sind ebenfalls gefallen. Mach Dir wegen mir keine Sorgen. Die Wunde ist fast verheilt, und ich habe keine bedeutenden Schlachten versäumt. Unsere Betten sind aus Stroh. Darüber ist ein Laken ausgebreitet, und auf dem Laken liegt ein Federbett. Das ist hier in Deutschland so üblich, und es hält sehr warm. Abends spielen wir Karten, und erst gestern habe ich einen schönen Ledergürtel mit Messingschnalle gewonnen. Nun ist es Zeit, zum Appell anzutreten. Sei meiner Liebe versichert. Ich küsse Dich von Herzen und vergesse niemals, Dich in mein Abendgebet einzuschließen.

Dein Dich liebender Sohn Mathieu

Das Wasser im Topf kochte über. Sophie reichte Berthe den Bogen und kümmerte sich um den Herd.

»Kartoffeln«, sagte Berthe schließlich. Sie hatte die Bratpfanne beiseite gelegt und sah sich den Brief genau an. »Garstige Dinger. Warum können sie kein Brot essen?«

»Vielleicht ist es ja teuer, so wie der Wein.«

»Kann man sehen, wann er das geschrieben hat?«

Sophie schüttelte den Kopf. »Nein, es steht kein Datum darauf. Aber ich weiß, daß Custine vor etwa fünf Wochen den Rhein überquert hat, Ende Oktober also. Mathieu muß diesen Brief vorher geschrieben haben.«

Berthe legte ihn auf den Tisch, nur um ihn sofort wieder in die Hand zu nehmen. »Inzwischen kann ihm sonst etwas passiert sein.«

»Das würde er nicht wollen, daß Sie sich Sorgen um ihn machen.«

»Er ist ein guter Junge«, sagte Berthe. Sie hatte den Brief zu einem kleinen Quadrat zusammengefaltet. Nun breitete sie ihn wieder vor sich aus, glättete die Falten, ohne ihn anzusehen. »Als Kind hat er nie geweint, noch nicht einmal, als er seine ersten Schritte tat, stolperte und sich den Kopf aufschlug.« Sie wandte den Blick ab. »Ich dachte … als Sie sagten, es sei ein Brief gekommen …«

»Ich weiß«, entgegnete Sophie mit sehr sanfter Stimme.

»Dieser Henri Bonnet! Es war einzig und allein seine Idee, zu den Soldaten zu gehen! Er war genauso alt wie Mathieu, aber man hat es ihm nicht angesehen. Er war von Kind auf dürr und kränklich.«

»Achtzehn Jahre alt. Der arme Junge.«

»Glauben Sie, wir könnten herausfinden, wo das Regiment stationiert ist, und ihm Wein schicken?«

»Wir könnten es versuchen. Es wird nicht einfach sein.«

»Ich habe ihn seit mehr als zwanzig Monaten nicht mehr gesehen.«

»Ich weiß.«

»Meinen Sie …« Berthe umklammerte die Stuhllehne. »Würde es Ihnen sehr viel ausmachen, den Brief noch einmal vorzulesen?«

1793

Man hatte das Krankenhaus im vierzehnten Jahrhundert für die Opfer der Beulenpest erbaut. Es hatte seit jeher als Asyl für die Armen und Heimatlosen gedient. Das lag in der Natur der Sache. Wer würde schließlich in ein Krankenhaus gehen, wenn er es sich leisten konnte, zu Hause zu sterben? Schließlich glaubte niemand, weder Arzt noch Patient, daran, daß die geringste Aussicht auf Heilung bestand.

Die Besichtigungstour des neuen stellvertretenden Leiters fand an einem grauen Morgen im Januar statt. Das Hauptgebäude bestand aus drei Stationen: langgestreckte Korridore, die jenes Rechteck umrahmten, das einst ein Garten gewesen war. Alte, mit Backsteinen gepflasterte Wege zogen sich durch das Gelände, heute ein Ödland voller Glasscherben, Trümmer und mickrigem Unkraut. Man konnte durch einen hufeisenförmigen Bogengang um den ehemaligen Garten herumgehen. An der Öffnung des Hufeisens befanden sich Krankenhausapotheke, Ambulanz, Leichenhalle und ähnliches. Um das Hauptgebäude herum waren kleinere Gebäude, die Küchen beherbergten, sowie den Speisesaal, die Bäckerei, die Wäscherei und den Holzschuppen. Eine Kapelle, die nicht mehr im Gebrauch war, stand auf einer Seite des Innenhofs, nicht weit vom Haupttor entfernt.

In eine recht düstere Ecke des Direktionsbüros, das sich neben der Apotheke befand, hatte man einen zweiten Schreibtisch gestellt. Dr. Ducroix verlieh der Hoffnung Ausdruck, daß Morel nichts dagegen habe, sein Büro zu teilen – keine ideale Lösung natürlich, aber es herrsche nun einmal Platzmangel.

»Keineswegs.« Joseph zeigte sich, wann immer er konnte, entgegenkommend, um zu verhindern, daß persönliche Animositäten die Verwirklichung seines Vorhabens behinderten. Wobei Ducroix keinerlei Feindseligkeit anzumerken war.

Seine Glückwünsche schienen durchaus ernstgemeint und seine Worte des Willkommens waren überaus herzlich. Ein netter Bursche dieser Ducroix, und kompetent war er auch, aber wo blieb seine Energie, seine Begeisterungsfähigkeit? Diese Eigenschaften sind doch unverzichtbar, dachte er bei sich, wenn man etwas erreichen will. Indessen polierte er seine Brille, während der Leiter des Krankenhauses von einem Diner berichtete, das der Vorstand zu Ehren des neuen Mitglieds zu veranstalten gedachte.

Endlich brach man auf, um die erste Station in Augenschein zu nehmen.

»Helfen Sie mir auf die Sprünge, Morel. Wann haben Sie uns zuletzt besucht? Ich meine, wann haben Sie zuletzt die Stationen besichtigt?«

»Vor ungefähr neun Monaten.«

Ducroix öffnete die Tür und trat beiseite, um ihn passieren zu lassen.

Die Station war für vierundzwanzig Betten vorgesehen, wobei sich, dem gewöhnlichen unhygienischen Standard entsprechend, je zwei Patienten ein Bett zu teilen hatten. Nun befanden sich hier achtzig bis neunzig Patienten. Sie kauerten an die Wände gelehnt, lagen auf Lumpenbündeln oder Strohsäcken oder auf dem nackten, gekachelten Fußboden. Hier und da waren Seile gespannt und mit Sackleinen behangen, um den Raum ein wenig zu unterteilen. Fünf oder sechs schmuddelige Kinder spielten Fangen, wobei sie sich mit bewundernswertem Geschick zwischen den Patienten hindurch schlängelten, welche sie großzügig mit Verwünschungen bedachten. Ein Hund mit einem Ringelschwanz näherte sich den Neuankömmlingen, um an ihren Stiefeln zu schnüffeln.

Nicht weit entfernt stöhnte eine Frau auf. Joseph hob einen speckigen Zipfel des Sackleinens und eröffnete den Blick auf ein kopulierendes Paar. Als er einen Satz rückwärts machte, stieß er eine Bettpfanne um. Der Hund eilte schwanzwedelnd herbei, um den Inhalt zu inspizieren.

»Wie ich bereits erwähnte, herrscht hier Platzmangel«, murmelte Ducroix.

Zurück im Direktionsbüro, ließ sich Joseph von Ducroix ein Glas Armagnac einschenken und wischte sich den Schweiß von der Stirn.

»Bei schönem Wetter ist es nicht so schlimm«, meinte Ducroix entschuldigend. »Viele von ihnen kampieren dann draußen im Garten. Dort geht es gelegentlich recht lustig zu.«

»Aber die Situation ist doch untragbar. Ich hatte keine Ahnung, daß sich die Zustände derart verschlimmert haben. Und Sie sind der Meinung, der Krieg …?«

Ducroix zuckte die Achseln. »Er ist zumindest einer der Gründe, daß das Krankenhaus so überfüllt ist. Sie haben ja die Soldaten gesehen. Nun, es wäre wohl treffender, sie als Bettler zu bezeichnen. Sie werden mit Sicherheit an keiner Schlacht mehr teilnehmen. Haben Sie übrigens Mutter Clothilde gesehen? Sie war auf der zweiten Station und maß gerade einem Mann den Puls.«

Joseph entsann sich einer älteren, braun gekleideten Frau, die er aber für eine Angehörige des Patienten gehalten hatte. »Das war Mutter Clothilde? Ich habe sie nicht erkannt.«

»Als der Orden aufgelöst wurde, kehrte sie zu ihrer Familie zurück. Diese ist recht gut betucht, wissen Sie. Sie haben im Schiffsbau ein Vermögen gemacht. Aber innerhalb weniger Wochen war sie wieder hier. Wie sie mir sagte, vermißte sie ihre Patienten. Sie fragte, ob sie als freiwillige Laienschwester hier arbeiten dürfe. Drei ihrer Nonnen haben sich ihr angeschlossen, und nun sorgen sie gemeinsam für das Nötigste.«

»Ich stelle mir vor, die Stationen unterschiedlichen Aufgaben zu widmen – zwei der medizinischen Betreuung und eine der Chirurgie.«

»Das wäre ideal.«

»Und neue Gebäude zu errichten – Pavillons – in denen die frische Luft zirkulieren kann.«

»Ja, ich glaube, Ihre Pläne liegen mir vor.«

»Aber …«

»Aber natürlich ist dafür kein Geld vorhanden. Die Gemeindekasse kann die Kosten nicht decken, und für die Töchter der Nächstenliebe treffen schon längst keine Spenden mehr ein, wobei Mutter Clothilde noch immer in gewissen

Bereichen ihren Einfluß geltend zu machen vermag. Eine bemerkenswerte Frau, Morel, die übrigens nicht die leisesten Skrupel hat, dem großzügigen Spender zu versprechen, daß seine Seele ewigen Frieden finden wird. Wie dem auch sei – ab und zu erhalten wir eine Schenkung, aber das Geld reicht kaum aus, um das Allernötigste zu finanzieren. Zweimal pro Woche gehen die Schwestern hinaus, um Lebensmittel zu erbetteln.«

Joseph saß am Schreibtisch und stützte den Kopf auf die Hände. »All diese Säuglinge!« sagte er.

»Die Geburtenrate steigt immer in Kriegszeiten – die Bedürfnisse des Soldaten wollen befriedigt werden. Es werden in der Woche durchschnittlich zwei Kinder gefunden. Früher setzte man sie vor Kirchen aus, heute vor der Stadthalle. Das ist Fortschritt, nehme ich an.« Ducroix stellte sein Glas ab. »Zum Glück überleben die meisten nicht.«

Joseph gab sich einen Ruck. »Ich – wir müssen aktiv werden. Der erste Schritt ist naheliegenderweise, die Patienten von den Bewohnern zu trennen.« Er zog einen Bogen Papier heran und begann, sich Notizen zu machen. »Wir brauchen finanzielle Unterstützung, um die Veteranen anderswo unterzubringen und zu ernähren. Ich werde mich umgehend an die entsprechende Stelle wenden.«

»Wir haben bis jetzt die Fieberpatienten abgewiesen, beziehungsweise ausgewiesen, sofern sie bereits hier waren. Das Fieber geht nur zu gerne von den Kranken auf die Gesunden über und bringt schließlich alle zur Strecke.«

»Ich hatte gehofft, wir könnten die Fieberpatienten auf einer Station zusammenbringen, aber dafür ist kein Platz.« Joseph kritzelte eifrig. »Eine Fieberstation. Könnten wir nicht die Ambulanz dafür verwenden?«

»Was wird dann aus den ambulanten Patienten?«

»Wir könnten in der Kapelle etwas für sie improvisieren. Schauen Sie mich nicht so an – sie ist auch nur ein Gebäude. Die eine oder andere Veränderung müßte natürlich durchgeführt werden, aber es wird auf keinen Fall teuer werden.«

Der Direktor hob die Augenbrauen.

»Belüftung«, fuhr Joseph fort. »Wenn wir schon keine Neubauten errichten können, müssen wir dafür sorgen, daß es auf allen Stationen Fenster gibt, und zwar solche, die sich öffnen und schließen lassen. Ich war schon immer der Meinung, daß diese unbeweglichen Scheiben, die man hoch oben an der Wand anbringt, nutzlos sind. Der Gestank ist unbeschreiblich. Sie kennen meine Ansichten über giftige Ausdünstungen.«

»Ziemlich genau sogar.«

»Ich kann mir nicht vorstellen, daß es die Gemeindekasse überstrapazieren würde, ein paar Fenster schlagen zu lassen. Ich werde die Sache gleich mit Ricard besprechen.«

»Ach, unser neuer Bürgermeister. Nun, weniger Interesse als sein Vorgänger kann er wohl kaum für unsere Probleme aufbringen.«

Joseph hörte auf zu schreiben und gab sich seiner Begeisterung hin. »Wir müssen ein Exempel statuieren«, sagte er, riß sich die Brille von der Nase und gestikulierte wild damit herum. »Wie Sie wissen, ist mein Posten mit einer beachtlichen finanziellen Unterstützung verbunden. Ich werde beantragen, daß das Geld ins Krankenhaus investiert wird.«

Es entstand eine lange Pause. Der stellvertretende Leiter sah seinen Vorgesetzten erwartungsvoll an. Dieser betrachtete verträumt einen Kupferstich, auf dem ein Wahnsinniger nackt durch die Straßen einer von der Pest heimgesuchten Stadt rannte. Auf dem Kopf trug er ein mit brennendem Schwefel gefülltes Gefäß.

Schließlich fuhr Ducroix leicht zusammen und holte seine Taschenuhr hervor. »Das habe ich mir schon gedacht – es ist bereits längst nach der vollen Stunde. Wo ist die Zeit nur geblieben? Nun, Morel, das war alles ausgesprochen lehrreich, und ich freue mich darauf, mehr von Ihnen zu erfahren, aber ich fürchte, Sie müssen mich vorläufig entschuldigen …« Er erhob sich und reichte Joseph die Hand. »Es wird nicht mehr so schlimm sein«, sagte er beschwichtigend, »wenn Sie sich erst einmal daran gewöhnt haben.«

Vergeblich sann Joseph nach einer höflichen Art, dem anderen mitzuteilen, daß dies genau das sei, was er befürchtete.

»Der Künstler«, erklärte Stephen und fuhr sich durchs Haar, »ist im Grunde ein Einzelgänger. Um die Gesellschaft nuanciert und treffend abbilden zu können, muß er von ihr getrennt bleiben. Wie ein Arzt, der Abstand zu seinen Patienten wahren muß, um ihre Symptome angemessen beurteilen zu können.«

Sein Publikum blickte betreten drein.

»Diese innere Distanz sollte man nicht verwechseln mit einem Rückzug aus dem Leben. Im Gegenteil: Der Künstler muß sich in den Strudel des Lebens stürzen, seine Untiefen ausloten, sich von seiner Strömung mitreißen lassen, wohin auch immer sie ihn tragen mag, wenn er mit seiner Arbeit einen Funken in den Seelen seiner Mitmenschen entzünden will.«

Die Gesichter des Publikums hellten sich wieder auf.

Es war ein kalter Februar. Die Zweige und Zäune waren von Eis umhüllt, und der Springbrunnen war unter einer Eisschicht gefangen. Man erzählte sich, daß über den Feldern die erfrorenen Vögel vom weißgelben Himmel fielen. Wenn es so weiterging, sagten die Leute, würde sogar der Fluß zufrieren.

In Anbetracht dieser Umstände war es schmeichelhaft, wie viele Zuhörer sich in den Räumen der Gesellschaft der Kunstfreunde eingefunden hatten, um seinem Vortrag zu lauschen.

»Sieh sie dir nur an«, wisperte Claire. »All diese alten Frauen mit Doppelkinn, in Begleitung ihrer mit Brillanten behangenen Töchter.« Offensichtlich war es vornehmlich die weibliche Bevölkerung Castelnaus, die sich für Kunst interessierte.

»Er lehnt ihre Einladungen ab, unterrichtet einige wenige ausgewählte Schüler und verbringt die Hälfte seiner Zeit auf Montsignac. Die Distanz des Künstlers – sie ist unwiderstehlich.«

Eine Dame, die einen kleinen Hund an ihren wogenden Busen drückte, wandte sich zu ihnen um und bat erzürnt um Ruhe.

»Die inspirierenden Veränderungen, die in unserem Lande vonstatten gehen, haben völlig neuen Entwicklungen in der Kunst den Weg gebahnt. Was meinen eigenen künstlerischen Werdegang betrifft, so habe ich mich vom sterilen Klassizismus abgewandt, um einen Stil zu finden, der mittels Farbe, Struktur und Wahl des Motivs Emotionen zu transportieren vermag. Was brauchen wir: Jenen altmodischen Ästhetizismus, der althergebrachte Sitten untermauert und die Vergangenheit verherrlicht, oder einen revolutionären Blickwinkel, der uns ermutigt, der Zukunft mit Freude und Ehrfurcht entgegenzublicken?«

Begeisterte Zurufe aus dem Publikum machten deutlich, daß der Freude und Ehrfurcht der Vorrang eingeräumt werden sollte.

Sophie schloß die Augen, um sich besser auf ihr Inneres konzentrieren zu können. Er hat mich am neunten Juni des Jahres 1792 geküßt, dachte sie. Inzwischen bin ich acht Monate älter. Sollte er es morgen noch einmal versuchen, so würde ich mit Sicherheit die Lippen öffnen, seine Hand ergreifen und auf meine …

»Sophie, geht es dir gut? Du atmest so seltsam.«

»Die Landschaftsmalerei gilt traditionell als zweitrangiges Genre. Konservativen Stimmen zufolge ist es ausschließlich die Antike, die als Motiv für ernsthafte Maler taugt. Die Betrachtung von Statuen soll unser Bewußtsein erhöhen, der Anblick von Helden und Heldentaten soll uns erhellen und das Edle in uns wachrufen. Die Traditionalisten vertreten die Ansicht, eine Landschaft, so ansprechend sie auch sein mag, trage nicht zur Charakterbildung bei.« An dieser Stelle begegnete Stephen dem Blick eines umwerfend schönen braunäugigen Mädchens, das in der ersten Reihe saß und ihn anschaute, ohne auch nur einmal zu blinzeln. Fortan richtete er das Wort an sie. »Wenn wir aber der erhabenen Schönheit naturgegebener Harmonie gegenüberstehen – erhöht dieser Anblick etwa nicht unser moralisches Wesen? Ruft die schlichte, unaffektierte Schönheit der natürlichen Welt nicht etwa im Herzen des Menschen den Wunsch hervor, selbst gut und wahrhaftig zu sein?«

Das Mädchen in der vordersten Reihe errötete, senkte den Blick und verschaffte ihren Gefühlen Luft, indem sie dem Leutnant, der sich rücksichtslos durch die Menge an ihre Seite gedrängt hatte, einen Fußtritt verpaßte. Das wurde von diesem als eindeutiges Zeichen ihres Wohlwollens interpretiert, und er widmete sich umgehend der Aufgabe, im Geiste eine Liebeserklärung zu verfassen.

Im Nebenraum, wo repräsentative Werke des Künstlers die graugetäfelten Wände schmückten, wurden Erfrischungen serviert. Der Künstler, auf den Fersen gefolgt von seinen leidenschaftlichsten Anhängern, schritt von einem Bild zum nächsten und sprach dabei von »reinen Farben« und »Bildsymbolen«.

Während sie den einen oder anderen Bekannten begrüßte, behielt Claire Stephen im Auge. Sophie sah sich indessen die Bilder an.

Darunter befanden sich einige Berglandschaften mit sturmgepeitschtem, violettem Himmel und herumwirbelnden Blättern in düsteren, gebrochenen Farben. Ein weiteres Bild stellte einen See mit hohen, von weißem Schaum gekrönten Wellen dar. Er schien sich den verschneiten Berggipfeln entgegenzubäumen. Hoch oben auf dem Gipfel des mächtigsten Berges war eine vereinzelte menschliche Gestalt zu erkennen. »Das Erhabene ist mit dem Schönen keineswegs gleichzusetzen«, mahnte Stephen, und niemand widersprach.

Es waren auch Stilleben vertreten. Das eine zeigte einen Zinnkrug, ein zur Hälfte gefülltes Weinglas und brennende Kerzen, deren Licht von einem Spiegel reflektiert wurde. Das Motiv eines weiteren Stillebens waren Rosen. Sophie stutzte und beugte sich vor. Angesichts dieser pflaumenblauen Blütenblätter, die in ein leuchtendes Rot übergingen, konnte es sich nur um die *Rose des Maures* handeln. Die Form der Blüte entsprach ihrer Meinung nach der Realität, aber es war Stephen nicht gelungen, das sanfte und doch üppige Rosa der halbgeöffneten Knospen treffend wiederzugeben.

An einer Wand hingen ausschließlich Skizzen der Landschaft um Montsignac. Sophie sah ein Gerstenfeld, ein Kind, das eine Gänseherde die Landstraße entlangtrieb, die rotbraunen Dächer des Dorfes, auf welche der Blick durch eine Lücke zwischen den Bäumen fällt, außerdem eine Waldlichtung im Herbst, ein Wasserrad und eine Brücke über einem grün schimmernden Fluß. Die Zuschauer drängten sich in Zweier- und Dreierreihen vor den Bildern und kämpften sich mit den Ellenbogen nach vorne, um ihrem Kunstverständnis Stimme zu verleihen: »Die Stelle, wo die Birken wachsen und der Bach in den Fluß mündet – da sind wir doch vorbeigefahren, als wir deine Mutter besucht haben.« – »Das Stück Weideland mit dem schiefen Gatter, das gehört definitiv meinem Onkel. Ich würde es überall erkennen.«

Der Leutnant lauschte den Gesprächen und ließ verzagt seine Handknöchel knacken. Nach dem Vortrag hatte ihn das hübsche Mädchen keines einzigen Blickes mehr gewürdigt, und nun stand sie inmitten der Menschentraube, die sich um diesen Ausländer geschart hatte. Er schaute widerwillig auf eines der Bilder, das in seiner Nähe hing. »Häßliches grünes Zeug«, kommentierte er trübsinnig, wobei er das Wort an eine hochgewachsene junge Frau richtete, die neben ihm stand.

Der Vorsitzende der Gesellschaft, ein Finanzgutachter mit Adlerprofil, der sich bei seinen Kunstbetrachtungen auf Stilleben mit toten Fasanen spezialisiert hatte, war kein Feigling. Zwar hatte er eingangs gezögert, das Werk, das am anderen Ende des Raumes an der Wand hing und soeben eifrig kommentiert wurde, auszustellen, aber Fletcher war so charmant und überzeugend gewesen, und nachdem man die erste Karaffe geleert und sich ernsthaft einer zweiten gewidmet hatte, begann das Blut des Finanzgutachters aufrührerisch in seinen Adern zu kochen – verdammt noch mal, sie waren schließlich beide Künstler! So wurde also das Bild ausgestellt, wenn auch zugegebenermaßen in einer Ecke, die von der trüben Nachmittagssonne am wenigsten erleuchtet wurde. Aber immerhin.

Es stellte eine Szene in einem Raum dar, welcher beengt, schmuddelig, provisorisch und nur vom Widerschein des Kaminfeuers beleuchtet war. Vor dem Kamin stand seitlich ein

Geiger. Sein Gesicht lag im Schatten, wie beinahe alles in diesem Raum. Im Vordergrund sah man eine Frau, die ein Kind stillte. Das Licht zauberte rosa-goldene Lichtreflexe auf ihre Haut. Auf dem Fußboden zu ihren Füßen rangelte ein größeres Kind mit einem abschreckend häßlichen Hund um den Besitz eines Knochens. Braun- und Schwarztöne dominierten das Bild und wurden nur dann und wann von Farbflecken in Form eines gelben Halstuches oder einer smaragdgrünen Bluse unterbrochen, die durch den trüben Hintergrund um so greller zutage traten.

Die Dame mit dem großen Busen sagte, beim Anblick des Bildes werde ihr unwohl, und legte dem überraschten Leutnant den kleinen Hund in die Arme, ehe sie in Ohnmacht fiel. Während man sie mittels eines Fächers und einer Flasche Lavendelwasser wiederbelebte, kläffte der Hund pausenlos, bis auf eine kurze Unterbrechung, die er nutzte, um sein Mittagessen – zerkleinerte Entenbrust und Kastanienpüree – über die goldene Epaulette des Leutnants zu erbrechen.

»Wie provinziell!« zischte Claire. »Heutzutage sieht man auf allen Gemälden nackte Brüste – sie symbolisieren die unerschöpfliche Fruchtbarkeit der Natur. Was soll daran unanständig sein?«

Die Ehefrau des Vorsitzenden meinte, sie verstehe nicht, warum die Personen auf dem Bild derart zerlumpte Kleidung trügen. Sie wisse ja, daß die Saint-Pierres finanziell nicht besonders gut gestellt seien, aber daß es so weit gekommen sei …

»Also wirklich«, kommentierte Claire. »Man sollte meinen, es gäbe Menschen, die nicht wissen, was Phantasie bedeutet.«

Der Künstler, der bemerkte, daß sich etwas Unvorhergesehenes ereignet hatte, eilte herbei, dicht gefolgt von seiner Anhängerschar. Der Vorsitzende reagierte äußerst geistesgegenwärtig, indem er seine Frau vor dem Gemälde positionierte – und sich somit ihren beachtlichen Umfang zunutze machte – und sie ersuchte, sich nicht vom Fleck zu rühren, komme was wolle. Dann ergriff er Stephens Arm, führte ihn durch den Raum, dankte ihm für die überaus lehrreiche Ansprache und gratulierte ihm zum überragenden Erfolg seiner

Ausstellung. Nun aber sei es an der Zeit, sich auf den Heimweg zu begeben, einmal aufgrund des Wetters und dann auch, weil die Besucher gewiß das Bedürfnis verspürten, sich zurückzuziehen, um den tiefen Eindruck, den er hinterlassen hatte, in aller Ruhe zu verdauen.

Stephen fühlte sich geschmeichelt und zugleich ein wenig überrumpelt. Ehe er so recht wußte, was geschah, schüttelte ihm der Vorsitzende zum Abschied die Hand und ein Lakai stand bereit, um ihm in den Mantel zu helfen.

Sophie stand am Fenster und sah, wie die Sonne hinter den Dächern verschwand und das letzte Tageslicht mit sich nahm.

Tief verborgen im Innersten ihrer Seele hatte sie es schon immer gewußt. Erst letzte Woche hatte sie gestaunt, wie blond und hellhäutig das Kind war. Und Stephen war so aufmerksam gewesen, immer in der Nähe der Kleinen, bereit, zur Hilfe zu eilen, wenn sie zu weinen begann. Ich habe es auf seine Begeisterung für Rousseau zurückgeführt, dachte sie, während sie ihre Stirn an die kalte Glasscheibe lehnte. Wenn jemand immer derart aufrichtig wirkt, woher soll man wissen, wann man ihm glauben darf?

Als sie ihre Hand vom Fensterriegel nahm, bemerkte sie, daß dieser auf ihrer Handinnenfläche einen kleinen, geröteten Abdruck hinterlassen hatte. Ihr Brustkorb schien sich zu verkrampfen, bis er ihr Herz im Klammergriff umschloß.

Von heute auf morgen setzte das Tauwetter ein, und in wenigen Tagen war der Winter dahingeschmolzen. Während der nächsten zwei Wochen regnete es heftig, und jedes Mal, wenn ein neuer Regenguß niederprasselte, war Stephen gerade unterwegs. Die eisigen Tropfen krochen ihm heimtückisch in den Nacken, und ganze Straßen schienen im Dunst des Regens zu verschwinden.

In einem Café, in dem Männer dichtgedrängt Zuflucht vor dem Unwetter suchten, sah er in der Menge eine Brille in einem Lichtstrahl aufblitzen. Dank seiner Körpergröße sowie dem tatkräftigen Einsatz seiner Ellenbogen gelang es ihm, sich an den Tisch des Arztes durchzukämpfen, wo dieser allein vor seinem Glas saß. Die Möglichkeit, daß es Morel vorzog, ungestört zu bleiben, kam ihm nicht in den Sinn. Solche Angewohnheiten ordnete er, wenn überhaupt, einer Gesellschaftsschicht zu, der Morel keineswegs angehörte.

Der Arzt ließ bei seinem Anblick keine Begeisterung erkennen, aber schließlich war es bekannt, daß er ein seltsamer Zeitgenosse war: etwas schroff und unbeholfen, wenn auch sicherlich recht gutmütig. Stephen glaubte genau zu wissen, was Claire meinte, wenn sie sagte, es sei schwer, mit ihm auszukommen, wenn man ihm nicht gerade als Patient begegnete. Immerhin taute er ein wenig auf, als Stephen eine Flasche Wein bestellte und die Gläser vollschenkte. »Scheußliches Wetter«, bemerkte Morel.

»Gut fürs Geschäft?«

»Es wird zu jeder Jahreszeit gestorben.«

»Wie können Sie das nur ertragen?«

»Es gibt auch schöne Augenblicke.«

»Sophie sagt, daß uns nun, da wir den Glauben verloren haben, nur die Medizin bleibt, um unsere irrationalen Hoffnungen am Leben zu halten.«

»Tatsächlich?«

»Ihr Beruf muß Ihnen viel abverlangen«, meinte Stephen munter.

»Sehen Sie sie oft?« fragte Joseph.

»Wen? Sophie? Nun, fast täglich. Warum fragen Sie?«

»Nur so.« Morel schenkte nach. »Ducroix berichtet, ihre Schwester sei krank gewesen.«

»Richtig.« Am Fuß seines Glases hatte sich eine kleine, dunkle Rotweinpfütze gebildet. Stephen tauchte den Finger hinein und begann Muster auf die Tischplatte zu zeichnen. »Ihre Schwangerschaft war nicht ohne Komplikationen. Sie ist noch immer nicht zu Kräften gekommen.« Er zeichnete eine Blume mit fünf Blütenblättern und ein gleichschenkliges Dreieck. »Sie ist bei weitem nicht so robust wie ihre Schwestern.«

»Die Zarten sind immer die Zähesten. Das habe ich immer wieder erlebt.«

»Wirklich?« Stephen zeichnete ein ovales Gesicht mit Ringellocken. »Caroline – vermutlich haben Sie sie noch nicht gesehen – ist ein ausnehmend hübsches Kind. Außerdem ist sie sehr weit für ihr Alter. Sie kann schon ohne Hilfe den Kopf heben.«

Ein Gast blieb am Tisch stehen, um den Arzt herzlich zu begrüßen, ihm die Hand zu schütteln und ein paar Worte zu wechseln, ehe er sich mit einem Kopfnicken verabschiedete und seinen Weg fortsetzte.

»Ich liebe Kinder«, sagte Stephen seufzend. »Haben Sie Heiratspläne, Morel?«

»Nein, und Sie?«

Stephen schüttelte verneinend den Kopf.

»Warum nicht?« wollte der Arzt wissen. Stephen blickte auf und sah, daß ihn Morel durch seine Brillengläser unverwandt anschaute. In diesem Augenblick gelangte er zu der Überzeugung, daß der andere Bescheid wußte. Vielleicht war es ja schon allgemein bekannt. Er war kein geschickter Lügner. Bei der Vorstellung, daß es jemanden gab, dem er sein Herz ausschütten konnte, verspürte er Erleichterung. Claire hatte den wichtigsten Punkt übersehen, nämlich daß Morel jemand war, auf den man sich verlassen konnte. »Ich werde Sie nicht fragen, woher Sie es wissen, aber liegt es nicht auf der Hand, warum es nicht möglich ist?«

»Ist das heutzutage wirklich noch so schwer?« fragte Morel zurück. Er hatte seine Brille abgenommen und war dabei, sie zu putzen. Ohne Brille sah er viel jünger und irgendwie hilflos aus, als ob man ihn leicht verletzen könnte, dachte Stephen.

Es war überflüssig, mit Claire über die neuen Scheidungsgesetze zu diskutieren. »Ich glaube, ihre Meinung nur zu gut zu kennen. Dafür gebe ich ihr nicht die geringste Schuld. Man reagiert eben in erster Linie emotional. Das Gefühl vermag nicht immer Schritt zu halten mit den Neuerungen der Revolution.«

Ein Mann am Nebentisch schaute zu ihnen herüber.

Morel beugte sich vor. »Sprechen Sie leise und wählen Sie sorgfältig Ihre Worte. Als Ausländer kann man nicht vorsichtig genug sein. Selbst als Amerikaner.«

»Das vergesse ich immer. Sophie wirft mir vor, daß ich Ihre Revolution als reines Nebenprodukt der unsrigen betrachte.«

»Sie haben einander offensichtlich viel zu sagen.«

»Nun, wissen Sie, an Sophie ist mehr dran, als man auf den ersten Blick vermuten würde. Das habe ich zuerst nicht erkannt. Ich habe mich … ablenken lassen.«

Sein Lächeln war einfältig, verzaubert und vollkommen entwaffnend. Unschwer zu erkennen, daß der Bursche verliebt war, dachte Joseph. Armer Teufel. Er schenkte sich den letzten Wein ein. Fletchers Eingeständnis, daß Sophie ihn abgewiesen hatte, da sie meinte, zu gut für ihn zu sein, bereitete ihm grimmige Genugtuung. Gehässig stellte er sich vor, wie sie alleine alt wurde, ein staubiges Relikt einer Welt, die es nicht mehr gab. Er malte sich aus, wie er sie besuchte. Er würde freundlich und charmant sein, und wenn er sich verabschiedete, würde sie am Fenster stehen, ihm hinterherschauen und denken, hätte ich nur …

»Ich hätte nicht gedacht, daß sie bereit wäre, das Glück zweier Menschen überholten Prinzipien zu opfern. Wobei es mich vermutlich nicht erstaunen sollte, daß eine Adlige gesellschaftlichem Status einen solchen Wert beimißt. Die Menschen entsprechen eben doch immer wieder dem Bild, das man sich von ihnen macht.«

Leicht schockiert stellte Stephen fest, daß Morel ziemlich betrunken war. »Ich meine, es zeugt eher von Feingefühl als von gesellschaftlicher Arroganz«, protestierte er. Was wußte dieser Mann schon von Claire?

Morel aber war damit beschäftigt, den Kellner herbeizuwinken und schien jegliches Interesse am Thema verloren zu haben. »Noch eine Flasche?«

Als Antwort bedeckte Stephen sein noch halbvolles Glas mit der Hand.

Der Kellner räumte die leere Flasche vom Tisch und brachte Morel einen Armagnac.

Es hatte aufgehört zu regnen.

Ein Mann mit einer roten Mütze, der sie gegrüßt hatte, als er hereinkam, verabschiedete sich mit einem Winken und verließ das Lokal.

»Ein Patient?« fragte Stephen. Gerne wäre er der roten Mütze gefolgt, konnte sich aber nicht so recht entschließen, Morel sich selbst zu überlassen.

»Sie haben also der Hinrichtung heute morgen nicht beigewohnt?« fragte Joseph. Als Stephen verständnislos dreinblickte, erläuterte er: »Das war der Henker. Ein sympathischer Bursche.«

»Sehen Sie oft bei Hinrichtungen zu?«

»Früher, als ich noch jung war, bin ich häufig hingegangen. Unter den Medizinstudenten war es eine Zeitlang Mode. In diesem Fall hat man mich allerdings gebeten zu kommen, da man sich meine Meinung als Arzt über die brandneue Guillotine einholen wollte. Ich soll ein Gutachten erstellen.«

»Ah, verstehe. Und wie lautet Ihre Meinung?«

»Äußerst effizient.«

»Und gewiß weniger qualvoll als der Strick?«

»Oh ja. Zack, bumm, schon ist es vorüber.«

»Wer wurde …?«

»Ein Müller, den man des Verbrechens überführt hat, Mehl zu horten. Girard, der Henker, vergaß, den Kopf auszustellen. Nach der Hinrichtung haben wir uns ausgiebig über die ganze Sache unterhalten. Er befürchtet, durch die neue Methode des Guillotinierens sein Berufsethos einzubüßen, wenn er als professioneller Henker nichts weiter tut, als an einem Seil zu zerren wie irgendein Kirchendiener in einer Dorfkirche. Ich habe versucht, ihn davon zu überzeugen, daß er seine Ehre dransetzen kann, die Klinge gut zu warten, damit sie für jede Hinrichtung rasiermesserscharf bleibt.«

»Viele Zuschauer?«

»Einigermaßen, besonders wenn man das Wetter bedenkt. Sie waren neugierig, die neue Maschine zu sehen. Natürlich kommen immer viele, wenn es um ein Verbrechen wie das Horten von Lebensmitteln geht. Allerdings gibt es jetzt nicht mehr so viel zu sehen. Keiner mehr, der am Galgen zuckt und zappelt.«

»Es heißt, der König sei würdevoll gestorben.«

»Ich will Ihnen eins sagen, Fletcher.« Die Brillengläser blitzten auf. »So etwas wie einen würdevollen Tod gibt es nicht. Es gibt nur den Tod. Nicht mehr und nicht weniger.«

»Ich verstehe, was Sie meinen.«

Joseph trank sein Glas leer. »Zack«, sagte er. Er setzte das Glas hart auf. »Bumm.« Stephen sah ihm beunruhigt zu. »Wissen Sie, woran ich andauernd denken muß, Fletcher?« Die Brillengläser rückten näher. »Daran, daß es so schnell geht. Auf diese Weise werden sie viele Menschen töten können.«

»Haben Sie die neueste Ausgabe des *Citoyen* gelesen?«

»Wir haben kein Abonnement für diese Zeitung. Louis billigt sie nicht. Warum fragen Sie?«

»Es gibt da einen neuen Klub für Frauen. Sie wollen, daß beide Geschlechter gleichberechtigt am politischen Geschehen teilnehmen. Jede Frau über achtzehn darf beitreten, und es wird kein Mitgliedsbeitrag erhoben.«

»Davon müßte ich erst einmal Louis überzeugen.«

»Wie wär's mit strengen, bleichen Töchtern der Republik, die Soldatenuniformen nähen?«

»Das wäre gewiß der Eindruck, den man ihm vermitteln sollte. Bevorzugen sie Amazonen-Kleidung?«

»Nur in Paris, denke ich.«

»Unsere Schneider können durchaus mithalten mit der Hauptstadt. Noch Tee?«

Sophie schüttelte den Kopf. »Ich wäre so gerne … wie soll ich sagen … aktiv, nützlich.« Mit drei langen Schritten war sie am Fenster, durch welches sich der Frühling in Isabelles Salon schlich. Von oben sah sie, daß soeben ein Mann aus der Apotheke trat. »Da kommt gerade dieser Rechtsanwalt, Chalabre. Ich glaube, er ist der einzige Mann in Castelnau, der jünger als vierzig ist und noch immer eine Perücke trägt. Vater sagt, er sei ein aalglatter Geselle.«

»Und mein Vater sagt, daß Ihrer kürzertreten sollte.«

»Er muß wissen, wovon er spricht. Schließlich übernachtet mein Vater fast immer bei ihm. Wenn er endlich nach Hause kommt, verschanzt er sich hinter Bergen von Protokollen. Wir haben ihn seit Wochen kaum mehr zu Gesicht bekommen.«

»Warum ist die Sache eigentlich so kompliziert?«

»Weil ein Verdächtiger, den mein Vater befragen wollte, sich zu den Soldaten gemeldet hat. Man vermutet ihn irgendwo in den Niederlanden. Die Leiche eines weiteren Verdächtigen fand man im Fluß treibend. Zwei Zeugen sagten aus, er sei betrunken gewesen und sei ausgerutscht, aber es gibt einen anonymen Brief, der besagt, man habe ihn überfallen und hineingeworfen. Auf seiner Stirn befindet sich ein Bluterguß, und die Ärzte können nicht eindeutig feststellen, ob dieser vor oder nach dem Tod entstand.«

»Diese Mediziner!« bemerkte Isabelle in einem Ton, der implizierte, sie habe noch weitaus mehr zu diesem Thema beizutragen, ziehe es aber vor zu schweigen.

»Und der Priester, der das Massaker überlebte, wurde letzten Monat im Gefängnis tot aufgefunden. Wahrscheinlich wurde er vergiftet. Sie befragen noch immer die Wärter und die Mitgefangenen.« Sophie schlenderte zurück zum Sofa und nahm ihre Tasse auf. »Aber wissen Sie«, fuhr sie fort, »Vater ist in seinem Element. Er hat wieder diesen leidenschaftlichen Blick, den wir eigentlich nur noch dann bei ihm beobachtet haben, wenn bestimmte Desserts auf den Tisch kamen.«

»Nehmen Sie doch noch einen Keks.«

»Wie schaffen Sie es nur«, fragte Sophie neidvoll, »immer Zucker im Haus zu haben?« Seit den Sklavenaufständen in den Kolonien war der Zucker knapp geworden. Die Hälfte des Unrechts, das auf der Welt geschieht, läßt sich auf Zucker zurückführen, pflegte ihr Vater oft zu sagen, was ihn allerdings nicht daran hinderte, sich zu beschweren, wenn es keinen gab.

»Louis' jüngerer Sohn kennt da jemanden. Wir stellen keine Fragen.«

Sophie aß Kekse. Nachdem sie den dritten verspeist hatte, fragte sie: »Sehen Sie Joseph Morel häufiger?«

»Nein, warum?« Isabelle blickte interessiert drein.

»Ich habe ihm einmal eine Geranie geschickt, und ich hätte gerne gewußt, was aus ihr geworden ist.«

»Männer geben den Pflanzen immer zuviel Wasser«, meinte Isabelle. Noch immer sah sie Sophie aufmerksam an. »Unsere Beziehungen sind ein wenig gespannt, seitdem Morel seine neue Position bekleidet. Seit Jahren traktiert er Vater mit seinen Plänen für Belüftung und weiß der Himmel was noch alles. Nun ist es schwer, ihn abzuwimmeln. Laut Vater ist es ein Haufen Blödsinn – man könnte ebensogut alle Patienten hinaus in die Kälte setzen, bis sie erfrieren. Er ist wohlgemerkt nicht sehr offen für Neues, ganz gleich, um was es sich handelt.«

Sophie befaßte sich mit ihrem Ärmel, an dem ein loser Faden baumelte.

Isabelle sah ihr dabei zu und trank ihren Tee. Die dunklen und beengten Räume über der Apotheke entsprachen nicht dem, was sie von zu Hause gewohnt war, aber immerhin dufteten sie nach Harz, Balsam, Blumen, Früchten, Baumrinde, Pilzen, Wurzeln, Öl, Alkohol, Essig, Honig, Riechsalzen. Zu Weihnachten hatte ihr Louis einen Bezoarstein geschenkt, einen Ballen unverdaulicher Stoffe, die man im Magen der Wiederkäuer findet. Unwissende hielten ihn für ein Gegengift gegen alle Übel. Er hatte ihn in Gold fassen lassen, damit sie ihn an einer Kette um den Hals tragen konnte. Das Eheleben glich ihrer Meinung nach jenen Schubladen mit Walnußintarsien, die eine Wand der Apotheke bedeckten: Man öffnete sie, eine nach der anderen, indem man den Finger in den Hohlraum unter dem Messinggriff einhakte, und erst beim Öffnen erfuhr man, welche man besser verschlossen gelassen hätte.

Sophie sprang auf, umkreiste zweimal das Sofa und nahm wieder Platz.

»Immerhin haben Sie Ihre Rosen«, sagte Isabelle.

»Rosen sind nicht alles«, entgegnete Sophie.

»Es liegt wohl am Frühlingsbeginn. Früher versetzte er auch mich in eine solche Stimmung.«

»Und heute? Sind Sie glücklich?«

»Natürlich wird alles anders sein, wenn wir erst einmal Kinder haben«, meinte Isabelle.

»Wenn ich mich mit Politik befassen würde«, überlegte Sophie, »würde ich vielleicht nicht soviel Zeit damit verbringen, über … andere Dinge nachzudenken.«

»Ich werde heute abend mit Louis sprechen«, sagte Isabelle. Arme Sophie, dachte sie bei sich. Erst dieser Amerikaner und jetzt Joseph. »Aber wissen Sie was«, sagte sie, »die einzig wirkungsvolle Kur besteht darin, möglichst viel kühlende Flüssigkeit zu sich zu nehmen und abzuwarten, daß es vorübergeht.«

Als er in der Schlange vor der östlichen Absperrung stand, um seine Papiere vorzuzeigen, erblickte er einen vertrauten hellbraunen Lockenkopf und rief Lisettes Namen. Sie trug am Arm einen mit einem Tuch bedeckten Korb. Wie sie berichtete, hatte sie gerade ihre Mutter besucht, um deren Gesundheit es nicht gut bestellt war. »Eigentlich fehlt ihr nichts«, meinte Lisette. »Sie hat einfach keinen Lebensmut mehr.«

Es näherte sich ein Mann, dessen Gesicht von einem dichten Bart überwuchert war. Er trug eine schmuddelige Jacke, die einmal blau gewesen sein mußte und stützte sich auf Krücken, da sein linkes Bein oberhalb des Knies amputiert war. Mit einer ungeschickten Bewegung zog er den Hut vor den Leuten, die in der Schlange warteten. »Eine milde Gabe für einen ehemaligen Soldaten.« Joseph schüttelte den Kopf, aber Lisette kramte ihr Portemonnaie hervor und gab dem Bettler eine Münze. »*Vive la république*« murmelte dieser und sah ihnen mit stumpfen braunen, von roten Äderchen durchzogenen Augen ins Gesicht. »*Vive la Révolution*« Schwerfällig setzte er seinen Weg fort.

Eine Frau mit einer Haube, die mit grünen Bändern verziert war, machte Lisette Vorhaltungen. »Damit ermutigt man sie nur. Mein Mann sagt, die meisten Bettler, die man hier in der Gegend sieht und die sich als Veteranen ausgeben, haben sich selbst Arme und Beine abgeschnitten, um sie an Metzger zu verkaufen.«

»Und wenn schon«, versetzte Lisette. »Essen müssen sie trotzdem.«

»Essen? Das soll wohl ein Witz sein! Sie geben das Geld für Alkohol und Weiber aus.«

»Auch Bettler haben das Recht, sich zu amüsieren.«

Die Frau schnaubte entrüstet und wandte sich ab, um mit ihrer Begleitung zu tuscheln.

Lisette sah Joseph an, schielte und streckte die Zunge heraus. Daraufhin bekam sie einen Lachanfall. Reflexartig bedeckte sie mit der Hand den Mund.

Er nahm ihr den Korb ab und staunte, daß er so schwer war.

»Karotten«, erklärte sie. »Und Eier, Wein und Honig. Der Laden und der Garten meiner Schwester ernährt uns. Ich weiß nicht, wie es andere Menschen schaffen. Paul meint, es sei nur eine Frage der Zeit, ehe die Regierung die Preise einfriert, aber damit bleiben die Lebensmittel nach wie vor knapp, nicht wahr?«

Ein Wachmann warf einen gleichgültigen Blick auf ihre Ausweispapiere und bedeutete ihnen weiterzugehen. Sie betraten Castelnau. Seite an Seite wandelten sie durch die Straßen, während das Tageslicht verblaßte. Die ersten Arbeiter machten sich erschöpft auf den Heimweg oder pausierten auf den Treppenstufen der Häuser, um Kraft für den Rückweg zu schöpfen. Kinder riefen einander zum Abschied zu, kniffen und knufften sich gegenseitig, und das eine oder andere lief noch einmal zu seinen Kameraden zurück, um schnell eine Verabredung für den morgigen Tag zu treffen.

Lisette fragte ihn, wo er herkomme, und er erzählte ihr von einem Bauern, der Blut gespuckt hatte, während seine Frau weinend berichtete, man habe den Sohn zwangsrekrutiert, und was sie denn nun machen sollten, was nur?

»Dabei kommt es ihnen vor allem darauf an, daß Sie einfach da sind. Meiner Mutter zum Beispiel würde es nichts ausmachen, daß sie bald sterben wird, wenn nur Abbé Michel käme, um ihr die letzte Ölung zu geben. Aber er ist im Januar spurlos verschwunden. In dieser Hinsicht sind Priester wie Ärzte: Die Menschen lassen Sie nicht etwa kommen, weil sie erwarten, gerettet zu werden, sondern weil sie das Gefühl haben wollen, ihr möglichstes getan zu haben.«

Zu ihrer linken befand sich zwischen zwei Holzhäusern eine enge Gasse, aus der es nach Abwasser stank. An der Ecke stand ein dürres Mädchen, das vielleicht sechzehn oder siebzehn Jahre alt war, mit sahnigweißer Haut und rotbraunen Haaren. Ihr Blick streifte ausdruckslos das vorübergehende Paar, kehrte zu Joseph zurück, um ihn kurz zu fixieren, und wandte sich wieder ab.

Lisette sah Joseph von der Seite an und lachte.

»Sie treibt sich immer irgendwo in dieser Gegend herum«, sagte er und schämte sich dafür, daß er errötete.

»Heutzutage gibt es so viele Straßenmädchen. Es macht Paul wütend – er meint, es handle sich dabei um eine Krankheit unserer Gesellschaft und daß im republikanischen Frankreich für dergleichen kein Platz sei. Aber ich finde, es ist genau wie mit den Bettlern. Sie haben Hunger und wissen nicht, wie sie sonst etwas zu essen bekommen sollen.«

Zum Abschied bestand sie darauf, ihm ein Glas Honig zu schenken. Als er sich weigern wollte, es anzunehmen, ergriff sie seine Hand und schloß seine Finger um das Gefäß. Während sie ihm gegenüberstand, den Korb mit beiden Händen umfaßt, hielt ein Passant inne, um sie anzuschauen, setzte aber sofort seinen Weg fort, als er merkte, daß man seinen Blick erwiderte.

»Alle haben Angst, nicht wahr?« meinte Lisette. »Genau wie der Mann eben. Meine Schwester hat eine Freundin, die von irgend jemandem denunziert wurde, weil sie gesagt hatte, sie könne es diesem General nicht verdenken, daß er desertiert sei, und daß sie hoffe, ihr Sohn sei gescheit genug gewesen, es ihm gleichzutun. Sie sind gekommen und haben sie verhaftet. Ich mußte Paul bitten, sich für sie einzusetzen.«

»In diesem Frühjahr sind entsetzliche Dinge passiert.«

»Paul sagt, die Revolution braucht Männer wie Sie. Er hat mir von Ihren Plänen berichtet, die Straßen zu säubern. Das wäre gut. All dieser Dreck – es ist ekelerregend.«

Sie hatte diese Art, ihren Gesprächspartner ernst und flehend anzuschauen. Befangen trat Joseph von einem Fuß auf den anderen.

»Aber auch Sie haben Angst, nicht wahr?« fragte sie. »Deswegen trinken Sie wohl.«

»Hat Ricard Ihnen das ...« Mitten ihm Satz brach er ab. Der Himmel war noch immer blau, aber die Dämmerung hatte die Gassen bereits in Dunkelheit getaucht. In den Fenstern gingen nach und nach die gelben Lichter an.

Lisette hängte sich den Korb an den Arm und streckte ihm die Hand entgegen. »Sie sollten heiraten, Joseph«, sagte sie.

Es ist Mai, und die Kastanienbäume stehen in voller Blüte. Ein Mann verweilt am Tor und blickt in der Dämmerung in die Äste hinauf. Er erinnert sich an einen Garten. Von all den Dingen, die er verloren hat, erscheint ihm dieser Verlust der schmerzhafteste. Wenn das Leben uns bestrafen will, denkt er, verlangt es von uns, eine Wahl zu treffen. Zwar kann er sich nicht erinnern, dies bewußt getan zu haben, aber immerhin ist er hier in diesem Dorf und schaut sich diese Blüten an. Er berührt die Rinde des Baumes. Aus dem Haus ertönt ein wildes Gebell.

In ihrem Brief stellt Anne den Überbringer als »guten Freund« vor. Claire und Sophie empfangen ihn im Arbeitszimmer des Vaters. Er gibt lediglich an, daß sein Name Pierre sei, lehnt dankend ab, als sie ihm etwas zu essen anbieten, läßt sich aber bereitwillig ein Glas Wein bringen. Während Claire noch dabei ist, ihm zu danken, durchquert er eilig den Raum, um das Fenster zu verschließen und die dunkelroten Vorhänge zuzuziehen. Dabei bemerkt er die zerschlissene seidene Gardinenschnur und den verschossenen Samtstoff. Auch in dieser Hinsicht habe ich mich verändert, denkt er. Neuerdings registriere ich solche Details. Schade, daß es einer Revolution bedurfte, mir die Augen zu öffnen.

Als sie nach der Lektüre des Briefes aufschauen, zögert er nicht, ihnen die in solchen Fällen übliche Lüge zu erzählen: »Ein Soldatentod. Ein tapferes Ende.«

Sie blicken ihm weiterhin unverwandt ins Gesicht. Er sieht zuerst die eine, dann die andere an und lügt weiter: »Er hat das Bewußtsein nicht wiedererlangt. Ich versichere Ihnen, daß er nicht leiden mußte.«

»Und mein Mann?« fragt Claire. »War er bei Antoine, als es ...?« Ihre Stimme ist ausdruckslos, aber sie ist kreidebleich geworden und ihre Hände zittern. Wer hätte gedacht, daß Monferrant so eine schöne Frau hat und daß sie ihren Mann so sehr liebt, denkt er bei sich.

Er nickt. »Danach … kehrte ich nach England zurück. Ihr Mann war wohlauf, als ich ihn verließ.«

»Ich verstehe.« Sie nimmt den Brief mit noch immer zitternden Händen auf. »Und das war …?«

»Im Dezember.«

»Wo ist das Regiment inzwischen stationiert?«

Er zuckt die Achseln.

»Das darf er nicht verraten«, erklärt Sophie. Sie schenkt ihm nach und gießt auch ihrer Schwester ein Glas Wein ein. Er schaut ihr auf die Hände. Ganz anders sehen sie aus als die blassen, geschmeidigen Finger der Schwester. Sie ist diejenige, die hier die Verantwortung trägt, denkt er. In jeder Familie gibt es so jemanden.

Claire sagt: »Wir haben uns gefragt, ob Hubert … nach dem Aufstand in der Vendée … Es kursieren so viele Gerüchte über emigrierte Soldaten, die heimlich nach Frankreich zurückgekehrt seien, um den Aufstand zu unterstützen.«

»Sie sollten nicht alles glauben, was man sich erzählt«, entgegnet er trocken und nimmt sein Glas auf. Dabei bemerkt er die silberne Vase, die, gefüllt mit kleinen rosa Blüten, auf dem Schreibtisch steht. »*Roses de Meaux.*« Er schaut von einer Frau zur anderen. »Die ersten dieser Saison?«

Sophie nickt.

»Sie sind früh«, bemerkt er. »Allerdings leben Sie viel weiter südlich als ich.« Er berührt mit dem Finger eine Blüte. »Wie kleine Quasten.«

»Möchten Sie eine haben?«

Er bricht eine halbgeöffnete Knospe ab und steckt sie sich behutsam ins Knopfloch. Dann erhebt er sein Glas, prostet Sophie zu und bedankt sich.

»Und Anne?« fragt sie. »Sie teilt uns noch nicht einmal mit, wie es ihr und den Kindern geht. Wir haben seit Monaten nichts von ihr gehört.«

Er schüttelt den Kopf. »Ich weiß es nicht. Der Brief wurde mir von einem gemeinsamen Bekannten übergeben.«

»Man hört derart traurige Geschichten über Franzosen, die im Ausland leben. Angeblich leben ganze Familien wie Bettler auf der Straße.«

»Oh ja«, sagt er. »Ganz zu schweigen vom schlechten Essen und unbeschreiblich scheußlichem Wetter. Und den häßlichen englischen Mädchen, die es kaum erwarten können, verführt zu werden.«

Claire blickt in ihr Weinglas, aber Sophie begegnet seinem Blick. Er muß lächeln, weil es seine These, die er über die Jahre hinweg geduldig überprüft hat, bestätigt, nämlich, daß unscheinbare Frauen leidenschaftlicher sind als hübsche.

»Warum sind Sie hier?« fragt sie.

Er stellt sein leeres Glas ab, und sie macht keinerlei Anstalten, ihm nachzuschenken.

»Wissen Sie«, sagt er, »allen Widrigkeiten zum Trotz haben wir unsere Ehre noch nicht verloren.«

»Sofern sich Verrat mit dem Ehrbegriff vereinbaren läßt.«

»Verrat!« Er hebt eine Augenbraue. »Aber den eigenen König ermorden – wie würden Sie das bezeichnen?«

»Warum sind Sie hier?« fragt Sophie erneut.

»Wir brauchen Geld«, sagt er. »Juwelen, Gold, was auch immer Sie besitzen.«

Dabei sieht er Claire an, die ihre beringte Hand reflexartig zum Hals führt, an dem die schwere Goldkette blitzt, die sie in der letzten Zeit ständig trägt.

»Wir haben kein Geld«, entgegnet Sophie. »Und ich denke, Sie sollten jetzt gehen.«

Er ignoriert sie, wendet sich weiterhin an ihre Schwester: »Ihr Mann riskiert täglich sein Leben für unsere Sache.«

»Ihre Sache ist nicht die unsrige«, versetzt Sophie. »Wir glauben an die Revolution.«

»Ich finde es immer amüsant«, sagt er, »wenn die Menschen diesen Begriff verwenden, als handle es sich dabei um etwas Neues, um einen Aufbruch. Sollten Sie der Astronomie kundig sein, so werden Sie wissen, daß das Wort ›Revolution‹ die festgelegte Umlaufbahn eines Himmelskörpers beschreibt.« Er hält die Hand hoch und zählt an den Fingern ab: »Militärische Niederlagen in Holland, in Belgien, im Rheinland.

Dumouriez läuft zu den Österreichern über. Vendée in den Händen der Royalisten. Aufstände in Lyon. Krieg mit allen europäischen Großmächten.« Wieder lächelt er. »Denken Sie immer daran, wenn Sie mit einer solchen Überzeugung von Revolution sprechen, daß sich die Räder *per definitionem* im Kreise drehen.«

Claire ist in Tränen ausgebrochen. Sie rinnen ihr über die Wangen, und sie macht keinen Versuch, sie aufzuhalten. Sophie ergreift die Hand ihrer Schwester und sagt: »Natürlich funktioniert nicht immer alles wie geplant. Es bleibt nicht aus, daß Menschen Fehler begehen, wenn sie versuchen, ein Ideal zu verwirklichen. Aber immerhin wagen sie den Versuch.«

Statt zu antworten, schenkt er sich provokativ Wein aus der Karaffe ein. Mit dem Glas in der Hand lehnt er sich in seinem Stuhl zurück und schiebt ruckartig die Hüften nach vorne, um ihnen zu bedeuten, daß er sich neben dem Wein noch etwas anderes nehmen könnte – wenn er wollte.

»Wir erwarten ... Unser Vater wird jeden Augenblick zurückkehren.«

»Oh ja«, sagt er. »Ich weiß alles über Ihren Vater, Mademoiselle de Saint-Pierre.« Nachdem er sich vergewissert hat, daß es ihm gelungen ist, ihr Angst einzujagen, bemerkt er nachsichtig: »Kein Grund zur Panik. Ich werde mir nichts nehmen, das Sie mir nicht freiwillig geben wollen.«

Draußen in der Finsternis ertönt ein Schrei. Claire springt auf.

»Es ist nur eine Eule«, erklärt Sophie, aber ihre Schwester ist schon dabei, ihre Ringe abzustreifen. Sie hält einen Moment inne, ehe sie ihm die Hand entgegenstreckt. »Hier«, sagt sie. »Nehmen Sie ihn ab.« Er muß ein wenig zerren, ehe der Goldreif über ihr Handgelenk gleitet.

Er steckt die Ringe und das Armband ein und schaut auf ihren Hals.

»Nein«, sagt sie, »die nicht.«

Er nickt und erhebt sich. »Ich danke Ihnen, Madame la Marquise. Ihr Mann wäre stolz auf Sie.«

Claire bedeckt das Gesicht mit ihren nunmehr nackten Händen und beginnt erneut zu weinen.

»Bitte bemühen Sie Ihren Diener nicht«, sagt er. »Ich finde alleine hinaus.« Er geht zum Fenster, greift hinter die Vorhänge und öffnet den Riegel.

»Geht es Hubert wirklich gut?« Sophie steht hinter ihm, die Hände vor der Brust gefaltet. »Falls Sie gelogen haben, damit sie Ihnen den Schmuck gibt …«

Er dreht sich um und berührt mit dem Finger sanft ihre Wange. »Eines Tages werde ich zurückkommen. Dann kümmere ich mich um Sie«, sagt er.

Am nächsten Morgen findet sie draußen vor dem Fenster die kleine Rosenblüte zertrampelt im Kies, wo er sie achtlos verloren hat.

Weil es im Frühjahr nicht geregnet hatte, erreichte das Getreide das *maximum*, den absoluten Höchstpreis, was wiederum zu Lebensmittelknappheit führte, Volksaufstände und flammende Reden provozierte und Aktendeckel um Aktendeckel bis zum Platzen füllte mit dreifachen Kopien von Lizenzen, Unterlagen über amtliche Requisitionen und Briefen von Denunzianten.

Wie vereinbart man den Fortschritt mit der Freiheit? Wie soll man die Welt verbessern, ohne Macht auszuüben? Dies waren die unlösbaren Rätsel des Zeitalters, in dem er lebte – an die er allerdings keinen Gedanken verschwendete, als er pfeifend durch die Stadt schlenderte, über ihm der wolkenlose Himmel, den er in diesem Jahr bereits als Selbstverständlichkeit zu betrachten gewohnt war.

Seitlich des Marktplatzes befand sich eine Baustelle. Hier hob man den Boden aus, um die öffentlichen Latrinen zu bauen. Fortschritt, den man in Ziegeln und Mörtel messen kann, ist etwas Großartiges, dachte er.

»Ekelhaft«, sagte eine Frau, die den Arbeitern zuschaute.

»Unanständig«, stimmte ihr ihre Begleitung zu. »Aber was kann man heutzutage auch anderes erwarten?«

»Schockierend. Bald werden sie uns einladen, dem Einweihungs-Pissen beizuwohnen.«

»Es ist eine Schande. Vermutlich üben der Bürgermeister und die Ratsmitglieder schon dafür.«

Das Gespräch hatte sie so in Fahrt gebracht, daß sie mit den Bauarbeitern fröhlich zu streiten begannen. Diese nutzten dankbar den Anlaß, um ihre Spitzhacken beiseite zu legen und sich zur Abwechslung einmal verbal zu verausgaben.

»Guten Tag«, sagte eine Stimme neben ihm.

»Bürgerin Saint-Pierre! Was führt dich hierher?«

»Ich warte auf Berthe«, erwiderte Mathilde. »Vermutlich steht sie noch irgendwo Schlange.«

Er schaute hinab auf die feuchten Locken, die unter der erschlafften Baumwollhaube hervorquollen. »Würdest du mir die Ehre erweisen, eine Limonade mit mir zu trinken, während du auf Berthe wartest?«

Sie setzten sich an einen Tisch im Schatten einer Markise. Sie war, wie sie ihm nun berichtete, nach Castelnau gekommen, um für Sophie, die in drei Tagen Geburtstag hatte, ein Geschenk zu kaufen. »Weil sie Blumen so gerne mag, dachte ich an Heliotrop-Wasser, aber es ist fürchterlich teuer. Und gezuckerte Mandeln kommen auch nicht in Frage – der Preis ist um ein Dreifaches gestiegen. Finden Sie es nicht traurig, daß ich in meinem Alter mit Geldnöten belastet bin. Die Jugend sollte doch eigentlich die Zeit der unbeschwerten Lebensfreude sein.«

»Es gibt hier ausgezeichnetes Gebäck. Darf ich dir etwas anbieten?«

Während sie ihre Wahl traf, legte sie konzentriert ihre Stirn in Falten.

Er prostete ihr zu. »Und konntest du das Problem zufriedenstellend lösen?«

Sie kramte ein Päckchen aus der Tasche hervor und entfaltete das Seidenpapier. Darin befanden sich zwei Haarkämme, in die ein Rosenmuster geschnitzt war. »Ich habe sie recht preiswert auf dem Markt gekauft. Vermutlich werden sie nicht lange halten, aber die Alternative wäre gewesen, ein Stück Baumwollstoff zu besticken und als Taschentuch auszugeben. Das haben wir beide nicht verdient.«

»Ich bin sicher, Sophie wird es zu schätzen wissen.«

Während sie an ihrer Limonade nippte, blickte sie nachdenklich auf den staubigen Marktplatz. »Ich mache mir Sorgen um Sophie«, bemerkte sie. »Schließlich wird sie nicht jünger. Und wenn man schon weder schön noch reich ist, so erwarten die Männer, daß man wenigstens Jugend mitbringt.«

Ein Teller mit Gebäck wurde auf den Tisch gestellt, und eine Zeitlang herrschte Schweigen.

Schließlich lehnte sich Mathilde auf ihrem Stuhl zurück.

»Danke, das war köstlich.« Mit der Zungenspitze entfernte sie einen Kuchenkrümel aus dem Mundwinkel und fügte überflüssigerweise hinzu: »Mein äußeres Erscheinungsbild läßt nicht auf meine Eßgewohnheiten schließen.«

»Deine Schwester ...« setzte er an, brach aber mitten im Satz ab und machte sich an seiner Brille zu schaffen.

»Sie fängt an, sich mit der Sache mit Stephen abzufinden. Immerhin hat sie aufgehört, ihn demonstrativ nicht anzusehen. Außerdem weiß ich, daß sie viel von Ihnen hält. Nur von sich selbst hat sie eine schlechte Meinung. Man muß sie ermutigen.«

»Ich bin nicht reich«, sagte er, »und ich komme aus Lacapelle. Wenn ihr Fletcher nicht gut genug war ...«

»Was haben Sie nur für eine merkwürdige Auffassung. So ein Mensch ist Sophie nicht. Selbst Claire ist sich nicht mehr so sicher, was sie über Ausländer denkt. Wobei die Amerikaner ein Fall für sich sind, nicht wahr? Weniger fremd als einfach exotisch, wie Perserteppiche. Was noch für ihn spricht, ist, daß er gut aussieht und Geld hat.«

Eine Spatzenschar flog herbei und ließ sich hoffnungsvoll am Boden nieder. Joseph warf ihnen die Krümel zu und beobachtete den Streit, der nun ausbrach. Im Geiste rekonstruierte er das Gespräch mit Fletcher. Hatte er nicht gesagt ...? Was für ein Mißverständnis! Alles, was Fletcher über Claire gesagt hatte, hatte er in seiner Verblendung auf Sophie bezogen.

Nach einer Weile bemerkte er: »Ich war wohl ein ziemlicher Narr.«

»Das würde mich nicht wundern. Aber dafür scheinen Sie nicht nur gutherzig, sondern auch kompetent zu sein, was eher selten ist. Alle sprechen davon, wie Sie die Stadt gesäubert haben. Der Gestank läßt sich inzwischen durchaus ertragen, sogar bei dieser Hitze.«

»Der Wagen transportiert zweimal wöchentlich die Abfälle ab«, sagte er. Er schenkte ihr den Rest Limonade ein und konnte nicht aufhören, fröhlich zu grinsen.

»Und Dr. Ducroix erzählt, welche Veränderungen Sie im Krankenhaus bewirkt haben. Er spricht andauernd davon, als könnte er sich nicht entscheiden, ob er das nun gutheißen soll oder nicht.«

»Die Gemeinde hat für die Veteranen separate Unterkünfte angemietet, und aus Geldern, die vom Revolutionsrat konfisziert worden sind, wurde ein Waisenhaus finanziert. Grundprobleme wie der Mangel an Pflegekräften sind allerdings noch zu lösen.« Diese Auskünfte gingen ihm automatisch über die Lippen, während sich sein Geist mit vollkommen anderen Dingen befaßte. Was sollte er heute abend unternehmen? Wie sollte er es anstellen, Sophie zu »ermutigen«? Er sah sich schon nach Montsignac reiten, die Taschen mit gezuckerten Mandeln gefüllt.

»Sie leisten wertvolle Beiträge zur Revolution«, stellte Mathilde fest. »Und außerdem haben Sie einen hervorragenden Geschmack, was Gebäck betrifft.«

Er war jedoch nicht bei der Sache. »Noch mal zu deiner Schwester. Meinst du wirklich ...?«

Sie nickte zustimmend. »In ein bis zwei Monaten. Sobald die Rosen verblüht sind. Und noch etwas ...«

»Ja?«

»Sie hätten bessere Chancen, wenn Sie diese Brille nicht tragen würden.«

Ricard gestand, daß er gegen das höhlenartige Büro des Bürgermeisters eine Aversion hegte und führte sie ins kleinere Nebenzimmer. Es sei ein intimerer Rahmen, erklärte er, dessen Atmosphäre den geistigen Austausch fördere, und zudem sei es demokratischer. Er habe schon immer Luzacs Angewohnheit bemängelt, sich hinter seinem Schreibtisch zu verschanzen, während die übrigen Anwesenden im Büro verstreut Platz nehmen mußten. In diesem Raum gab es einen ovalen, nicht allzu großen Tisch, um den man sich versammeln und »gleichberechtigt eine unbefangene Diskussion führen konnte«.

Das neugebildete Komitee bewunderte pflichtschuldig die goldgetäfelte Decke mit den Gemälden, welche die *fêtes champêtres* darstellten, sowie die hohen, nach Süden blickenden Fenster mit Balkon und den begrünten Innenhof. Ricard humpelte durch den Raum und wies auf den Teppich mit dem rot-blauen Muster hin, zeigte ihnen die lackierten Eckschränke, berührte ehrfürchtig die exquisite kleine Herkules-Statue aus Bronze. »Die Revolution in Sachen Mobiliar«, raunte Mercier, als Ricard ihm gerade den Rücken zuwandte. Er schloß die Fensterläden.

Als sie sich schließlich um den Tisch versammelt hatten, fragte sich Joseph, ob die anderen sich der Tatsache, daß Luzac, der Fünfte in ihrer Runde, abwesend war, ebenso bewußt waren wie er selbst. Daß man ihn aus dem Komitee ausgeschlossen hatte, zeugte davon, in welchem Ausmaß sich die Wege seit dem vergangenen Herbst getrennt hatten. Obwohl Mercier die Läden verschlossen hatte, war von draußen das Zirpen der Zikaden zu vernehmen. Vor Josephs geistigem Auge tauchte hartnäckig Luzacs bleiches Eulengesicht auf; mit seinen Klauen klammerte er sich unerbittlich ans Gebälk.

Als er sich lediglich ein Glas Wasser bestellte, begegnete er dem wissenden Lächeln des Druckers.

Ricard eröffnete die Versammlung mit einer förmlichen Erklärung der Ziele des Komitees. Es sei in erster Linie ein beratendes Gremium, erklärte er, dessen handverlesenen »Experten« die Aufgabe obliege, dem Stadtrat bezüglich der Ein- und Durchführung revolutionsfördernder Maßnahmen beratend zur Seite zu stehen. Chalabre sei für die Sicherheit zuständig, Mercier für die Presse und die öffentliche Meinung und Joseph für den weitaus vager definierten Bereich des Gemeinwohls.

»Was bedeutet das denn genau?« erkundigte sich Mercier, wobei er sich vor Joseph, der ihm gegenüber saß, leicht verneigte. »Das meine ich selbstverständlich nicht respektlos.«

»Bürger Morel wird uns bei Themen wie Gesundheit, Hygiene und ähnlichen praktischen Belangen, die alle dem Wohl der Allgemeinheit dienen, fachkundig beraten«, erwiderte Ricard kühl. »Ich hatte geglaubt, wir seien alle informiert über seine Arbeit im Krankenhaus und über die von ihm eingeführten Neuerungen in puncto Latrinen und Müllabfuhr.«

»Ah ja«, sagte Mercier. »Der Müll und die Exkremente. *Voilà* – ein Revolutionär bei der Arbeit.«

»Können wir fortfahren?« erkundigte sich Chalabre. Er hatte eine Dose Zitronenpastillen hervorgekramt und bedächtig seine Wahl getroffen. Er wollte sie soeben wieder einstecken, als er einen Blick des Bürgermeisters auffing und die Dose auf den Tisch stellte.

In diesem Sommer munkelte man, daß die Revolution sich schneller auflösen würde als die Frisur einer Hure bei der Arbeit. Bei den Versammlungen des Konvents bedachten die gewählten Vertreter des Volkes einander mit wüsten Beschimpfungen. Eine bewaffnete Gruppe von Pariser Bürgern setzte den endlosen Debatten im Konvent ein Ende, indem sie die Abgeordneten, deren Meinung – etwa bezüglich der Abschaffung des Privateigentums – nicht mit der eigenen übereinstimmte, einfach vor das Revolutionstribunal schleppte.

Die Lokalpolitiker Castelnaus waren über den baldigen Besuch des Bürgers Brunel in Kenntnis gesetzt worden. Er sollte aus Paris kommen, um sich zu vergewissern, daß die Revolution auch in anderen Teilen Frankreichs ausreichend vorangetrieben wurde. »Natürlich möchte ich diesem Burschen Brunel keinen Anlaß bieten, sich in unsere Angelegenheiten einzumischen«, meinte Ricard. »Daß in Castelnau überhaupt ein Komitee wie das unsrige existiert, sollte ausreichend beweisen, daß wir in der Lage sind, Probleme zu erkennen und entsprechend zu reagieren.«

Wie oft hatten sie gehört, wie sich Ricard abfällig über lokalpatriotische Tendenzen ausließ? »Ich bin Franzose«, pflegte er in solchen Fällen zu erklären, »und das ist es, was zählt.« Aber offensichtlich war auch Ricard nicht frei von Ressentiments gegenüber der Hauptstadt. In seinem Fall manifestierte sich dies in der Entschlossenheit, den revolutionären Eifer der Pariser noch zu überbieten, um ihnen in dieser Hinsicht einen Schritt voraus zu sein. Es ist, dachte Joseph, wie bei einer Frau, die man begehrt, und die das Verlangen zwar nicht erwidert, dich aber, wann immer es ihr beliebt, für die eigenen Zwecke benutzt. Sie bestimmt dein Leben, ganz gleich, ob du beschließt, ihr zu folgen oder zu entfliehen.

»Ich gebe zu, daß ich mich geirrt habe«, sagte Mercier. Er kippte seinen Stuhl zurück, lächelte dem Bürgermeister zu und blickte in die Runde. »Ich habe einmal zu Ricard gesagt, seine Berater würden niemals der Bildung dieses Komitees zustimmen.«

»Damit hatten Sie keineswegs Unrecht«, entgegnete Ricard. »Unser Freund Luzac hat beispielsweise, ohne zu zögern, seine Einwände zum Ausdruck gebracht, die er unter anderem damit begründete, daß weder Sie noch Morel gewählte Mitglieder der Ratsversammlung sind.«

»Und?«

Es war Chalabre, der ihm antwortete: »Bedenken Sie die neuesten Entwicklungen in Paris. Unsere Stadträte fürchten den Eifer, mit dem hier in Castelnau gewisse Maßnahmen von Bürgern vorangetrieben werden, die auf – nennen wir es einmal gesellschaftliche Gepflogenheiten – keinerlei Wert legen. Ich selbst war gerührt von der Redegewandtheit, mit der unser Bürgermeister das Komitee als vermittelnde Instanz zwischen

Klub und Stadtrat propagierte. Immerhin wissen wir, welches Besteck wir bei einem Bankett benutzen sollen.«

Ricard wartete, bis sich das Gelächter gelegt hatte, ehe er fortfuhr: »Trotzdem wurde ein formelles Protestschreiben eingereicht«, berichtete er und deutete auf den Brief, der vor ihm auf dem Tisch lag. »Unterzeichnet von Luzac und drei weiteren Stadträten. *Die Gleichheit und Souveränität des Volkes* ... die übliche Einleitung ...« Er überflog den Brief.

»Der inbrünstige Wunsch, der Revolution zu dienen?« riet Mercier.

»Richtig, richtig ... aha, hier ist die Quintessenz: *Wir befürchten, daß die Existenz des Komitees dazu führen wird, politische Differenzen zu vertiefen, was wiederum die Einheit der Republik erheblich gefährden wird. Wir bedauern zutiefst, daß die Ratsversammlung in einem Augenblick der aufrichtig empfundenen, aber irregeleiteten Begeisterung der Gründung dieses Komitees zugestimmt hat.«*

»Darf ich diesen Brief einmal sehen?« bat Chalabre.

Ricard reichte ihn hinüber.

»Wie ich sehe, zählt Chauvet zu den Unterzeichnern. Bei der Ratsversammlung hat er sich der Stimme enthalten, wenn ich mich richtig erinnere. Inzwischen hat man ihn offenbar überredet, seine Meinung zu ändern. Ich bin ziemlich sicher, daß sich in meinen Akten ein Brief befindet, in dem einer seiner Bauern beschuldigt wird, einen Teil der Ernte unterschlagen zu haben.« Der Anwalt steckte sich eine kleine gelbe Pastille in den Mund und blickte in die Runde. »Das sollte genügen, meinen Sie nicht?«

Mercier zuckte die Achseln. »Luzac ist doch der Urheber – warum sollten wir uns mit einem der anderen befassen?«

»Immerhin genießt unser Freund Luzac in Castelnau ein gewisses Ansehen«, gab Ricard zu bedenken. »Die Menschen betrachten ihn als ...«, er zog eine Grimasse, »als Held, als den Mann, der sich Caussade entgegenstellte. Chauvet hingegen ist ein Adeliger. Es ist noch nicht so lange her, daß seine Gutsverwalter die Kleinbauern hängten, die ihre Pacht nicht pünktlich bezahlt haben.«

»Und dennoch«, sagte Mercier, »in welchem Stadium befinden sich denn die Ermittlungen bezüglich des berühmten Massakers?« fragte er Chalabre.

Der Anwalt blickte finster drein. »Das ist eine vollkommen andere Angelegenheit. – Ich habe Ihnen doch gleich abgeraten, diesem umständlichen alten Narren Saint-Pierre die Untersuchung zu übertragen. Sie sind im vergangenen Herbst alle wegen nichts und wieder nichts panisch geworden. Hören Sie mir wenigstens jetzt zu: Jedermann weiß, daß Luzac in die Sache verwickelt war. Suchen Sie nach Beweisen. Dann haben Sie rechtskräftige Gründe – sofern Sie meinen, diese seien erforderlich – um ihn verhaften zu lassen.«

Ricard sah Joseph an.

»Wenn Luzac schuldig ist ...«, begann dieser. Die Brille rutschte ihm zur Nasenspitze hinunter. »Sie waren doch derjenige, der geglaubt zu haben schien, daß Zweifel angebracht seien.«

»Wir wollten keine voreiligen Schlüsse ziehen. Und wir taten gut daran, die Wahlen nicht wegen dem Tod einer Handvoll Priester zu gefährden.«

»Es wurde aber auch ein Junge getötet«, wandte Joseph ein. »Und dieser Schiffsbauer, um nur einige Beispiele zu nennen.«

»Meine Worte«, unterbrach ihn Mercier. »Unschuldige Bürger, kleine Leute. Was will man mehr? Lassen Sie uns die Festnahme so organisieren, daß sie zeitlich mit Brunels Besuch übereinstimmt.«

Joseph dachte an Luzac, an den erbarmungswürdigen Anblick des leeren Hemdsärmels, der oben an der Schulter befestigt war. »Saint-Pierre leitet schließlich die Untersuchung«, sagte er. »Wenn er noch keine Beweise gefunden hat ...«

Mercier lachte. »Für solche Fälle halten wir uns doch den da.« Er deutet mit einer Kopfbewegung auf Chalabre.

»Sparen Sie sich Ihre Scherze für Ihre Leitartikel auf«, sagte der Anwalt gereizt. »Die Idioten, die Ihre Zeitung kaufen, können wahrscheinlich darüber lachen.«

Als die beiden anderen den Raum verließen, blieb Joseph zurück. Die Luft war stickig und abgestanden. Ricard öffnete die Fensterläden und brachte zwei Stühle auf den Balkon. Der Himmel war tiefblau und voller Sterne.

»Ich verstehe nicht, warum ich in diesem Komitee sitze«, sagte Joseph.

»Sie sollten sich nicht von Mercier provozieren lassen.«

»Darum geht es nicht. Diese Sache mit Luzac ...« Seine Worte erschienen ihm blind und ziellos, wie Motten, die ums Licht flattern. »Sie und die beiden anderen brauchen mich nicht«, fuhr er fort.

»Ich brauche Sie sehr wohl. Ich brauche hier jemanden, dem ich bedingungslos vertrauen kann.«

Joseph sah ihn an, aber der andere blickte hinaus ins finstere Dickicht der belaubten Äste. »Ich brauche jemanden, der mich nicht verrät.«

»Was ist mit Mercier?« fragte Joseph. »Und mit Chalabre?« Trotzdem fühlte er sich geschmeichelt, als Vertrauter auserwählt zu sein.

»Sie sind ehrgeizig und würden nicht zögern, mich zu opfern – oder sich gegenseitig oder jeden anderen –, wenn sie sich etwas davon versprächen.«

Die Zikaden, die eine ihrer rätselhaften Schweigepausen eingelegt hatten, begannen erneut zu zirpen. »Ich verstehe, daß Sie davor zurückschrecken, Luzac zu verurteilen«, sagte Ricard. »Und ich respektiere Ihre Loyalität. Trotzdem dürfen wir es nicht zulassen, daß er uns bei jeder sich bietenden Gelegenheit in den Rücken fällt. Außerdem bin ich nicht zimperlich. Das zählt nicht zu meinen Aufgaben.«

»Ebensowenig zu den meinigen. Und doch bin ich es wohl.«

»Ja, ohne Zweifel. Aber nicht, weil Sie für sich selbst fürchten, sondern weil Sie um andere besorgt sind. Egoismus ist bei Ihnen nicht mit im Spiel. Und aus eben diesem Grunde vertraue ich Ihnen.«

Besorgt ist das falsche Wort, dachte Joseph, das verwendet man, wenn es um Kinder geht. Aber Ricard hatte sich bereits einem anderen Thema zugewandt: »Dieser Amerikaner Fletcher; Chalabre erzählte mir, er habe seine Wohnung in Castelnau aufgegeben und sei nach Montsignac gezogen. Kennen Sie den Grund?«

Noch vor einer Woche hätte ihn die Nachricht erschüttert. Nun lächelte er, als er erwiderte: »Weil er in Saint-Pierres älteste Tochter verliebt ist.«

»Ist sie nicht noch immer mit Montferrant verheiratet?«

»Vergessen Sie nicht, daß er im Exil lebt und irgendwo im Ausland unsere Truppen bekämpft.«

»Ihr Ehemann mag durchaus ein Verräter sein, aber er ist trotzdem ihr Ehemann«, entgegnete der Bürgermeister schroff. »Unmoralisches Verhalten ist und bleibt unentschuldbar. Es ist typisch für diese Gesellschaftsschicht.«

Joseph war im Begriff gewesen, etwas über Sophie zu erzählen, nur um ihren Namen aussprechen zu dürfen. Außerdem wollte er Ricard sein Herz ausschütten und ihm anvertrauen, warum ihm die Revolution nicht länger als das einzig Wichtige erschien, warum er Zeit brauchte, um sich den alltäglichen Dingen, etwa dem Lächeln einer Frau zu widmen und ihn das Leben lockte wie die reife Frucht an einem Baum.

Aber Ricard verfolgte seinen eigenen Gedankengang: »Der Amerikaner hat Verwandte in Bordeaux. Die Hälfte der Abgeordneten, die in Paris verhaftet wurden, kommen aus jener Gegend. Das Komitee sollte jeden im Auge behalten, der Kontakte dorthin pflegt.«

»Fletcher ist Maler«, bemerkte Joseph, sich der eigenen Großzügigkeit überaus bewußt. »Er stellt keine Bedrohung dar. Jedenfalls nicht für die Revolution.«

»Seine Beziehungen zu Saint-Pierre sind verdächtig. Die ganze Familie ... Die andere Tochter hat sich diesen sogenannten Republikanischen Frauen angeschlossen.«

»Sie heißt Sophie.«

»Ich habe keine Geduld mit ihrem bedeutungslosen Gejammer über fehlende Gleichberechtigung. Als gäbe es nichts Wichtigeres – Ideale, eine Revolution, die es zu gewinnen gilt. Wissen Sie was? Sie haben sich schriftlich an den Stadtrat gewandt und die Finanzierung einer Entbindungsklinik für ledige Mütter gefordert! Warum sollen wir nicht auch noch die Prostitution legalisieren, wenn wir schon einmal dabei sind?«

»Nicht alle ledigen Mütter sind Prostituierte.«

»Moralisch betrachtet besteht da kein Unterschied. Wie

dem auch sei: Woher nehmen diese Frauen die Zeit? Wer kümmert sich um ihre Ehemänner?«

Joseph lächelte im Dunklen vor sich hin. »Nicht alle haben Ehemänner.« Er konnte der Versuchung nicht widerstehen, hinzuzufügen: »Sie züchtet übrigens Rosen.«

Rauch, der nach Nelken duftete, wehte über den Balkon. »Versprechen Sie, mir Zeit zu geben bis zu den nächsten Wahlen?« fragte Ricard einschmeichelnd. Seine Stimme wurde noch sanfter, als er versicherte: »Bis dann wird alles geregelt sein – so oder so.«

Natürlich waren überall Rosen, es war unmöglich, ihnen in diesem Haus und zu dieser Jahreszeit aus dem Weg zu gehen. Die Vorhänge des Bettes sind geöffnet, und auf einem der Tische, die im Raum verteilt standen, kann er im Halbdunkeln die Vase, nicht aber die Farbe der Blumen erkennen, nur, daß sie nicht weiß sind.

»Woran denken Sie?«

Die typische Frage aller Liebenden. »An Rosen«, erwidert er wahrheitsgemäß.

Sie kneift ihn. »Sie sind schon genauso schlimm wie Sophie.«

Er streichelt ihre Wange, stützt sich auf einem Ellenbogen auf und läßt die Hand über ihre feuchte Haut gleiten. Auf ihrem Nachttisch liegt wie immer eine Ausgabe von *Paul und Virginie*, gebunden in grobkörnigem, dunkelblauem, marokkanischem Leder. Er sieht die Goldprägung auf dem Rücken des Buchs. Es war sein erstes Geschenk für sie, und sie bezeichnen es stets als »unser Buch«. Wenn sie von einem gemeinsamen Leben träumen, erzählen sie einander von einer Bambushütte inmitten eines Bananenhains, von Ziegenherden und Schwärmen von Wellensittichen. Sie wollen einen kleinen Hund haben, und er soll Fidèle heißen. Sie sind sich einig, daß er »ganz anders als Brutus« sein soll, und daß sie für jedes ihrer Kinder eine Kokospalme pflanzen wollen. Dieses Heraufbeschwören unschuldiger Freuden tut beiden gut. Allerdings träumt er neuerdings, daß die Natur ihn gefangenhält. Er will die Berge überqueren, aber blaßgrüne Ranken schlingen sich eng um seinen Brustkorb, und der Fluchtweg ist vor lauter Blättern nicht zu erkennen.

»In Bordeaux wären wir sicher«, sagt er.

»Ich habe keine Angst mehr, seitdem Sie hier leben. Falls dieser Mann zurückkehrt, sind Sophie und ich nicht allein.«

»Es ist nicht er, der mir Sorge bereitet. In Bordeaux ist die Situation eine andere – dort haben sie die Klubs der Jakobiner geschlossen und die Anführer verhaftet.«

»Dann gehen Sie doch nach Bordeaux«, sagt sie und rückt ein wenig von ihm ab. »Gehen Sie doch, wenn Sie sich fürchten.«

Am liebsten würde er sie an den Handgelenken packen und schütteln, bis sie zugibt, daß es eine irre Logik ist, die es ihr gestattet, ihrem Mann untreu zu werden, und andererseits verlangt, daß sie auf Montsignac bleibt, um seine Rückkehr zu erwarten. Es ist, als ob der Ehebruch sie enger an Montsignac bindet als jene Schwüre, über die sie sich scheinbar mühelos hinwegzusetzen vermochte. Ein verdrehter Ehrbegriff, der es ihr verbietet, die Ehe zu beenden, mit dem es jedoch vereinbar ist, tagtäglich die Abwesenheit ihres Mannes auszunutzen – von den Nächten ganz zu schweigen. Die undurchsichtigen Mechanismen der Leidenschaft folgen eben ihren eigenen Gesetzen.

Er würde sie gerne fragen, was geschehen wird, wenn Montferrant heimkehrt, *falls* er heimkehrt. Wie lange will Claire auf einen Ehemann warten, von dem sie niemals spricht?

Und das Kind! Das Kind, das die Füßchen in den Mund nimmt, im Sonnenlicht lacht, und das die Händchen öffnet und schließt, wenn er den Raum betritt. Sie ist meine Tochter, denkt er zornig. Claire kann nicht von mir erwarten … Wenn es darauf ankommt, wäre ich bereit, Montferrant reinen Wein einzuschenken.

Aber so weit wird es doch wohl nicht kommen? Ihre Liebe beruht doch sicherlich auf Gegenseitigkeit?

Und doch muß er, während er mit ihren Haaren spielt, seinen Körper an den ihren preßt, um sie von Kopf bis Fuß zu spüren, daran denken, wie es war, ehe er sie kennengelernt hat. In Gedanken sieht er eine Reihe von Bögen, die in die Unendlichkeit führen und Ballons, die im freien Himmel schweben.

Seitdem er nach Montsignac umgesiedelt ist, hat er kaum mehr gearbeitet.

Er wird der aufsteigenden Panik Herr, indem er sich schwört, fortan früh aufzustehen und bis zum Abend zu arbeiten. Er wird mit Sophie sprechen, damit sie den Umbau der Scheune in ein Atelier so bald wie möglich in die Wege leitet. Im Herbst soll er zwei Porträts abliefern – eher konventionell und keine künstlerische Herausforderung, aber gut für die Disziplin. Er wird sich um weitere Aufträge bemühen; dafür muß er nichts weiter tun, als den Menschen freundlich entgegenzutreten. Er wird bald für vierzehn Tage nach Paris fahren, um die Gemäldegalerien zu besuchen. Ich werde Charles einen Brief schreiben, nimmt er sich vor. Sobald er Urlaub bekommt, werden wir gemeinsam gen Süden reisen, ins Gebirge. Oder ans Meer. Das hatten wir eigentlich schon Weihnachten vor.

Er küßt ihre Augenlider und denkt an Möwen.

In ihrem Zimmer steht eines jener hübschen kleinen Schränkchen, hinter deren mit aufwendigen Intarsien verzierten Türen sich Schubladen und mit Sicherheit das eine oder andere Geheimfach verbergen. Sie hat eine Vorliebe für Gegenstände, die eine private und intime Atmosphäre schaffen. Ihr Schlafzimmer wird durch einen chinesischen Paravent, einen seidenen Vorhang und eine tapezierte Mauernische unterteilt. Auf vergleichbare Weise unterteilt sie ihr Leben: Ihre Ehe und die Zukunft sind Bereiche, die sie deutlich abgetrennt hat und zu denen sie niemandem den Zutritt gestatten will.

Claire weiß sehr wohl, daß es in Amerika anders zugeht als auf jener Insel, auf der Paul und Virginie in Harmonie mit der Natur leben und ihre keusche Liebe zelebrieren, aber an der Grenze zwischen Schlafen und Wachen vermischen sich in ihrem Bewußtsein die Paradiese dieser Welt. »Erzählen Sie mir davon«, bittet sie ihn und bemüht sich, wach zu bleiben. »Erzählen Sie mir, wie es in der Neuen Welt ist?« Sie stellt sich azurblaue Schmetterlinge, so groß wie ihre Handfläche, und schaumige Wellen an einem Küstenstreifen vor.

»Offener«, antwortet er, ohne zu zögern.

Sie schlägt die Augen auf.

In der duftgeschwängerten Finsternis sagt er eindringlich: »Wir müssen ehrlich zueinander sein. Wir müssen über *alles* reden.«

Sie schiebt ihre Hand unter sein Hemd.

Wie zu erwarten, war die Ermordung Marats durch ein Mädchen namens Charlotte Corday das ausschließliche Tagesgespräch.

»Es heißt, sie sei wunderschön«, sagte die Frau, die neben Isabelle saß. »Jeder Mann, der sie sieht, kann nicht anders, als sich in sie zu verlieben.«

»Das Tribunal wird vermutlich immun gegen ihre Reize sein.«

Die Frau senkte die Stimme. »Es heißt, sie habe sein Kind geboren und noch auf dem Wochenbett erwürgt.«

Eine andere Frau mischte sich ein: »Unsinn! Sie ist Jungfrau. Sie ist bei den Nonnen aufgewachsen, und vermutlich haben diese sie angestachelt.«

»Ein anständiges Mädchen hätte doch wohl gewartet, bis er aus der Badewanne gestiegen und vollständig bekleidet war. Daran merkt man doch, daß sie verworfen ist.«

»Man sagt, sie mag Katzen.«

»Es war ein normales Küchenmesser mit einer dreizehn Zentimeter langen Klinge.«

Eine Handglocke wurde betätigt, um die vierzehn Republikanischen Frauen zur Ordnung zu rufen. Sie versammelten sich alle vierzehn Tage in einem Raum mit niedrigen Balken im ersten Stock eines Hauses, dessen Erdgeschoß eine Bäckerei beherbergte. Bis dato hatte der Raum als Lager für die Mehlsäcke gedient, und einige waren noch immer in einer Ecke gestapelt. Der feine weiße Staub legte sich auf die Röcke der Frauen und entstieg in gespenstischen Schwaden ihrem Haar, wenn sie es abends lösten.

Die Vorsitzende, eine energische Frau namens Suzanne Lambert, verschwendete keine Zeit mit überflüssigen Nebensächlichkeiten. Ihr Mann war Schauspieler, und sie hatte lernen müssen, sich durchzusetzen und auf möglichst direktem Wege zur Sache zu kommen. »Liebe Freundinnen«, setzte sie an, »gestern erhielt ich ein Schreiben des Komitees mit der Aufforderung, bis Monatsende unseren Verein aufzulösen. Ab diesem Zeitpunkt wird der Klub der Republikanischen Frauen offiziell verboten. Sollten wir uns der Auflage widersetzen, indem wir uns weiterhin versammeln, wird man uns verhaften und strafrechtlich verfolgen.«

Sie hielt inne. Bei allen Nachteilen, die das Leben mit einem Schauspieler mit sich brachte, lehrte es doch die Kunst des wirkungsvollen Vortrags.

Nachdem sich die Proteste gelegt hatten, fuhr sie fort: »Ich denke, wir können davon ausgehen, daß man uns allen die Schuld für Charlotte Cordays Verbrechen gibt. Die Begründung, die das Komitee für seine Entscheidung angibt, ist allerdings die, daß Vereine wie der unsrige *Uneinigkeit und Streit zu Lasten der nationalen Einheit* Vorschub leisten.«

Eine Frau in der vordersten Reihe wollte wissen, ob das Komitee überhaupt befugt sei, den Verein aufzulösen. Madame Lambert zuckte die Achseln.

»Es ist alles die Schuld dieses Mädchens«, zischte die Frau, die neben Isabelle saß. »Wenn man sie nach den Namen ihrer Komplizen fragt, betont sie immer wieder, daß Frauen imstande seien, Eigeninitiative zu zeigen.«

»Der Brief endet damit, daß man uns darauf hinweist, daß sich die Jakobiner jüngst geeinigt haben, Frauen an ihren Versammlungen teilnehmen zu lassen – selbstverständlich nicht als Mitglieder, sondern lediglich als Zuhörer. Man ermutigt uns, diese Gelegenheit zu nutzen, um uns *stolzgeschwellt von den rhetorischen Fähigkeiten und dem politischen Scharfsinn unserer Männer* zu überzeugen.«

Madame Lambert lächelte grimmig. »Ich bin sicher, Sie erkennen alle den unverwechselbaren Stil. Der wehmütige Unterton läßt sich möglicherweise durch ein Ereignis erklären, über welches im *Citoyen* nicht berichtet wurde. Anne Mercier hat nämlich ihren Mann verlassen und die Scheidung eingereicht.«

»Das wundert mich nicht«, flüsterte Isabelle. »Wahrscheinlich hat er sich einmal zu oft aufgeplustert, so daß sie nicht länger so tun konnte, als sei es ihr nicht aufgefallen.«

Die Frau des Bäckers hatte keine gute Meinung über Männer. Informiert über das Schicksal der Republikanischen Frauen, ließ sie einen Teller frischgebackener Zimt-Baisers in den ersten Stock bringen und ihr aufrichtiges Mitgefühl ausrichten. Sie hielt zwar persönlich nicht viel von Politik, aber die Mädels taten doch niemandem etwas zuleide, nicht wahr?

Der Bäcker, an den sie die Frage gerichtet hatte, schnitt sich noch ein Stück Käse zurecht. Er war es leid, auf der Treppe ständig wildfremden Frauen zu begegnen. Außerdem könnte es ja passieren, daß es einer von ihnen in den Sinn kam, ihn im Bade zu meucheln. Er sah es förmlich vor sich: Da lag er in der Wanne, mit verschrumpelter Haut und mit Seifenschaum bedeckt, in einer unbestreitbar unterlegenen Position gegenüber der rotgekleideten Furie, die sich mit einer Axt bewaffnet auf ihn stürzte. Den Blick auf den Teller gesenkt, mampfte er seinen Käse und beglückwünschte sich, mit heiler Haut davongekommen zu sein.

Es war im Dezember, erinnert sich Saint-Pierre, zwei oder drei Tage vor Weihnachten. Er weiß noch, wie er ein Fenster öffnet und wie der aufgetürmte Schnee vom Sims ins Zimmer fällt. Aber vielleicht war das auch ein anderes Mal gewesen. Er hatte neben seiner Großmutter gestanden, auf einem Bein, sich an diesem Tisch, der auch heute noch an derselben Stelle steht, abgestützt, und sie hatte ihm gezeigt, wie man *cruchade* macht. Heute, ein halbes Jahrhundert später, läuft ihm noch immer das Wasser im Munde zusammen, wenn er an den vollen, süßen Geschmack der warmen Speise denkt.

Seine älteren Töchter rümpfen zwar die Nasen, aber sein Enkel liebt *cruchade*, und auch Mathilde ist nicht abgeneigt. Ein Gericht für Kinder und alte Männer. Ein Wintergericht, das man eigentlich nicht im Hochsommer zubereitet. Wenn er sie darum gebeten hätte, würde es Berthe natürlich trotzdem zum Mittagessen servieren. Daß er sie nicht gebeten hat, hat dreierlei Gründe. Zum einen macht es ihm Freude, die Speise selbst zuzubereiten, desweiteren glaubt er es besser zu können als Berthe und außerdem möchte er nicht teilen müssen.

Er hat die Mixtur aus Maismehl, Milch und etwas Butter langsam köcheln lassen, bis sie sich zur richtigen Konsistenz verdickt hat. Er kippt den Brei auf ein Leinentuch und pustet, damit er schneller auskühlt.

Das schlafende Haus regt sich seufzend und kommt nach einem abschließenden Knarren wieder zur Ruhe. Durchs Küchenfenster sieht er den weißen Dreiviertelmond.

Brutus, der Mathilde im Stich gelassen hat, um den Gerüchen nachzugehen, die aus der Küche strömen, gähnt – sein schwarz-rosa gefleckter Gaumen bietet keinen schönen Anblick – und sucht sich eine Stelle, wo Saint-Pierre unweigerlich über ihn stolpern muß. Als es geschieht, hört er sich ohne mit der Wimper zu zucken die Vorwürfe an und bringt es sogar fertig, die rächende Hand abzuschlecken. Dies getan, setzt er sich vor den Tisch, um mit gelben Augen das Essen anzustarren. Auf den Fliesen sammelt sich eine kleine Speichelpfütze.

Da er keinen Armagnac finden kann, schenkt sich Saint-Pierre ein Glas von Berthes Pflaumenschnaps ein. Er kann der Versuchung nicht widerstehen, sich eine Ecke der allmählich fester werdenden *cruchade* abzubrechen. Seine Augenbrauen zucken voller Vorfreude.

Es hat sich ein Zeuge gemeldet. Er gibt an, von Luzac Geld erhalten zu haben, dafür, daß er einen Mann namens Durand zum Schweigen bringt. Zu jener Zeit prahlte dieser Durand abends in den Gaststätten damit, daß er auf Geheiß des Bürgermeisters eine wichtige Rolle im Gefängnis-Massaker gespielt habe. Daher fand es der Zeuge nicht weiter verwunderlich, daß Luzac den Mann aus dem Weg geräumt haben wollte. Als Durand an einem nebeligen Novemberabend über die Quais torkelte, hatte er sich auf die Lauer gelegt, in der Absicht, ihm mit einer Eisenstange den Schädel einzuschlagen. Mit dem seltsamen Glück des Betrunkenen gesegnet, war Durand im entscheidenden Augenblick gestrauchelt, so daß der Schlag seinen Kopf verfehlte. Dann allerdings hatte er das Gleichgewicht verloren, war auf den nassen Steinen ausgerutscht und rücklings in den Fluß gefallen.

Gefragt, aus welchem Grunde er beschlossen hatte, sein Schweigen zu brechen, hatte der arbeitslose Wollkämmer Mazel tugendhaft erklärt, sein Gewissen habe keine Ruhe gefunden, seitdem man Durands Leichnam aus dem Fluß gefischt hatte. Außerdem, fügte er hinzu und blickte durch seine kurzen, fransigen Wimpern zu Saint-Pierre empor, habe ihm Luzac klar und deutlich mitgeteilt, daß er Durand verdächtige, in konterrevolutionäre Aktivitäten verwickelt zu sein. Da er selbst Todfeind eines jeden Verräters sei, habe er damals keine Skrupel gehabt, was Durands Schicksal betraf. Wie alle anderen Bürger Castelnaus habe auch er Luzac für einen guten Republikaner und Revolutionär gehalten. »Welchen Anlaß hätte ich armer, ungebildeter Mann also gehabt, Luzacs Worte in Frage zu stellen?«

Die Geschichte war keineswegs unglaubhaft. Dennoch erschien Saint-Pierre der eine oder andere Punkt nicht ganz stimmig. Er besprach seine Zweifel mit Chalabre, angefangen mit dem Charakter des Zeugen, der seit frühester Kindheit wegen geringfügiger Gesetzesübertretungen wiederholt inhaftiert gewesen war. Er war der Polizei als Dieb und Lügner bekannt. Konnte man also seiner Aussage überhaupt eine Bedeutung beimessen? Hinzu kam, daß Mazel ein mickriges Männlein war. Warum hätte Luzac ausgerechnet ihn dazu auserkoren, den großen, kräftigen Durand umzubringen? Und selbst, wenn man die entfernte Möglichkeit in Betracht zog, daß Mazel die Wahrheit sagte – wo war das Geld geblieben? Nach eigener Aussage hatte der Wollkämmer für seine Dienste ein kleines Vermögen in Empfang genommen, von dem er jedoch keinen einzigen *sou* vorzuweisen vermochte. Er behauptete, den größten Teil beim Kartenspiel verloren und den Rest für Alkohol und Frauen verpraßt zu haben, aber der Mann, den Saint-Pierre in die einschlägigen Etablissements schickte, um Erkundigungen einzuholen, hatte berichtet, daß Mazels Bekannte keinerlei Anzeichen eines verbesserten Einkommens bei dem Wollkämmer festgestellt hatten.

Chalabre hörte ihn höflich an und nickte verständnisvoll, als er seine Skepsis äußerte. »Ja, natürlich, in der Tat, Saint-Pierre, ich darf Ihnen wieder einmal gratulieren zu Ihrer scharfsinnigen Beobachtungsgabe und Ihrem Urteilsvermögen. Zweifellos wird man, sobald man die Recherchen vertieft, feststellen, daß Mazel absichtlich oder fahrlässig den Tatbestand verfälschte. Solche Menschen sind nicht in der Lage, sich an die Fakten zu halten. Vielleicht gibt es einen Komplizen, oder er hat das Geld versteckt, damit es nicht konfisziert wird. Aber diese Fragen können doch warten bis zum Prozeßbeginn, nicht wahr?«

»Der seltsamste Aspekt der ganzen Geschichte ist die Tatsache, daß Mazel ein derart schwerwiegendes Verbrechen freiwillig gesteht. Der Unsinn über sein Gewissen, das ihn geplagt habe, ist offenkundig geheuchelt.«

»Zugegeben, es ist schwer vorstellbar. Aber immerhin ist es allgemein bekannt, daß unser ehemaliger Bürgermeister und seine Anhänger ausdrücklich mit den Abgeordneten, die im vergangenen Monat in Paris verhaftet wurden, sympathisieren, mit Verrätern also. Und sie machen keinen Hehl daraus, daß sie unseren Jakobinerklub schließen lassen wollen, nun, da er nicht länger ihr Herrenklub ist. Ich stimme Ihnen darin zu, daß Mazel in nahezu jeder Hinsicht ein überaus unangenehmer Zeitgenosse ist, aber daraus folgt nicht zwingend, daß er kein Patriot ist. Es wäre durchaus denkbar, daß er sich von einem Menschen wie Luzac verraten fühlt.«

Saint-Pierre ließ sich seine Skepsis deutlich anmerken.

»Sie sollten den Zorn des Normalbürgers gegenüber Staatsfeinden keineswegs unterschätzen«, sagte der Anwalt belehrend. »Wenn wir diese Zeugenaussage nicht ernstnehmen, könnte man uns dann nicht unterstellen, die Revolution verraten zu haben?«

Ein Wink mit dem Zaunpfahl.

»Außerdem«, fuhr Chalabre fort, jetzt in einem nachsichtigen Ton, als habe er die Angst in den Augen des Richters aufflackern sehen, »haben Sie mir selbst einmal gesagt, daß Sie den Verdacht hegen, ein Mitglied der Regierung sei am Massaker beteiligt gewesen. Wer sollte es sonst gewesen sein?«

Also hatte Saint-Pierre den Haftbefehl für Luzac unterzeichnet.

Er kann beim besten Willen keinen Zucker finden. Wo hortet Berthe nur die ganzen Lebensmittel? Aber ein Glas Aprikosenmarmelade, die sie letzten Sommer eingekocht hat, erfüllt denselben Zweck. Eigentlich zieht er die Marmelade sogar dem Zucker vor. Mit der Messerspitze ritzt er in die *cruchade* rechteckige Vertiefungen und schneidet sie aus.

Was er Chalabre verschwiegen hat, ist, daß eine Prostituierte seinem Informanten mitgeteilt hatte, daß sie der Überzeugung sei, Mazel sei inzwischen Polizeispitzel geworden. Erst eine Woche zuvor habe sie ihn mit zwei Männern ins Gespräch vertieft gesehen, die bekanntermaßen im Dienste des Staatsanwaltes standen. Deswegen verstehe sie nicht, warum man ihn festgenommen habe, aber das war eben typisch für die Polizei. Wofür war sie da, wenn nicht, um ehrlichen Bürgern das Leben schwer zu machen?

Er setzt die Bratpfanne auf. Die erhitzte Butter zischt, und da Saint-Pierre inzwischen ein wenig schwerhörig geworden ist, hört er nicht, wie hinter ihm die Küchentür geöffnet wird und erschrickt derart, daß ihm der Löffel aus der Hand fällt, als plötzlich eine Stimme sagt: »Ich hielt es für unwahrscheinlich, daß es ein Einbrecher ist. Andererseits mißt man hierzulande dem Essen eine solche Bedeutung bei, daß ich mir doch nicht ganz sicher war. Woher will ich wissen, ob es nicht üblich ist, in ein Haus einzubrechen, nur um dort zu kochen ...?«

Stephen greift blindlings nach einem Stuhl, um seinen Fall zu bremsen, und schlägt mit dem Ellenbogen hart gegen die Tischkante, als er zu Boden stürzt. Den Kopf zur Seite gelegt, verweilt Brutus einen langen Moment, um zu überlegen, wie er sich diese Situation zunutze machen könnte. Dann aber dreht er dem Neuankömmling den Rücken zu und macht es sich wieder bequem.

»Speichel«, sagt Stephen erbost, während er seinen Ellenbogen reibt und sich schwerfällig niederläßt. »Kalter Speichel. Pfui Teufel. Zum dritten Mal innerhalb von zwei Wochen. Dieser Höllenhund!«

Saint-Pierre holt indessen mit einer Schöpfkelle die goldgelben Rechtecke aus der Pfanne und legt sie auf einen Teller. »Er wird eben älter«, bemerkt er. »Er sabbert mehr, aber dafür beißt er seltener.«

»Ich werde versuchen, es von dieser Seite zu betrachten.«

»Wissen Sie«, sagt Saint-Pierre nachdenklich, »es war in jenem Jahr zu Weihnachten, daß ich erstmals bemerkte, daß man die Zugluft, die jemand einläßt, wenn er von draußen aus der Kälte kommt, erst spürt, nachdem die Tür wieder verschlossen ist.«

Stephen reibt sich weiter den verletzten Ellenbogen und sinniert über diese Bemerkung, kommt aber zu dem Schluß, daß sie keinerlei Anhaltspunkte bietet, anhand derer er nach menschlichem Ermessen ergründen könnte, was Saint-Pierre ihm damit sagen will.

Er schaut zu, wie dieser eine dicke Schicht Aprikosenmarmelade auf die *cruchade* streicht. »Heute abend hatte der

Horizont bei Sonnenuntergang genau den gleichen Orangeton«, bemerkt er.

»Es handelt sich um ein altes Rezept aus dieser Region.« Saint-Pierre hält ihm den Teller hin. »Nicht jedermanns Geschmack«, meint er hoffnungsvoll. »Probieren Sie ein kleines Stück.«

»Köstlich.«

Saint-Pierre seufzt.

In Paris hatten sie beschlossen, die Zukunft zurückzudatieren. Als ihr Anfang wurde die Gründung der Republik im Herbst 1792 festgelegt. Zwölf Monate später proklamierten also die brandneuen Kalender bereits das Jahr II. Es war, als habe man einen Strich unter die Vergangenheit gesetzt, nachdem man die Summe ihrer Leistungen berechnet und für ungenügend befunden hatte, dachte Joseph. Als hätten sie mehr als genug Zeit verschwendet und festgestellt, daß nun Eile geboten sei.

Saint-Pierres Blick folgte Josephs, der auf dem Bild für den Monat Vendémiaire, dem Weinlesemonat ruhte. Das Kalenderbild zeigte eine junge Frau mit statuenhaften Proportionen, die Arme voller Weintrauben und die Stirn mit Ranken geschmückt. Die Sinnlichkeit ihrer nackten, runden Brüste stand in pikantem Kontrast zu ihrem anklagenden Blick.

»Das ist immerhin eine Alternative zum Heiligen Markus.«

»Wie bitte?«

»Zum Schutzheiligen der Weinberge.«

»Ach so.« Joseph drehte und wendete seine Brille zwischen den Fingern. »Ja, es ist durchaus eine Abwechslung.«

»Ihr Männer der Revolution seid wahrhafte Dichter. Diese Namen, die ihr ersonnen habt: Brumaire, der Nebelmonat, Prairial, der Wiesenmonat.«

»Das ist der Naturkult. Von jenem christlichen Aberglauben befreit, der den alten Kalender belastete, werden die Republikaner fortan in Harmonie mit dem Rhythmus der Natur leben.«

»Die ihnen, wie es scheint, nur alle zehn Tage einen Ruhetag gewährt. Sind Sie wirklich sicher, daß man sich vom Sonntag befreien will?«

»Dezimalsysteme sind eben logischer.«

»Doch nur aufgrund einer Laune der Mathematik. Was wäre, wenn wir ein Neuner- oder Zwölfer-System hätten?«

Joseph verspürte so etwas wie Verzweiflung, als er merkte, daß ihm das Gespräch zu entgleiten begann.

Der Schreiber, der in einer kleinen Kammer vor Saint-Pierres Büro arbeitete, klopfte an, trat schüchtern ein und legte dem Richter einige Dokumente vor, die er unbedingt unterschreiben mußte.

Es kostete Joseph Überwindung, die Frau auf dem Kalender nicht anzustarren. In Saint-Pierres kleinem Büro war jede verfügbare Fläche – Schreibtisch, Aktenschränke, Stühle, Fußboden – übersät mit Kästen voller Verträge und unzähligen Bündeln von Dokumenten, die mit rotem Zwirn zusammengebunden waren. Das schmale, mit Spinnweben verhangene Fenster blickte gen Osten. Es roch nach Siegelwachs, und hinter einem Bücherregal marschierte zielstrebig ein Bataillon Ameisen hervor.

Noch ehe der Schreiber die Tür hinter sich verschlossen hatte, platzte Joseph mit seinem Anliegen heraus.

Nach einem langen Schweigen, das Joseph überbrückte, indem er die Ameisen beobachtete, fragte schließlich der Richter: »Und Sophie … hat sie …?«

»Ich hielt es für richtig, erst einmal mit Ihnen zu sprechen.« Kaum hatte er die Worte geäußert, erschienen sie ihm sowohl anmaßend als auch unbedarft. Als er Nacht um Nacht durch die Straßen mit ihren verschlossenen Läden geirrt war und Skrupel und Begierde in seiner Brust einen schmerzhaften Kampf führten, war es ihm noch ehrenhaft erschienen, zuerst mit dem Vater zu sprechen. »Das Komitee …« stammelte er. »Ich wußte nicht, ob Sie einverstanden sind …«

»Sie sind sehr gewissenhaft«, sagte Saint-Pierre. Es klang in Josephs Ohren ein wenig ironisch, aber er wagte nicht, dem Richter ins Gesicht zu blicken.

»Sie hat mir einmal eine Geranie geschenkt«, murmelte er.

»Luzac soll nicht etwa vor meinem Gericht, sondern vor dem Revolutionstribunal der Prozeß gemacht werden. Chalabre teilte mir gestern mit, daß die Anklage nun auf Volksverhetzung lautet, insofern, als daß das Massaker einen Versuch darstellt, die Revolution vor der Öffentlichkeit zu diskreditieren.«

»Ich weiß.«

»Ich weiß, daß Sie es wissen. Schließlich war es das Komitee, das diese Entscheidung fällte. Sagen Sie mir, Morel: Als das Komitee beschloß, Luzacs Fall vor das Tribunal zu bringen, wußten Sie zu jenem Zeitpunkt, daß Luzac seinerseits unseren jetzigen Bürgermeister beschuldigt hatte, am Massaker beteiligt gewesen zu sein?«

Joseph sah ihm direkt in die Augen – war er sich doch seiner Sache sicher. »Luzac scheut vor nichts zurück, um seine Haut zu retten, nicht wahr? Ricard ist ein leidenschaftlicher Redner, und er haßt die Priesterschaft, daher waren seine Ansprachen im Klub immer recht scharf. Aber darüber hinaus ...« Er zuckte die Achseln.

»Luzac aber behauptet, das Massaker sei einzig und allein Ricards Idee gewesen und daß sie sich beide mit Durand, diesem Burschen, den man aus dem Fluß gefischt hat, getroffen haben, um ihm Instruktionen zu geben. Später, als es aufgrund des Massakers zum Eklat kam, ließ Ricard laut Luzac Durand ermorden. Er weiß nicht von wem. Er sagt, Durand habe einen Komplizen gehabt, der sich angeblich als Soldat verpflichtet hat und seitdem als vermißt gilt. Luzac sagt aus, man habe ihn zum Schweigen gebracht, ehe mein Untersuchungsausschuß Gelegenheit hatte, ihn zu befragen. Er streitet ab, Mazel jemals begegnet zu sein und beharrt darauf, daß die angeblichen Beweise ein Lügengespinst sind, das von Ricard oder Chalabre oder von beiden zusammen ersonnen wurde.«

»Nun, der Prozeß wird beweisen, ob er die Wahrheit spricht.«

»Mein lieber Morel, Sie wissen so gut wie ich, daß das Tribunal genau die Wahrheit ermittelt, die es ermitteln *will*.«

Joseph blickte starr hinab auf seine Hände, die rosig und nackt auf seinem Schoß lagen.

»Aber ich vermute, Sie kennen noch nicht die Neuigkeiten, die mir mein Schreiber heute überbrachte: Man hat Mazel am heutigen Vormittag erhängt in seiner Zelle aufgefunden. Der Gefängnisleiter meint, heute nacht habe ihn die Reue überwältigt.« Saint-Pierre schwieg einen Augenblick, ehe er fortfuhr: »Seltsam, daß es ausgerechnet in der Nacht geschah, in der man ihn unerklärlicherweise in eine Einzelzelle verlegt hatte.«

Dieses Mal war der ironische Unterton nicht zu überhören.

»Ich mußte Ricard versprechen, ihm bis Ende nächsten Sommers zur Seite zu stehen«, sagte Joseph. »Sie haben mich drei zu eins überstimmt«, ergänzte er. Es klang wie eine Entschuldigung.

»Sie gelten für die meisten als guter und als ehrenwerter Mensch. Nur wegen Ihnen hat die Ratsversammlung der Bildung des Komitees zugestimmt. Haben Sie das gewußt?«

Unglücklich schüttelte er den Kopf.

»Und nur mir ist es zu verdanken, daß sich die Entrüstung der Öffentlichkeit nach dem Massaker in Grenzen hielt. Die Gesellschaft braucht ein personifiziertes Gewissen. Und natürlich ihre Sündenböcke. Um dies zu verhindern, hat man Gesetze geschaffen. Durch sie sollen Recht und Unrecht nicht länger der Verantwortlichkeit des Individuums überlassen bleiben, sondern zum Ausdruck eines kollektiven Willens erhoben werden. Daran hätten wir beide denken sollen.« Saint-Pierre beugte sich vor. »Sie haben mir zu verstehen gegeben, daß sie mich nicht mehr brauchen. Wie lange, schätzen Sie, wird man *Sie* noch brauchen?«

»Sie irren sich, was Ricard angeht«, beteuerte er beharrlich. »Auch er ist ein guter Mann und Politiker mit Leib und Seele. Er wünscht sich eine bessere Zukunft – für seine Kinder, für alle. Er kann zwar ...« Wie hieß doch das Wort? »... rigoros sein, aber ich kann Ihnen versichern, daß er stets im Sinne der Revolution handelt.«

»Erschreckend.«

Nach einer Weile sagte Joseph: »Wissen Sie, ich habe ihm so vieles zu verdanken.«

»Als Sie kamen, war ich soeben dabei, schriftlich meinen Rücktritt zu erklären. Um meinen Töchtern zuliebe Provokationen zu vermeiden, habe ich meinen Rücktritt mit meinem schlechten gesundheitlichen Zustand begründet.« Der Richter lächelte. »Wie viele mögen es sein, die innerhalb der letzten zwölf Monate aufgrund ihres schlechten Gesundheitszustandes vom Amt zurückgetreten sind? Als Mediziner müßten Sie die Epidemie registriert haben.«

Joseph öffnete den Mund, um zu sprechen, aber Saint-Pierre kam ihm zuvor: »Was Sophie betrifft, so handeln meine Töchter bereits seit geraumer Zeit so, wie es ihnen beliebt. Sophie ist volljährig und durchaus in der Lage, selbst zu entscheiden, ob und wen sie heiraten will. Ich nehme an, das wissen Sie selbst. Dennoch haben Sie sich als gewissenhafter Mann zuerst an mich gewandt, und ich weiß Ihre Geste durchaus zu schätzen. Deshalb bitte ich Sie, sich folgendes vor Augen zu führen, ehe Sie fortfahren: Sophie ist eine Adelige, der Mann ihrer Schwester kämpft für den Feind, ihr Vater entspricht nicht den Anforderungen der Revolution. Sollten Sie Sophie wirklich heiraten – wäre das nicht genau der Tropfen, der das Faß zum Überlaufen bringen würde?«

»Vor knapp fünf Minuten deuteten Sie noch an, daß es eines solchen Schrittes gar nicht bedürfe, da es sowieso nur eine Frage der Zeit sei, bis sie sich … gegen mich wenden.«

»Sehr richtig.« Saint-Pierres Stimme wurde sehr sanft. »Aber gerade eben war es Sophies Sicherheit, an die ich dachte.«

»Ich würde dafür Sorge tragen, daß ihr nichts geschieht … ich würde sie beschützen«, protestierte Joseph.

Der Richter schwieg.

Draußen im Flur hörte man eilige Schritte, und das Ameisenbataillon war dabei, den Rückzug anzutreten.

»Was soll ich tun?« fragte Joseph.

Es ist typisch für Sophie, denkt ihr Vater, sich, ohne zu zögern, Problemen zu widmen, nicht etwa, weil sie sich gerne mit ihnen befaßt, sondern um sie so schnell wie möglich aus dem Weg zu schaffen. Wenn es bergauf geht, ist sie ihm immer einige Meter voraus. Er folgt gemächlich ihren resoluten Schritten, blickt um sich, genießt die Aussicht, betrachtet die blauen Glockenblumen oder weicht einem karamelbraunen Käfer aus, der über den Weg krabbelt. Er muß an sein Herz denken, und dann kann er auch die Angewohnheit nicht ablegen, zu denken, daß er Zeit hat. Zeit, die langsam dahinfließt wie der träge, grüne Fluß, der sich dort in der Ferne in seinem gewundenen Bett schlängelt.

Er fragt sich, ob alle Einzelkinder der Illusion verfallen, es seien nur die anderen, die älter werden.

Er weiß, daß er Sophie, sobald es bergab geht, ein- und gegebenenfalls auch überholen wird. Er wird stetig voranschreiten, während sie sich aus Angst zu stürzen mit behutsamen Seitenschritten den Hang hinabbewegen wird. Was kann man daraus schließen, fragt er sich. Vielleicht lediglich, daß er allzu stark dazu neigt, die Beweislage zu sondieren, auf der Suche nach alternativen Erklärungsmodellen, die alle Fakten ausreichend abdecken.

Er versucht Sophie, die oben auf der Kuppe im Windschatten der Rotdornhecke auf ihn wartet, diesen Gedankengang zu erklären.

»Ich mißtraue Menschen, die sich weigern, Alternativen in Betracht zu ziehen«, sagt sie, während er sich vorsichtig im Gras niederläßt. »Sie brüsten sich damit, Pragmatiker zu sein, aber in Wirklichkeit sind sie nur phantasielos.«

»Nun, es gibt aber auch so etwas wie zu viel Phantasie.«

»Laß das bloß Stephen nicht hören!«

Er sieht ihr zu, wie sie aus dem Riemen der Schultertasche, die sie unbedingt tragen wollte, herausschlüpft. Es gab eine Zeit, da dachte er, sie und Fletcher ... aber sofort scheuen seine Gedanken wie verängstigte Kaninchen vor diesem Thema zurück. Er kann sich einfach nicht dazu überwinden, sich damit auseinanderzusetzen, was zwischen Claire und Fletcher vor sich geht. Was soll nur aus Claire werden? Ihr Unglück ist doch vorprogrammiert.

Sophie reicht ihm eine Handvoll kleiner, goldgelber Weintrauben. Sie glaubt zu wissen, warum er so traurig dreinschaut. »Sie werden Zeit haben, Ihr Buch zu vollenden«, sagt sie. »Und wir werden jeden Tag gemeinsam spazieren gehen. Wenn wir zwei Felder verkaufen, wird das Geld ausreichen, auch wenn Mathilde weiterhin in diesem Tempo wächst.«

»Als mein Großvater noch lebte«, sagt er und blickt hinab ins Tal, »gehörte uns das ganze Land, soweit man nur blicken kann.« Als er darüber nachdenkt, empfindet er weniger Bedauern als ein mildes Erstaunen über den Einfluß der Zeit auf Dinge, die der Mensch für unveränderlich hält.

Sophie spuckt einen Kern in einen Busch vergilbter Nesseln.

Ehe er sich bremsen kann, hat er die Frage bereits ausgesprochen: »Was hältst du von Joseph Morel?«

Sie betrachtet kritisch eine Weintraube, ehe sie sie den Hang hinabwirft. Unten im Tal krächzen die Saatkrähen. »Ich habe ihn lange nicht mehr gesehen, aber ich gehe nicht davon aus, daß ihn seine offiziellen Verpflichtungen dazu bewegt haben, seine Meinung über Menschen wie uns zu revidieren.«

»Aber möglicherweise erspart uns seine Anwesenheit im Komitee die schlimmsten Auswüchse fanatischen Eifers.«

So jedenfalls hatte Morel argumentiert, indem er betonte, daß Ricard ihn wenigstens nach seiner Meinung fragte und ihn oft von seinem Standpunkt zu überzeugen versucht. »Wir sind Freunde, verstehen Sie?« Als Beispiele hatte er die Einrichtung eines von der Stadtverwaltung finanzierten Budgets zur Unterstützung der Armen genannt, sowie die neuen Unterkünfte für mittellose Kriegsveteranen und die Modernisierung des Abwassersystems. Er hatte sich optimistisch über die Entbindungsstation geäußert, die werktätigen Frauen die nötige

Bettruhe ermöglichen sollte. Als er Saint-Pierres skeptischen Blick bemerkte, räumte er ein, nur geringen Einfluß ausüben zu können, wenn es um *politische Situationen* und die entsprechenden Maßnahmen ging. *Aber ich habe ihm versprochen, bis nächsten Sommer zu warten.*

Sophie erhebt sich mit einer einzigen fließenden Bewegung aus ihrer sitzenden Position. Ich werde niemals mehr auf einen Baum klettern, denkt Saint-Pierre, niemals wieder einen Hang hinunterrennen, auf den Rücken eines Pferdes springen oder beim Treppensteigen zwei Stufen auf einmal nehmen.

In diesem Oktober folgte ein klarer Sonnentag auf den anderen und Sophies aufgekrempelte Ärmel lassen erkennen, daß ihre Oberarme noch immer von bronzener Farbe sind. Sie wischt sich eine Haarsträhne aus dem Gesicht und pflückt dicke Brombeeren, die aus der Hecke herauswachsen. Saint-Pierre schaut ihr dabei zu und denkt darüber nach, daß sie noch immer seine Frage nicht beantwortet hat. Er ist sich nicht länger sicher, daß es richtig war, zur Vorsicht zu mahnen, zur Geduld zu raten, zu warten … auf was eigentlich? Was würde am Ende geschehen?

Morel hat ihm versprochen, erst mit Sophie zu sprechen, nachdem seine Amtszeit beim Komitee verstrichen ist. Das Versprechen hat er nur widerstrebend gegeben, stur zu Boden schauend. Es lag auf der Hand, daß er am liebsten sofort zu ihr geeilt wäre. Aber dennoch hatte er Saint-Pierre sein Wort gegeben.

Saint-Pierre ist davon überzeugt, daß Morel nicht mehr lange leben wird. Seine Krankheit heißt Zweifel, und in Zeiten der Revolution endet eine solche Krankheit zumeist mit dem Tod. Sie würden seine symptomatischen Skrupel nicht mehr lange dulden. Was konnte die Ehe mit einem solchen Mann Sophie einbringen, wenn nicht Kummer und Leid? Oder Schlimmeres.

Zugleich aber wispert ihm der Verdacht ins Ohr, daß sein Instinkt, Sophie zu beschützen, dicht einhergeht mit dem Wunsch, sie an seiner Seite zu halten, sie zu binden, auf daß sie da sei, um seinen Lebensabend zu erhellen. Bin ich tatsächlich zu einem jener egoistischen alten Narren geworden, denkt er?

Nachdem Sophie ihre Tasche mit Beeren gefüllt hat, kommt sie zurück und setzt sich wieder neben ihn ins Gras. Saint-Pierre, dem es Freude bereitet, den herbstlichen Sonnenschein zu genießen und Trauben zu essen, und der daher den Aufbruch so lange wie nur möglich hinauszögern möchte, fängt mit ihr ein Gespräch über Restaurants an. Natürlich hält er nicht viel von dieser Mode aus Paris. Nicht, daß er den Besitzern die Schuld gäbe. Bei ihnen handelt es sich um Köche, die bislang in den Küchen des Adels tätig gewesen waren, plötzlich arbeitslos wurden und auf die Idee kamen, jene Etablissements zu eröffnen, welche die Abgeordneten aus den Provinzen in hungrigen Scharen herbeilockten. »Die armen Teufel haben seit Jahren nichts Anständiges mehr zwischen die Zähne gekriegt«, bemerkt er. »Es tut niemandem gut, in Paris herumzulungern.«

Ausnahmsweise hat ihm Sophie überhaupt nicht zugehört. »Vater«, sagt sie, »es gibt etwas, das ich gerne tun würde.«

Der Pförtner wies Sophie den Weg zum Büro des Direktors. Sie hatte für ihren Besuch die Mittagszeit gewählt, weil sie wußte, daß Dr. Ducroix zu diesem Zeitpunkt bei Isabelle zu Mittag aß.

Hinter dem Haupttor hatte sie ihre Galoschen ausgezogen, mußte dann aber feststellen, daß auch der Boden des Innenhofs vom Regen schlammig und aufgeweicht war. Während sie die Hand hob, um an die Tür zu klopfen, blickte sie hinab und sah, daß ihre neuen roten Schuhe dreckverschmiert waren. Sofort verließ sie der Mut, aber es war zu spät, um den Rückzug anzutreten. Sie hatte bereits geklopft und hörte seine Stimme, die sie aufforderte einzutreten.

Joseph erhob sich, um sie zu begrüßen, wobei er heftig blinzelte. Er bot ihr einen Platz an, entschuldigte sich für Ducroix' Abwesenheit – da er offensichtlich annahm, sie sei gekommen, um den Kollegen zu konsultieren – fragte sie, ob sie etwas trinken wolle und informierte sie, daß sie, wenn sie sich beeilte, Dr. Ducroix noch einholen könne, da er erst vor knapp fünf Minuten das Büro verlassen habe.

»Ich kann mich ebensogut mit Ihnen unterhalten«, sagte sie, während sie, ehe sie Platz nahm, ein Schälchen mit einem Rest Milch von der Sitzfläche des Stuhls entfernte.

Er nahm ihr das Schälchen aus der Hand, entschuldigte sich erneut, murmelte etwas über Kätzchen und deutete mit einer unbestimmten Geste in Richtung Station. Als er fragte: »Wie kann ich Ihnen helfen?« sah er ihr nicht in die Augen, sondern blickte starr auf seinen mit Papieren übersäten Schreibtisch.

Sophie verlor endgültig den Mut. Sie entschuldigte sich für die Störung, sagte, sie bedauere, keinen Termin vereinbart zu haben, da sie doch wisse, wieviel er zu tun habe und meinte, sie wolle sich nicht anmaßen, ihm die Zeit zu stehlen …

Er unterbrach sie, indem er ruhig versicherte: »Ich stehe Ihnen ganz und gar zur Verfügung.«

»Meine Schwester, das heißt, meine jüngere Schwester«, setzte sie an, »sagte mir, daß Sie gegebenenfalls eine Pflegekraft suchen. Man müßte mich einweisen, aber ein wenig Erfahrung bringe ich durchaus mit, da ich meine Mutter während ihrer Krankheit gepflegt habe …« Verzweifelt rief sie im Geiste Dr. Kölreuter zu Hilfe, und schon erschien er, fröhlich durch eine mit geometrischer Präzision angeordnete Landschaft hüpfend, wobei er die wundersamsten Blumen mit einer Handbewegung erblühen ließ.

Joseph riß sich die Brille von der Nase.

»Ich könnte ein bis zwei Tage pro Woche erübrigen«, sagte sie. »Aber ich könnte mir vorstellen, daß das nicht ausreicht …«

»Wann können Sie anfangen?«

»Wie wäre es mit kommender Woche?«

»Ausgezeichnet.« Dann aber verdüsterte sich seine Miene. »Sie sollten sich jedoch die Stationen anschauen, ehe Sie sich festlegen. Außerdem möchte ich Sie warnen, daß Sie unter unhygienischen Bedingungen arbeiten werden. Die Menschen, die hier arbeiten, sind blaß und neigen häufig zu Erkrankungen.«

»Sie selbst wirken aber überaus gesund«, erwiderte sie.

Er machte eine so heftige Bewegung mit der Brille in seiner Hand, daß diese klirrend zu Boden fiel. Er bückte sich unter den Schreibtisch, um sie aufzuheben. Seine Stimme ließ sich aus der Tiefe vernehmen: »Ich habe eine kräftige Konstitution. Außerdem bin ich aufgrund meines häufigen Kontaktes mit Kranken resistent.«

»Zwei Tage pro Woche erscheinen mir nicht als übermäßiges Risiko.«

Während er auf den Knien herumrutschte, stieß er mit dem Ellenbogen heftig gegen die Schreibtischkante, verspürte jedoch keinen Schmerz.

1794

»Es war einmal ein Buckliger, über den sich alle Welt lustig machte. Eines schönen Tages, als er durch den Wald ging und unter Tränen sein Schicksal beweinte, traf er auf drei Hexen, die im Kreise tanzten und der Reihe nach sangen: *Montag, Dienstag, Mittwoch*. Der Bucklige schaute ihnen eine Weile zu und reihte sich dann in ihren Reigen ein. *Montag, Dienstag, Mittwoch*, sang erst die eine Hexe, dann die zweite und dann die dritte Hexe, und als die Reihe an ihm war, ergänzte er den Gesang um *Donnerstag*, welches die Hexen sehr erfreute und zum Lachen brachte. Sie sangen und tanzten nun schon seit Anbeginn der Zeit und sehnten sich nach Abwechslung. Also schlugen sie dem Buckligen auf den Buckel, und dieser fiel von ihm ab und kullerte ins Gebüsch. Zum ersten Mal in seinem Leben konnte er aufrecht stehen. Er stieß einen Freudenschrei aus und begab sich schleunigst zurück in sein Heimatdorf, wo er bald das schönste Mädchen heiratete und glücklich und in Wohlstand lebte, bis er in einem gesegneten Alter verstarb. Aber einmal im Monat, und zwar in der Vollmondnacht, mußte er zu jener Lichtung im Walde zurückkehren, um mit den Hexen zu singen und zu tanzen. Das hatte er ihnen versprochen, und er war ein Mann, der sein Wort hielt.

Eines Tages traf ein zweiter Buckliger, ein Ausgestoßener, ein Vagabund, im Dorfe ein, wo man ihm von der wundersamen Heilung des ersten Buckligen erzählte. Und der zweite Bucklige ging zum ersten, der Holzfäller geworden war, und flehte ihn an, ihm zu verraten, wie er sich seines Buckels entledigt habe. Der erste aber schüttelte lächelnd den Kopf, denn er hatte den Hexen versprochen, niemandem von jener Nacht im Walde zu erzählen, und er war ein Mann, der sein Wort hielt. Wenn seine hübsche Frau anfing, zu viele Fragen zu stellen, pflegte er ihren Mund mit Küssen zu versiegeln.

Nun war aber der zweite Bucklige ein hartnäckiger Geselle. Er harrte aus und legte sich auf die Lauer, bis er schließlich in einer Vollmondnacht den Holzfäller dabei beobachtete, wie sich dieser auf Zehenspitzen aus dem Hause schlich, die Türe lautlos hinter sich verschloß und sich auf den Weg begab, der in den Wald hineinführte. Der Bucklige folgte in sicherem Abstand, duckte sich in den Schatten und achtete sorgsam darauf, auf keine Zweige zu treten. Schließlich vernahm er Stimmen, die ihn in die mondhelle Lichtung führten. Aus seinem Versteck hinter einer Eiche schaute er den Tänzern zu: *Montag, Dienstag, Mittwoch* sangen die Hexen der Reihe nach, und der Holzfäller stimmte mit klarer kräftiger Stimme ein: *Donnerstag. Montag, Dienstag, Mittwoch* und *Donnerstag. Montag, Dienstag, Mittwoch* und *Donnerstag.* So sangen sie, hielten sich an den Händen und tanzten im Mondlicht.

Nun war der Bucklige nicht auf den Kopf gefallen. Während er das Treiben genau beobachtete, dachte er bei sich: Oh-ho, auch ohne Mondlicht würde ich erkennen, was hier gespielt wird. Als man also erneut *Montag, Dienstag, Mittwoch* und *Donnerstag* sang, stürzte er sich in die Lichtung und sang: *Freitag.* Er faßte die anderen an den Händen und sang jedes Mal *Freitag*, nachdem *Montag, Dienstag, Mittwoch* und *Donnerstag* verklungen waren.

Da wurden die Hexen sehr zornig und schlugen den Buckligen auf den Buckel. Daraufhin schnellte der Buckel des Holzfällers aus dem Gebüsch hervor und setzte sich auf den Rücken des Buckligen. Nun hatte er statt einem Buckel gleich zwei. Heulend und zähneknirschend rannte er davon und ward niemals mehr gesehen.«

»Und damit endet die Geschichte?«

»Ja.«

»Aber das ist entsetzlich«, protestierte Stephen. »Der zweite Bursche will doch nichts weiter, als Herr seines Schicksals werden. Wenn Kinder dieses Märchen hören, sollten sie doch erfahren, daß seine Mühe belohnt wird. Wo bliebe sonst die Moral der Geschichte?«

»Man könnte es als Allegorie für das Schicksal von Künstlern betrachten, deren Arbeit es an Originalität mangelt.«

»In Amerika würde man sie verbieten.«

Olivier schlang Sophie die Arme um den Hals, eine Taktik, die sich zumeist als erfolgreich erwies. »Erzählst du mir die Geschichte noch mal?« fragte er.

Seit November hatte sie den vierten und zehnten Tag eines jeden *décadi* im Krankenhaus verbracht. Das Mittagessen erhielt sie gratis, ebenso zwei frischgewaschene blaue Schürzen. Mutter Clothilde stellte für ihren persönlichen Gebrauch ein Handtuch und Seife bereit, mit der Bitte, sich einmal pro Stunde die Hände zu waschen. Wenn sie mit einem Patienten, dessen Moral als zweifelhaft galt, in Berührung kam, hatte die Reinigung umgehend zu erfolgen.

Sie wurde für eine der Stationen eingeteilt, auf der ihr die Aufgabe oblag, den Patienten, je nachdem, welche Verpflegung der behandelnde Arzt angeordnet hatte, Wein, Suppe und Brot zu servieren sowie sie zu rasieren und dafür zu sorgen, daß sie saubere Bettwäsche, frische Verbände und dergleichen erhielten. Sie überwachte die Arbeit des in Lohn stehenden Stationsdieners, verwaltete das Holzlager des Krankenhauses und verzeichnete die Neuaufnahmen auf ihrer Station. Mutter Clothilde – selbst Dr. Morel brachte es nicht über sich, sie mit »Bürgerin« anzusprechen – zeigte Sophie, wie man einen Puls mißt, um die Stärke, Regelmäßigkeit und den Rhythmus zu ermitteln. Sie mußte in der Medikamentenausgabe unter Aufsicht des diensthabenden Apothekers Pulver mahlen und Tinkturen anmischen. Vor allem die Laudanumtinktur war immer knapp und mußte schnell nachgeliefert werden. Sie setzte sich zusammen aus zwei Unzen Opium in einem halben Liter Wein, unter Beigabe einer Unze Safran und einer Prise gemahlenem Zimt. Sophie hatte die Aufgabe, die Mixtur über Wasserdampf zu erhitzen und sie anschließend zu sieben und in Flaschen abzufüllen. Sie assistierte bei der Wundbehandlung, was in ihrem Fall bedeutete, daß sie die Anweisungen, die ihr erteilt wurden, genauestens befolgte. Sie legte Breiumschläge aus Leinsamen auf Abzesse, um den Eiter herauszuziehen. Auch wenn sie nicht eigenständig Aderlässe durchführen mußte, da diese Behandlung von einem Assistenzarzt vorgenommen wurde, so erwartete man doch von ihr, bei der Handhabung mit den Blutegeln Geschick und Gelassenheit an den Tag zu legen.

Das Hervorrufen von Blasen zählte zu den umstrittenen Therapien. Lange Zeit war man davon überzeugt gewesen, daß man dem Patienten einen Gefallen tue, indem man schmerzhafte Behandlungen durchführte. Diese sollten den Betroffenen von seinen eigentlichen Beschwerden ablenken und somit die Krankheit gleichsam delokalisieren. Das traditionelle Reizmittel waren Pflaster aus Absonderungen der Spanischen Fliege, burgundischem Pech, pulverisierter Wolfsmilch, Hefe, Wachs und Senfkörnern. Sobald Blasen entstanden, wurden diese geöffnet, um die Gifte heraustreten zu lassen. Dr. Morel aber bezweifelte den therapeutischen Wert dieser Behandlung, und wenn er es dennoch für unumgänglich hielt, sich ihrer zu bedienen, so entschied er sich für die Alternative, kleine Gefäße, sogenannte Schröpfköpfe, zu erhitzen und dem Patienten auf Hinterkopf oder Rücken zu pressen, um die gewünschte Wirkung zu erzielen. Jeder hatte seine eigene Meinung über die verschiedenen Varianten dieser Therapieform.

Der Leiter und sein Stellvertreter machten jeweils einmal am Tag Visite, der eine am Morgen und der andere am Abend. Pro Visite war ein Zeitaufwand von maximal einer Stunde angesetzt, so daß der betreffende Arzt jedem Patienten höchstens dreißig Sekunden widmen konnte. Joseph aber verweilte lange genug an den Krankenbetten, um sich Notizen machen zu können. Dabei bemerkte Sophie, daß er sich zwar höflich und aufmerksam die Schilderung der Symptome anhörte, sich aber im Gegensatz zu Dr. Ducroix bei seinen Diagnosen niemals allein auf die Aussagen der Patienten stützte. Seine Untersuchungen nahmen stets mehr Zeit in Anspruch als die seines Kollegen, da er dem Kranken die Brust abklopfte, die Wunden beroch, die Zunge und die Augen untersuchte und die Atemgeräusche überprüfte. Urin, Stuhl, Auswurf und Erbrochenes wurden so lange aufbewahrt, bis sich der stellvertretende Leiter mit ihnen befaßt hatte.

Nach jeder Visite setzte er sich zu ihr an ihren Schreibtisch, der in einer entlegenen Nische der Station plaziert war. Einmal fragte sie ihn, warum er sich derart intensiv den physischen Symptomen der Patienten widmete. »Weil die Medizin zu den Naturwissenschaften zählt«, erläuterte er, »und die naturwissenschaftliche Erkenntnis auf nachweisbaren Phänomenen basiert. Kann man beispielsweise in zähflüssigen Ausscheidungen Anteile nachweisen, die eine klare, ölige Konsistenz aufweisen, so ist dies ein sicheres Indiz, daß eine eitrige Entzündung vorliegt, eine Erkrankung, die in der Regel tödlich verläuft.«

»Was aber, wenn Ihre Beobachtungen nicht mit den Schilderungen des Patienten übereinstimmen?«

»Dann ist es der Patient, der sich irrt. Der Mensch neigt zu Übertreibungen oder Verfälschungen, wenn es um die Beschreibung der eigenen Krankheitssymptome geht.«

Er hatte sich die Brille aufgesetzt, um ihre Aufnahmeberichte zu lesen. *Um neun Uhr dreißig wurde eine männliche Person eingeliefert*, las er. *Er war nicht ansprechbar, konnte uns also seinen Namen nicht nennen. Er verstarb um zehn nach zehn. Sein Alter betrug etwa fünfundzwanzig Jahre.*

Er spürte, wie die Verzweiflung in ihm aufstieg.

Sie ließ sich stirnrunzelnd seine Ausführungen durch den Kopf gehen, ehe sie den Gesprächsfaden wieder aufnahm: »Woher wollen Sie wissen, daß Sie sich bei der Interpretation Ihrer Beobachtungen nicht auch einmal täuschen?«

Er schwieg, um diesen ungewöhnlichen Standpunkt auf sich wirken zu lassen, ehe er antwortete: »Das wäre durchaus denkbar, aber wenn ich davon ausginge, könnte ich diese Arbeit nicht länger ausführen.«

»Sehen Sie? Solange sich die Wissenschaft darauf beschränkt, die Welt zu erklären, benötigt sie nichts weiter als die Vernunft. Sobald aber Handeln verlangt wird, sobald man Dinge verändern will, sobald der menschliche Faktor eine Rolle spielt, so bedarf es des Glaubens.«

Sophie hatte Joseph als sanftmütigen Menschen kennengelernt. Sie hatte erlebt, wie er geduldig am Krankenbett einer alten Frau saß, sich ihre verwirrten Reden anhörte und dabei mit den derben Händen behutsam das Bettzeug glättete. Wenn sie ihm zusah, wie er beim Lachen den Kopf in den Nacken legte, mußte sie lächeln. Als sie ihn jetzt anschaute, lag in seiner Miene etwas, das ihre innere Welt wie ein Uhrwerk in seine Einzelteile zerfallen ließ, ehe sich die Zahnräder und Spulen zu einer neuen Ordnung zusammenfügten …

Sophies Arbeitstag begann um acht Uhr morgens und endete abends um halb sechs. Sein Verlauf unterlag einer strikten Reihenfolge: Zuerst wurde das Brennholz verteilt, dann die Gesichter und Hände der Kranken gewaschen, anschließend das Aufnahmeprotokoll aktualisiert. Vor der Visite der Ärzte und Chirurgen putzte der Diener die Station, und anschließend versammelte man sich zum Mittagessen um einen Holztisch, dessen Platte im Laufe der Jahre durch ständiges Schrubben dünn geworden war. Vor jedem Mahl sprach Mutter Clothilde mit lautlos sich bewegenden Lippen das Tischgebet. Wenn Sophie aber abends zu Fuß zu Isabelles Haus ging, wo sie übernachtete, ließ die Erschöpfung die klar definierten Konturen des Tages, der hinter ihr lag, derart verschwimmen, daß er ihr im Rückblick nur wie ein vages Muster aus Etappen von Licht und Schatten erschien.

Am schwersten war der Geruch zu ertragen. Die versprochenen Fenster waren noch nicht geschlagen worden. Als Zwischenlösung hatte Joseph angeordnet, daß die Türen der Stationen zu jeder Tages- und Nachtzeit geöffnet blieben und dafür gesorgt, daß jeder Patient ein Bett für sich hatte – eine Regel, die theoretisch seit geraumer Zeit existierte, aber niemals befolgt worden war. Die Klinik war derart überbelegt, daß man sogar den Bettenbestand um Strohpritschen ergänzen mußte. Die Patienten, die auf diesen gebettet wurden und somit auf Bodenhöhe lagen, beklagten sich bitterlich über die Zugluft, und die mobileren unter ihnen ließen sich nicht daran hindern, in die nächstgelegenen Betten zu steigen, was die Mitpatienten, die diese belegten, dazu veranlaßte, sich lautstark zu beschweren und Verwünschungen auszustoßen. Schließlich wurden die Türen nur noch angelehnt und der Gestank nach Schweiß, Urin,

Erbrochenem, Durchfall, schmutzigen Verbänden, Essig und Medikamenten steigerte sich im Laufe des Tages derart, daß Sophie sich gegen Abend gezwungen fühlte, alle fünfzehn Minuten in den Flur hinauszutreten, um gierig nach Luft zu schnappen.

An einem stürmischen Frühlingsmorgen fand sie sich in Dr. Ducroix' Büro ein, obwohl sie heute nicht zum Arbeiten eingeteilt war. Sie bat um Erlaubnis, das vom Hauptgebäude umschlossene Brachland nutzen zu dürfen. Sie habe, erklärte sie, Pflanzen aus Montsignac mitgebracht. Sie seien draußen im Wagen vor dem Tor, und es wäre doch eine furchtbare Verschwendung, von ihnen keinen Gebrauch zu machen. Bald werde sich das Wetter verbessern, und man könne die genesenden Patienten dazu ermutigen, nach draußen an die frische Luft zu gehen. Davon würden sie gesundheitlich profitieren, und Dr. Morel wäre sicherlich erfreut. Dürfte sie vielleicht schon ein wenig Unkraut jäten?

Hinter den Küchen befand sich ein breites Stück Land, auf dem Karotten, Rettiche, Kohl, Bohnen, Erbsen und Heilpflanzen angebaut wurden. Zuständig für diesen Bereich war der von Arthritis geplagte, halbblinde und halbtaube Taine, der mit seiner gebückten Haltung einer Trauerweide glich und jeden, den er für einen Eindringling hielt, mit seinem einschüchternden Gebaren in die Flucht schlug. Niemand, noch nicht einmal Mutter Clothilde, konnte sich daran erinnern, wie es dazu gekommen war, daß Taine für das Krankenhaus arbeitete, noch wußte irgend jemand zu sagen, wo er hergekommen war. Wenn man ihn ansprach, gab er bellende Laute von sich und fuchtelte mit seinem Stock aus Schwarzdorn wild in der Luft herum.

Dieser Winter hatte Taine einen Husten beschert, der ihn außer Gefecht setzte und über Tage hinweg ans Bett fesselte, in jenem von Feuchtigkeit durchdrungenen Nebengebäude, welches er sein Zuhause nannte. In seinem geschwächten Zustand war er auf Unterstützung angewiesen. Ein Junge, der auf dem Gelände herumlungerte und als Gegenleistung für Kost und Logis die Arbeiten übernahm, die niemand anderes verrichten wollte, übernahm nun die Pflege des Küchengartens, wobei er sich als überdurchschnittlich begabt erwies, wenn es darum ging, Taines unverständliche Äußerungen korrekt zu interpretieren. Luc hatte seine Kindheit – sofern sie sich als solche bezeichnen ließ – auf einem Bauernhof verlebt und verstand etwas von harter Arbeit, von Witterungsbedingungen und von der Erde.

Dieser Junge mit den abstehenden Ohren wurde Sophies neuer Assistent. Joseph hatte bereits veranlaßt, daß man den Unrat und die Mauerreste aus dem ehemaligen Garten abtransportierte. Gemeinsam jäteten Sophie und Luc nun das Unkraut, räumten Steine weg, gruben die Erde um, zerstießen Erdklumpen, harkten die Oberfläche glatt und förderten ein schimmeliges rotes Portemonnaie zutage, das allerdings leer war, abgesehen von einem dreieckigen Hornknopf. Sie ließ eine Handvoll Erde durch ihre Finger rinnen, um dem Jungen zu zeigen, wie schwarz und lehmig der umgegrabene Boden war.

Rosen, Lavendel und Rosmarin standen bereit, ihre Wurzeln in feuchte Lumpen gehüllt. Ein unappetitlich anmutender Sack, den Sophie wachsam gehütet hatte, wurde einen Spalt breit geöffnet, um Luc den Inhalt zu offenbaren: gut gegorener Mist. Sie instruierte ihn, diesen nicht an die Kräuter zu verschwenden, sondern ausschließlich zum Düngen der Rosen zu gebrauchen. Unter keinen Umständen durfte Taine von seiner Existenz erfahren, da er ihn sich sonst unter den Nagel reißen würde, um ihn in seinem Gemüsegarten einzusetzen. Begeistert, ein Geheimnis teilen zu dürfen, gelobte Luc absolutes Stillschweigen.

Sie säumten einen Pfad mit Kräutern und legten zwei dreieckig angeordnete Rosenbeete an.

Der Vormittag ging zu Ende. Sie reckten die Arme und versicherten einander, wie hart sie gearbeitet hatten. Sie mußte nun aufbrechen, obwohl man erst die Hälfte der Pflanzen gesetzt hatte, aber sie versprach, am nächsten Tag wiederzukommen. Luc, dessen Herz sie gewonnen hatte, stand am Tor und winkte ihr zum Abschied nach.

Kurz darauf traf Joseph ein, ließ sich über die getane Arbeit in Kenntnis setzen und ging hinaus, um mit eigenen Augen das Werk zu begutachten. Es war spätnachmittags, der Himmel hatte sich verfinstert, und es wehte ein kühler Wind. Er brach einen Zweig Rosmarin, wandelte umher und atmete den Duft der Erde in vollen Zügen ein. Die ersten Regentropfen fielen vom Himmel, als er begann, die duftenden, ledrigen Nadeln vom Zweig zu streifen, als wären sie zahllose ungewollte Hoffnungsschimmer.

Das Häuschen stand am Ende der Straße. Es hatte einen Schweinestall an der Seite, im Garten war ein Misthaufen, und hinter dem Haus wurde Gemüse angebaut. Es war eines der beiden Häuser im Dorf, die noch immer zum Besitz der Familie Saint-Pierre zählten. Seit dem Tod des letzten Mieters hatte es leergestanden, den ganzen Winter hindurch, und der Regen sickerte durch das Dach, das man noch nicht instandgesetzt hatte, weil das Geld fehlte. Stephen hatte sich bereit erklärt, die Kosten zu übernehmen, als bescheidene Gegenleistung für die Unmengen heißen Wassers, die er verbraucht hatte, erklärte er.

»Sieh nur, Jacques, ein Apfelbaum!«

»Äpfel sind etwas für junge Menschen mit gesunden Zähnen. Süße, saftige Birnen sind mir lieber. Ich sehe hier aber keinen Birnbaum und auch keine Pflaumenbäume.«

»Sie wissen doch, daß Sie, wann immer Sie wollen, in unseren Obstgarten gehen und nach Herzenslust Obst pflücken können.«

»Aber bis dahin ist es eine ziemliche Entfernung, ganz zu schweigen von der Anhöhe, die ich erklimmen muß. Wenn ich noch einmal stürze, werde ich mich nicht erholen. Wahrscheinlich werde ich sowieso höchstens noch bis Weihnachten leben. Mir wird bestimmt niemand nachweinen.«

»Wenn die Birnen reif sind, werde ich Ihnen jeden Tag welche holen«, sagte Mathilde inbrünstig.

»Was glaubst du, wie lange die neuen Dachziegel halten werden? Beim ersten Sommersturm werden sie hinunterfallen, und dann fange ich mir bestimmt eine dieser Erkältungen ein, von denen man sich nie wieder erholt.« Mit dem von Rillen durchzogenen, vergilbten Fingernagel löste er einen Streifen Rinde vom Baum. Er glich mehr denn je einem dürren Zweig.

»Stephen bringt Ihnen vom Hof der Costes ein Ferkel mit. Eigentlich sollte es eine Überraschung werden.«

»Was soll ich denn mit einem Ferkel? Die Würmer werden mich fressen, ehe es gemästet ist.«

Mathilde rannte hinters Haus, wo sich das gejätete Unkraut neben dem Gemüsebeet türmte. Sophie stützte sich auf ihren Spaten. Ihr Haar hatte sich gelöst. »Ich will, daß Jacques bei uns bleibt! Warum darf er nicht bleiben?«

»Du weißt genau, warum. Du willst doch auch nicht, daß er ein zweites Mal die Treppe hinabstürzt, oder?«

»Es ist ein abscheuliches kleines Haus. Es hat keine Fenster, und außerdem stinkt es.«

»Trotzdem ist es besser als das Armenhaus in Castelnau«, entgegnete Sophie. Sie grub grimmig weiter und versuchte, nicht daran zu denken, daß Jacques nun zum ersten Mal seit sechsundsiebzig Jahren allein sein würde. Er hatte darauf bestanden, sein Testament notariell beglaubigen zu lassen. Sein gesamtes Hab und Gut – zwei Hemden, eine Hose, zwei Unterhosen, eine Weste, zwei Taschentücher, drei Paar Strümpfe, zwei Mützen, ein Paar Hausschuhe und ein gerahmter Druck, der das Märtyrertum der Heiligen Agathe darstellte – sollte nach seinem Tod versteigert und der Erlös, zusammen mit seinen Ersparnissen, bestehend aus neun *livres*, den »Schwarzen in Afrika« zugute kommen. Auf die Frage hin, welche Schwarzen er bedenken wolle, hatte er erwidert: »Die Schwärzesten von allen.«

»Er wird nur noch traurig sein«, schluchzte Mathilde. »Das weißt du genau.«

»Jeder im Dorf kennt ihn.«

»Aber die meisten kann er doch nicht leiden.«

»Berthe wird ihm täglich sein Essen bringen, und wir werden ihn alle besuchen. So schlimm wird es nicht werden«, sagte Sophie und versuchte, ihren eigenen Worten zu glauben.

»Meinst du, er freut sich, wenn ich ihm Brutus' Porträt schenke?«

Ein mit Schlamm bespritztes Ferkel trabte die Straße entlang und planschte durch die Pfützen. Stephen führte es am Strick, hielt Caroline auf dem anderen Arm und versuchte mühsam, das Gleichgewicht zu halten. Er blieb wie angewurzelt stehen, als er den alten Mann erblickte, der den Baum umarmte. Die weißen Blüten zeichneten sich gegen den blauen Himmel ab, und am Gesicht des weinenden Mannes klebten zwei hauchdünne Blütenblätter.

Sie erwarteten ihn bereits im Büro des Leiters. Er hatte damit gerechnet. Die Notwendigkeit, ihn zu befragen, würde entfallen, noch ehe er den Raum betreten hatte. Allein seine schlürfenden Schritte auf dem Gang würden ihnen bereits verraten haben, daß er gescheitert war. Mutter Clothilde bekreuzigte sich, und er brachte es nicht übers Herz, sie dafür zu maßregeln.

Als er an diesem Morgen eingetroffen war, hatte sich das Krankenhaus in Aufruhr befunden. Eine geistig behinderte Frau namens Bette Roussel, die in der Wäscherei arbeitete, hatte den gestrigen Hinrichtungen beigewohnt. Unter anderem hatte man einen Priester, Abbé Maury, guillotiniert. Als sein Kopf fiel, spritzte das Blut über den Boden. Nachdem das Spektakel vorüber war, hatte man Bette dabei erwischt, wie sie heimlich den blutbefleckten Kies aufsammelte. Man hatte sie auf der Stelle der Verschwörung bezichtigt und verhaftet.

Als man ihm von diesem Zwischenfall berichtete, hatte Joseph umgehend Ricard aufgesucht.

Auf Ducroix' Schreibtisch stand eine Vase mit drei rotgesprenkelten rosa Rosen. Er lehnte sich an die Wand neben der Tür.

»Ich habe Ihre Visite übernommen«, sagte Ducroix. »Der alte Mann mit dem Kropf ist verstorben.«

»Bette ist kaum in der Lage, einen Kissenbezug von einer Tischdecke zu unterscheiden. Abbé Maury war ihr Beichtvater. Er hat schon ihren Vater auf seinem Sterbebett begleitet. Wie soll sie auch nur ansatzweise begreifen, warum die Revolution meint, ihn hinrichten zu müssen? Ist es inzwischen so weit gekommen, daß Ihr nicht mehr zwischen Schwachsinn und Verschwörung unterscheiden könnt?« Mit zusammengepreßten Lippen rauschte Mutter Clothilde aus dem Zimmer, die Röcke gerafft, als gäbe es eine übelriechende Pfütze am Boden.

»Das habe ich ihnen auch versucht zu erklären – das und einiges mehr«, bemerkte Joseph. »Es hat nichts genützt.«

»Und ich habe einen Brief geschrieben«, entgegnete Ducroix. »Auch das wird nichts nützen. Arme Bette.«

»Ricard verwies mich an Chalabre, der wiederum erklärte, er könne mir zuliebe keine Ausnahmen gestatten. Was sollen die Leute denken, wenn sich das Komitee über das Gesetz stellt?«

Er blieb, nachdem Ducroix gegangen war, an seinem Schreibtisch sitzen, während die Schatten über die Wände zogen. Es war später Nachmittag – eine Tageszeit, die er als unerträglich empfand, ganz gleich, wie sich der Tag gestaltet hatte. Die Dämmerung kroch herbei wie eine schleichende Krankheit.

Draußen im Garten sangen die Vögel. Er dachte an Bettes rote, vom Waschwasser aufgeschwemmte Hände, die denen seiner Mutter glichen. Er dachte an Luzac, der bis zuletzt seine Unschuld beteuert und der aufmerksam lauschenden Menge erzählt hatte, wie er bereitwillig seinen Arm der Revolution geopfert hatte. Er hatte nicht gewußt, daß sie auch noch seinen Kopf fordern würde.

Um sich abzulenken, klappte er das Zentralregister auf und begann, darin zu lesen. Die Hautkrankheiten waren wie immer zahlreich vertreten: Kopfgrind (sieben Fälle), Krätze (vier Fälle), bösartige Abszesse (elf Fälle), schwärende Wunden (zweiundzwanzig Fälle), Skorbut (neun Fälle) sowie Rotlauf (vierunddreißig Fälle). Darüber hinaus waren drei Fälle von Lähmung, vierundvierzig von Halsschmerzen, eine Samenleiterentzündung und zahlreiche Katarrhe verzeichnet. Die üblichen Atemwegserkrankungen, darunter neun Fälle von Schwindsucht. Erbrechen mit und ohne Bauchschmerzen. Beschwerden beim Harnlassen. Ruhr. Rheumatismus. Anhaltendes, schwankendes und leichtes Fieber. Brüche. Wassersucht. Hitzschlag.

Am Monatsende würde er die Daten in ein Kurvendiagramm eintragen, welches die Anzahl der jeweiligen Erkrankungen zu verschiedenen Jahreszeiten erfaßte. Er wußte jetzt schon, daß in den Sommermonaten die Zahl der fiebrigen Erkrankungen anstieg, ein Umstand, der seine Theorie untermauerte, daß solche Beschwerden durch giftige Ausdünstungen hervorgerufen wurden, welche sich bei warmem Wetter am schnellsten ausbreiteten. Die Zahl der Todesfälle hingegen, die in einem separaten Diagramm erfaßt wurde, nahm im Sommer ab. Die meisten Todesfälle ließen sich auf Atemwegserkrankungen zurückführen, die in den kalten Monaten des Jahres massiv um sich griffen.

So führte er sorgsam Buch und rang dem Chaos verwertbare Informationen ab. Isoliert betrachtet ergab nichts einen Sinn; es galt, die Strukturen zu erkennen.

Vor einigen Monaten hatte Paris beschlossen, daß künftig alle politisch Verdächtigen in die Hauptstadt transportiert werden sollten, um ihnen dort den Prozeß zu machen. Castelnau hatte heftig protestiert. Mercier hatte sich selbst stilistisch übertroffen, als er schrieb: *Zwischen dem Volk und seinen Feinden darf allein das Schwert stehen. Nur wenn jene Bürger, die den Verrat im Herzen ihres Nachbarn erkannten, den Hieb jenes Schwertes mit eigenen Augen sehen, können wir sicher sein, daß der revolutionäre Eifer weiterhin so glühend in den Herzen brennt wie derzeit bei uns in Castelnau.* War das Konvent so tief beeindruckt von Merciers Sprachgewalt, oder hatte es sich in seinen eigenen bürokratischen Wirren verstrickt? Man wußte es nicht. Jedenfalls gab es dem Protest statt, und der Stadt Castelnau blieb das örtliche Tribunal erhalten. Der Sieg wurde mit Freudenfeuern gefeiert, und es wurde zu diesem Anlaß ein Gedicht veröffentlicht, verfaßt von einem Angestellten der Stadtverwaltung. Die erste Strophe lautete: *O Castelnau! Wir, die wir von deinen üppigen Brüsten genährt wurden, …*

Inzwischen fanden alle vier Tage Hinrichtungen statt, wobei jedes Mal durchschnittlich fünf Verräter der Revolution den Tod fanden.

Fehlinterpretationen. Er wußte nicht, wie lange es ihm noch gelingen würde, sie zu ignorieren.

Draußen signalisierte der verworrene Tumult – Scharren, Klopfen Knarren, Stimmengewirr –, daß die Patienten, die man in den Garten geführt hatte, auf daß sie Sonne und frische Luft genossen, zurück auf Station gebracht wurden. Er griff nach einem Bogen Papier und begann zu schreiben.

Als er fertig war, hatten die Schatten den Raum bereits in Besitz genommen. Im Flur ließ jemand einen metallenen Gegenstand zu Boden fallen. Er war soeben im Begriff, die Lampe anzuzünden, als er dachte: Wozu eigentlich? Das graue Zwielicht, das zum Fenster hineinfiel, würde so lange anhalten, wie er es benötigte.

Als er im Wandschrank neben Ducroix' Schreibtisch gerade nach der Flasche suchte, klopfte es an der Tür. Er hatte keine Schritte gehört. Sie kamen immer lautlos, nach Einbruch der Dunkelheit, zeigten ihre Haftbefehle, durchsuchten das Haus und nahmen die Bewohner mit. Das Herz klopfte wild in seiner Brust.

Sie stand auf einem Bein, bereits in Hut und Mantel. »Ich wollte nicht nach Hause gehen, ehe ich mich vergewissert habe, daß es Ihnen gut geht«, sagte sie.

Er zog sie zu sich ins Zimmer und schloß die Tür hinter ihr. Er hielt ihr Handgelenk umklammert, als er sagte: »Sophie, ich beabsichtige, aus dem Komitee auszutreten. Ich habe gerade einen entsprechenden Brief an Ricard verfaßt.«

»Ich bin überzeugt, daß Ihre Entscheidung die richtige ist. Und gewiß eine sehr mutige.«

»Wollen Sie damit sagen, daß Sie meinen Entschluß für töricht halten?«

»Oh nein«, erwiderte sie ernsthaft. »Wenn dem so wäre, hätte ich Sie als tapfer bezeichnet.«

Woraufhin er sie küßte.

Nachdem er früh am Morgen erwacht war, ging Joseph durch Straßen, die noch von kalten Schatten durchzogen waren, bis er die Quais erreichte und spürte, wie sich das warme Sonnenlicht auf seine Schultern legte wie der Arm eines Freundes. Ein kleiner Junge und zwei alte Männer angelten im Fluß, der im Sonnenschein glitzerte. Am Himmel sah er weiße Vögel, wie unbeholfene Stickereien auf einem blauen Tuch. Ihr zänkisches Geschrei hallte durch die Luft.

Ça ira! Sang er lauthals, als er an der Brücke vorbeischritt. *Ça ira!* Der Wachposten, der sich in den Zähnen stocherte, blickte ihm mit säuerlicher Miene nach. Was gibt es da zu singen, fragte er sich mißmutig.

Auf dem Marktplatz am Ende der Straße war man dabei, die Stände aufzubauen. Von einer Frau, die unablässig gähnte, kaufte er einen riesigen Strauß weißen Flieder, den er in den Krug auf seinem Waschtisch stellte. Der Duft strömte durch sein Zimmer, irgend jemand polterte die Treppe hinunter, an seinem Hemd fehlte ein Knopf.

Überall in Castelnau traf der Erlaß des Komitees, alle Kirchen zu schließen, auf empörten Widerstand. Die Textilarbeiter drohten mit Streiks, die Stauer und Bootsleute legten die Arbeit nieder. Es wurden unzählige Gesuche eingereicht, deren Unterzeichnende das Recht des Bürgers verteidigten, selbst zu entscheiden, wie und wo er seinen Glauben ausübt. Das empfundene Unrecht, gepaart mit dem schönen Frühlingswetter, trieb die Demonstranten auf die Straßen: Fuhrleute, Pfandleiher, Winzer, Schuster, Fischweiber, fahrende Händler, Barbiere, Scherenschleifer, Schmiede, Steinmetze, Schneider, Rattenfänger, Buchbinder, Wahrsager, Flötenspieler, Balladensänger, Veilchenverkäufer, Armagnac-Schmuggler. Nachbarn, die seit Jahren kein Wort miteinander gewechselt hatten, standen in den Treppenhäusern zusammen und machten ihrem Unmut Luft.

Während der Fragestunde im Klub wollte ein Kunstschreiner wissen, ob der Befehl, die Kirchen zu schließen, aus Paris gekommen sei. Der Bürgermeister war gezwungen zuzugeben, daß er selbst die Entscheidung gefällt habe. Am nächsten Morgen wurden die Schlösser von denselben Schlossern, die sie angebracht hatten, wieder entfernt.

Bei einer Krisensitzung des Komitees versuchte Mercier, das Fiasko zu bagatellisieren: »Die Priester-Hörigen klammern sich eben an ihre Rituale. Sie werden schon noch zur Besinnung kommen.«

»Und bis das geschieht«, warf Joseph ein, »können wir sie ja guillotinieren.«

Niemand kritisierte ihn wegen dieser Äußerung. Davon abgesehen wäre es ihm inzwischen gleichgültig gewesen.

»Sollten die Konservativen mit der Arbeiterschaft eine Allianz bilden ...« Chalabre mußte den Satz nicht beenden; alle wußten, worauf er hinauswollte.

Natürlich war es Ricard, der die Gegenstrategie entwarf. Mit direkten Angriffen gegen die Kirche, sagte er, erreiche man offenbar nichts weiter, als den Feind zu stärken. Wie wäre es, wenn man statt dessen eine Alternative zum Christentum anböte? Man könne, basierend auf dem neuen Kalender, Feiertage einführen, die nach und nach unauffällig die christlichen Feste ablösen und zugleich der arbeitenden Bevölkerung Gelegenheit bieten würden, sich zu erholen und zu vergnügen. Ein Fest der Jugend im Frühjahr, ein Fest der Ehe im Sommer, ein Erntedankfest im Herbst.

Eigentlich hatte Joseph mit Ricard sprechen wollen, ehe er ihm sein Rücktrittsgesuch überreichte, aber der Bürgermeister verließ das Komitee, als die Diskussion noch in vollem Gange war, um einen Termin mit den Streikführern der Bootsleute wahrzunehmen. Außerdem trug er den Brief bereits seit vier Tagen mit sich herum. Ricard wird gewiß Verständnis haben, dachte er bei sich, legte das Kuvert auf den Schreibtisch des Bürgermeisters und folgte Mercier ins Treppenhaus.

Erfreulicherweise war die Büste Rousseaus, die man im vergangenen Jahr in Auftrag gegeben hatte, kürzlich ins Rathaus geliefert worden. Dieser Anlaß wurde genutzt, um eilends die Feierlichkeiten für das Fest der Freiheit zu organisieren. Es war der erste der neu eingeführten Feiertage.

Floréal war der Blütenmonat. Auf dem Marktplatz vor dem Tempel der Vernunft – vormals bekannt als Cathédrale Saint-Denis – häuften sich rote und weiße Rosen. Belaubte Äste und Girlanden aus Ringelblumen schmückten die Fassaden der umliegenden Gebäude und auf der Rue de la Liberté standen weißgekleidete Menschen Spalier – rechts die Männer mit ihren Söhnen, links die Frauen mit ihren Töchtern. Jeder von ihnen hielt einen Blumenstrauß oder einen Früchtekorb in der Hand.

Auf einer Seite des Platzes hatte man Tribünen für die Ehrengäste aufgestellt. Um zu seinem Sitzplatz zu gelangen, mußte Joseph am Bürgermeister vorbeigehen. Er zögerte – aber siehe da, Ricard wandte sich um und grüßte ihn so freundlich wie eh und je.

Aus Erleichterung und Dankbarkeit brachte Joseph eine Reihe von Platitüden hervor: Es sei ein herrlicher Tag, die Stadt sei wunderbar geschmückt, allen Beteiligten gebühre Lob, er hoffe, der Bürgermeister sei wohlauf ... Und wo sei eigentlich Lisette – er habe sie so lange nicht mehr gesehen? Sie sei mit starken Kopfschmerzen aufgewacht, erklärte Ricard. Sie vertrage das warme Wetter nicht sehr gut.

Hinter Joseph drängten sich die Menschen durch die Reihe. Ricard reichte ihm die Hand, er schüttelte sie und setzte seinen Weg fort.

Ein Knabenbataillon marschierte vorüber. Die Kinder trugen ein Banner, auf dem *Er gab uns Émile als Vorbild* zu lesen war. Das mußte er unbedingt Mathilde erzählen. Jenseits des Marktplatzes hatte sich der Chor versammelt. In der Menge erblickte er zwei kleine Mädchen mit weißen Seidenkleidern und blauen Schärpen. Sie hielten sich an den Händen, und ihr rotes Haar leuchtete im Sonnenlicht.

Sonne, Musik, Flaggen. Glockenhelle Kinderstimmen.

Man könnte das alles ohne weiteres als billige Sentimentalität abtun, als Veranstaltung, die der Manipulation von Emotionen dient, dachte Joseph. In seinen Augen aber war es ein bedeutsamer Schritt auf dem Weg zu der Gemeinschaft aller Menschen und einer gütigen Menschheit. Er war zutiefst gerührt.

Man hatte in der Nacht eine junge Eiche in die Mitte des Marktplatzes gepflanzt. In ihrem Schatten stand die verhüllte Statue auf ihrem Podest. Nachdem die Lieder ausgeklungen waren, trat Ricard zusammen mit einer Gruppe von Ratsmitgliedern von der Tribüne hinab und begab sich zum Rednerpult, das man neben der Statue plaziert hatte. Der Bürgermeister trug einen Hut mit einer großen Feder, und sein grüner Mantel hatte den gleichen Farbton wie das Eichenlaub. Joseph sah, wie eines der kleinen Mädchen seine Schwester anstieß und mit einer Kopfbewegung zum Vater deutete, der die anderen Männer weit überragte, als er die Stufen zum Rednerpult hinaufhumpelte.

Ich hätte ihn aufsuchen sollen, dachte Joseph. Ich hätte es ihm erklären sollen. Aber das Bedauern glitt vorüber wie ein

Fisch und verschwand in der Tiefe, ohne auch nur die kleinste Welle zu schlagen. In der letzten Zeit legte er zwar ein unbestimmtes, lächelndes Wohlwollen an den Tag, konnte aber kein echtes Interesse für seine Mitmenschen aufbringen. Oft sagte er den Namen »Sophie« vor sich hin und versetzte damit Passanten in Erstaunen. Die Stunden, die er ohne sie verlebte, vergingen in einer Art Wachtraum.

Ricards Stimme brauste über den stillen Platz. Die Eiche symbolisiere die Wiederauferstehung der Freiheit in Frankreich, sagte der Bürgermeister. Sie sei der Stammbaum der Familie der freien Menschen, die sich eines Tages die Erde untertan machen würden. Die Eiche würde heranwachsen und Generationen von Menschen überleben. Die Kinder, die sich heute unter ihren Ästen versammelt hatten, würden in künftigen Jahren mit ihren Kindern und Kindeskindern an diesen Ort zurückkehren und ihnen voller Stolz von jenen heroischen Tagen erzählen, als die Menschheit ihre Ketten gesprengt und der Freiheit das Leben geschenkt hatte.

Die Frau, die links neben Joseph saß, regte sich. Als er zu ihr hinüberblickte, sah er, wie sie sich mit einem nach Lavendel duftenden Taschentuch die rotgeränderten Augen tupfte. Offenbar war er nicht der einzige, der die Bedeutung dieses Tages erkannte.

Dann nieste sie heftig, dreimal hintereinander. Heuschnupfen, dachte er und mußte schmunzeln.

Im nächsten Augenblick hörte er den Schuß. Das Muster, das die Menschenmenge bildete, verschob sich, als hätte eine unsichtbare Hand ein Kaleidoskop geschüttelt.

Er sah, wie Ricard über dem Rednerpult zusammensackte. Sein Hut mit der Feder kullerte davon und kam schließlich, von den Wurzeln gebremst, zu Füßen des Eichbaums zum Stillstand.

Stephen war vermutlich draußen im Wald, um zu malen, und Vater – sie hatte im Arbeitszimmer nachgeschaut und Berthe gefragt – war seit dem Frühstück nicht mehr gesehen worden. Claire jedoch lag auf dem Sofa und las einen Roman, und Mathilde hatte sie auf dem Dachboden aufgestöbert, nachdem sie sich durch verhaltenes Niesen verraten hatte.

»Mußt du denn unbedingt dort oben spielen? Deine Haare sind voller Spinnweben.« Trotz der mahnenden Worte schien Sophie allerdings nicht so recht bei der Sache zu sein.

»Wir haben nicht gespielt«, erklärte Mathilde, während sie über Brutus hinweg aus dem Korb kletterte und sich an den strategisch plazierten Objekten vorbeidrückte. »Wir haben ausprobiert, ob wir noch hineinpassen.«

Sie überredeten Claire, mit in den Garten zu kommen. »Also wirklich, Sophie, ausgerechnet jetzt! Gerade ist Adolfo im Begriff, die Schatulle zu entdecken, in der Sir Percys Briefe an Emiglia verborgen sind.«

Es war Frühsommer, im Garten wucherten die Rosen, und selbst Claire schien geneigt, dort zu verweilen. Sophie aber schritt zielstrebig voran, bis sie ein Beet hinter der Hecke erreicht hatten. Hier hielt sie inne und deutete auf die Blüten.

»Eine Apothekerrose«, konstatierte Mathilde, nachdem sie sich die beiden tiefroten Knospen angeschaut hatte. »Oder etwa nicht?« fragte sie und trat näher heran.

»Man beachte den Rotton. Und das leichte Schimmern der Blätter.«

»Du liebe Güte, Sophie, hast du uns nach draußen geschleppt, damit wir Rätsel raten um Rosen? Wenn du erst einmal verheiratet bist, wird der Doktor deiner Besessenheit von den Finessen der Pflanzenkunde ein Ende setzen. Ein Ehemann erwartet von seiner Frau, daß sie ihn an erste Stelle setzt.«

»Jetzt weiß ich's! Es ist eine Chinesische Rose. Das erkenne ich an den Blättern.«

»Riech mal dran«, sagte Sophie. Als Mathilde gehorchte, fuhr sie fort: »Siehst du? Sie riecht ganz anders als die Chinesische Rose. Außerdem sind die Knospen größer und ihre Farbe dunkler.«

»Nun hör schon auf mit der Geheimniskrämerei, Sophie. Du weißt genau, daß ich dergleichen nicht ausstehen kann. Sag uns, worauf du hinauswillst. Sonst gehe ich ins Haus zurück.«

Sophie konnte nicht aufhören zu strahlen. Sie kraulte Brutus hinter den Ohren und lachte. »Seit Jahren kreuze ich nun schon die Damaszenerrose mit den Chinesischen Rosen. Zum ersten Mal habe ich ein solches Ergebnis erzielt.«

»Aber diese Blüten sind tiefrot, viel dunkler als die der Chinesischen, und auch nicht rosa wie die der Damaszener«, wandte Mathilde ein.

»Im vergangenen Jahr hatte ich Setzlinge mit weißen Blüten sowie jeden erdenklichen Rosaton, aber die Rottöne haben immer überwogen. Trotzdem hätte ich nie zu hoffen gewagt, ein derart tiefes Rot zu erzielen, vom Duft ganz zu schweigen.« Abweichungen, dachte Sophie, kraulte Brutus' Bauch und küßte im Geiste Professor Kölreuters Hand.

»Wirst du sie verkaufen können wie die Chinesischen Rosen?«

»Wenn sie überlebt und mir die Züchtung gelingt.«

»Wird der Erlös ausreichen, um Geschenke zu kaufen? Oder nur, um praktische Dinge wie warme Strümpfe zu bezahlen?«

Claire nahm das Phänomen in Augenschein. »Die Farbe ist bemerkenswert, das muß ich schon sagen. Schade, daß du erst im September heiratest. Ansonsten hättest du sie in den Brautstrauß einbinden lassen können.«

Sophie mußte erneut strahlen.

»Wenn du sie aus den beiden Arten gezüchtet hast …« überlegte Mathilde »Wird sie im Herbst wieder Blüten treiben?«

»Davon kann ich nicht ausgehen«, antwortete Sophie, insgeheim mit dem Gelingen rechnend.

»Ach Sophie, du wirst berühmt werden!«

»Wenn es sich um eine neue Art handelt, muß sie doch einen Namen bekommen, nicht wahr?« erkundigte sich Claire. »Wie soll sie heißen?«

»Brutus?« schlug Mathilde hoffnungsvoll vor.

»Hmm … ich denke, eher nicht.«

»Versprichst du mir, ihr keinen so scheußlichen Namen wie ›Unschuld‹ zu geben?«

»Wie wäre es mit ›Karbunkel‹?«

Die Schwestern kicherten.

Brutus wälzte sich genüßlich auf einer toten Schnecke, die Pfoten gen Himmel gereckt.

Claire berichtete von Emiglias Schicksalsschlägen, wobei sie immer wieder vergaß, jene Details zu berücksichtigen, die sich im späteren Verlauf der Erzählung als ausschlaggebend erwiesen. Mathilde lümmelte an ihrer Seite und lauschte konzentriert der Geschichte. »Warum hat ihr die alte Amme nicht verraten, wer ihr wirklicher Vater ist?« wollte sie wissen. »Welche Farbe hatte die Katze?«

Sophie dachte darüber nach, mit welch einer Beliebigkeit das Leben verfährt. Alles hing von Zufällen und sich zufällig ergebenden Gelegenheiten ab. Wenn sie die Augen schloß, sah sie Massen von roten Blütenblättern. Sie ließ sich das üppige Rot auf der Zunge zergehen.

Am späten Nachmittag schlenderten sie, kameradschaftlich schweigend, Seite an Seite durch die Straßen der Stadt. Menschen traten beiseite, um ihnen Platz zu machen, und flüsterten einander etwas zu. Dann und wann trat ein Mann aus der Menge herbei, um Ricard die Hand zu schütteln oder ihm anerkennend auf die Schulter zu klopfen.

Es ist so wie früher, dachte Joseph.

Auf dem Kornmarkt hatte man die Balken mit Lampions geschmückt. Ein Geiger spielte auf. Zwei Männer legten Tischplatten auf bereitstehende Böcke. Eine Gruppe Kinder huschte vorüber, die Hände voll Nougat.

»Alles in allem war es doch wunderbar, nicht wahr? In Paris hätten sie es auch nicht besser machen können.« Ricard blieb stehen, um sich die Pfeife zu stopfen, gelassen wie immer. »Trotz der ... Unterbrechung.«

Die Kugel hatte Rousseaus linke Hand gestreift, war seitlich abgeprallt und hatte sich in den Stamm der Eiche gegraben. Den Attentäter, einen arbeitslosen Feinbäcker, hatte man in Sekundenschnelle dingfest gemacht. Nur diejenigen, die den Zwischenfall aus nächster Nähe beobachtet hatten, wußten überhaupt, was geschehen war. Die anderen nahmen an, der Schuß sei Bestandteil der Feierlichkeiten gewesen. Einige hatten sich sogar zu Boden geworfen, da sie annahmen, der Bürgermeister habe der Familie der freien Menschen das Signal gegeben, sich vor der Statue des Philosophen niederzuknien.

»Ich weiß, daß ich Ihnen versprochen hatte, die Wahlen abzuwarten«, sagte Joseph. Die Worte kamen hektisch, stammelnd, nahezu unverständlich hervor. »Es tut mir leid.«

Ricard zog an seiner Pfeife und machte mit einer wegwerfenden Geste deutlich, daß eine Entschuldigung überflüssig sei.

Ein Bär schlurfte auf allen Vieren vorüber, um den Hals einen Eisenkragen, an dem eine Kette befestigt war. »Ich kann das nicht sehen«, bemerkte Joseph. »Wissen Sie, wie sie die Bären zum Tanzen bringen? Sie stellen das Jungtier auf einen Eimer voller glühend heißer Kohlen, bis er, von Musik begleitet, vor lauter Schmerzen von einem Fuß auf den anderen zu treten beginnt.«

Aus dem Park, wo die Schweinerennen stattfanden, war Jubelgeschrei zu vernehmen. Ein kleines Mädchen, von seinen bewundernden Eltern ermutigt, trabte herbei, um dem Bürgermeister eine rote Nelke zu überreichen. Ricard tätschelte den Kopf des Kindes und steckte sich die Blume ins Knopfloch.

Als sie vor dem Rathaus angelangt waren, blieb der Bürgermeister stehen. »Warum kommen Sie nicht später einmal vorbei? Von hier aus kann man das Feuerwerk gut sehen. Möglicherweise wird auch Mercier erscheinen – sofern er sich, von welchem momentan bevorzugten Bordell auch immer, loszureißen vermag.«

Das war eine regelrechte Diffamierung. Mercier, inspiriert von den dramatischen Ereignissen des gestrigen Tages, saß mit Sicherheit an seinem Schreibtisch und verfaßte ein Pamphlet, in dem der Verrat angeprangert, die Verschwörung gewittert, die Strafe gefordert wurde. Die Publikation würde noch vor Morgengrauen fertiggestellt sein. Trotzdem konnte er wohl kaum diese eindeutige Einladung zur Komplizenschaft ablehnen.

Und dennoch tat er es. »Ich reite gleich nach Montsignac«, erklärte er. »Ich bin bei den Saint-Pierres zum Essen eingeladen.«

»Also haben Sie wieder den Kontakt aufgenommen«, meinte Ricard leichthin. Ehe Joseph antworten konnte, fuhr er fort: »Chalabre hat mir geschrieben. Dieser Feinbäcker hat zugegeben, daß sein Schwager einmal Luzacs Kammerdiener war.«

»Sehen Sie da eine Verbindung?«

»Ich bin überzeugt, daß es eine gibt. Sie werden nicht ruhen, ehe sie die Revolution zerstört und die Interessen ihrer

Gesellschaftsschicht gesichert haben. Ich weiß, daß Sie der Meinung sind, unsere Maßnahmen seien übertrieben rigoros, aber Sie machen eben den typischen Fehler, von sich auf andere zu schließen. Wir haben es nicht mit gutwilligen Menschen zu tun.«

Bärengleich trat Joseph von einem großen Fuß auf den anderen.

»*Die Diagnose ist nur der erste Schritt – die Heilung ist das Entscheidende.* Das habe ich von Ihnen gelernt, Doktor.«

Eine Gruppe von Männern und Frauen kam ihnen lachend entgegen. Der Bürgermeister wartete, bis sie vorbeigegangen waren, ehe er hinzufügte: »Der Chirurg muß das Skalpell ohne Zögern ansetzen.«

»Aus genau diesem Grunde fürchten sich die Menschen vor Operationen.«

»Das hat mir so gefehlt – offen mit jemandem reden zu können«, erwiderte Ricard. »Wir dürfen es nicht zulassen, daß unsere unterschiedlichen Standpunkte unsere Freundschaft beeinträchtigen.«

»Auf keinen Fall.« Dankbar ergriff er die dargebotene Hand. »Was ich Ihnen schon die ganze Zeit sagen wollte: Ich werde im Herbst heiraten.«

»Ich werde euch begleiten«, lautete Mathildes Antwort auf Josephs Frage, woraufhin ihr Stephen unter dem Tisch einen Fußtritt versetzte und Saint-Pierre sich aufraffte zu sagen: »Aber Mathilde, hast du etwa Angst, ein weiteres Mal beim Schach geschlagen zu werden?«

Also war er nun mit Sophie allein. Die Blätter, das Gras, der sich verdunkelnde Himmel – all das ließ die schwüle Luft im Garten kühler erscheinen, als sie in Wirklichkeit war.

Sophie schlug sich auf die Arme. »Warum stechen sie immer nur mich und lassen Sie in Ruhe?«

»Vielleicht, weil Sie die zartere Haut haben. Oder das süßere Blut. Vielleicht verlieben sich sogar die Stechmücken in Sie.«

Sophie schwieg eine Weile. Dann ergriff sie seine Hand und sagte: »Sie waren so still beim Essen. Stimmt etwas nicht?«

Aus dem Fluß hörte man die Frösche spöttisch quaken.

Die Frage hatte ihn seit Wochen gequält. An diesem Abend legte sie sich wie zäher Schleim auf seine Lungen, erschwerte das Atmen, und in der Kehle spürte er ein Brennen, als würde ihm die Galle hochkommen. »Fletcher«, brachte er schließlich hervor. »War er … sind Sie?« Er verabscheute sich selbst und wagte nicht, sie anzuschauen, aus Angst, ihrer Verachtung zu begegnen.

»Das war einmal«, sagte Sophie. »Aber heute nicht mehr.« Sie blieb stehen. Einige Augenblicke später bemerkte Joseph: »Sehen Sie mal, eine Sternschnuppe.«

»Was wir brauchen«, stellte sie fest und kniff ihn in den Arm, »ist ein Teleskop. Und einen Turm. Dort würden wir Nacht für Nacht sitzen, zu jeder Jahreszeit. Unsere Mondtabellen würden siebenhundert sehr klein bedruckte Seiten füllen und internationale Anerkennung finden.«

»Ein gemeinsames Interesse?«

»Genau. Dann müssen wir nicht miteinander reden.«

Er näherte sein Gesicht dem ihrigen und zog eine Grimasse. »Werden wir sehr exakt sein?«

»Ja, und zwar so sehr, daß man uns für Deutsche halten wird.«

»Gott im Himmel. Und was ist mit Kindern?«

»Wir werden mehrere benötigen. Wir wollen ihnen Namen wie Hypatia und Aldebaran geben. Sie werden unsere Berechnungen überprüfen und Sie die Fehler noch einmal überarbeiten lassen.«

Sie hatte ihn über verschlungene Pfade in den Obstgarten geführt. Es roch süßlich nach gegorenem Obst, oben in den Wipfeln ließ sich das Rascheln eines kleinen, verängstigten Wesens vernehmen. Er lehnte sich an den Stamm eines Kirschbaums und sah, als er emporschaute, die reifen, runden Früchte.

»Noch mal zu Fletcher«, sagte er und zog sie an sich. »Es tut mir leid.«

»Das macht überhaupt nichts«, entgegnete Sophie. »Übrigens gibt es da etwas, das ich Sie fragen möchte.«

»Nur zu.«

»Warum reißen Sie sich, wenn Sie mich sehen, als erstes die Brille von der Nase?«

»Nun, finden Sie, daß ich besser aussehe, wenn ich sie aufbehalte?«

Den Kopf zur Seite gelegt, erwog sie seine Frage. »Nein, eigentlich nicht«, befand sie schließlich.

»Sophie«, sagte er, »werden Sie mich immer wieder in Erstaunen versetzen?«

Man sagte, daß es noch nie zuvor einen solchen Sommer gegeben hatte – ein gleißender Himmel und Luft, die man mit einem Messer hätte schneiden können. Als Joseph die Platanenallee entlangging, umhüllten ihn die Schatten wie ein schwerer Mantel. Statt zu atmen, konnte man nur noch krampfhaft nach Luft schnappen. Wie ein Schwimmer kämpfte man sich mühevoll durch das feuchte Element.

Er stellte sich vor, Champagner zu trinken, jeder Schluck eine eiskalte Explosion im Rachen. Er fragte sich, was Sophie wohl gerade mache und rechnete sich aus, daß er sie in knapp acht Stunden wiedersehen würde.

Der Kies auf den Wegen war so blendend weiß, daß man den Blick abwenden mußte. Inzwischen fuhren täglich die Pferdewagen durch die Stadt, und neben der Eingangstür eines jeden Hauses hing eine ordentliche Liste der Bewohner. Wo man auch hinsah, las man das Motto *Égalité ou la morte*; es prangte an den Häuserwänden und war in die Rinde der Bäume geschnitzt. Denunziationen nahmen gleich einer Fliegenplage zu. Die Angst war eine jener Krankheiten, über die man nicht sprach. Sie schlich sich hinterrücks heran, tippte dem Opfer auf die Schulter und brach in Form von rötlichen Pusteln epidemisch aus.

Doch all das berührte ihn nur am Rande. Dieser Sommer kreiste allein um Sophie. Er hatte nie zu hoffen gewagt, einmal derart glücklich zu sein.

Als er ein Tor passierte, begannen Lichtpunkte vor seinem Auge zu tanzen. Fast wäre er auf eine Katze getreten. Der Innenhof des Krankenhauses flirrte in der Hitze. Die Haut des Portiers glänzte wächsern und unter seinen Augen lagen tiefe Schatten. Dennoch flackerte in den übermüdeten Zügen so etwas wie Lebhaftigkeit auf: Der Mann sah verstohlen zu Joseph auf, ließ die pelzige Zunge über die rissigen Lippen gleiten und schien im Begriff, etwas sagen zu wollen. Dann aber wandte er den Blick ab, und sein Gesicht wurde wieder stumpf und teilnahmslos.

Joseph nahm die Eindrücke nur flüchtig wahr. Es war viel zu heiß, um sie zu hinterfragen.

Als er dankbar in sein kühles, schattiges Büro trat, erhob sich ein Mann mit flammend roten Haaren, um ihn zu begrüßen.

Sie hatten sich seit dem Festtag nicht mehr gesehen, und Joseph bemerkte sofort, daß sich Ricard verändert hatte. Der Bürgermeister war und blieb ein Koloß von einem Mann, aber dennoch schien er kleiner, dünner und gebeugter zu sein als zuvor. Sein Gesicht wirkte eingefallen, sein Haar war über den Kragen gewachsen, und stellenweise klebte es schweißgetränkt und dunkel am Schädel. Nur die Augen waren unverändert von jenem hellen, klaren Blau, wie der Himmel nach dem Regen.

Als ihm Ricard die Hand reichte, war sich Joseph bewußt, daß seine Handfläche verschwitzt und die von Ricard kühl und trocken war.

»Sie werden es mir nachsehen, daß ich mich nicht mit einleitenden Worten aufhalte«, bemerkte der Bürgermeister. Joseph glaubte genau zu wissen, was ihm der andere mitzuteilen hatte. Schließlich hatte er damit gerechnet, seitdem er sein Rücktrittsgesuch eingereicht hatte.

»Das Komitee will mich meiner hiesigen Position entheben.«

Ricard sah ihn an, wie man ein Kind ansieht, dessen erfrischendes und zugleich irritierendes Geplapper verrät, wie fern ihm die Sorgen und Nöte der Erwachsenenwelt sind. »Nein. Hören Sie zu …« Ricard hielt inne. »Tut mit leid, wenn ich abrupt erscheine. Ich habe nicht viel Zeit.« Er umklammerte die Armlehnen seines Stuhls. »Wenn es um eines der üblichen Probleme ginge, würde ich Sie nicht behelligen. Aber es sind andere Aspekte im Spiel. Nun, es hat keinen Zweck, in Rätseln zu sprechen. Also: Chalabre hat gegen mich Hetze betrieben, sowohl bei der verbleibenden Luzac-Fraktion als auch bei all den Narren, die mich hassen, weil die Revolution ihnen weder zum Reichtum verholfen noch Gelegenheit geboten hat, ihren armseligen Ehrgeiz zu befriedigen.«

»Chalabre?«

»Ich weiß. Ich konnte es zunächst einmal selbst nicht glauben, aber Anwälte sind nun einmal korrupt geboren, und gerade Chalabre ist darauf aus, seine eigenen Ziele zu verwirklichen. Hinzu kommt, daß er der herrschenden Klasse angehört. Er ist in der denkbar günstigsten Position, um einen Coup auszuführen, mit seinem Spinnennetz aus Informanten und dem Tribunal, das ihm hilft, seinen Argumenten den erforderlichen Nachdruck zu verleihen.«

Auf Josephs Schreibtisch stand eine Karaffe. Auf der Wasseroberfläche schwammen Zitronenscheiben. Ricard goß sich ein Glas Wasser ein, trank es in einem Zug aus und schenkte sich nach. »Hören Sie – erinnern Sie sich an Gillet, jenen Feinbäcker, der versucht hat, mich zu ermorden? Chalabre wies zwar umgehend darauf hin, daß dieser Mann mit Luzac in Kontakt stand, aber er verschwieg die Tatsache, daß seine eigene Frau Gillet beauftragte, wenn sie zu Hause ein Fest veranstaltete. Gillet ging also bei Chalabre ein und aus.« Ricard pochte mit dem Zeigefinger auf den Tisch, um seine Worte zu untermauern.

»Chalabre weiß doch bestimmt nicht, wer das Gebäck lieferte, das seine Frau ihren Gästen servierte.«

Ricard schüttelte den Kopf. »Ich hatte schon immer eine Ahnung, daß er uns verraten könnte.«

»Es gibt genügend Menschen, die gerne bereit wären, Chalabre zu seiner Hinrichtung zu begleiten. Stammen Ihre Informationen aus zuverlässiger Quelle?«

»Ich habe es von Mercier erfahren.«

»Ach, dieser Mercier! Jedes Mal, wenn ihn ein Floh beißt, wittert er eine Verschwörung.« Die Konturen des Gesprächs begannen zu verschwimmen, er bekam allmählich Kopfschmerzen. Hier sitze ich, dachte Joseph, inmitten einer Hitzewelle, und unterhalte mich über Feinbäcker und Verräter.

Ricards blaue Augen sahen ihn durchdringend an. »Hat Chalabre mit Ihnen gesprochen?«

»Am Tag, nachdem ich mein Rücktrittsgesuch eingereicht

hatte, schrieb er mir einen kurzen Brief, um mir mitzuteilen, daß er sich fortan von einem anderen Arzt behandeln zu lassen gedenke. Ich habe ihn seit mehreren Monaten nicht mehr zu Gesicht bekommen.«

Der Bürgermeister sank in seinem Stuhl zurück und wischte sich mit der Hand über die Augen. »Es tut mir leid. Ich …«

»Es ist schon gut«, sagte Joseph.

»Der Grund meines Kommens ist dieser: Ich kenne den Vorsitzenden der Jakobiner in Cahors, und ich habe ihm geschrieben, um soviel Verstärkung anzufordern, wie er erübrigen kann. Chalabre wird es nicht wagen, etwas zu unternehmen, wenn die Opposition nur groß genug ist. Darf ich Ihnen den Brief anvertrauen?«

Eine Schmeißfliege flog schwerfällig zum Fenster hinein, torkelte über ihren Köpfen wie betrunken durch den Raum, landete im Sturzflug auf dem Schreibtisch, summte zweimal und bewegte sich nicht mehr.

»Es gibt sonst niemanden, dem ich vertrauen kann, Joseph.«

Es war das erste Mal, daß ihn Ricard mit seinem Vornamen anredete. »Selbstverständlich«, sagte er und ließ sich den Umschlag überreichen. »Ich werde morgen früh aufbrechen.«

»Nein. Sobald wie möglich. Jetzt sofort. Die Sache ist dringend, wir dürfen keine Zeit verlieren.«

Joseph drehte und wendete den Brief in seinen Händen. »Aber man erwartet mich heute abend in Montsignac.«

»Über dieses Thema müssen wir auch noch sprechen.«

Etwas in Ricards tonloser Stimme ließ Joseph aufhorchen. Er verharrte reglos.

»Monferrant wurde in der Nähe von Paris in Begleitung eines englischen Spions gesichtet und festgenommen. Wahrscheinlich hat man beide bereits hingerichtet. Für seine Frau wurde ebenfalls ein Haftbefehl beantragt.«

»Für seine Frau?« wiederholte Joseph dümmlich.

»Sie müssen sie warnen. Ich werde dafür Sorge tragen, daß heute nichts geschieht. Gibt es jemanden, den Sie nach Montsignac schicken können?«

Joseph nickte und schluckte. Er würde den Küchenjungen beauftragen. »Und die übrige Familie …?«

Ricard hatte sich bereits erhoben. »Sie wollen Montferrants Frau. Sobald man sie aus dem Weg geschafft hat, werden sie sich der Besitztümer bemächtigen, die er ihr überschrieben hat.«

»Ich weiß nicht, wie ich Ihnen danken soll.«

»Das versteht sich von selbst. Ich behalte mir vor, meine Dankbarkeit zu gegebenem Anlaß expliziter zum Ausdruck zu bringen.«

Plötzlich legte Joseph den Kopf in den Nacken und schnupperte. Es war eine leichte Brise aufgekommen, die einen Gestank ins Zimmer wehte ... »Bei dieser Hitze«, sagte er. »Die offenen Wagen ...«

»Das ist die tote Kuh, die sie heute morgen aus dem Fluß gezogen haben.« Ricards Stimme klang entschlossen, aber er blieb unschlüssig an der Tür stehen, sah sich ziellos, ohne Neugier im Zimmer um, senkte den Blick zu Boden, schaute schließlich Joseph in die Augen und sagte: »Seitdem Sie zurückgetreten sind, ist alles schlechter geworden.«

Sie gaben sich die Hand. Ricard ging hinaus und schloß hinter sich die Tür.

Mit einer Hand hielt er sich die Nase zu, mit der anderen schrieb er, so schnell er nur konnte. Sein Mund war trocken, aber er konnte nichts trinken, da Ricard die Karaffe geleert hatte. Was wäre geschehen, dachte er, wenn ich mich nicht bereit erklärt hätte, den Brief zu überbringen?

Sophie las:

Man hat in Paris Ihren Schwager verhaftet und des Verrats angeklagt. Morgen wollen sie Ihre Schwester verhaften. Sagen Sie ihr, sie soll sofort fliehen, ohne Verzögerung. Haben Sie keine Angst – niemand anderes ist in Gefahr.

Es war früh am Nachmittag. Sie hatten alle geschlafen. Ihre Zungen waren noch pelzig und ihre Augen von Träumen verklebt.

Saint-Pierre brach das schreckliche Schweigen, indem er fragte: »Warum ist Morel nicht selbst gekommen?«

»Er schreibt, er müsse Castelnau für einige Tage in einer dringenden Angelegenheit verlassen. Er hofft, innerhalb der nächsten drei Tage zurückkehren zu können.« Offenbar war er in großer Eile gewesen – unter den hastig gekritzelten Zeilen stand weder ein Gruß noch eine Unterschrift.

»Wo soll ich nur hingehen?« flüsterte Claire. »Die Kinder ...«

»Wir fahren nach Bordeaux«, sagte Stephen ruhig und ohne zu zögern. Er hatte schon immer über die Gabe verfügt, schnell zu denken. Nun war sie gefragt. »Wir werden über die Felder reiten, bis wir uns flußabwärts von Castelnau befinden. Von dort aus werden wir ein Boot nehmen. Es wird uns nichts passieren – sie werden nur die Straßen überwachen.«

Alle starrten ihn an. Sein zerwühltes Haar reflektierte das wenige Licht, das durch die geschlossenen Läden ins Zimmer drang. Auf einer seiner Manschetten waren Farbspritzer. Indigo.

Dieser Nachmittag wird über den Rest meines Lebens entscheiden, dachte er. Die Vergangenheit lag wie ein grünes Gebirge hinter ihm; über die Wellen bewegte er sich davon, vertrauensvoll dem Horizont entgegen.

»Wir dürfen keine Zeit verlieren«, mahnte er. »Wir sollten Morels Rat beherzigen und sofort aufbrechen.«

»Die Kinder ...«

»Sie sind oben und schlafen.« Sophie nahm ihre Schwester bei der Hand. »Komm mit – sie brauchen dich. Ich packe inzwischen deine Sachen.«

»Nur das Nötigste«, warnte Stephen.

Claire sprach zu ihm, als sei kein anderer anwesend. »Sie müssen das nicht tun. Wenn sie Sie mit mir zusammen erwischen und merken, daß Sie uns helfen ...«

»Sie werden niemanden erwischen. Ich werde mich um die Pferde kümmern.«

Während sie die unglaublich winzigen Kinderkleider in eine mit schwarzen Vögeln bestickte Tasche stopfte, dachte Sophie endlich daran, was mit Hubert geschehen war und bekam dabei eine Gänsehaut.

Aber Joseph, insistierte ihr egoistisches Herz, wo ist Joseph?

Wie er aussah, wenn er einen Raum voller Menschen betrat ... seine Hände ...

Ich weiß, daß Sie es kaum erwarten können, die Einzelheiten meiner Reise zu erfahren. Also will ich, obwohl ich hoffe, Sie am morgigen Tag noch vor Sonnenaufgang zu sehen, Ihnen einige Impressionen meiner Reise umgehend mitteilen, damit Sie wissen, daß Sie heute abend in meinen Gedanken sind, wie in jedem Augenblick jeden Tages.

Die Schönheit der Landschaft nördlich der Garonne ist derart eindrucksvoll und vielfältig, daß ich nichts weiter als einen allgemeinen Eindruck zu vermitteln vermag. Wenn man Cahors verläßt, blickt man auf einen Felsberg, der so steil emporragt, daß man meinen könnte, er werde gleich auf die Stadt hinabstürzen. Das Hochland bietet dem Betrachter eine wunderbare, weitreichende Aussicht über Klippenreihen, sanfte Hügel und Täler.

Die Häuser untermalen die Schönheit der umliegenden Landschaft. Sie sind weiß, quadratisch gebaut, mit relativ flachen Dächern und nur wenigen Fenstern.

Am Nachmittag passierte ich die Kalkfelsen, die grellweiß in der Sonne glänzen. Um die Hufe meines Pferdes mußte ich allerdings nicht fürchten, denn die Straße war ausgezeichnet: Aus Granit gehauen, fest und eben, und glücklicherweise frei von Steinen. Die Pyrenäen konnte ich natürlich noch nicht sehen. Ich stelle mir vor, wie verblüfft ein Reisender sein muß, der zu dieser Jahreszeit Tag um Tag weiter gen Süden reitet und von der Existenz dieses Gebirges nichts weiß – bis er eines schönen Morgens erwacht und feststellt, daß sich der Nebel gehoben hat und unmittelbar vor seiner Nase gigantische, verschneite Gipfel emporragen!

Mein Abendmahl nahm ich in der Soleil d'Or nahe Moissac ein, wo ich ein Zimmer für eine Nacht gemietet habe. Das Gasthaus ist ungewöhnlich sauber; mein Zimmer ist geweißt, ohne jene schmuddeligen Wandbehänge, in denen sich die Motten und

Spinnen ungestört vermehren können. Das Dienstmädchen ist ebenfalls sauber und gepflegt. Der Wirt hingegen ist ein schmuddeliger alter Kerl mit einem Schnauzbart, der ihn wie einen Ganoven aussehen läßt, und einer abscheulichen Perücke (ich würde mich darauf verwetten, daß sich sämtliche Motten und Spinnen darin niedergelassen haben, die ihre Heimat verloren, als die Wandbehänge Mitte des letzten Jahrhunderts einem Feuer zum Opfer fielen). Außerdem schielt er auf einem Auge. Das Mädchen ist seine Nichte. Sie ist so hübsch und klug, wie ihr Onkel schlampig und schwachsinnig ist. Beim Abendessen erzählte sie mir eine äußerst unterhaltsame

Er hielt inne, dachte einen Augenblick nach und strich dann die letzten anderthalb Sätze.

Aber ich merke soeben, daß ich vergessen habe, Ihnen von Cahors zu erzählen. Das ist nicht weiter verwunderlich, da mir die Stadt überhaupt nicht gefallen hat. Die Straßen sind weder breit noch gerade, sondern eng, in einem schlechten Zustand, dreckig und stinkend. Cahors ist das genaue Gegenteil von Castelnau mit seinen schönen Häusern und eleganten Promenaden. Das Gasthaus, in dem ich Unterkunft fand, hieß Le Poisson Rouge und war ein schäbiges Etablissement mit Vierbett-Zimmern und mindestens acht verschiedenen Tapeten an den Wänden, deren Muster überhaupt nicht zueinander paßten. (Nun ein Einschub, um festzuhalten, daß wir, wenn wir verheiratet sind – eine Formulierung, die mir so gut gefällt, daß ich sie wiederholen muß – also, wenn wir verheiratet sind, unbedingt Montpellier besuchen müssen, eine Stadt, von der Sie in jeder Hinsicht begeistert sein werden.)

Zurück nach Cahors (was mir erspart bleiben möge): Ich sah mich gezwungen, länger als ursprünglich beabsichtigt dort zu verweilen, da mich die Person, die ich sprechen wollte, nicht sofort empfangen konnte. Sobald er sich aber seiner anderweitigen Verpflichtungen entledigt hatte, war das Geschäft schnell erledigt; zu meiner großen Erleichterung, da ich nicht den Wunsch hegte, eine weitere Nacht im Poisson Rouge zu verbringen, ganz zu schweigen davon, daß ich baldmöglichst zu Ihnen nach Hause zurückkehren will. An dieser Stelle sollte ich allerdings, um bei Ihnen nicht den Eindruck zu erwecken, daß ich nur das Negative sehe, anmerken, daß der Wein, für den diese Stadt bekannt ist, tatsächlich ausgesprochen schmackhaft ist. Bald werden Sie seine Qualität selbst beurteilen können, denn ich habe zwei Flaschen in meinem Gepäck, die wir morgen abend gemeinsam öffnen werden.

Während ich diese Zeilen überfliege, stelle ich fest, daß sie nichts weiter enthalten als ein Sortiment seltsamer und pittoresker Beobachtungen, welche die Atmosphäre des Fremdartigen heraufbeschwören. Dabei ist dieser Reisebericht, wie alle seiner Art, nur insofern von Interesse, als daß er verrät, was das Herz des Berichterstatters bewegt. Im vorliegenden Fall hat jenes Herz nur Platz für die Liebe zu Ihnen und die Sehnsucht danach, Sie wiederzusehen, meine Liebste. Ich wage kaum, mir auszumalen, wie traurig und beängstigend diese letzten Tage für Sie und Ihre Familie gewesen sein müssen und hätte alles darum gegeben, Ihnen in dieser schweren Zeit beistehen zu können. Es war jedoch nicht möglich; morgen, wenn ich Ihnen den Grund dieser Reise verrate, werden Sie es verstehen und werden mir, wie ich hoffe, vergeben haben, noch ehe Sie diese Zeilen lesen. Es muß Ihnen so erschienen sein, als hätte ich Sie auf feige Weise im Stich gelassen. Ich wünsche mir, daß diese unsere erste Trennung zugleich die letzte sein wird, die wir ertragen müssen.

Der Richter mit dem weißen Halstuch und der schwarzen Robe hatte einst bei einem offiziellen Diner neben Saint-Pierre gesessen. Gegen Ende des Abends war er mit dem Kopf in die Schüssel mit dem Schokoladen-Soufflé gesunken. Obwohl seither zehn Jahre vergangen sind, kann sich Saint-Pierre noch deutlich daran erinnern, wie enttäuscht er war, aus diesem Grunde mit Apfeltorte Vorlieb nehmen zu müssen.

Er bemerkt, daß man vergessen hat, die Büste von Marat, die neben der Tür auf einem Podest steht, abzustauben. Zwischen der Nase und dem Ohr des Märtyrers verläuft ein silbriger Faden, und die kleine braune Spinne kauert wie ein Schönheitsfleck in seinem Mundwinkel. Dieses Indiz menschlicher Unvollkommenheit, dieser winzige Makel im reibungslosen Ablauf des Systems erscheint Saint-Pierre irgendwie tröstlich. Effizienz ist die Losung des Tages. Erst jetzt wird ihm deutlich, in welchem Maße jene Effizienz den Gefangenen zum Nachteil gereicht. Wenn die Dinge nur schnell genug abgewickelt werden, sind sie unaufhaltsam. Man wird festgenommen und schon nach vierundzwanzig Stunden vor Gericht gestellt. Und dann … Saint-Pierre schließt die Augen. Der Gerichtssaal ist überfüllt und die Luft abgestanden. Wahrscheinlich ist dies der Grund, warum ihm das Atmen so schwerfällt.

Er erinnert sich deutlich, wie Morels Brief eintraf. Zwischen den geschlossenen Fensterläden traten Streifen von Sonnenlicht ins Zimmer. Abschiede sollten niemals am Nachmittag stattfinden, dachte er. Das gleißende Licht läßt die Gesten allzu steif und gekünstelt erscheinen. Die Kinder, abrupt geweckt und mit Küssen übersät, waren übermüdet und quengelig gewesen. Er selbst hatte sich ungeschickt angestellt, als er Claire so fest ans Herz drückte, daß sie ihn schließlich wegschob, um sich zu befreien.

Die ganze Nacht ist er umhergewandert, durch die nasse Obstplantage, entlang des endlosen Flusses. Er stellte sich die Wachposten vor, an der Straße aufgereiht, um sie aufzuhalten, Laternen am Ufer, ein Boot, das über die dunklen Fluten gleitet, ein Ruf, der ihm Einhalt gebietet.

Warum ist er nicht mit ihr gegangen? Wie konnte er sie Fletcher anvertrauen?

Es kommt Bewegung in den Gerichtssaal.

Lombard, der Staatsanwalt mit dem birnenförmigen Gesicht, verliest die erste Anklageschrift, während er sich mit dem Zeigefinger den Kragen der Robe lockert. Ein Violinist ist von einem seiner Schüler »unpatriotischer Verleumdungen« bezichtigt worden. Er hatte die Musik, die man anläßlich des Festes der Ehe komponiert hatte, als »sentimentale Katzenmusik« bezeichnet und gestanden, daß er sämtliche Nationalfeiertage im Bett verbringe, sich die Ohren verstopfe und die Vorhänge zuziehe.

Um die Durchsetzung der Gerechtigkeit zu beschleunigen, ist es dem Tribunal untersagt, Zeugen aufzurufen, und auch die Anwesenheit eines Strafverteidigers gilt als überflüssig. Schließlich handelt es sich bei den Geschworenen um brave Bürger, die durchaus in der Lage sind, Recht von Unrecht zu unterscheiden und zu einem gerechten Urteil zu gelangen, sofern sie nicht durch juristische Kniffe in die Irre geführt werden. Um den komplexen Aufgabenbereich des Tribunals weiter zu vereinfachen, werden die Angeklagten entweder freigesprochen oder aber zum Tode verurteilt.

Der Violinist zählt zu jener unglücklichen Mehrheit, über die letzteres Urteil verhängt wird. »Der Henker tut mir einen Gefallen«, sagt er. »Fortan muß ich mir keine Katzenmusik mehr anhören.« Aus den öffentlichen Tribünen, die wie immer zum Bersten gefüllt sind, ist Beifall zu vernehmen. Mutiger Widerstand, der für niemanden eine Bedrohung darstellt, wird immer gerne zur Kenntnis genommen. Außerdem hat der Violinist schokoladenbraune Augen und dichte, dunkle Locken. Die eine oder andere Frau sucht bereits ihr Taschentuch.

Sie hatten mit der Hausdurchsuchung gerechnet, aber nachdem sich Claire in Sicherheit gebracht hatte, war sie nichts weiter als eine unerfreuliche Störung. Josephs Brief hatte man in Sophies Schreibtisch gelegt, da es den Saint-Pierres nicht in den Sinn gekommen war, daß sich die Polizei für ihre privaten Unterlagen interessieren könnte. Bis die Polizei die Treppe hinabstieg, triumphierend den Bogen emporhaltend.

Ein jäher Schmerz schießt ihm durch den Arm, läßt aber sofort wieder nach. Er fühlt sich atemlos und hellwach. Ich war unaufmerksam, egoistisch und selbstgefällig, denkt er. Selbst ein Narr wie Montferrant hat begriffen, was vor sich geht. Dann erinnert er sich, was mit Montferrant geschehen ist.

Die Hitze umklammert ihn. Für einige verlockende Augenblicke lang zieht er in Erwägung, sich ihrer Umarmung hinzugeben.

Vor der Tür seiner Zelle hatten zwei Wachen Schach gespielt. Die Köpfe des Königs und der Königin fehlten. Beim Abendessen, bestehend aus Bohnen mit Talg, Brot und einigen grauen Klumpen, bei denen es sich möglicherweise um Fleisch gehandelt hatte, hielt sich ein Mitgefangener den Blechnapf an den Mund und bot die perfekte Imitation eines Jagdhorns dar. Damit wollte er die Jagdhunde von ihrer Fährte ablenken, erklärte er, und sogar die Wachen hatten gelacht.

Bei einer Prostituierten, die damit geprahlt hatte, daß sie den Jakobinern den doppelten Preis berechne, lautete die Anklage auf: *Unmoralisches Betragen und Beschmutzung der Kraft und Reinheit der Revolution*. Urteil: Schuldig.

Ein Erntehelfer war denunziert worden, weil er sich geweigert hatte, sonntags zu arbeiten, da ihm, wie er sagte, dieser Tag heilig sei. *Korruption des kollektiven Bewußtseins.* Schuldig.

Eine Näherin hatte *nationale Interessen untergraben*, indem sie sich über den Ausgang der Schlacht von Fleurus pessimistisch geäußert hatte. Lombard führte die Tatsache, daß die revolutionäre Armee den Sieg errungen hatte, als Beweis ihrer böswilligen Absichten an. Die Näherin aber hält noch einen Trumpf in der Hand. Kaum hat man ihre Anklageschrift verlesen, verkündet sie, sie sei schwanger. Es folgt eine ausführliche Diskussion, in deren Verlauf der Staatsanwalt erklärt, die Angeklagte sei, als man ihren Verrat zur Anzeige brachte, in einer anderen Stadt gewesen, um eine kranke Verwandte zu pflegen. Daher habe sich die Festnahme verzögert. Erst bei ihrer Heimkehr hatte sie erfahren, was geschehen war, und Lombard war der felsenfesten Überzeugung, sie habe sich daraufhin beeilt, schwanger zu werden. Er ersucht die Geschworenen, diesem ärgerlichen Umstand keinerlei Beachtung zu schenken, da er nur ein weiteres Indiz für die Niedertracht der Angeklagten sei. Aber das Glück bleibt der Näherin hold: Die Geschworenen sind der Ansicht, sie müsse zumindest bis zur Geburt des Kindes am Leben bleiben. Wenn sie ihr Gewissen befragen, können sie nicht zwischen Großmut und Sentimentalität unterscheiden, und die Frau wird freigesprochen. Der Richter rügt die Polizei, weil sie dem Tribunal Zeit gestohlen und einen unnötigen Aufwand verursacht hat.

Lombard wird zunehmend rot im Gesicht und fächelt sich mit seinen Unterlagen Luft zu.

Jeder weiß, daß das Tribunal noch niemals einen Adligen freigesprochen hat.

Sophie sagt schnell und ohne Zögern aus: »Meine Schwester ist allein des Vergehens schuldig, den Falschen geheiratet zu haben. Als ich erfuhr, daß man ihren Ehemann festgenommen hatte, überredete ich sie natürlich zur Flucht. Schließlich ist sie meine Schwester. Mein Vater hat nicht das geringste zu tun mit den Vorkehrungen, die ich für die Flucht traf.«

»Das ist Unsinn«, sagt Saint-Pierre prompt. »Ich allein trage die Verantwortung.«

»Der Angeklagte wird gebeten, nur zu sprechen, wenn man ihn dazu auffordert«, bemerkt Lombard streng. Er glättet seine Robe, blättert in seinen Unterlagen, läßt sich Zeit. Schließlich geschieht es nicht alle Tage, daß ihm ein Richter in die Hände fällt. »Der Junge, der den Brief überbrachte, war angewiesen, ihn nur Ihrer Tochter auszuhändigen. Außerdem hat sie schon längst ihre Schuld gestanden.«

Über den derzeitigen Aufenthaltsort ihrer Schwester befragt, antwortet Sophie: »Sie wollte sich gen Süden begeben, in Richtung Gebirge. Vielleicht nach Spanien.«

Wer den Brief geschrieben habe, wird sie gefragt.

Sie blickte stumm hinab auf die Balustrade.

»Die Geschworenen mögen zur Kenntnis nehmen, daß sich die Angeklagte weigert, mit dem Tribunal zu kooperieren. Davon abgesehen hat der Botenjunge bereits die relevanten Informationen geliefert.«

Saint-Pierre ignoriert Lombard und spricht direkt den Richter an. Dieser gibt vor, sich Notizen zu machen, um dem Angeklagten nicht in die Augen sehen zu müssen. »Die Anklage lautet auf *Unterstützung konterrevolutionärer Aktivitäten*. Zeigen Sie mir aber die Schwester, den Vater, die in dieser Situation anders gehandelt hätten, als wir es taten.« Sie drücken ihn auf den Marmorfußboden nieder und warten auf seine nächsten Worte. Wenn er nur die richtigen findet, kann er die Situation retten, dessen ist er sich ganz sicher. Aber sie haben ihm die Hände um den Hals gelegt und drücken ihm eine kalte Klinge gegen die Haut.

»Es geschieht häufig genug, daß wir versagen, wenn es um unsere Kinder geht«, hört er sich sagen, »aber nichts kann uns daran hindern, sie zu lieben, noch nicht einmal eine Revolution.«

Sophie, die neben ihm steht, ist sehr still geworden.

»Würden Sie Liebe als Staatsverrat bezeichnen?«

Der Violinist applaudiert zustimmend.

Einer der Geschworenen zieht die Nase hoch und spuckt aus.

Lombard sagt gereizt: »Die oberste Treue eines Bürgers gilt seinem Vaterland. Ein Patriot hätte die Polizei von der beabsichtigten Flucht seiner Tochter in Kenntnis gesetzt. Ich darf übrigens die Geschworenen daran erinnern, daß die Flucht unwiderlegbar beweist, daß sie schuldig ist. Darüber hinaus ist dies nicht das erste Mal, daß der Angeklagte versucht, sich der Gerechtigkeit in den Weg zu stellen. Als er den Fall Luzac untersuchte, welcher der Verbrechen gegen die Revolution für schuldig befunden und am zweiundzwanzigsten Vendémiaire des Jahres II hingerichtet wurde, ließ sich der Gefangene soviel Zeit, daß sich der Staatsanwalt schließlich gezwungen sah, die Untersuchung abzubrechen und den Fall diesem Tribunal zu übergeben, welches Luzac in kürzester Zeit für schuldig befand.«

Empört über die Verfälschung der Tatsachen, rief er aus: »Aber ich wurde nicht beauftragt, den Fall Luzac zu untersuchen, sondern festzustellen, wer für die Morde im ehemaligen Kloster verantwortlich ist, eine Frage, die bis zum heutigen Tag unbeantwortet bleibt, da die Beweise, die bei Luzacs Prozeß vorgebracht wurden, in höchstem Maße widersprüchlich waren.«

Lombard wischt sich die Stirn und glüht regelrecht vor Selbstzufriedenheit. Der Richter räuspert sich, holt seine Taschenuhr hervor und starrt vielsagend aufs Zifferblatt.

In diesem Augenblick beginnen die Wände, sich bedrohlich auf ihn zuzubewegen. Er will sie abwehren, aber seine Hände sind gefesselt und …

Die Luft verfärbt sich rot.

Der Straßenzustand wurde immer schlechter, nachdem Joseph den Fluß überquert hatte. Und als er noch einen halben Tagesritt vor sich hatte, begann das Pferd zu lahmen. Der Hufschmied im nächstgelegenen Dorf war in die Armee eingezogen worden, und sein Vater, der sich derweil um die Schmiede kümmerte, war ein streitbarer Greis, der, sobald er begriffen hatte, wie sehr es Joseph eilte, seine Reise fortzusetzen, darauf hinwies, daß es längst Zeit für seine Mittagspause sei, welche er um keinen Preis länger aufzuschieben bereit sei. Er werde weder auf sein Essen warten noch auf den anschließenden Mittagsschlaf verzichten, was ja wohl sein demokratisches Recht sei. Außerdem gebiete es der gesunde Menschenverstand, die Arbeit einmal zu unterbrechen, ganz gleich, wie es der Fremde – er beäugte Joseph abschätzig – damit halten möge. Es sei doch schließlich allgemein bekannt, daß die Fremden durch die Bank weg Hohlköpfe und Lüstlinge seien.

Er wartete auf Josephs Reaktion, das Kinn, auf dem ein paar drahtige graue Haare die Stellung hielten, trotzig vorgeschoben. Als sich sein Gegenüber nicht provozieren ließ, ging er übellaunig von dannen und ließ Joseph über drei Stunden warten. Dieser vertrieb sich die Zeit so gut es ging im benachbarten Wirtshaus, indem er ein unappetitlich anmutendes Eiergericht auf dem Teller hin- und herschob und vergeblich versuchte, mit dem äußerst schwerhörigen Wirt ins Gespräch zu kommen.

Die Situation erinnerte ihn an jene Träume, in denen man die Ereignisse in quälenden Einzelheiten erlebt und weiß, daß nichts so ist, wie es sein sollte.

So hatte, als er endlich Castelnau erreichte und einen Bogen um die Stadt schlug, um nach Montsignac zu reiten, bereits ein bleicher, träge und unausgeschlafen wirkender Mond seinen

Platz am Himmel eingenommen, und die Dämmerung war schon weit fortgeschritten. Das Haus lag im Dunkeln, die Läden waren geschlossen, und es war kein Laut zu vernehmen. Er zögerte vor dem Tor, denn es war gerade einmal zehn Uhr, und er konnte sich nicht vorstellen, daß sich die Familie in dieser heißen Sommernacht so früh zur Ruhe begeben hatte. Das Pferd jedoch sehnte sich nach Hafer und Stroh, trat ungeduldig auf dem Kies und wieherte protestierend. Joseph führte sich vor Augen, daß es verständlich wäre, wenn die Saint-Pierres nach den dramatischen Ereignissen der vergangenen Tage das Bedürfnis verspürt hätten, früh zu Bett zu gehen. Nachdem er einen letzten intensiven Blick auf das Fenster ihres Zimmers gerichtet hatte und beim besten Willen kein Licht hinter den geschlossenen Läden erkennen konnte, begab er sich auf den Heimweg.

Auf seinem Weg durch die dunklen Alleen spürte er plötzlich eine undefinierbare Angst in sich hochkommen. Er führte es darauf zurück, daß er als einsamer Reiter die nächtliche Landschaft durchqueren mußte: Die Hecken am Wegesrand schienen zu atmen, die Äste bildeten über seinem Kopf eine Kuppel, die den Himmel aussperrte, und dort, wo das Mondlicht durch die Blätter zu schlüpfen vermochte, wirkten die Schatten noch dunkler.

Ich war drei Nächte fort, dachte er plötzlich, und das bedeutet, daß Sophie morgen im Krankenhaus sein wird. Er nahm sich vor, ihr direkt nach dem Frühstück einen Überraschungsbesuch abzustatten. Er beugte sich über den Nacken des Pferdes, grub die Hände in die rauhe schwarze Mähne und flüsterte ins zuckende Ohr: »Schneller. Lauf schneller.«

Sobald er das Pferd in den Stall geführt hatte, stellte er fest, daß er sehr hungrig war. Er hatte seit dem Mittagessen nichts mehr gegessen – sofern man das Hin- und Herschieben einer klebrigen Masse auf einem Teller als »essen« bezeichnen konnte.

Die Straßen waren voller Menschen. Sie standen in Hauseingängen, fächelten sich Luft zu, einige flanierten durch die Straßen, und andere standen lachend und plaudernd vor den

Wirtshäusern. Mitten auf dem Marktplatz stand eine Frau und trällerte mit hoher Stimme eine Opernarie auf italienisch. Die Melodie verfolgte ihn, als er die Straße zum Fluß hinabging. Dort würde er ein Gasthaus finden, und, mit etwas Glück, eine frische Brise vom Fluß. Er summte leise ein paar Takte vor sich hin.

Vorne an der Ecke warfen die Fenster des Victoire rechteckige Lichtfelder auf das Kopfsteinpflaster. Ein Mann warf ihm im Vorübergehen einen zufälligen Blick zu. Sie erkannten einander im gleichen Augenblick.

»Morel!« Chalabres Finger umklammerten seinen Arm. Sein Atem roch nach Gewürzgurken. Er zerrte Joseph in den Schatten und drängte ihn an eine Mauer. »Warum sind Sie zurückgekehrt?«

Die Geräuschkulisse des Gasthauses war nur wenige Meter entfernt. Noch lauter aber erschien ihm das Blut, das in seinen Adern pochte. Wenn man seine Abwesenheit registriert hatte, so konnte dies nur bedeuten, daß man ihm auf die Spur gekommen war. »Eine Familienangelegenheit«, brachte er mühsam hervor. »Ich mußte für einige Tage verreisen.«

Die Finger gruben sich noch tiefer in sein Fleisch. Überall starben die Menschen an Hitzschlag, aber Chalabre trug natürlich eine schwere, tadellos geschnittene Jacke. Der silbergraue Stoff wirkte weich und kostbar.

»Sobald man den Jungen aufgegriffen hatte, begann ich, nach Ihnen zu suchen. Als man die beiden dann festnahm, wurde natürlich Ihr Brief gefunden. Wir müssen reden, Morel. Er wird uns alle ermorden, wenn wir ihn nicht aufhalten. Er hat Gerüchte über mich in Umlauf gesetzt ...«

Er hatte schon immer eine Abneigung gegen Gewürzgurken gehabt. Sein leerer Magen rebellierte. »Wer sind ›die beiden‹? Wer außer der Marquise wurde verhaftet?«

»Montferrants Frau? Aber sie ist mit dem Amerikaner ... Sie haben den beiden doch zur Flucht verholfen?«

»Wer?« brüllte Joseph und zerrte an Chalabres silbergrauem Revers.

Chalabre begann zu reden. Das Dröhnen seiner Stimme nahm kein Ende.

Die diensthabenden Wachposten vor der Metzgerei hatten ihre Jacken aufgeknöpft und die Kappen in den Nacken geschoben. Der ältere von beiden erkannte Joseph und setzte an, über die Hitze, über sein entzündetes Knie, über die Überstunden und die schlechte Bezahlung zu klagen.

Als die Tür geöffnet wurde, strömte ihm abgestandene Luft und Küchendunst entgegen.

Jemand schob ihn in die schattige Diele und er hielt inne, um die Wange gegen die kühlen Kacheln zu pressen. Im Eßzimmer stand ein Fenster offen, über den Tisch hatte man ein glänzendes rotes Tuch gebreitet, und der Gestank war noch viel intensiver.

Er umklammerte den Stuhlrücken.

Ricard in Hemdsärmeln, die Hand nach der Karaffe ausgestreckt, schnalzte mißbilligend mit der Zunge und bemerkte: »Ich gab dem Burschen Anweisung, nichts zu sagen und Sie direkt zu mir zu schicken. Er erwartet Sie vor Ihrem Haus seit … Eine schreckliche Geschichte.«

Als Joseph das Glas an den Mund führte, klapperte es gegen seine Zähne.

»Chalabres Spitzel müssen mir ins Krankenhaus gefolgt sein. Sie haben offenbar unser Gespräch belauscht. Ich habe es Ihnen doch gesagt – er hat überall seine Spione.«

Joseph schloß die Augen.

»Und … Ihre Reise?« fragte Ricard zaghaft.

Joseph nahm noch einen Schluck aus seinem Glas.

»Eine schreckliche Geschichte. Tragisch.«

Joseph kramte aus seiner Brusttasche den Brief hervor, den man ihm in Cahors übergeben hatte, und schob ihn über den Tisch. Ricard brach das Siegel, entfaltete den Bogen und las hastig. Seine Augen glitten schnell von Zeile zu Zeile.

Joseph schaute in sein Glas. Wieso war es leer?

Der Bürgermeister zog sich einen Stuhl heran – ein schrilles Quietschen von Holz auf Holz – und nahm Platz. »Ich werde mich selbstverständlich um alles kümmern. Sie werden sich ein paar Tage lang verstecken müssen, aber nur, bis die Verstärkung eintrifft.«

Das Wachstuch auf dem Tisch war nicht rot, sondern braun. Auf dem Tisch befand sich ein Laib Brot sowie ein Holzbrett, ein Messer und ein halber Käse, der auf einem geblümten Teller zerrann. Die heutige Ausgabe des *Citoyen* lag geöffnet daneben, die Titelseite nach unten. Er las das Datum: der achte Thermidor.

»Ich habe mit Chalabre gesprochen«, sagte er.

Ricard widmete sich erneut dem Brief und holte den Tabaksbeutel aus der Tasche. Er sah Joseph unverwandt an, ohne auch nur einmal zu blinzeln.

»Ich weiß, daß Sie für die Festnahmen verantwortlich sind.«

»Joseph ...«

Wieder die persönliche Anrede. Er mußte lachen.

»Sie dürfen nicht alles glauben, was dieser Mensch ...« Ricard betastete mit einer unbestimmten Bewegung seinen Mund.

»Hätte Chalabre die Sache inszeniert, so hätte er ihrer Schwester keine Gelegenheit gegeben zu entkommen. Er hätte seine Männer noch am selben Tag nach Montsignac geschickt. Sie aber ließen Claire entkommen, damit Sie etwas gegen Sophie in der Hand haben.«

»Joseph, ich ...«

»*Warum haben Sie das getan?*«

Die Stimme hinter ihm kam so unerwartet wie ein Platzregen aus heiterem Himmel. »Diejenigen, die anderer Meinung sind als mein Mann«, sagte Lisette, »werden immer bestraft.« Unter ihrem seidig glänzenden grünen Morgenmantel trug sie ein elfenbeinfarbenes Nachthemd; ihre kleinen Füße waren nackt. »Haben Sie wirklich geglaubt, ungestraft davonzukommen?«

»Machen Sie sich nicht lächerlich«, bemerkte Ricard. »Es liegt an diesem heißen Wetter, Morel, verstehen Sie?«

Joseph aber hielt den Blick auf Lisette gerichtet, die aus dem Schatten getreten war.

Der Bürgermeister schob seinen Stuhl zurück – wieder dieses Geräusch! – und erhob sich mit der für ihn typischen Gelassenheit.

Sie drehte und wandte ihre Arme, damit Joseph sie von allen Seiten betrachten konnte. »Als junges Mädchen habe ich für Geld mit Männern geschlafen. Das habe ich Paul erst gestanden, nachdem wir schon verheiratet waren.« Der Morgenmantel glitt zu Boden. Sie beugte sich über Joseph und nahm das Brotmesser vom Tisch.

»Sie fügt sich selbst diese Verletzungen zu, Doktor. Ich habe alles versucht, an ihren Verstand appelliert ...« Ricard ging um den Tisch herum, streckte die Hand nach dem Messer aus. Seine schönen, schlanken Finger ...

Aber Joseph war schneller.

Ihre unablässigen Bemühungen, ihr Leben zu reinigen. Warum hatte er Stolz vermutet, wo er Angst hätte erkennen müssen?

Sie ließ sich widerstandslos das Messer aus der Hand nehmen.

Ein Student beugt sich über den rosig-grauen Leichnam. Jedes Detail des Bildes ist ins Gedächtnis gebrannt, gestochen scharf und glänzend, wie mit Lack überzogen. Eine Bewegung aus dem Handgelenk und das Messer gleitet mühelos durch die Haut, zwischen die Knochen.

Um acht Uhr morgens leuchtet die Sonne im Innenhof des Gefängnisses so grell wie die Klinge eines Messers.

Am Abend zuvor hatte man mit Kreide eine Zahl an ihre Tür gekritzelt. Seither hatte sie gewußt, daß die Schritte heute vor ihrer Zelle Halt machen würden.

Da der Gouverneur die Briefe der Gefangenen las, hatte sie Joseph nicht geschrieben, aber sie hatte dem Wärter einen Brief an ihren Vater zugesteckt, der noch immer nicht bei Bewußtsein war, und einen zweiten an Mathilde. Sie hatte ihnen geschrieben, daß sie sie immer lieben wird und daß sie sie nicht vergessen sollen.

Auf dem offenen Wagen warten bereits die Männer. Sie sieht den Violinisten, dem man die Locken abgeschnitten hat. Hinter ihm ein runzeliges, braunes Gesicht mit schwarzen leuchtenden Augen.

»Rinaldi!«

Sein vertrautes, scheues Lächeln.

Erst jetzt beginnt sie zu weinen.

Er würde gerne ihre Hand ergreifen, aber seine eigenen sind hinter seinem Rücken gefesselt. Er kann nicht mehr tun, als sich, sobald die Reise beginnt, so dicht wie möglich an sie heranzudrängen und ihr den Kopf auf die Schulter zu legen. Sie fahren schwankend um die Ecke, es ist schattig unter den Platanen, dann holpert der Wagen wieder in die Sonne. Sie sind am Ziel.

1799

Es ist ein Septembertag, an dem sich blauer und grauer Himmel ständig abwechseln. Der Wind ist zwar nicht kalt, aber man spürt in ihm bereits die Schärfe des Winters.

Er atmet tief durch, genießt die reine, salzige Luft. Das Meer ist violett und braun gefleckt, dort, wo die schwarzen Schieferfelsen im Wasser stehen.

Sie haben Schuhe und Strümpfe ausgezogen und wandern den Strand entlang. Ihr Ziel liegt südlich des Hafens, wo sich die Häuser, dichtgedrängt wie Muschelkolonien, ans Ufer klammern. Die Zehen seines Sohnes graben sich in den Sand, während er neben ihm hertorkelt, mit den Händchen wedelt und sich über den bräunlich-weiß gescheckten Setter freut, der sich mit sinnlosem Gebell auf die Möwen stürzt, die sich ihrerseits unbeeindruckt zeigen.

Im Laufe der Jahre sind ihm auch die Mädchen ans Herz gewachsen. Warum auch nicht? Schließlich sind es Kinder. Sie fallen hin, tun sich weh, die eine fürchtet sich vor Nachtfaltern, die andere hat ihm gestanden, daß sie nichts auf der Welt so sehr liebt wie den Anblick des Mondes, wenn er sich im Wasser spiegelt. Sie sind schnell zum Lachen und zum Weinen zu bringen, sie legen ihre kleinen Hände in die seinen, stellen ihm ernste Fragen und schauen mit unschuldigen blauen Augen zu ihm auf.

Aber seinen Sohn zu lieben mußte er nicht lernen. Schon als er zum ersten Mal den winzigen Körper in den Armen hielt, überkam ihn eine heftige Liebe. Schon jetzt läßt das Kind Intelligenz erkennen, in seinen Fragen, in den strahlenden braunen Augen, den schnellen Bewegungen – ein Erbe seiner Mutter – und irgendwie erkennt er in dem Jungen auch eine Spur seiner eigenen Hartnäckigkeit: Eine unerschütterliche Konzentration, die ihm Standhaftigkeit verleiht und seine Bewegungen zielstrebig erscheinen läßt.

Meeresvögel, vom Wind zerzaust, wirbeln durch die Luft und lassen ihre Schreie vernehmen. Er mag die schmucklosen Konturen der Küstenlandschaft. Alles, was überflüssig war, wurde längst von Wind und Meer davongespült.

Mit durchgedrückten Knien läßt sich sein Sohn in den hellen Sand plumpsen. Zwischen dem ockerfarbenen und olivgrünen Seetang hat er einen Strang smaragdgrüner Algen entdeckt. Er wickelt ihn um die rundlichen Handgelenke und brabbelt vor sich hin. Sein Murmeln gleicht dem Geräusch der Wellen. Der Hund schüttelt sich, kalte Tropfen fliegen durch die Luft. Er läßt sich neben dem Kind nieder und kaut an einem Stock.

Irgend etwas veranlaßt ihn, sich umzudrehen und die Küste entlangzuschauen.

Dort, wo die Straße in grasbewachsenen Dünen mündet, steht eine schwarzgekleidete Frau. Nach kurzem Zögern erhebt sie die Hand und winkt. Auch er zögert, mit einem Blick auf Kind und Hund, ehe er mit langsamen Schritten auf sie zugeht.

Auf seiner Brille haben sich Salzkristalle gebildet. Er wischt sie am Hemd ab.

Unter ihrer schwarzen Haube quellen schwarze Locken hervor und umwehen ihr Gesicht. Sie schiebt sie zurück und legt den Kopf zur Seite. Diese Bewegung ist ihm vertraut. »Claire?« ruft er. Er rennt auf sie zu.

Mathilde lächelt.

Stolpernd kommt er vor ihr zum Stillstand und schließt sie in die Arme.

»Joseph, lieber Joseph«, sagt sie und tätschelt unablässig seinen Arm. »Ihre Frau sagte mir, daß ich Sie hier finden würde. Sie meint, es sei ein Ding der Unmöglichkeit, Sie vom Meer fernzuhalten. Ständig seien Ihre Taschen voller Sand«, sagt sie. »Vater ist vor elf Wochen verstorben. – Ich muß schon sagen, daß Ihnen diese Brille wesentlich besser steht als die alte.«

Und wieder einmal traten die Fluten zurück. Vor ihm ausgebreitet liegt die Vergangenheit im Sand verstreut: glitzernde Steine, vom Meer geschliffenes Glas, tropfnasse Federn. Es vergeht kein Tag, ohne daß er einen Blick auf das vertraute Szenario wirft.

»Wir haben versucht, Sie zu finden«, sagt Mathilde schließlich. »Dr. Ducroix wollte Sie aufsuchen, aber ihre Wirtin sagte, Sie seien fortgegangen.«

»Wir brachen auf, sobald sie mit mir fertig waren. Nachdem sie gehört haben, was in Paris passiert ist. In Castelnau hätten wir nicht bleiben können. Für Lisette und die Mädchen wäre es unzumutbar gewesen.«

»Sie sprechen dort noch immer von Ihnen, wissen Sie. Wie Sie unser Monster, unseren Robespierre töteten. Wenn Sie geblieben wären, hätte man Ihnen bestimmt ein Denkmal gesetzt.«

»Auch für mich wäre es unzumutbar gewesen«, sagt er. »Ich nahm mir oft vor zu schreiben. Aber was wäre zu sagen gewesen? – Mathilde, wie dünn Sie sind. Zu dünn.«

Es stimmt. Die Knochen ihrer Handgelenke treten hervor, unter ihren Augen sind dunkle Ränder, ihr Gesicht ist noch immer lebhaft, aber kreidebleich, und ihre Wangen haben bereits ihre Rundung eingebüßt. Aus bestimmten Perspektiven kann er erkennen, wie sich die Haut über den Knochen spannt.

Sie sieht wunderschön aus.

Sie sieht krank aus.

»Ich habe mir vorgenommen, üppige Rundungen zu entfalten, sobald ich in der Neuen Welt eintreffe«, sagt sie. »Laut Claire zählt dieses Attribut zu den Grundvoraussetzungen jeder Frau, die sich auf einer Plantage niederlassen will.«

Ende der Woche soll sie in Bordeaux, knapp einhundert Kilometer weiter nördlich, an Bord gehen. »Alle sagen, die Überfahrt sei grauenhaft, also gehe ich davon aus, daß ich sie genießen werde.«

Sie berichtet, daß sich Dr. Ducroix weigere, sich zur Ruhe zu setzen, daß Isabelle einen Sohn bekommen habe, daß Chalabre seit drei Jahren Bürgermeister von Castelnau sei.

Montsignac sei verkauft, informiert sie ihn, als sie dort am Rande der Welt stehen, kurz vor der Geburt eines neuen Jahrhunderts, dessen geschlossene Blütenblätter noch nicht zu erahnende Geheimnisse umhüllen. »Pierre Coste hat es gekauft. Erinnern Sie sich an Pierre? Er kaufte das Haus, das

Land, das noch übrig war und das Mobiliar, sogar die Uhr. Ich sagte ihm, daß sie nicht richtig funktioniert, aber er meinte, Gott habe uns die Sonne und die Sterne geschenkt, um die Zeit zu messen, und daß sich überdies mit seiner Frau nicht streiten lasse, wenn sie sich etwas in den Kopf gesetzt habe.«

Als er über ihre Schulter blickt, sieht er an der Weggabelung eine wartende Kutsche. Weiter in der Ferne erstreckt sich die Heide bis ins Hinterland, ein riesiges Gebiet mit Sandboden, wo Pinien wachsen, die man züchtet, um Harz zu gewinnen. Im Winter duftet sein Haus nach den Tannenzapfen, die die Kinder so gerne ins Feuer werfen. Trotzdem ist die Bevölkerung des dünnbesiedelten Gebietes bettelarm. Am Harz verdienen allein die Grundbesitzer, und zwar in beachtlichem Maße. Daher sehen sie keinen Grund, den Boden zu düngen und zu kultivieren.

Hier verhungert so mancher.

Wenn er seine Frau küßt, schmeckt sie nach Salz.

Das Meer, der Himmel, die Heide, bleich wie Treibholz. Er hat sich an die Wrackteile geklammert und sich ans Ufer spülen lassen, in dieses Land der salzigen Winde, des Piniendufts und des feinen weißen Sandes, der überall zu finden ist: Unter den Fingernägeln, im Pudding, zwischen den Seiten eines jeden Buches, das er öffnet, rieselt der Sand hervor.

»Hier ist es wunderschön«, sagt sie. »Wissen Sie was? Ich sehe heute morgen zum ersten Mal das Meer.«

Der Setter spielt im seichten Wasser, jagt die Wellen, beißt in den Schaum. Nachdem er nun endlich die Fremde zur Kenntnis genommen hat, galoppiert er herbei, kommt rutschend zum Stillstand, läßt ein nicht ernstgemeintes Knurren vernehmen und stürzt sich begeistert auf Mathildes Röcke.

Sie beugt sich zu ihm hinab, streichelt den seidigen Kopf. »Brutus«, sagt er. »Was ist aus Brutus geworden?«

»Er wurde als erster getötet. Er war zwar in der Küche eingesperrt, aber natürlich hat er sich befreit und den Offizier gebissen, der uns festnehmen wollte. Also haben sie ihn erschossen.« Sie richtet sich auf und sieht ihn an. »Es ist seltsam«, sagt sie. »Ich habe immer geglaubt, sie würden bei Nacht kommen, aber sie kamen am Morgen. Wir hatten gerade gefrühstückt.«

Das Dünengras ist mit rosa Winden gefleckt.

Der Wind bewegt das Wasser, das sich zwischen den Steinen gesammelt hat.

Sie sagt Joseph, sie habe ein Geschenk für ihn, es liege in der Kutsche. »Warten Sie hier, und schließen Sie die Augen.«

Als sie es ihm gestattet, sie wieder zu öffnen, steht vor ihm ein Rosenstrauch.

»Als Pierre im Garten arbeitete, entdeckte er den Strauch. Er war von Unkraut überwuchert.«

Er ist formlos, überall schießen wilde Triebe, und das Gewicht der zahllosen Blüten zieht die Zweige hinab.

Alles verschwimmt vor seinen Augen.

»Sehen Sie nur«, sagt sie. »Sehen Sie.«

Am untersten Zweig ist ein hölzernes Etikett befestigt. Die Schrift ist so verwittert, daß er sie nur mit Mühe entziffern kann. »*L'Avenir*«, liest er.

Die Zukunft.

Er nimmt die Brille ab und vergräbt das Gesicht in den dunkelroten Rosen.

»Papa!«

Begleitet vom Hund, der in wilden Kreisen um ihn herumtanzt, hat sich das Kind seinen mühsamen Weg durch den Sand gebahnt und steht nun vor den Dünen, blickt zu ihnen empor und weiß nicht so recht, was es nun machen soll.

»Papa!« ruft es erneut und streckt Joseph die Arme entgegen.

Danksagung

Mein herzlicher Dank gilt allen Mitarbeitern von Random House, Australien, und von Chatto & Windus, insbesondere Jane Palfreyman und Alison Samuel, sowie meiner Agentin Sarah Lutyens. Ebenso möchte ich mich bei Judith Lukin-Amundsen und Sara White für ihre redaktionelle Mitarbeit, bei Judith für die Übernahme des Lektorats und bei Chris Andrews, meinem ersten und treuesten Leser, bedanken.